KB241704

장끼전의 작품세계

장끼전의 작품세계

이유경·서유석·김선현·최혜진·이문성

보고사

이 저서는 2012년 정부(교육과학기술부)의 재원으로 한국연구재단의 지원을
받아 수행된 연구임(NRF-2012-S1A5A2A03-034080)

머리말

　〈장끼전〉은 장끼와 까투리의 이야기를 담고 있는 작품군으로서 창을 잃은 판소리에 속한다. 송만재의 『관우희』에서 〈장끼타령〉을 판소리 12마당 중의 하나로 소개하였지만 19세기 중후반경 창을 잃은 것으로 짐작되고 있다. 그러나 그 후에도 가사와 소설, 설화, 서사민요 등의 다양한 장르로 분화되어 약 150여 종의 이본이 유통·전승되며 각각의 향유층에 의해 그 생명력이 유지되어 왔으며, 장르별로 다양한 제목으로 불리어 왔다. 20세기 초에는 구활자본 소설로 유통되면서 많은 인기를 누리며 대중화되어 현재에 이르렀는데, 이로 인해 여러 장르의 다양한 제목 중 〈장끼전〉이 가장 널리 알려진 이름이 되었다. 그래서 이 책에서도 장끼와 까투리의 이야기를 담고 있는 여러 이본들의 대표 명칭을 〈장끼전〉으로 하였다.

　〈장끼전〉은 이본에 따라 결말의 내용이 매우 다르다는 점에서 특수성을 띠는 작품 중의 하나이다. 〈장끼전〉의 전반부 내용은 장끼와 까투리가 엄동설한에 콩을 앞에 두고 다투다가, 까투리의 만류를 듣지 않고 콩을 먹은 장끼가 덫에 치어 죽게 되는 것이다. 이러한 전반부는 모든 이본이 공통으로 가지고 있는 내용이며 후반부의 내용은 이본별로 많은 차이를 보인다. 후반부에는 장끼의 장례식에 온 뭇새들이 까투리에게 청혼을 하는 내용이 보이는데, 이에 대한 까투리의 반응은 이본마다 다르다. 까투리는 장끼의 장례를 마치고 수절을 하기도 하고, 다른 장끼나 오리, 원앙새 등에게 개가를 하기도 하며, 개가 후 잘 살다가 물에 들어가 조개가 되기도 한다. 〈장끼전〉의 결말이 이처럼 다양한 양상을 보이는 것은 19세기 이후의 격변기에 살았던 당시 향유층의 다양한 인식이 반영된 결과로 보인다.

〈장끼전〉은 실창 판소리임에도 불구하고 여러 향유층에 의해 다양한 장르로 그 생명력을 유지시켜온 작품군으로서, 당대를 살았던 수많은 사람들의 다양한 삶의 모습과 세계인식을 반영한 소중한 작품이며 문화유산이라고 할 수 있을 것이다. 그리고 이것이 우리 집필진들이 〈장끼전〉에 주목하여 연구를 지속한 이유이기도 하다.

〈장끼전〉에 대한 우리의 관심은 꽤 오래되었다. 그러나 본격적으로 이본을 찾고 독해와 연구를 시작하게 된 것은 2011년부터라고 할 수 있다. 우리는 한 달에 한두 번의 모임을 통해 흩어져 있던 〈장끼전〉의 이본을 찾고 같이 읽으며 그에 대한 연구를 진행하였다. 〈장끼전〉은 가사, 소설계 이본만 100여 종에 달하며 관련 설화나 민요도 50여 종이 파악되고 있다. 이 중에서 가사, 소설계의 이본 중 구할 수 있는 최대한의 이본을 구하고 이들 중 내용이 거의 같거나 자료의 훼손이 심한 것을 제외한 선본을 가려 뽑아 27편의 〈장끼전〉 이본을 정리하게 되었다. 우리는 이러한 과정을 통해 〈장끼전〉의 참모습과 가치를 더욱더 잘 느끼고 알게 되었으며 그 의의를 공유할 수 있었다. 그리고 우리의 그러한 열정과 노력이 오늘 〈장끼전〉 이본집의 발간이라는 결실을 맺게 되어 감회가 새롭다.

그간 실창 판소리에 대한 연구가 미미하였던 것은 연구를 위한 기본 자료가 제대로 정리되지 않았기 때문이라고 여겨진다. 그래서 우리의 이러한 노력이 동료 연구자와 후학들에게 조금이나마 도움이 되기를 바라며, 이를 계기로 실창 판소리에 대한 연구가 좀 더 활성화되기를 기대해 본다. 또한 이 책『장끼전의 작품세계』를 통해 〈장끼전〉이 우리에게 주는 깊이 있는 삶의 지혜와 교훈을 다 같이 느껴보기를 바란다.

책을 함께 만드는 과정에서 문학을 즐기며 공부할 수 있게 해 준 덕산고전연구회 선생님들께 고마움을 전하고, 멋진 책을 만들어 주신 보고사에도 감사의 말씀을 전한다.

2013년 6월
필자를 대표하여 이유경 씀

차례

작품일람표

작품명	필사연도	장수(면수)	출처
까투리와 장끼가	미상	14장(27면)	박순호본
까토리가(임기중 DB본)	미상	해당없음	www.krpia.co.kr
까토리가(임기중본)	1893/1953	15장(30면)	임기중본
꽁으주치긔권졔단이라	1851/1911	14장(27면)	김광순본
꽁으자치게라	미상	3장(6면)	김광순본
쒱의젼이라	미상	13장(26면)	임기중본
쒱타잉이라 자치젼	미상	15장(30면)	임기중본
웅치젼	1920	29장(58면)	충남대본
주치가	미상	19장(38면)	고려대본
줏치긔젼이라	1858/1918	19장(37면)	충남대본
자치긔라	1909	10장(20면)	김광순본

작품명	필사연도	장수(면수)	출처
자치가(김광순본)	미상	14장(27면)	김광순본
자치가(장서각본)	미상	15장(30면)	장서각본
자치가권단	1855/1915	17장(34면)	김광순본
자치가라	미상	7장(14면)	임기중본
자치가젼	미상	19장(37면)	장서각본
자치젼이라	미상	16장(30면)	임기중본
장씨젼	미상	9장(18면)	나손본
칭긔젼	1907	15장(29면)	최진형본
장치젼단이란	미상	9장(17면)	박순호본
쟈치가(국립중앙도서관본)	미상	20장(39면)	국립중앙도서관본
쟈치가(김광순본)	미상	5장(10면)	김광순본
쟝씨젼	1915	27장(54면)	덕흥서림본
치젼이라쎙이요	1871	15장(29면)	박순호본
화츙가	미상	11장(21면)	규장각본
화츙선싱젼	1892	64장(127면)	규장각본
화츙젼	미상	16장(32면)	임기중본

일러두기

- 영인본의 글자는 원문대로 옮기는 것을 원칙으로 하되, 명백한 오자는 바로 잡았다.

- 띄어쓰기는 현대 맞춤법을 기준으로 하여 의미 파악을 용이하게 할 수 있도록 하였다.

- 한 장의 앞면은 ⟨1-앞⟩, 뒷면은 ⟨1-뒤⟩로 표기하였다.

- 판독 불가 글자는 □로 표시하였다.

- 원문의 줄 밖에 가필이 되어 있는 경우, 글자 옆에 ( ) 표시를 하고 그 내용을 적었다.

- 가사체 귀글로 쓰인 작품의 경우 원본의 구와 행에 따라 줄을 나누었다.

- 원전 확인이 되지 않아 2차 입력본(DB)을 활용한 경우 2차본의 출처를 명시하였다.

샤두리와 강긔가

걸년이오슬... 하날이 변하... 할손가
인정이오쳣... 각가 ... 이화 ...
평의 화장 ... 이라 ... 화 ...
타란 ... 원정이 하며 ...
계정하여 ... 장 정화 삼아 샹하 ...
쳐원 목적 ... 여 염이 이졍기 ...
와 사양개여 ... 화 ... 우졍 ...
백 당 ... 장

까투리와 장끼가

〈까투리와 장끼가〉는 연대 미상의 작품으로, 소설체 형식의 줄글로 쓰여 있으며 전체 14장(27면)으로 된 필사본이다. 낙장은 없으나 작품의 끝부분에 앞의 내용이 다시 반복되면서 결말로 이어지고 있다. 까투리가 새 낭군을 맞은 후 자식들을 다 혼인시키는 부분에서 그 내용이 끊어지고, 까투리가 육지 생애를 찬양하며 조상 온 장끼의 구혼을 받아들이는 내용이 다시 반복된 후, 자식들을 다 혼인시킨 장끼와 까투리가 물에 들어가 조개가 되는 결말로 이어진다.

이 이본에는 장끼가 죽고 난 이후의 주요 화소들로 소리개 등장 화소, 구혼 화소, 어른 다툼 화소가 포함되어 있다. 구혼이나 어른 다툼에 참여하는 새의 종류는 이본에 따라 다른데, 까투리에게 구혼하는 새로 갈가마귀, 물오리, 장끼를 등장시키고 그 중에 장끼를 선택하는 것으로 끝을 맺는 것이 특징이다. 어른 다툼은 갈가마귀, 부헝이, 외기러기가 벌이고 있다. 이 이본의 경우 다른 이본에 비해 까투리의 성격이 적극적으로 묘사되는데, 갈가마귀와 물오리의 구혼을 강하게 거절하면서도 풍채 좋은 다른 장끼가 나타나자 "내 나이를 곱아보면 불로불소 중늘근이라 수맛 알고 살림할 나이로다 오날 그대 풍신 보이 수절 마음 전혀 업고 음란지심 발동하네"라고 하여 자신의 마음에 드는 짝을 찾고자 하는 까투리의 적극성과 개가에 대한 긍정적인 시각을 보여주고 있다.

출처 : 박순호, 『한글필사본고소설자료총서』 1권, 오성사, 1986.

〈1-앞〉

까투리와 장끼가

건곤이 조판할 제 만물이 변성하여 귀할손가 인생이요 천할손가 짐승이라
유우충도 삼백이라 꿩의 화상을 보면 의관은 오식이요 별호는 화충이라
산금야수 천성으로 사람을 멀이 하면 울림벽계 상하에 낙낙장송 정자 삼아
상하평정 들가운데 퍼진 곡식을 주어 먹고 임자업시이 생긴 몸이 관포수와
사양개에계 걸핏하면 잡혀가서 삼태육경 수령방백 다방골 계갈동지 실토
록 장복 좃은 깃 골라내

〈1-뒤〉

어 사명기예 살태치리와 가개방예 건지 채면 온갓으로 두루 쓰이 공덕예인
들 적을쏜야 평생 숨은 자취 좃은 경치 보랴 하고 박운 상상봉에 허위허위
올나가이 몸 가벼운 보래미는 여기서 썰렁 저기서 썰렁 몽치 든 모리군은
예서 위여 제서 위여 냄시 잘맛는 사양개는 이리 쿨쿨 저리 쿨쿨 옥색 포기
쩍갈입을 뒤적뒤적 차자드이 살아갈 길 바이 업내 엄동설한 주린 몸이 어디
로 가자말고 종일 천산 더운 볍에 상상편전 넘번 들에 간옥 콩낱 잇슬 것이
이 주어르 가서나 잇째 장끼 치장 볼작시면 당혼대단 겹마기에 초록

〈2-앞〉

궁초 깃을 다라 백능동정 싯처 잇고 주먹 벼슬 옥관자의 열두 장목 만신풍치
장부기상 조을시고 까투리 치장 볼작시면 잔누비 속저리 폭폭이 잘게 누벼
상하의복 갓처 입고 아홉 아들 열두 달연 압셰우고 뒤셰우고 어서 가자
바쎄 평원 광야 넙은 들예 줄줄이 퍼저 가면 너는 저골 좃고 나는 이골
좃고 개개습유 두태하이 불원인지 콩핫이라 천생만물 민유촉하이 일모식

도 재수라 점점 주워 드러가이 난대업난 부런 콩 한날 덩그렇게 노엿거날 장끼란 놈 하는 마리 어와 그 콩 소담하다 하늘이 주신 복을

⟨2-뒤⟩

내 엇지 마다하리 내 복이니 먹어 보자 싸투리 하는 말리 아직 그 콩 먹지 마소 설상이 유인적하이 수상한 자춰로다 다시금 살펴본이 입으로 훌훌 불고 비로 싹싹 쓴 자춰 심이 고이함에 제발 덕분 그 콩 먹지 마소 장끼란 놈이 하는 말이 네 말이 미련하다 잇대를 의론건대 동지섯달 설한이라 첩첩 이 싸인 눈이 곳곳에 덥퍼선이 천산의 조비절하고 만경의 인족진이라 사람 의 자춰 잇슬소야 싸투리 하는 말이 사기는 그르할 듯하나 간밤에 꿈을 쑤이 대불길하온지라 전랑처사하시요 장끼 소왈 내 거야에 한 꿈을 어더이 황학을 비써

⟨3-앞⟩

타고 하늘에 올라가서 옥황괴 문안하이 나를 산림처사 봉하시고 만석고의 콩 한 섬을 상급하섯슨이 오늘 이 콩 흐나 그 아이 반가올가 고서에 일으기 를 기가감식이오 갈지이음이라 하엿선이 주린 양을 체위보자 싸투리 이른 말이 그대 꿈 그러하나 이내 꿈 해몽하면 무리 흉몽이라 어지 밤 이경 초에 첫잠 들어 꿈을 쑤이 북망산천 음지 쪽에 구진 비 홋뿌리면 청천의 상무지개 홀지에 칼이 되어 자내 머리 썽겅 볘어 내리치이 자네 죽을 흉몽이라 제발 그 콩 먹지 마소 장끼란 하는 말이 그 꿈 염여말라 춘당대 알성과에 문관장 원 참례하여 어사화 두 가지를 머리 우에 숙여 곳고 장안 대도상에 왕내할 꿈이로다 과거나 힘써보새 싸투리 쏘 한 말리 삼경야

〈3-뒤〉

예 꿈을 구이 천근드리 무쇠가마 자네 머리 흠벅 쓰고 만경창파 깁은 물에
아주 풍덩 빠젓거날 나 혼자 그 물가에서 대성통곡하여 뵈이 자네 죽을
흉몽이라 부대 그 콩 먹지 마라 장끼란 놈 이른 말이 그 꿈은 더옥 좃타
대명이 중흥할 제 구우의 투구 쓰고 압록강 건너가서 중원을 평정하고 승전
대장 되올 꿈이로다 까투리 하는 말이 그은 거럿다 하리이와 사경의 꿈을
구이 노인 당상하고 소년이 잔피할 제 스물 두폭 구름 차일 밧첫 어발 장대
우직끈 쑥 다 불어지면 우리 둘의 머리에 아주 흠벅 덥혀 뵈이니 답답한
일 볼 꿈이요 오경 초의 꿈을 구이 낙낙장송 만정한대 삼태을성이 은하수를
풀럿는데 그중의 일점성이 뚝 썰어져 자내 압피 내려서 보이니 자내 중

〈4-앞〉

성이 그리된 듯 삼국적 제갈무후 오장원이 운명할 제 장성이 썰어젓다 하더
라 장끼란 놈 하는 말이 그 꿈 염염마라 차일 덥퍼 보인 것은 일모청산
오날밤에 화초병풍 잔디장판에 등걸로 벼개 삼고 축입으로 요를 쌀고 갈입
으로 이불 삼아 너와 나와 추겨 덥고 이리저리 구울 꿈이요 별 쩌러저 보인
것은 옛날 허원씨 대부인이 북두칠성 정기 타서 제일싱남 하여 잇고 견우
직여성은 칠월칠석 상봉이라 네 몸에 태기잇서 귀자 낫을 꿈이로다 그런
꿈만 만이 꾸어라 까투리 하는 말이 계명시에 꿈을 군이 석저구리 석처마를
이내 몸에 단장하고 청산록수 노이다가 난대업난 청삽사리 입술을 앙물고
와적 쮜어 달여들어 발톱으로 허위치이 경황질색 갈 데 업서 삼밭으

〈4-뒤〉

로 다라날 때 잔삼대 쓰러지라 꿀은 삼때 춤을 추워 자련터니 가는 몸이

휘휘친친 감거 뵈이 이내 몸 과부 되여 상복 입을 꿈이온이 제발 덕분 먹지 마소 부더 그 콩 먹지 마소 장끼란 놈 대노하여 두발노 이리차고 저리차며 하는 말이 화용월태 저 간사나위연 기동서방 마다하고 타인 남자 길기다가 참바올바 주황사로 뒤죽지 절박하여 이거 저거리로 북치면 조리들이고 삼 모장과 치도곤으로 난장마질 연의 굼이로다 그런 꿈말 다시 말라 압정갱이 썩어 놀라 짜투리 하는 말이 홍명수국의 비필함로 장부지근신이요 봉비천 인의 기불탁속은 군자지 염치로다 자네 비록 미물이나 군자의 본을 밧아 염치를 알 것이요 닷소를 낙을 삼고 백이숙제 충열 염치 주속을 안이 먹고 장자방의 지혜 염치

〈5-앞〉

서병벽곡 하엿선이 자네도 이런 것을 본을 밧다 근신을 할려는 부대 그 콩을 먹지 마소 장끼란 놈 이른 말 듯고 네 말이 무식하다 예절을 모르거든 염치를 내 알손야 안자임 도학 염치로도 삼십박계 더 못살고 백이숙제의 충열 염치로도 적수양산에 굴어 죽엇고 장량의 사병벽곡을 그도 적송자 싸라 갓슨이 염치도 부질업고 먹은 거이 으뜸이라 호타하 보리밥을 문숙이 달게 먹고 한 중흥천자 되여 잇고 표모에 식은 밥을 한신이 달기 먹고 한국 대장 되엇선이 나도 이 콩 먹고 크게 될 줄 뉘 알손야 짜투리 하는 말이 그 콩 먹고 잘 된단 말은 내가 먼저 말하오리다 잔듸찰방 수망으로 황천부사 제수하여 천산을 영이별하오리이 내 원망은 부대 마소 고서를 볼양이면 고집불통 과하다가 폐가망신 면면이면 천고 진시황묘에 몹쓸 고집 부소의 말을 듯지 안고 인심소동 사십 연에 이새에 실국

〈5-뒤〉

하고 초패왕의 어린 고집 변정의 말을 듯지 안이코 팔천지자 다 죽이고
무면 도강하여 자문이사 하엿 잇고 굴삼여에 오른 말도 고집불통하다가
진문관의 구지 갓치 가련공산 삼혼되여 우는 새이 복중 혼 부거럽다 자네
고집 과하다가 오신명하오리다 장끼란 놈 하는 말이 콩 먹고 다 죽을가
고서를 볼작시면 콩 태자 든 이가 다 오래 살고 귀이 되이다 태고적에 천황
씨는 풍성이 상승하여 십오대를 전해 잇고 한태조 당태는 단팔십 살아 잇고
시중 풍진세계 창업지주 되엇선이 오곡백곡잡곡 중에 콩재가 지일이라 궁
팔십 강태공은 단팔십 살아 잇고 시중천자 이태백은 기면산천하여 잇고
북방의 태을성은 별중에 으뜸이라 나도 이 콩을 달기 먹고 태공갓치 오래
살고 태백갓치 상천하여 태을선

〈6-앞〉

단 되오리라 까투리 홀로 경황업시 물러서이 장끼란 놈 거동 보소 콩 먹으로
드러갈 째 열두장목 쑤벅구벅 고개 조아 조족 들어가서 반달갓은 허부리
드립다 꽉 직으이 두고 패둥그러지면 머리 우에 치는 소리 박낭사중에 조격
시황하다가 버금 수레 마치는 듯 와직근 둑싹 푸드득푸드득 변통업시 되엇
구나 까투리 하는 말이 저런 광경 당할 줄을 몰랏든가 남자라고 여자의
말을 잘 들어도 패가하고 기집의 말 안 들어도 망신하네 까투리 거동 볼작시
며 상하의 편전 자갈밧에 자락머리 풀어 놋고 당굴당굴 통곡하면 가슴치고
일어 안자 잔늬풀을 쥐어 뜯어 애통하며 두발로 짱짱 구르면서 성붕지통
극진하이 아홉 아들 열두 달과 친구 번임내도 불쌍타 의논하며 조문애곡하
이 가련공산 낙목천에 울음소리 뿐이라 까투리 슬픈 중에 하는 말이 공산야
월 두견성은 슬픈 회포 더

〈6-뒤〉

옥 슬푸다 통감의 독약이 고구나 이어병이요 충언이 역이나 이어행이라
하엿서이 자네도 내 말 들럿서면 저런 변 당할손가 답답하고 불불생하다
우리 양주 조혼금설 눌더러 말할손가 슬퍼서 통곡하이 눈물은 못이 되고
한숨은 풍우된다 가슴의 불이 붓네 이내 평생 엇지 할고 장끼 거동 볼작
시면 차위 밋태에 업드려서 예라 이연 요란하다 후환을 미리 알면 산에
갈 이 뉘잇리 선미런 후실기라 죽는 놈이 탈업시 죽으라 사람도 죽기살기
맥이로 안다 하이 나도 죽지 안하기나 맥이나 집퍼 보소 까투리 대답하고
이른 말이 비위맥이 거절 간맥은 서늘하고 태동맥은 것더 가고 명맥은 근
처 가이 애고 이게 원일이요 원수로다 원수로다 고집불통 원수로다 장끼
란 놈 하는 말이 맥은 거러하나 눈총을 살펴보소 동자부처 온전한가 까투
리 한숨 쉬고 살펴보

〈7-앞〉

면 이른 말이 인계는 속절업네 저편 눈의 동자부처 첫새벽에 써나가고 이편
눈의 동자붓처 지금 썻나가려고 파랑보에 봇짐 싸고 공방대 부처 물고 길목
버선 감발하네 애고애고 이내팔자 이다지도 기박한가 상부도 자주 한다
첫채 낭군 엇더다가 보라매계 잡허가고 둘채 낭군 엇더다가 사양개 물여가
고 셋채 낭군 엇더다가 살임도 채 못하고 포수에기 맛자 죽고 이번 낭군
어더서는 금실도 좃거이와 아웁 아들 열두 딸 낫아 놋코 남혼여가 채 못하고
구복이 원수로 콩 하나 먹으러다 저 차위에 덜컥 치엇선이 속절업시 영이별
하겟고나 도화살을 가젓는가 이내 팔자 험악하다 불상토다 우리 낭군 나이
만아 죽엇는가 망신살럴 가젓든가 고집살을 가젓든가 엇지하면 살려낼고
압뒤에 섯

⟨7-뒤⟩

는 자여 뉘라서 혼취하며 복중에 든 유복자는 해산구완 뉘라서 할가 울림초
당 널은 뜰에 백연초를 심어 놋고 백연해로 하잣든이 단 삼십연이 못 지나서
영길종천 이별초가 되엇구나 저럿터시 조혼 풍신 언지 다시 만나볼가 명사
십리 해당화야 곳 진다고 한을 말라 너는 명영 봄이 되면 쏘다시 피러와
우리 낭군 이번 가면 다시 오기 어러워라 미망일새 미망일새 한참 통곡하이
장끼란 놈 반눈 쓰고 자네 너무 서러 마소 상부 자진 네 가문의 장가가기
내 실체라 이 말 저 말 잔말 타자사는 불가부싱이라 다시 보기 어려우이
나을 구지 볼랴거든 내일 조반 일적 먹고 차위 임자 싸라가면 김친장에
걸렷거나 전주장에 걸렷거나 그럿치 안어면 감영로나 관청고이 걸이든지
봉물짐에 여첫든지 사쏘 밥상에 오르든지 그럿지 안으면 혼인집 폐백 전치
되리로다 내 얼

⟨8-앞⟩

굴 보아 설퍼 말고 자네 몸 수절하여 정렬부인 되옵소서 불상하다 우지마
라 우지마라 내 까투리 우지마라 장부간장 다 녹인다 네 아무리 슬퍼하나
죽는 나만 불상하다 장끼란 놈 기를 쓴다 아래 곱패 벗듸고 위 곱패 당기
면서 버럭버럭 기을 쓰이 살길이 전허 업고 털만 숙숙 다 빠지네 이째 차
위 임자 탁첨지는 망보다가 만선들이 서피 휘항 우그러 쓰고 지팡막대 것
더 집고 허위허위 달려들어 장끼를 배여 들고 히히낙낙 춤을 추면 지화자
좃을시고 압남산 벽계수의 물 먹으러 나왓든야 박남산 작작도화 화유차
로 네 왓드야 탐식투신 모르고서 심욕이 과하기로 콩 하나를 먹으러다가
녹수청산 놀든 너를 내 손으로 잡앗구나 산신에 치성하여 네 구족을 다
잡으리라 장끼에 비

〈8-뒤〉

문 혀를 배내여 바위 우에 엇저 놋코 두손으로 합장하여 비는 말이 앗싸 놋은 저 차위에 싸투리맛저 치옵소서 나무아미타불 관세보살 구벅구벅 절하고 탁첨치 나려간다 싸투리 뒤미처 발버가서 바위에 엇친 혈을 울면불면 찻처다가 갈입으로 소렴하고 댕댕이로 매장하고 원추리로 명정 써서 아송 목에 걸어 놋코 밧머리 사태 난대 금정업이 산역하여 하관하고 산신제와 불선제 지니고 제물을 차질 때 가랑입에 이슬 바다 제주 굴밤 싹지로 접시 삼아 도토리 잔 삼어 놋코 속세포대로 시저 삼아 친가유무 형세대로 그렁저 렁 차러 놋코 호상소임으로 집사를 분정하이 누구누구 드럿든고 의관 조은 두루미는 초헌관이 되

〈9-앞〉

어 잇고 몸 가볍고 날낸 지비는 접객 되어 잇고 말 잘하난 앵무는 진설을 맛타구나 싸오기 굴어 안자 축문을 일은이 그 축문의 하엿스데 유세차 모연 모월 모일 미망 싸투리 감소고우 현벽장씨학생부군 거현지둔석 신반실당 신주기성 복유존령 사구종신 시빙시의라 하엿드라 잇째 철상할듯 말듯 주 저할 때 소리개 하나 써오다가 주린 중에 굽어보고 어느 놈이 맛상제야 내 한놈 다려가리라 하고 주루룩 달여들어 두발로 꼉의 새끼 하나를 폭 차가지고 공중에 놉이 쓰이 충암절벽 상상봉에 너울덤벅 올라 안자 이리 뒤적 저리 하는 말리 감기로 불평하여 연십일 주리기로 구미가 썰어젓든이 오늘이야 인간 계일를 엇드

〈9-뒤〉

구나 문어 점복 해삼찜은 재상의 제일미요 일연장졸 약산주는 상산사호

제일미 절로 죽은 강아지와 몽지 안난 병아리는 연장의 제일미라 굴거나
잘거나 꿩의 새끼 하나 생곗선이 주린 중에 먹어 보자 하면 너울너울 춤을
추다가 아차 하고 돌아보이 바위 아래 떨어져서 자취없시 숨엇구나 속절업
시 물러 안자 허허 탄식 하는 말이 삼국 명장 공임도 화룡도 좁은 길에
잡은 조조 놋어서 이는 대의를 생각하심이라 첨악한 연장군도 꿩의 새끼
놋아선이 그도 쏘한 선심이라 자손창성하리로다 태백산 갈가마기 북악을
구경하고 노중에 허기 만나 요기차로 까투리게 조상할 과실 논아 먹은 후에
탄식하여 이런 말이 그 친구 풍신 좃코

〈10-앞〉

심덕 좃아 장수할 줄 알앗든이 불은 콩 하나 못참아서 비명횡사 하단말가
가련하고 불상하다 우리야 그런 콩 보기로 먹을소야 여보 까투리 마누라임
드르보소 오날 이 말씀이 체면은 틀리나 고담에 이르기를 장사 나면 용마
나고 문장 나면 명필 난다 하엿선이 그대 상부 하자 내 오늘 여기 오자
삼물조합 맛잣선이 꼿 본 나비 불을 헤아리면 물 본 기러기 어옹을 두려할가
그 형시와 가문 그대 알터이이 자수성가 헐심잡고 백연동락 엇쩌한가 하이
까투리 미물인들 삼연상도 못 마치고 개가하여 가는 법는 뉘예 문에 보앗는
가 고담에 이른 말이 운종룡하고 풍종호라 하면 여필종부라 하엿슨이 임마
다 짜라갈가 가마귀 대노하

〈10-뒤〉

여 왈 네 말이 가소롭다 시전 개풍장에 이르기를 유자칠인하되 막위모심이
라 하엿선이 사람도 일곱 아들을 두고 개가하여 갈 째 탄식하이 너갓튼
미물이 수절이 당하고 자고로 까투리 열려정문 못 보앗네 잇째 부형이 들어

와 조문 후에 들어와서 까마귀를 돌아보고 이런 말이 몸동이도 검거이 부리도 고이하다 어른이 올작시면 기거도 안이 하고 은연이 안잣는야 까마귀 노왈 완만한 부형아 눈은 우묵하고 귀가 쫑곳하면 어른이야 내 몸 검다 웃지 마라 거죽은 검거이와 속조차 검을가 우연비과산음타가 이내 몸 검엇노라 내의 부리 웃지 마라 남월왕 구천이도 내 입과 방불하나

〈11-앞〉

삼시로 장복하고 십연을 칼 갈어 부악을 돌아들어 재후왕 되엿선이 옛글을 몰랏으나 엇지 홀대하는야 저놈을 그저 못 두리라 명일 식후에 통문 놋아 대동에 별붑이고 양안에 제명하리로다 하면 한참 이리 다툴 적에 청천에 외기러기 운간의 뜻올라가 우연이 나러와서 목을 길게 늘이고서 좌우를 대착하여 왈 너이 둘이 무슨 어룬이냐 한나라 소자경이 북해상에 십구연을 갓처 울적에 고국 소식 모르기로 일장 서간 맞어다가 한 천자쎄 내 손으로 밧처선이 이런 일을 볼 양이면 내가 먼저 어른이다 너희가 무슨 어른이냐 압연당 물오리란 놈 일곱 번 상처하고 남여 간에 혈육업서 후처를 구하든이 까투리 상부한 소식을 알고 통혼은 아이 하고 혼인길을 차릴 적에 옹옹명안 기러기도

〈11-뒤〉

안부장이 삼아 두고 관관저구 진경으로 한짐아비 삼아두고 쾌활 좃은 황새로 후행 삼아두고 소리 큰 왜가리로 길잡이로 삼아두고 맙시 잇는 호반새로 전갈 하인 삼앗구나 이날 호반새 들어와서 까투리 신부 계신가 우리 신랑 들러가새 까투리 울다가 하는 말이 아무리 과부가 만만한들 구합도 아이 보고 억혼 할여 하오 이 오리 하는 말이 과부 홀아비 만낫는데 결혜 보고

사주 볼가 신부 신랑 두리 자연 궁합 절로 되나이 택일이나 하여 보새 일생 생기 이중천의 삼하절체 사중유혼 오상화해 육중복득일이요 천덕일득이 합하엿선이 오날밤이 으뜸이라 이성지합은 백복지원이이 잔말 말고 조금 자세 까투리 웃고 대답하되

〈12-앞〉

자내는 남자라고 음친한 말 제법 하네 오리 놈 하는 말이 이내 호강 들어보소 영주봉 내 청강수에 모든 선여 배를 타고 완월장취 하는 양을 역력히 구경하고 소상 동정 널번 물에 홍요백빈 집을 삼아 오락가락 노일면서 은인 옥적 좃은 생선 식양대로 장복하이 천지간에 좃은 생에 물박에 쏘 잇는가 까투리 하는 말이 물생애 좃다 한들 육지생애 갓틀손야 우리 생애 들어보소 평원광야 널번 들에 오락가락 노일다가 층암절벽 놉은 봉에 허위허위 올라 가서 사해팔방 구경하고 춘삼월 늣진 봄에 청유색신 할 째 황금갓튼 쇠꼬리 는 양유간에 왕내하고 춘풍도리화개야에 초혼조 슬피 울어 불여귀하는 소 리 초목금수라도 심회산란하이 그도 쏘한 경이로다 추팔월 황국시 만산 실과 주어다가 압뒤로 노적하고 치장군의 조은 복식 춘치자명 우는 소리 고금에 무쌍이라 수궁

〈12-뒤〉

생애 좃타 한들 육지생애 당할손야 오리 묵묵히 안잣선이 그틔 조상 왓든 장끼란 놈 석 나서면 하는 말이 이내 몸이 환거한지 삼연이 되엿시되 맛당한 혼처 업든이 오늘 그대 과부 되자 나 조상 오자 천정배필을 천우신조 하엿엿 선이 우리 두리 짝을 지여 유자생여하고 남혼여가 시키어 백연해로 하리로 다 까투리 하는 말이 죽은 낭군 생각하면 개가하기 절박하나 내 나이를

쏩아 보면 불로불소 중늘근이라 수맛 알고 살림할 나이로다 오늘 그대 풍신
보이 수절 마음 전혀 업고 음란지심 발동하네 허다한 홀아비 예서계서 통혼
하나 왕상만□ 각실려이 옛말에 이르기 유유상종이라 하엿서이 짜투리가
장끼 신랑 짜러감이 의당한 상상로다 아무렁게나 살어 보새 장끼란 롬 썩썩
푸드득 하든이 발서 이성지합이 되엿선이 통혼하든 가마귀 부형이 물오리
무안에 취하여 훨훨 날러갈 대 각색 소임 다 날나간다 검정새 홀로 호반새
주루룩 방울새 짤낭 앵무 공작 기러기 왜거리 황새 뱁새 다 돌아가이 잇때

〈13-앞〉

짜투리 새낭군 압세우고 아홉 아들 열두 짤년 뒷세우고 백설풍 무릅써고
운림벽계로 들다가서 명연 삼월 봄이 되민 남혼여가 다 여우고 자□이 그도
쏘한 경이로다 추팔월 황국시 만산 실과 주어다가 압뒤로 노적하고 치장군
의 좃혼 복색 춘치자명 우는 소리 고금에 무쌍이라 수궁생애 좃다 한들
육지생애 당할소야 오리 묵묵히 안잣 그 곁에 조상 왓든 장끼란 놈 썩 나서
서 하는 말이 이내 몸 환거한지 삼연이 되엿서되 마짱한 혼처 업더이 오늘
그대 과부 되자 나 조상오자 천정배필을 천우신조 하엿선이 우리 둘이 짝을
지여 유자생여하고 남혼여가 시키어 백연해로 하리로다 짜투리 하는 말이
죽은 낭군 생각하면 개가하기 절박하나 내 나이를 쏩아 보면 불로불소 중늘
근이라 수맛 알고 살림할 나

〈13-뒤〉

이로다 오늘 그대 풍신 보이 수절 마음 전혀 업고 음란지심 발동하네 허
다한 홀아비 에서제서 통혼하나 왕상만이 각실려이 옛말에 이르기를 유
유상종이라 하엿선이 짜투리가 장끼 신랑 짜러감이 의당한 상사로다 아

무렷게나 살어보새 장끼란 롬 썩썩 푸드득 하드이 발서 이성지합이 되엿서이 통혼하든 가마귀 부엉이 물오리 무안에 취하여 훨훨 날러갈 째 각색 소임 다 날라간다 검정새 홀로 호반새 주루룩 방울새 짤낭 앵무새 공작 기러기 왜거리 황새 뱁새 다 돌아가이 잇대 까투리 새랑군 압세우고 아홉 아들 열두 짤연 뒷세우고 백설풍 무릅쓰고 운림벽계로 돌아가서 명연 삼월 봄이 되매 남혼여

〈14-앞〉

가 다 여위고 자웅이 쌍을 지여 명산대천 노일다가 셰월이라 십오일에 치입 대수위이라 하엿기로 양주 부최 내외 자웅 가시벗어 큰물에 들어가 조개 되엿선이 치위합이라 셰상 사람들이 이르나이라

까토리가(DB)

까토리가(임기중 DB본)

　〈까토리가〉는 가사체 형식으로 이루어진 작자와 연대 미상의 작품이다. 〈까토리가〉라는 표제와 달리 작품은 "꿩의 타령 그만 허노라"라는 말로 끝맺는다. 이 이본은 콩을 먹은 장끼가 덫에 걸려 죽은 후, 홀로 남게 된 까투리가 장끼의 소상과 대상을 치른 뒤에 수절의 무상함을 토로하며 원앙 새와 재혼한다는 결말을 취하고 있다.

　이 이본은 다른 이본에 비해 과부가 된 까투리의 신세 한탄이 장형화 되어 있다. 작품의 후반부를 이루고 있는 까투리의 신세 한탄에는 어린 자식과 백발 양친의 부양 등 홀로 남은 까투리가 감내해야 하는 현실적인 문제가 노정되어 있으며, 여기에 한문투 어휘와 한시 구절이 많이 쓰였다. 또한 작품의 말미에서는 "더상이 도러오니 희상허기 더욱 슬다 이통유체 스른 마음 슴당 담체 다 지니고 주식덜을 셩취허고 슈절헐길 견혀 읍셔 혼쳐을 방구허여 보자"라며 스스로 혼처를 구하는 까투리의 적극적인 모습 이 나타나, 수절의 무상함과 개가에 대한 긍정적인 시각을 확인해 볼 수 있다.

출처 : 임기중, 『한국역대가사문학집성』 DB(www.krpia.co.kr).

건곤(乾坤)이 조판헐 제 만물이 풍승허니
녕헌 거슨 사람이요 미련헌 건 짐승이라
유모츔이 슘빅이요 유우츔도 슘빅이라
우쪽 슘쳔 짐승중의 꿩의 몸이 싱겨나니
의관은 오싁이요 이름은 화츙(華蟲)이라
무졍이 졔황헐 제 우름으로 감동허고
월상시 빅치라도 셩인을 차져드러
쳔즛의게 죠공허니 꿩의 승셔 죠컨마은
슨금야슈 쳔승으로 사람을 스려허고
손님벽계 시니가의 낙락장송 졍즛사머
츄풍낙엽 절노 듯넌 상슈리을 쥬어 먹고
임즛읍시 사넌 즘싱 구티여 자버다가
방빅슈령 귀긱더리 슬토록 장복허고
조혼 쏘리 골너나여 초당션비 몬쥬쓰리
사명긔쩐 장목치레 왼가지로 모도 허니
공덕인들 읍슬소냐 훤원셰계 보랴 허고
빅운손 상상봉의 허위허위 올너가니
두룽소년 보륵미은 예셔 덜넝 졔셔 쩔넝
모리군과 손양기넌 장송 미티 가랑입을
뒤젹뒤젹 차져 오니
엄동셜한 쥬린 식냥 어듸미로 가잔 말고
속시 미틔 아희더라 쥬리쩨도 가자셔라
장끼 치레 볼짝시면
쳔상션관 즁치막과 쵸록궁쵸 짓슬 다러

빅공단 동졍 다러 밉시잇게 지어 입고
쥬먹벼슬 옥관ᄌ의 디쟝부도 다올시고
기토리 단쟝 볼작시면
통명쥬지 읍슈건의 남슈화쥬 홋단치마
북슈와쥬 고쟝바지 빗 조흔 머리티를
곱게 비셔 낭ᄌ허고 열두 쌀 아홉 아들
시물 하나 쥬리덜을 압셰우고 뒤셰우고
어셔 가자 밧비 가자 상하평젼 밧머리예
날낭은 이 골을 줏고 널낭은 져 골을 줏자
졈졈 쥬어 드러갈 졔 난듸읍년 부른 콩이
보기 죠케 노여구나 쟝끼란 놈 반가라구
어허 그 콩 쇼담허다 어졔 져녁 굴머더니
일포식도 식슈로다 우줄우줄 달녀드니
기토리가 이른 말이 셜샹의 유인젹허니
그 자취가 슈샹허다 졔발 그 콩 먹지 마쇼
쟝끼란 놈 이른 말이 에라 이년 요란허다
이ᄯᅥ를 싱각허니 동지섯달 셜한풍의
쳔손 죠비졀이요 만경의 인죡멸이라
시 짐싱도 읍스려든 스람 자취 잇슬쇼냐
기투리가 이른 말이 간밤 쵸경의 ᄭᅮᆷ을 ᄭᅮ니
북망산쳔 상상봉의 찬바람이 이러나며
티아금 드넌 칼노 빗죠흔 그딕 머리을
뎅겅 버혀 니쳐뵈니 그딕 죽을 ᄭᅮᆷ이로다
졔발 그 콩 먹지 마쇼 쟝끼란 놈 이른 마리

그 꿈 죠타 히몽허자
알성 츈당 티평과의 문무방의 참녜허여
어사화를 머리 꼿고 입신냥명 헐 쑴이라
기토리가 이른 말이 이경 쵸의 꿈을 쑤니
슘티셩과 하괴셩은 북두칠셩 둘너 잇고
견우셩과 직녀셩은 은하슈의 마쥬 잇고
그 가운디 일졉셩이 건공즁(乾空中)의 쑥 쩌러져
그디 압픠 노여뵈니 그디 죽을 흉몽(凶夢)이요
삼경(三更)말의 쑴을 쑤니
화당빈긔 만좌즁의 큰 잔치을 비셜허고
시물 두 폭 뵈 차일(遮日)을 반공 즁의 놉피 쳣다
서발 가옷 고쥬찌가 와직근동 부러져셔
그디 몸을 더퍼 뵈니 그디 죽을 흉몽이라
제발 그 콩 먹지 말게
장기란 놈 이른 말이 그 쑴은 더욱 죠타 히몽허자
예글을 볼작시면
훤원시 어머니도 북두칠셩 졍긔 바더
황졔씨를 나어 잇고 차일(遮日)을 더퍼 뵈니
명월사창 발근 밤의 등걸벼기 놉피 베고
화쵸병풍 둘너 치고 잔듸 장판 짜러 녹코
가랑닙을 축켜 덥고 너와 나와 한 몸 되여
이리져리 헐 쑴이라 기투리가 이른 말이
사경(四更) 쵸의 꿈을 쑤니
천근드리 무쇠 두멍 자네 머리 덥퍼 쓰고

만경창파(萬頃蒼波) 집푼 물의 풍덩실 싸져 뵈니
나 혼져 물가의 셔셔 슬피 통곡 허여 뵈니
그디 죽을 흉몽이라 졔발 그 콩 먹지 말게
장씨란 놈 이른 말이 그 꿈 조타 희몽허자
디명국의 날니 나셔 구완병(救援兵)을 쳥허거든
이니 몸이 장슈 되어 압녹강을 근너다러
즁원을 평정허고 승젼고(勝戰鼓)를 울니면서
고국으로 도라올 졔 슈륙디장 되리로다
기토리가 이른 말이 시벽녁의 꿈을 꾸니
이니 몸이 단장허고 녹슈쳥숀 당길 젹의
난듸읍넌 덥펄기을 벼란간의 마쥬치니
갈 곳시 전혀 읍셔셔 숨밧틔로 드러가니
존 삼디 넌직 쳐지고 굴근 숨대 부러져셔
머리 더퍼 왼 만신의 휘휘친친 감겨 뵈니
이니 몸이 과부되여 숭복(喪服) 이불 꿈이로다
졔발 그 콩 먹지 마쇼 장씨란 놈 디골나여
음발노 휘두리쳐 이리 차고 져리 차며
방졍마진 간니년아 정헌 셔방 마다허고
시이남진 길기다가 쥬홍스(朱紅絲)로 결박허여
네거리로 지나가며 북통을 짊어지고
죠리돌닐 꿈이로다
이년 꿈말 다시 마라 압졍강이 썩그리라
기투리가 무춤허여 헐일읍시 물너셧다
쏘다시 나라드러 경계허여 이른 말이

봉비천인이 긔불탁속은 디장부의 근신이라
근신을 허량이면 염치(廉恥)를 볼 거시니
연즈의 도학 넘치 단포누공을 낙을 숨고
빅이슉졔 츙졀 넘치 쥬속을 마다허고
장자방의 지혜 넘치 사병벽곡 허여스니
그디가 비록 미물이나 군즈의 염치 본을 바다
졔발 그 콩을 먹지 말게
장끼란 놈 이른 말이 도학 넘치도 쓸디웁다
안연즈의 도학 넘치 숨십 젼의 조스(早死)허고
장자방의 지혜 염치 적송즈를 못 싸러가고
빅이슉졔 충졀 넘치 져 죽을 날을 몰너쓰니
예의 염치 쓸디없고 먹넌 거시 웃듬이라
호타하의 보리밥을 유황슉이 달게 먹고
즁흥황졔 되여 잇고
표모의 식은 밥을 한신(韓信)이가 달게 먹고
창업디장 되엿스니
나도 이 콩을 달게 먹고 귀이 될 줄 어이 알니
기토리가 이른 말이 그 콩을 달게 먹은 후의
동당급졔 댱원허여 셩균진스 즉시허고
잔듸 출방 슈망으로 황천부스 이직허고
청산현감 츄코마져 도마혈녕 헐 거시니
졔발 그 콩을 먹지 마오
옛글을 드러 볼죽시면
고집불통 쓸디웁니

진시황의 어린 고집 부쇼의 말 아니 듯고
민심쇼동 십오 년의 이셰망국 허여 잇고
쵸픽왕의 못슬 고집 범증의 말 아니 듯고
팔쳔주졔 이손 후의 무면도강 허여 잇고
오자셔의 고든 말을 고집으로 아니 듯고
동문상의 걸닌 눈물 일편목을 더퍼 잇고
굴숨녀(屈三閭)의 오른 말도 고집으로 아니 듯고
진무관의 갓치엿다 가련공손 원죠되여
숨상강의 우넌 시넌 어복츙신 가이웁다
아무리 지집의 말이라도 자네 역시 나의 말을
고집으로 아니 듯고 금일 망신 될지라도
나의 원망을 부디 마쇼 장끼란 놈 이른 말이
콩 먹넌다고 다 죽으랴 고금(古今)녁썬 통사긔를
네 자셰히 드러보라 콩티쓰 든 듸마다
상슈부귀 허엿더라 티고라도 쳔황씨넌
만팔쳔 셰 스러잇고 티호 복희씨넌
상승(相承) 십오 셰 허여 잇고 은나라의 티갑티무
츄나라의 티임티사 숨디시졀 졍군이요
한티죠와 당티죠와 송티죠와 명티죠와
고려티죠 아티죠넌 역디셩군 되어 잇고
함포고복 격양가로 티평건곤 되어 잇고
두티서속 오곡 중의 콩티쓰가 졔일이요
북방의 티을셩(太乙星)은 별중의도 웃듬이라
나도 이 콩을 달게 먹고

티빅상천 허년 후의 티을션관 되리로다
가투리 긔가 막켜 두말읍시 물너셔니
장끼란 놈 거동 보쇼 열두장목 떨쳐 들고
노젼 빅노 거름으로 기욱기욱 드러간다
빅옥 갓튼 쇠부리로 한번 드러 칵 칙으니
고동(古銅)더가 이러나며 한 곱픠를 치넌 쇼리
박낭사중(博浪沙中) 쇠방망이 버금슈례 짜린넌 듯
조나라 만군중의 쥬히역스 진비 치듯
천동지동 벼락 치듯 함졍 갓튼 져 차위가
변통(變通)읍시 되어구나
가투리 거동 보라
누에머리 산발하고
상하평전 자갈밧틔 쩨굴쩨굴 궁글면서
머리도 화드둥 가슴도 쾅쾅
두 발를 탕탕 구르며 쩨구루루
이고이고 이거시 원 일인가
츙언이이어역이나 이어힝이요 독약이고구나 이어병이라
니 말을 고지 드러시면 이런 변이 읍슬 거슬
이를 장차 웃지헐가 장끼란 놈 숨찬 말노
에라 이년 물너거라 아무러면 죽넌 놈이
탈읍시 죽을쇼냐 호환(虎患)을 미리 알면
숀의 가 리 뉘 잇스며
슈환(水患)을 미리 알면 물의 가 리 뉘 잇스리
막비신슈 불길허면 슈원슈구 뉘 탓헐가

사싱맥을 안다 허더니 너 믹이나 좀 집퍼 보라

기토리 믹 보고 이른 말이

촌관척을 분간허니 비위믹(脾胃脈)이 쓰너지고

명믹이 쩌러지고 닝믹은 쇼슬(蕭瑟)허고

디츙믹이 쓰너졌네

너 눈의 부쳐를 보와라 기토리가 이른 말이

한눈의 부쳔년 시왕이 너머가고

쏘 한눈의 동즈(童子)년 보쎰지고 신발

이를 장차 웃지 헐가 이고이고 슬운지고

웬년의 팔즈관듸 상부(喪夫)히기도 지질허다

쳣지 낭군 어더셔넌 독슈리가 치여 가고

둘지 낭군 어더셔넌 보라미라 무러 가고

셰지 낭군 어더셔넌 빅년희로(百年偕老) 바라더니

사랑쵸타 못다 드러 원슈년의 콩을 만나

쏘 이 지경이 되어스니

환과술을 씌여넌가 망신술(亡身煞)을 가졋넌가

나이 만허 죽어넌가 병이 드러 죽어넌가

풀꼿틔 이슬 갓고 단불의 나뷔 날듯

덧읍시도 되어구나 홍진비리가 이 아니냐

일진광풍 부던 날의 숨혼칠빅 간듸읍늬

북망의 빅발양친(白髮兩親) 난간의 어린 즈식을

좁박의 밤담드시 조랑조랑 안진 거슬

셤마둥둥 어루더니 그듸 읍시 어이 술가

품의 품은 맛달 아기 혼인인들 뉘 지닐가

조물이 시긔허여 영결종천 되어구나
공손츄야 발근 달의 순과목실 양식 숨어
함포고복 슬컷 먹고 걱정읍시 지니더니
그디 읍시 엇지 술가
화발츈풍 조흔 경과 낭뉴청청 잉가셩을
노 함긔 귀경헐가 츄풍쇼쇼 낙엽 속의
바람쇼리 슬푸도다 바람쇼리 슬푸도다
힝궁견월 숭심식과 야우문녕 단장셩을
나를 두고 어디 간나 공손야월 져문 날의
슬피우넌 져 두견아 죽지어라 원을 마라
원디로 되량이면 이팔청춘 졀문 과부
상ᄉ불견 이 스름을 아니 죽고 무얼 허리
남북졍의 군신이별
말니 호지예 모ᄌ이별 녁노상의 형졔이별
쳥운녹슈의 붕우이별 니별마다 슬것마넌
날갓튼 이별 쏘 잇넌가 간 곳마다 졍 드려 녹코
니별 자져 모슬것니 팔ᄌ청순 조흔 얼골
양 미간의 엉긴 슈심 임 그리워 화쎵이라
져갓치 고흔 얼골을 은졔 다시 만나볼가
이고이고고 스른지고 장끼란 놈 긔가 막켜
허의탄식 목안 말노 사자넌 불가싱이라
너무 스러 부디 말고 니일 아침 조반 후의
차위 임ᄌ 짜러가셔 안동관의 걸녀거나
차담상의 올너거나 그박긔넌 이닉 얼골을

다시 보지 못 허리다 너무 스러 부디 말고
우지 말고 줄 살어라 차위 임즈 탁졈지넌
흔 펴랑이 숙이 쓰고 지푼 막디 두다리며
허위허위 달녀드라 희희낙낙 츔을 츄며
얼스졀스 조을시고 흉악허다 장찌란 놈
죽넌 날이 잇단 말가 압녹강산 폭포슈의
물머그러 네 왓던냐 녹슈쳥순 노던 너를
잡필 줄을 읏지 알니 빗문 셔를 자버 쎼여
바위 틈의 세여 녹코 쑤벅구벅 졀을 허며
순신후토 실녕님네 악가 노은 차위 쯔틱
긔토리을 마져 줍게 즘지허여 쥬옵쇼사
츔을 츄고 도라가니 긔토리가 바라보다가
바위 틈의 세은 셔를 천만간신 차쳐 니여
치상졔구 차릴 젹의 치상관의 쌋져구리
가랑입으로 소렴허고 당담이로 결관(結棺)허여
명졍(銘旌)을 쓰랴헐 졔 치상관이 부슬 들고
즌즈로 명졍을 쓸 졔 산림쳐사 화츙(華蟲)이라
쵸상셩복 다 지니고 장스경영 허여 보세
신산을 둘너보니 명풍을 못 맛나고
구산으로 가랴허니 길이 머러 못 가건네
긔골창 시니가의 비암 무셔 못 허것네
장풍향양 터을 어더 조흔 짱의 시역허여
쳣지 날은 구슬 파고 이튼날은 격회허여
숨일경영 장사헐 졔 순신졔와 평토졔을

좌우비셜(左右排設) 갓츄차려 제물치례 볼작시면
빗조흔 쓸니열믜 밤짝지로 시졉을 노코
도토리 고명 빅셜기를 층가유무 차려더라
누구누구 모여던고 소리 조흔 두루미넌
흔작의 미여 잇고 얼눅덜눅 당짜치넌
봉작의 미여 잇네 허울 조흔 황시란 놈
분향(焚香)의 미여 잇다 진셜(陳設)은 뉘가 허넌고
몸 가뷔연 날지비라 호상(護喪)은 뉘가 허넌고
말 줄허넌 잉무시라 힝즈복비 셰워두고
네아네아 발인(發靷)쇼리 이팔청츈 소년 과부
일츈간장 다 녹넌다 산상(山上)으로 올니다러
츌님비죠 벗시더리 칠쳑 광즁 하관(下官)후의
너눌너눌 뭇시더리 용약 츅믜 허넌구나
션쇼리넌 뉘 허던고
쩔눅쩔눅 두루미넌 쎵동쎵동 쮜놀면셔
달구쇼리 쳐량허다 말년유튁 집을 지어
장씨을 영장(永葬)허니 언졔 다시 만나볼가
불상허다 져 긔토리 뉘를 의지 사잔말가
셩분토인 손 후의 손 젹젹 월 황혼이라
그렁져렁 필역허고 숨신졔쥬 반우졔와
숨우졸곡 다 지니고 이통유쳬 허넌 거동
나지면 쳥쳔을 바라보고 밤이면 쳥손을 벗삼어
무졍셰월 지느갈 졔 졍월(正月)이라 십오일의
공손명월 발근 달은 임 계신 듸 보련마넌

일죠 낭군 이별 후의 나넌 어이 못 보넌고
우리 낭군 어디 가고 망월(望月)할 줄 모론넌가
호천망극 서른 진정 참아 잇들 못 허것네
이월이라 청명날의
면손의 봄이 오니 불탄 잔듸 속닙 난다
망타향지고운허니 우리 고향 언졔 가리
영소홍녹 봄바람의 나무나무 츈긔(春氣)드러
가지마다 시루워라 우리 님은 어디 가구
한식 츈졀인 줄 모로넌가 이고 이고고 셔른지고
그달 그믐 다 지너가고 삼월이라 숨진날의
연즈 펄펄 나러드러 옛 쥬인을 차져와셔
창외신셩 반갑도다
무릉도화 범나뷔넌 쏘슬 보고 반가라고
만소홍녹 봄바람의 일년 일도 다시 와셔
츈광을 자랑헌다
이인셩지슈유허니 탄광음지여류로다
우리 임은 어디가고 봄 가넌 줄 모로넌가
이고이고 셔른지고 그달 거믐 다 지너가고
사월이라 쵸팔일날
남풍지훈 혜허니 희오민지 온혜로다
쥬스인간 져문 날의 소년 힝낙 이 아니냐
타긔황잉 괴꼬리야 막교지상 울지들 마라
상스허던 우리 님을 꿈가운디 잠간 만나
만단졍화 못다 허여

우례 갓튼 네 쇼리예 계우 든 줌 쎄들마라
장안만호 등을 달고 산호만셰 허넌구나
슬푸도다 우리낭군 관등(觀燈)헐쥴 모로넌가
그달 그몸이 다 지느고 오월이라 단오날의
일지지어 창외허니 하운다어귀봉이라
녹양방죠 진진 날의 희는 어이 지런넌가
빅구야 펄펄 날들 마라 너 잡을 늬 아니로다
이늬 신셰 고단 허여 갈 듸 읍셔 예 왓노라
나물 먹고 물 마시고 팔을 베고 누어시니
이팔청츈 쇼년과부 일쵼간장 미친 스름
임의 싱각 쓴이로다 옥창잉도 불거시니
원정부지 이별이라 송빅 슈양버들가지
놉피놉피 그늬미고 녹의홍상 처녀덜은
오락가락 츄천(推韆)헌다 슬푸도다 우리 님은
단오날을 모로넌가 유월이라 유두날의
건곤이 유의허여 양신이 잠겨셔라
슴복이 다 도러왓네 나도 미리 폐셔(避署)허여
어듸미로 가즈넌냐 셕경소로(石徑小路) 죠븐 길노
만학쳔봉 드러가니 폭포슈도 죠커니와
강산풍월 더욱 조타 바람 부러 구진 비와
구름 기여 져문 날의 임 계신 듸 바라보니
이늬 상스 허스(虛事)로다 슬푸도다 우리 님은
유두날을 모로넌가 그달 그몸 다 지너고
칠월이라 칠셕날의

금풍삽이 셕긔허니 옥우확이징영이라

오동츄야 구진 밤의 실솔셩이 쳐량허다

은하슈 집푼 물의 오작으로 다리 녹코

견우셩과 직녀셩은 일년일도 만나건만

슬푸다 우리 임은 어디가고 만나볼 줄 모로넌가

그달 그뭄 다 지너가고 팔월이라 츄셕날의

무졍허다 져 셰월은 희희마다 도라온다

여긔져긔 곳곳마다 벌쵸 향화 허넌구나

임 그리워 우넌 눈물 낭군 손쇼 셩묘가즈

공손명월 발근 밤의 슬피 우넌 져 두견아

죽어지라 한을 마라 원터로 되량이면

날갓튼 쳥츈과부 아니 죽구 무월허리

오동츄야 구진 비넌 밤은 어이 지런넌가

독슈공방 이 스름을 예녜버텀 이러헌가

우리 님은 어디가고 츄셕인 줄 모로넌가

그달 그뭄 다 지느고

구월이라 구일 날의 만학(萬壑)의 단풍 드니

쏘시 핀듯 반갑도다

시유구월 잇쩌런가 셔쇽숨츄 가련허다

향긔롭다 져 국화넌 숨월동풍 웃다두고

너만 홀노 츈식(春色)이냐 구월단풍 꼿밧 속의

우리 임은 어디가고 구일인줄 모로넌가

쇼쇼츄풍(蕭蕭秋風) 낙엽 속의 바람쇼리 슬푸도다

그달 그뭄 다 지너고

시월이라 첫마날의 이강셜빙 되어셔라
시벽달 춘 바람의 울구 가넌 지력이야
쇼상강을 웃다두고 낙월ㅅ창(落月紗窓) 시벽달의
젼젼반칙(輾轉反側) 잠 못 들다 계우 든 좀 찌우너냐
실푼 노리 진 한숨을 벗을 숨아 누어시니
싱각허면 원슈로다 그달 그뭄 다 지니고
동지달 진진 밤의 자락찌락 좀 못 이러
즈란 자식 좀을 지이고 어린 즈식을 졋물이고
등걸벼기 놉피 베고 공손명월 상더허니
일촌 간장 구뷔 셕어 벼기 우의 눈물이라
우리 임은 어디가구 속 셕넌 줄 모로넌가
익고익고 슬운지고 그달 그뭄 다 지니고
셧달이라 한명일날 팔십당년 빅발부모
이팔청춘 졀문과부 운빈옥안이 다 늑넌다
인간이별 만ㅅ중의 독슈공방 못허것니
상ㅅ불견 이 진정을 게 뉘 알가 미친 서름
젼성이싱 무슴 죄로 우리 두리 싱겨나셔
이별마자 빅년긔약 일죠(一朝)의 허ㅅ(虛事)로셰
셰월이 여류(如流)허여 물 흐르듯 슈이 가니
홀광음 무졍허여 소상(小喪)이 도러왓네
호천망극 서른 마음 극진갈녁 졔 지니니
우넌 눈물 바다되여 만첩청손 그려닌들
한붓스로 다 그릴가 쏘 디상이 도러오니
희상허기 더욱 슬다 이통유체 스른 마음

슴당 담졔 다 지니고 즈식덜을 셩취허고
슈졀힐 길 젼혀 읍셔 혼쳐을 방구허여 보자
젹구지병 바니 읍다 쇼로기를 쳥혼허니
욕심만허 못 허것다 가마귀을 쳥혼허니
복식(服色) 달버 못 허것다 쳥강녹슈 원앙식야
너와 나와 비필되즈 턱일힝예 허년 후의
전힝 추려 도러갈 졔 낭군 손쇼 하직허고
여필종부 힐 일 읍셔 갈가부다 갈가부다
님을 싸러 나년 가네 만경창파 히오리야
기가헌다 웃지 마라 초목금슈 미물(微物)이야
음양지락 읍슬소냐 무졍 셰월 졀노 가니
즈숀만단 부귀허여 니외히로 죠홀씨고
예젼 일은 젼혀 잇고 만셰동낙 허여보셰
쏑의 타령 그만 허노라

천지가 조판될 때
만물이 번성하니
진 ᄉ 몸을 삼고
두백가지라
옥충이 살백이요
설백가지 중에
별의 틈이 화충,
정예상 ᄊ 되

가로리가

만 ᄉ 사람이요
털백이요
설백이요
붉은 ᄋ 충이 영 ᄒ
그중에 정ᄇ 몸이 영 ᄒ ᅬ며
불활의 ᄋ음기라
살기 ᄋ 발하ᄆ
월상세 때지로 ᄌᄒ하고

까토리가(임기중본)

　〈까토리가〉는 전체 15장(30면)이다. 귀글의 가사체 형식으로 되어 있으
나 마디와 짝의 분할이 무분별하며, 의미 단위의 분절이 이루어지지 않고
있다. 구혼 화소 부분에서 오리는 '수중생'을 자랑하며 청혼을 하나 까토리
는 '육지생'을 자랑하며 거절한다. 그리고 이 말을 들은 오리가 "끌끌 그러
면서 날아가 버렸습니다."라고 하며 갑작스럽게 결말짓는다. 이 이본의
경우, 말미에 필사기(筆寫記)인 "계사년 십팔 세 섣달 수무날 백일"이 확인
된다. 이에 따르면, 필사가 이루어진 계사년(癸巳年)에 필사자는 18세이
고, 그해 음력 12월 20일(섣달 스무날)은 쾌청한 날(백일, 白日)이며 이날
비로소 〈까토리가〉의 필사를 마친다. 필사연도는 1893년 혹은 1953년으
로 볼 수 있다.

출처 : 임기중, 『역대가사문학전집』 8, 동서문화원, 1987.

〈1-앞〉

까토리가

천지가 조판 후에   만물이 번성하니

□할손 사람이요   □□손 짐승이요

짐승도 만을시고   구백 가지라

□□□ 삼백이요   모□□ 삼백이요

우충이 삼백이요   삼백 가지 중에

봉학이 으뜸이라   그 중에 꿩에 몸이 생겼으대

별이름은 화충   꿩에 상서 좋거니

살해을 잘하는고   월쌍씨 백치로 좋흐하고

〈1-뒤〉

산금야수 천상으로   평생에 업 있어

우울장송 정자 밑에   울임벽에 시냇가에

절로 뜯는 꿀밤이나   주워 먹고 있는 몸을

규태여 잡으려고   해동창 보라매은

예도 떨령 제도 떨령   냄 잘 만는 사양개는

속새포기 가량잎을   뒤적뒤적 뒤적이면

이리 꿀꿀 저리 꿀꿀   이등 저등 포수 등은

벌여 서서 규태여 잡아   닦아 탐태육경

수령방백 실토록   장백하고 긴장복

가리내찌 사양군에   치례 초당 천장에

〈2-앞〉

파리체와 두지비와	온갖 비가 다을손야
이관는 다섯 가지 별인데	초록궁초 기전 매기
자주궁초 긴을 달아	백방사주 동장 달아
주먹벼슬 옥관자에	장부도 다을시고
까치 치례 볼작시면	잔누비 주누비 갈개누비
곱개 입고 자른 머리	곱게 비저 단장하고
아홉 아들 열두 딸을	수물하나 주레등은
앞서우고 뒤서우고	상화평전 눈 녹은 데
혹간 콩 한날 있으려고	주우려 가자서라
밭머리에 가서	너는 요골 주라

〈2-뒤〉

나는 요골 줍고	조슘조슘 주어 가다니
난대없는 불콩 하나	덩그렇기 노있거늘
어와 이게 내복 있가	어재밤에 꿈을 꾸니
옥황님이 회개하사	반석고에 콩 한 섬을
상금으로 타이우니	삼동설한 굼든 짐승
이 안이 검쩍한가	까토리가 하는 말이
어와 그 콩 먹지 마소	설상에 후인적하니
입으로 훌훌 분 자취와	비로 솔솔 씬 자취와
사람 자취와 연하다	제발 그 콩 먹지 마소
쟁끼가 하는 말이	만경에 인종멸인데

〈3-앞〉

사람의 자취가 어찌   있을소냐
까토리 하는 말이   홍장수국 중에
기발탁속은 장부   에 시신인데
제발 그 콩 먹지 마소   쟁기가 하는 말이
하느님이 주신 복을   내가 어이 마다하랴
까토리가 하는 말이   그 콩 먹지 마소
어재밤 이경 말에   꿈을 꾸니 이내 몸
곱게 단장하고   색저고리 색치마에

〈3-뒤〉

곱게 입고 머리도   곱게 빗고 단장하고
뒷동산을 올아가니   난대없는 청삽살이
혀우치고 달여드니   경황실색 갈대없어
삼밭으로 들어가니   잔 삼대난 후려지고
굵은 삼대 부려저서   내 자른 머리 덮어보이니
자내 죽어 내 몸에 상몽   입을 흉몽일에
제발 그 콩 먹지 마소   쟁끼가 하는 말이
그 꿈은 더욱 좋다   그 콩 먹고 일신양면

〈4-앞〉

하개되면 기화을 갈아곱고   대가을 할 꿈이라
까토리가 하는 말이   그 콩 먹고 대단 말은
내가 먼저 알아밧대   생원 진사직 사하고

황천 부사 관만하고
부대부대 그 콩 먹지 마소
콩 태자 든대매동
나도 이 콩 달개 먹고
까토리 하는 말이

도매전에 혁살지라
쟁기가 하는 말이
오래살고 귀히 대이
크게 될 줄 알을소냐
어재밤 삼경 말에

〈4-뒤〉

꿈을 꾸니 시물두 폭
부려저서 자내 머리
일에 부대 그 콩 먹지 마소
시중천자 일에백은
궁팔십 강태공은
나도 이 콩 달게 먹고
태백같이 귀히 대면
까토리 하는 말이

대차일에 고임 대가
나려치니 자내 죽을 흉몽
쟁끼가 하는 말이
기경상천 하여있고
달팔십 하였으니
태공같이 오래살고
그 안이 좋을손가
군자에 본을 받아

〈5-앞〉

제발 그 콩 먹지 마소
염치도 부질업고
안자에 도학 염치
백에 충절 염치
장양에 지혜 염치
유휴주라 특새하니
까토리가 하는 말이

쟁끼가 하는 말이
먹는 것이 으뜸이라
삼십에 조사하고
서산에 아사하고
적속자을 못 마치고
먹는 먹는 것이 으뜸이라
어재밤 사경 말에 꿈을 꾸니

삼태성자 은하수에   별은는데 그 가운데

〈5-뒤〉

별이 떠려저 보이니   자네 장성 아닐는가
쟁끼가 하는 말이   그 꿈은 더욱 좋다
별 떨어저 보이기는   혀는씨 어만님이
북두칠성 정기 보고   제을 났다 일었으니
장대 장판 둥글 비개   가랑잎을 주어 덮고
너와 나와 한 몸 대야   이리저리 할 꿈이니
니 몸에 태개 있어   아들 놀 꿈이로다
그른 꿈만 버석 꾸어다고   까토리가 하는 말이

〈6-앞〉

자내 아모리 미물인들   내 하는 말 아니 듣고
어이 그리 고집한고   진시왕에 몹쓸 고집
범징에 말 아니 듣다   인심소동 사십년에
이씨망극 하여있고   초패왕 어인 고집
부소에 말 아니 듣다   팔천 제자 흩어지고
무연도강 하였으니   내 하는 말 아니 듣고
금일 망신 될지라도   나을량 원망 마소
쟁끼가 하는 말이   갈자에는 이위음이요

〈6-뒤〉

기자에 이위식이라   시작하고 치울 적에

먹는 것이 으뜸이라   까토리가 하는 말이
충원에 역이나 이어   행이요 독약이
모우나 이어병이요   쟁끼가 하는 말이
한나라 한신이는 포모에   씨근 밥을 달개 먹고
한중대장 대여있고   문숙이는 호타한
백반을 달개 먹고   중흥황제 되였으니
나도 이 콩 달개 먹고   크게 될 줄 알소냐

〈7-앞〉

나도 이 콩 달개 먹고   크게 대면 그안이 좋을소냐
까토리가 하는 말이   사자가 불과부생이요
절자가 불가부송이요   부대 그 콩 먹지 마소
쟁끼가 되로 하여 하는 말이   애라 요년 요망한 연
생인남정을 기다가   아주 바로 주홍사로
두리 장삼 모장으로   능지처감 하여서
이 거리 저 거리 종로   네 거리에 북 이여
회실 태을 씨기놀 연   그 꿈 말 다시 말아

〈7-뒤〉

앞 장관이을 꺽어놀아   까토리가 무참하여
저그탁 물어가니   어와 이게 내 복인가
후류룩 날아들어   너큼 주어먹으니
범독 같은 저 차이가   와직큰 둑닥 나려치는
소리가 박량사 진 버금 수레   타려는 듯하니 까토리

깜짝 놀아 날아들어
팔자도 험할시고
푸지개군 덮어가고

자갈밭에 댕굴댕굴 구불면서
첫째 낭군 얻었드니
둘째 낭군 얻었드니

⟨8-앞⟩

포수 등이 잡아가고
백송골이 차이가고
범독 같은 저 차일에
품에 든 맛배 애기
배에 든 유복 애기
쟁끼가 날아드니
다른 말은 다 던지고
장개든 개 내 원이 실체로다

셋째 낭군 얻었드니
내째 낭군 얻었드니
도치이여 천고연결 되게 하니
호인등절 누가 하며
해안구안 누가 할고
까토리가 하는 말이
상부 잦은 니 가문에
그르나마 죽고살기에는

⟨8-뒤⟩

눈으로 간다하니
까토리가 눈을 보니
첫세복에 다라났고
이제야 떠나라고
길목버선 감발하내
죽고살기는 맥으로 간다
까토리가 맥을 보니
피맥이 소실하고

눈이나 살펴바라
오른쪽에 동자 붙이
왼쪽에 동자 붙이
파량보에 집을 싸고
쟁끼가 하는 말이
하니 맥이나 살펴바라
비이맥이 서늘하고
태충맥이 같았고

〈9-앞〉

명맥이 끊였으니
쟁기가 하는 말이
너무 애 쓰지 마라
규중심처 늘거 있고
까토리가 하는 말이
어디 가서 다시 볼고
내 얼골 다시 볼랐거든
안동장에 오기대면

이제사 무가냇새
죽는 놈 나만 설재
온나라 정부라도
월궁황혜라 혼자 살아
저다지 고운 풍체
쟁끼가 하는 말이
내일 아침 도식하고
전두장에 걸었거나

〈9-뒤〉

휴두장에 걸였거나
관청고에 걸였거나
그 아니면 못 볼이라
탁첨지가 어디서 였보다가
지팡망대 터떤지면
차이에 치인 쟁끼을
춤을 추며 하는 말이
니 왔드냐 뒷도산 곤츌

삿도 상에 올았거나
도매전에 혁살지랴
그르할 지염에 차이 임제
현피련을 수거씨고
허둥지둥 쫓아와서
빼여들고 너홀너홀
압록강 벽개수에 물 먹으로
보고 니 왔드냐 조상님이 불렀는가

〈10-앞〉

삼신님이 돌받는가
내 재주가 용하든가
내 재주로 잡았구나

니 신수가 불결든가
천년 묵은 무거리을
혀을 빼여 바위틈에

끼와놓고 두벅두벅
이 쟁끼 잡은 틀에
마조 잡게 해주십사
까토리가 바위틈에
애숙몽 혜치닥아

한장 배리 저수면서
저 까토리 구족을
탁첨지 돌아간 후
끼인 혀을 간신히 빼여내서
명전을 걸었서라

〈10-뒤〉

선상 잡아 쓰려하니
후상 잡아 쓰려하니
길이 머려 못 갈래라
한둥 두둥 넘어가서
모연 모월 모일 고래
유우세차 감소고홍 배
잣대 열매 다식 두 낫
떡개구리 거느표에

풍노 하나 못 하난고
채악산이 삼철이라
산약하기 쉬운 데로
살래밑에 묵발설에
자 주래등은 부근 처자
사양제문을 지여놓고
칠잎과 상두 쪼가리
가량이슬 청강주에

〈11-앞〉

콩 먹다가 죽었으니
속새대 중절을 걸어
진설은 니 하는고 몸 날이
잣 공사는 니 하든고
잣 공사에 맥이 있고
독축에 맥이 있고
현관에 맥이 있고

콩아 사여이노리
그렁저렁 차렸드라
제비는 진설에 맥어있고
말 잘하는 노구지리
소리 좋은 따오기는
이관 좋은 백두루미
그을 지엽에 함마산

가마귀가 대구 팔공산   구경갔다오다가

〈11-뒤〉

중노에 요구 참에   문상하고 그 친구가
우리 친구 중에   기수하든 친굴는이
효품도 좋거니와   심덕도 볼지라도
양수할가 하였드니   콩 한 낱을 못 참아서
천고연결 되단 말과   우리사 그른 음식 볼을
처도 안 먹을세   장수 나자 용마 나고
문장 나자 명필 나이   내가 오늘 여기 오자
게가 오늘 상부 하자   이가 일시연분이니

〈12-앞〉

백년회로 어떨는고   까토리가 하는 마리
아무리 미물인들   우제도 아니 맞고
개가 하여 가란 말은   어느 선생 예문인고
까마귀가 하는 말이   열여비 만다 해도
까토리 비 서운데 못 볼느라   한강누에 만누임도
평풍 뒤에 었보았고   주매신의 안해라도
물동우을 쏫아가니   하물며 니 가문에 수절이
무삼일고 적막공산   깊은 골에 가련 청산

〈12-뒤〉

내 한 몸이 죽어지면   그만이고 썩어지면

그뿐인데 이를 지염에
날아와서 문상하고
나가지고 까마귀가 내가
우멍하고 꼬리가 뭉퉁
부헝이가 하는 말이
부리도 고이한 개
까마귀가 하는 말이

부헝이가 난데없이
까마귀 하고 어룻 도툼이
먼저 어룻이다 너두 눈이
한 개 그개 무슨 어룻이냐
니 몸 검기도 검고
그개 무슨 어룻이냐
내 몸 검다 마라

⟨13-앞⟩

우리 어매 물장사에
내 입자 망불해서
부처의 원수을 가릿고
후루르 날와서 피눈
내 형시 계도 알고
백년해로 어떨슨고
촌나라 맛제자로
강남에 운거하며

그룻고 월량 구청이도
십년을 칼을 갈아
그 차이에 부려기가
물로 도상하고 하는 말이
계 형시 나도 알고
내가 몸은 체수하나
고국을 이별하고
창호산 밝은 달과

⟨13-뒤⟩

소상강 깊은 밤에
그 지염에 소래기가 와서
맛상주을 두 발길로
앉아서 너훌너훌 춤을 추며
그 안이 검찍한가

춘강을 보내두니
문상하고 어느 눔이 맛상주야
툭 차가지고 처암절벽에
자나 크나 꿩 한 마리
정이월에 절로

강아지와 병아리는
보리밥 부루쌈은
이태백의 포모주요

연장군에 소염주요
농가운에 제일이요
동연명의 국화주요

〈14-앞〉

연장군에 소염주요
처암절벽에 뚝 뜨려
루구나 혼수에다 함을 지고
까치 신부 예 있는가
날이나 어떠한고
내일은 회살이요
날은 오늘밤이 으뜸이라
짚어보소 신랑 신부

두 발길로 놀이다가
드리고 허 자손 은덕 미칠
오리 서방 날아드니
까토리 반만 웃고 하는 말이
장화절취 사길테에
모래는 주단이라
날이사 그르나마 궁합이나
한태 자며 궁합이사 절로 만내

〈14-뒤〉

잔말 말고 자고 보세
생이나 짚어보소
육지생이 좋다한들
오리가 하는 말이
종일도록 유석 닥아
식량 대로 장복하니
까토리가 하는 말이
육지생의 당할손가

궁합이사 그르나마
오리가 하는 말이
수중생에 당할손가
천길만길 깊은 쏘에
어해옥천 고가등을
그 안이 좋을손가
수중생의 좋다한들
우리생의 들어 보소

⟨15-앞⟩

철이말이 넓은 들에　　　　천장만장 높은 봉에
날아 둥실 올아가서　　　　사회팔방 구경하니
시절은 삼월일세　　　　　서원양류 푸을 적에
동안돌이 만발하고　　　　깨꼬리는 양류의
노래하고 봉접은　　　　　춤을 추고 시제시제
자명하면 절로 뜯는　　　　산실과을 식량대로
장식하고 수중생에　　　　좋다한들 육지생에
당할손가 오리가　　　　　하는 말이 그르면

⟨15-뒤⟩

그리면 글이나마 일어　　　보세 하고 글글
그면서 날아가　　　　　버렸습니다
계사년십팔세섯달수무날백일 (끝)

숑으ᄌ치긔권졔단이라

〈숑으ᄌ치긔권졔단이라〉는 14장(27면)으로 이루어진 필사본이다. 전반적으로 가사체의 줄글로 이루어져 있으며, 경상도 사투리가 나오는 것을 보아 그 지역에서 유통되었을 것으로 짐작된다. 이 이본에서는 장끼가 죽기 직전 개가를 만류하고 까투리가 열녀가 될 것을 약속하는 내용이 첨가되어 있어 특별하다. 탁첨지의 시절가가 길게 삽입되어 있고, 장례 과정과 상여소리가 길게 묘사되어 있는 것도 특징이다. 치상 중 소리개가 맏상주를 채어가다 대개는 떨어뜨려 살아나게 되는데, 여기서는 자식을 잃는 것으로 묘사되어 까투리가 느끼는 슬픔이 전반적으로 극대화되어 있다. 갈가마귀나 오리 등 늑혼을 하기 위해 등장하는 새가 없는 것도 특징이다. 결말 부분에는 할미새가 나타나 이웃의 학두루미가 상처하고 산다며 개가를 권유하지만 까투리는 할미새를 나무라며 내쫓아 돌아가는 것으로 끝을 맺는다. 까투리는 다섯 번째 남편을 잃는 것으로 그려지지만 수절에 대한 의지도 강하며 작품의 전반적인 분위기도 남편을 잃은 슬픔과 수절에 대한 의지를 그리는 것에 초점을 두었다. '신희연 이월 초구일 필리라'는 필사기를 보아 1851년 혹은 1911년에 쓰여진 것임을 알 수 있다.

출처 : 김광순, 『한국고소설전집』 20, 경인문화사, 1993.

〈1-앞〉

쑹으즈치긔권졔단이라

건곤이 초판 후의 만뮤리 싱겨셔라 유익츙도 숨빅이요 비슈금도 삼빅이라
육빅갓치 금싱중의 쑹으 몸이 싱겨셔라 징끼치리 볼작시면 쥬먹 비실 옥관
지난 남방즈지 후리뷕이 빅수류 지실 달고 디중부 조흘시고 갓치치리 볼작
시면 아롱머리 언고 아롱 져고리 민아룡신을 신고 상하평젼 너른 밧티 졈졈
쥬어 드르간이 난디업난 불쏭 흔나 덩겨럭키 노여겨날

〈1-뒤〉

징끼 보고 하난 말이 어화 그 콩 쇼담하다 이 안이 니빅인야 졈졈 주여
드르간이 갓치 보고 하난 말이 여보 그 콩 먹질 마오 징끼 보고 하난 말이
○쳔불싱뮤록지인이요 지불싱뮤명지초라 비금주수만뮬중의 먹을 거시 업
단 말가 먹어보시 먹어보시 졈졈 주여 드르간이 갓치보고 흐는 말이 여보
그 콩 먹질 마오 셜손의 유인격흔이 두룬 즈치 나간 즈최 입을 홀홀 붇
즈최면 비슬 살살 신 즈최라 즈최가 중 수숭흔이 지덕분

〈2-앞〉

먹질마오 징끼 보고 흐는 말이 너 말이 미련흐다 디셔리 만숀흔이 바이
즈최 업실손야 남촌 북촌 허단 촌군 농가왕니 한 즈최라 어지 진역 걸식흐고
오날 아직 식젼이라 그 무어실 으심하라 ○갓치보고 흐는 말이 어지 밤
초경 후의 이숨몽 꿈을 꾼이 옥황숭지 회고하되 한디충 콩 흔셤을 특비리
허급흐스 반가이 붇뮤 듣고 오날날 만니신이 지발 덕분 먹질 마오 징끼
보고 흐는 말이 먹어보시 먹어보시 졈졈 쥬어 드르간이 갓치 보고 하는
말이

〈2-뒤〉

그 콩 혼나 안 먹씨를 헐마드라 죽단 말가 징씨보고 흐는 말이 콩 먹짝곳
다 죽으라 콩 팃즈 드르뵤소 ○티고라 천황시난 만팔시 오리 살고 티호
복키시난 결셩지졍 히여익고 강남의 이티빅은 시죵 쳐즈 되여 익고 티슌
티슈 티원 티슈 슐영즁의 읏듬이요 쳔승의 티음셩은 빌즁의 읏듬이라 나도
이 콩 달기 먹고 티공갓치 오리 살고 티빅갓치 오리 살민 그 안이 죠을손야
○갓치듯고 흐는 말이 여보시오 너 말 듯쇼 어지

〈3-앞〉

밤 꿈을 쑨이 일인이 당승히야 일가 모와 즌치할 졔 열폭츠일 고짓써가
와직끈 쑨려지면 그디 머리 덥퍼신이 그 안이 홍몽인가 지발 덕분 먹질마오
○징씨란 놈 이른 마리 ○그 꿈 죳타 그 꿈 죳타 히몽할지 드르뵤소 ○츠일
더펴 비이기난 일모츈슌 기푼 고디 둥골비긔 ○쓴디즁판 ○홧쵸펑퓽 둘너
치고 너와 나와 흔몸 뒤여 이리져리 궁굴면셔 그리져리 할 꿈이라 그른
꿈 미양 쑤워 날 짜려 일너다고 갓치 득고 이른

〈3-뒤〉

말이 주리아밤 너말 듯쇼 어지 밤 이경 후의 이슘몽 꿈을 쑨이 낭낙즁송
울울흔디 지미셩과 둥셩이 그 가온디 직키시되 히귀셩이 쥬류류 쎠려졋셔
그디 압퓌 나려진이 그디 즁셩 안이신가 지발 부디 먹지마오 징씨 듯고
흐는 말이 ○극꿈 죳타 죳타 히몽할 졔 드르뵤소 ○빌덧려져 보이기는 헌원
시 모부인도 ○북도츄셩 졍긔타고 ○지미셩(싱)졔 흐여신이 ○우리드이
꿈쑤고 ○미즈숭디할 꿈이라 그른 꿈 미양 쑤워 날다려

〈4-앞〉

일너다고 갓치 듣고 일른 말이 슘경 후의 꿈을 쑨이 니몸 고이 단중ᄒ고 고 기거쳥손 논일 젹의 저 견니 김도령의 두 귀 쳐진 쳥슙소리 물나ᄒ고 왈칵 덥셕 쮜여들지 갈고지젼이 업셔지신 슘밧 드르간니 굴근 슘디 쮜려지고 존 슘디 시려지면 휘휘친친 귐겨빈이 거슝 입을 꿈이로다 지발 부디 먹질마 오 갓치 득고 ᄒᄂ 말이 의라 욘연 요망ᄒ다 기집이 소소히면 도즁의 범드ᄂ 이 그 꿈을 일울진디 소이 남경 ᄒ다가은 춤바 울바 뒹이소로 황시 쪽시 할 꿈이라 그른

〈4-뒤〉

꿈 쑤다가는 가는 다리 압즁긩이 직근득 쮜지라리라 물이 셧셔 소졍을 바 리본이 쮕끼란 놈 거동바라 쏭 먹으로 드르갈지 주먹비실 노피 들고 열두 경이 피틀이고 열표 박굇 낫셨닷가 후려쳐 닥 쪼운이 양쮜비 이려너면 민 날갓탄 쉿췩끼의 빈틀업시 쮕여쑨나 징끼란 놈 겨동바라 슘촌 즁의 ᄒᄂ 말이 주리어맘 기 이ᄂ야 즈니 보기 무안ᄒ니 이을줄 아라시면 쏭먹을 인 소 업니 낙소활줄 아라시면 뉘라셔 낭긔울나 긔면이 업실 줄 아라시면 뉘 라셔 즁소할이 파션할 줄 아라시면 뉘라셔 비을 타리 이려ᄒ나 저러ᄒ나

〈5-앞〉

지역 팔조 쇼관이라 주리어맘 니말 듯소 인의 압퓌 드르셧셔 진믹이나 히여 보쇼 갓치듯고 ᄒᄂ 말이 텃츰믹은 ᄯᅳ으지고 비귀믹은 션을 ᄒ고 관원믹은 쓸질ᄒ고 풍지믹은 바랄 업고 도음믹이 어려은이 죽을 빅끼 할 수 업다 징끼란 놈 ᄒᄂ 말이 인의 압퓌 드르셧셔 눈동자나 보와 주소 갓치 득고 디답ᄒ디 위인 동즈 볼작시면 힌구름이 가득ᄒ고 쳥쳔을 덥퍼오고 오른

동즈 볼작시민 붓쳐 승즈 쇼동즈가 목벼션 간발ᄒ고 표량 뵈짐 스지고 목벼
션 간발하고 단죽중

〈5-뒤〉

비겨잡고 셔희료 건너간이 뉘라셔 붓들귄노 죽을 박긔 할 수 업소 징찌
득고 ᄒᄂ 말이 쥬리어맘 니말 듯소 인니 몸 죽은 후이 인니 빅골 츠즈다가
더럼 소렴 ᄒ온 후이 신신이도 시지 말고 구손이도 시지 말고 쥬리어맘
단인 고디 단단이 뮤드쥬쇼 쏘 흔 말 드르보소 인니 몸 죽은 후의 쥬리어맘
니말 듯쇼 청춘이라 그져 늘끼 어려윗셔 만일 긔가할작 긔기시면 이붓의비
뮤정희야 동솟갓탄 큰손질노 불승흔 어린 즈식 이리 치고 져례 치면 그안이
불승ᄒ라 갓치듯고 ᄒᄂ 말이 여뵤 이겨 원말이요

〈6-앞〉

열여불경 쏜을 바다 쏜코져 듯지온이 그른 마음 두질 말고 극낙시기□기시
오 갑즈 숨월 즈니 나고 병인 정월 니가 나고 흔이 동궁이 미즁흔 니 흔티가
만니봇시 그디 존디 가려ᄒ고 연불노 착실흔니 나뮤이미타불 범뷰곳 치시
인디야 오직 스람 칙귀ᄒ다 인지 긔면 언지 올고 만경충파 뮬이 말나 쏭갈겨
든 오마든아 티손이 뮤으졋셔 펑지 되겨든 오마든나 조고만흔 조악돌이
방우 되겨든 오마든아 동솟텃라 안친 밉이 삭나겨든 오마든아 펑퓽이라
기린 황기시

〈6-뒤〉

경 일졈의 날시락고 쓰른 목 질기 빗여 경경 울겨든 오라든야 어는 천연
승봉할고 아고아고 니이리야 셜셜리 통곡흔이 징찌듯고 이른 말이 쥬리어

맘 우지마오 인니 마음 둘디 업소 인니 얼골 볼낙겨든 경쥬중을 추추옷쇼 경쥬중의 업거들낭 경쥬읍을 드르왓쇼 관청고을 찾아□□쇼 삿도승의 오시오면 인니 얼골 보오리다 이려탓시 ᄒ직할 졔 탁쳠지 겨동바라 쳥을 빅씨시니가료 쥬젹쥬젹 올나왓셔 시졀긔 흔중ᄒ되 ○ 쳥스이 빅씨슈야 ○ 수이 가뮬 주랑마라 ○ 일

〈7-앞〉

도충희 불뷰희오고 당승밍깅이라 쳥손빅씨 빅발옹은 아민도 니쌘인가 ○ 살미 망티 둘러미고 흔편 어득 우이 올나셔셔 이미 우의 손을 은고 비시기 보다가여 흅젹 쒸면 ᄒ난 말리 졀시고 죠헐시고 중씨란 놈 죠헐시고 징씨란 놈 뒷주로다 셕실낭은 노푼 어덕 기피 올나 쒸다가셔 돌못튕니 니미 갈되 숭한 쥴 졔 모로고 쇠칙씨 ᄯᆫ을 들고 징기 미고 ᄒ는 말이 춘픙 숨월 호시졀리 홧쵸지경 너왓든야 윙비종주 유림간의 암꽁

〈7-뒤〉

추주 너 왓든야 ᄯᆯᄯᆯ 퓨두둑 목말낫셔 참뮬 추주 너 왓든야 미방울 달낭소리 도망추로 너 왓든야 열두 징미 피여 녹코 히을 쎄여 낭기 결고 손신씨 비난 말이 일연 열두 달과 흔 달 셔른 날과 ᄒ료 열두시을 오날 갓치 스망희면 손신임 덕이료다 이려ᄒ나 져려ᄒ나 늘근 스람 반춘이라 후려쳐 둘너미고 둥둥이민 나려간이 갓토리 겨동바라 뉘이머리 핏트리고 숭ᄒ평젼 궁굴민셔 실픠통곡ᄒ는 말이 아

〈8-앞〉

고아고 인니 팔주 불칙ᄒ다 옌날 오주셔도 동문이 눈을 결고 일신이 업셔신

이 오날날 쥬리아밤 히을 쎄여 낭긔 결고 일신은 어디 간노 스고뮤인 젹막흔
더 쳥일토룩 울고는이 눈도 붉고 목도 쇠고 두통도 졀노 는다 우는 눈물
바다 니민 비을 타고 안이갈가 아고아고 니이리야 요른 팔즈 어더시리 쳣치
낭군 어더든이 져 건니 금도령이 두 귀 쳐진 쳥습스리 왈칵 덥셕 뮤르가고
둘치 낭군 어더든이 이쳠지의 보

〈8-뒤〉

리민가 덜넝 달낭 뮤르가고 싯치 낭군 어더든이 뮤승흔 셜표슈가 염초화약
뷰을 노와 허리 마즈 요졀흐고 녯치 낭군 어더든이 공손야월 져문 날의
허기탐식 흐옵짜가 쉿칙씨의 죽으신이 요른 팔즈 쏘 이시리 아스라 우려
실곳 업다 히라도 안즁희민은 득이 업실손야 비들키 구시원이 쇼렴을 잘희
기료 신근이 쳥흐다가 쇼렴 겨힝 츳일젹의 덕가랑입 너운 입퓰 싯표 이불
즈아니야 슝스흐고 운곳틀민 목

〈9-앞〉

익슈 지여너고 연달비 식인 쏘튼 복근치리 찰는흐다 안믹씨도 일곱믹씨 견
믹씨로 일곱믹씨 두일곱 열네미을 단졍이 눌너미여 갑경방의 토룡흐고 조셕
으로 슝망할지 호승은 쇠쏘리요 지관은 봉황시라 비슈금 나라들 졔 열두
쥬리 느려 셧셔 조긱 문답 분쥬흐다 갓토리 거동바라 아고아고 니이리야
호걸조흔 인니 낭군 어드로 가신난고 그리도 무졍흔가 중달간더 암달가고

〈9-뒤〉

실 가는더 반을 가는더 닌들 어이 몬갈손야 아고아고 셜씨 울 졔 아스라
우려 실티업다 중스나 희여보시 가마구 오동슈가 살티을 잘흐기로 경승

도 티빅손의 즈오힝트를 보니 빅호가 비취흔느 위손 흔미흐다 위손인들
몬볼손야 아사라 거기도 몬시깃다 결나도 지리손의 임희룡트를 본니 쳥
용의 부스잇고 김티풍니 들려오면 곽중의 지화이실 거신니 여기도 못시
것다 황희

〈10-앞〉

도 규월손의 손스틍드을 본니 빅호가 비치흐고 슈구가 막키신니 여기도
몬시것다 펑흔도 송니손의 축갈용드을 본니 좌우 활믹이 비월흐고 임감본
니 겨함흔니 냐싁 어이흐리 아사라 다 실더업다 두로 도라 집으로 가셔
쥬리어맘 단인 고더 빙오룡드을 본니 좌우용호 구유희 번임제파 고중되고
득슈득파 슈법 마즉 싱각흐니 도열흔니 이박기 쏘 잇난냐 손제을 경탈흐니
중스 거힝 차일젹의 성

〈10-뒤〉

이치리 볼작시면 칭암졀빅 광디소리 싱여디목 쮜미너고 오갈미징이 피여
디가릭을 중만흐고 내리덩굴 굴근 쥬율 홍줄 감아 눌너미고 원앙시는 밍견
들고 봉황시는 삽션 들고 노고지리 공표 들고 온갖 뭇시 나라드려 만스
들고 흐는 말이 군겨동손야 겨동흔이 젹막공손 영결이라 이려탓시 지엿드
라 솔겹지 조흔 너리 싯치닷뷴 너을 히여 디목의 시른 후의 슉수리 입 덥풀
덥풀 망즉을 덥펴녹코 오동 열믜 둥글둥글

〈11-앞〉

스모이 요룡더 고연달비 싁인 곳틀 복근치리 찰는흐다 압퓌 미논 홍츠표요
뒤이 미논 홍츠표라 O위여넘츠위여넘츠 O슈뮬여들 승두군나 O동심동역

발맛쵸와 ○틱손줄넉 넘어갈 졔 ○셔쇼리 잘흔 방울시가 영앗 초헌들면셔 ○인지 긔민 언지 올고 위여넘츠 이랑홍 ○불승흔 쥬리아밤 영결종쳔 도라 간너 ○위여넘츠 위여넘츠 ○시승을 ᄒ직ᄒ고 ○북만ᄉ쳔 드르갓셔 쳥송을 울을 숨고 ○비강을 졍ᄌ 숨아

⟨11-뒤⟩

ᄌ난닷시 누여신이 어는 벼지 ᄎᄌ오리 ○위여넘츠 위여넘츠 ○뒤방트리 니동무야 ○동심동역 어셕 가ᄌ시라 손지이 당도하야 겨숫토졍이ᄒ고 헐심은 셕ᄌ싯치 지금은 육신이라 ᄒ관을 졍이 ᄒ고 갑경방의 최토ᄒ고 봉축을 모운 후의 핑토지 ᄎ일 젹의 지슈 등물 볼작시민 촌물노 쳥주 숨고 망지는 실과ᄒ고 뒤견화로 젼 써지고 밋득기 건느료다 여동셔실 벼려녹코 열두 쥬리 느르셧셔 곡비로 ᄒ직할 졔 봉황시가 축

⟨12-앞⟩

문 들고 축문을 위울젹이 유시ᄎ 갑ᄌ연 갑ᄌ월 갑ᄌ일이 이ᄌ 쥬리른 감소 고우 헌고학셩부군신우는 분항후의 일비 쳥작을 만이만이 싱항하쇼 졔을 파흔 후이 쥬리어맘 겨동바라 무듬을 겹쳐안고 실피 통곡ᄒ난 말니 불승ᄒ다 주리아밤 어도로 가신난고 날 바리고 가는 일을 뉘안티 원망할이 이려탓시 ᄒ직할 졔 난디업는 소리기가 비호비호 나려왓셔 쥬리 흔 놈 탁 ᄎ각고 낭낙중송 놉피 안ᄌ ᄒ는 말니 동촌 셧촌

⟨12-뒤⟩

두료 도라 살진 닥클 구ᄒ든이 휙 쑤류룩 아히 소리 이도 나고 지도 나미 할기리 젼이 업셔 휘졍희여 오는 길러 주리흔 놈 어더신이 지중군으 덕이든

가 이안이 쏘 니복인야 비호호 도라가드라 주리어맘 거동바라 아고 답답
원이리고 아고아고 니팔즈야 어지 그지 슝부흐고 즈식 좃충 일탄말가 이겨
겨것 싱각흔이 가즁업는 타시료다 첫치낭군 어더든이 져건니 금도령이 두
귀 쳐진 쳥습스리 후려쳐 무려간니 즈식 불너 흐는 말이 비곱파 죽을 망직
콩을

〈13-앞〉

낭 먹질마라 아뷰이을 싱각흐라 흐고 쥬리을 압시우고 집으로 도라왓셔
조셕으료 숭망할 졔 눈디업는 할무시가 우연이 나라왓셔 간스이 흐는 말니
쥬리어맘 엇지 스오 할무시 오신입가 박복흔 너이 팔즈 근근보밍 흐는이다
쥬리모친 불숭흐오 부운갓탄 이 시승의 펑쵸갓탄 우리 목슘 흔번 늘겨지민
깅소연 희기 어려울지라 인연 끈어진 가군을 싱각히여 무졍시월을 지미업
시 본닐이요 빙셜갓탄 졍져을 좀싼 귀벼 니 말을 드르시민 싱젼의 부귀영

〈13-뒤〉

화하고 싱젼 무궁지낙을 일울겨신이 쥬리 못친 마암이 엇듯흐오 주리어맘
이른 마리 어지그지 슝부흐고 어린 즈식 압압피 안치녹코 긔가할 듯 졍이
업소 할무시 이말 듯고 긔유흐여 이른 말니 니 간쳥흐는 비 다름안이라
져건니 학두림이 즁년의 승쳐흐고 맛당흔 고지 업난고로 져와 나와 친구로
셔 간쳥흔 말슴이든이 맛춤 주리어맘 과부란 말을 듯고 불고 염치 완난이다
그른 말슴 흐라겨든 니집의 투쪽질 마려시고 열는 급피 도라가시오

〈14-앞〉

할뮤시 졋타 안즈 이말 듯고 디단이 무로히여 간다온단 말도 업시 내손이

훨훨 도라가드라
신희연 이월 초구일 필리라
辛亥年 二月 初九日

샹소자지계라

젼관이초판한지
안불미부셩의리

염화□□송사람이오
이원도 김셩이라

은팡갑셩셥겨날제
이파니은 오셕이
셰광□몸이장거셔미
법호□ 왕충더라

월사씨동공할자
추풍셔어더진공□
성인은차회손마
자금사삼추천심으로

구주일집과드러
실토폭장목하고
샹태슈졉수령□변초
혼별홀졀노니며

하회서궁목어며
온갑효두쓰니
편성이우문몸이
금독셩들어셩소혜

허위더위올나갑서
문리가용봄도리난
□잘□소사명리한
여서원□ 젼젼념

유□춁도삼천임□
유모충도삼빅리□

무젼이가간더리
우럼으로갈동겨□
강자축으러주어며
싱자엽셔사노봄□

삼영기서삼습치리
젼방이은지치리

혼화세계보려
비호소장□봉이

어서클ᄉ지서홈
홀셔팍이□□□

쏭으자치게라

〈쏭으자치게라〉는 가사체의 귀글로 이루어진 3장(6면)의 필사본이다. 귀글은 2줄 3행으로 이루어져 있다. 필사 연대는 미상이다. 2장과 3장 사이에 장끼의 죽음과 관련된 사설이 생략되어 있다. 꿈해몽을 하다가 바로 장끼의 초상 부분이 나오는데 이는 필사자가 일부러 그런 것인지, 작품의 중간이 훼손된 것인지 확인할 수 없다. 그러나 3장 부분에서 장끼의 초상부분이 대폭 축약되어 있는 것을 보아서는 필사자의 의식으로 압축된 이본으로 생각된다. 까투리에게 소리개가 구혼을 하자 졸곡도 못지내고 개가가 당켔느냐고 거절하는데, 난데없이 까마귀가 등장하여 힐난하며 날아가는 것으로 나타난다. 이후 까투리는 아홉 아들 열두 딸을 데리고 무정세월을 덧없이 보내었다고 하니 수절형 결말을 보여준다. '무식흔 소견으로 화춘가벽이오이 글시도 기이할뿐 오즉낙서 무수흐니 보는이들 눌여여 보압시오 다맛처다'라는 필사기가 덧붙어 있다.

출처 : 김광순, 『한국고소설전집』 20, 경인문화사, 1993.

〈1-앞〉

쏭으자치게라

건곤이 초판할 지	만물리 부싱이라
영화홀손 사람이오	이일손 김싱이라
유유총도 삼천이오	유모충도 삼빅이라
온갖 김싱 싱겨날지	쏭으 몸이 장커시미
이광은 오쇠이오	별호난 황춘이라
무징이 귀할 적이	우럼으로 감동하고
월상씨 동공할지	성인을 차자온다
자금야수 천상으로	춘풍이 쩌러진 콩낫
갑작축으러 주여 먹고	임자업시 사는 몸을
구후이 집피 드러	삼티육경 수령방빅
실토록 장복하고	조혼 얼골 절나 니여
삼영기이 살더치리	전방이 은지치리
황윈으 궁복니며	온감됴 듀로 씬니
평싱이 수문 몸이	공독인들 업실소야
혼환세계 보라하고	비운스 장장봉이
허위더위 올라간이	몸 기가운 보로민난
여서 덜렁 저서 덜렁	임잘만난 사양기난
여서 클클 저서 클클	솔식먹이 □□□□

〈1-뒤〉

드적드적 차자온다	사라날 길 전히 업서
사람 길노 올나간다	푸지기군 포수둥이

총을 미고 둘녀섯다
어디로 가존 말가
콩조으로 가자서라
당혼디단 건망거이
빅방사주 동전시처
열두장목 만신풍치
장부로드 우서기고
설능비단 접저고리
상흐을 가추려고
곡기 쎅기 단장ㅎ고
시물ㅎ나 차리로 압서우고
어서 가자 빕비 가자
차리로 느러난 느러난
너느 이 골 주으라
점점 주으 드러가며
이리저리 주울 적이
덩그러키 노이거날
감즈눈이 위음이요

엄동설한 주린 김싱
도일가이 조혼 빗터
징찌치리 볼죽시며
초록궁초 기질다라
주먹벼실 옥관즈이
우히양복 건은양은
쌋치치리 볼작시면
줄줄리 잘기 뉘여
밉시 인난 머리곡기
아홉 아들 열두 딸을
힐돈난 곳 차자갈 지
좌우편 문밧머리
각각 물을 분별차자
나난 저 골 주으마
두 나리 탁탁 치며
난디엄난 불코 흐나
천싱빈물 윤녹할디
시장하고 치우나며

⟨2-앞⟩

기 무어실 못먹을나
이른 마리 허허 그 콩 소담하야
어지도 굴문 식양
잡말 말고 먹어보시

장긔란 놈 디혹하야
이만니 니복인가
오날 쏘한 식전이라
까토리 이른 마리

여보 그 콩 먹지 마오

입흐로 훌훌 분 자취가

장긔란 놈 이은 만리

잇씨을 이를진딘

첩첩히 싸인 눈이

천산이 조비절이오

엇지하야 인간지취

간밤이 꿈을 꾸니

청천이 소사올나

옥황임 하교흐사

벽역소리 피흐여라

그 꿈 안이 흉몽이오

에라 요연 요망할 연

하나님이 주신 복을

잠말 말고 먹어보시

이 한 말만 들려보소

첫잠이 꿈을 꾸니

자늬 머리 덥피씨고

아조 풍덕 짜지거늘

이고 이고 우러 보인니

비로 삭삭 씬 즈취오

완연하니 부디 그콩 먹지 마오

너말리 미욕흐다

돈지섯달 서한풍이

곳곳지 덥피신니

만경이 인종멸이라

이실손야 여보오 더러보오

황확을 빗겨 타고

옥황임긔 문안하니

명일 오시 전이

흐는 소리 놀닉 씨보니

장기란 놈 하는 말리

그른 말 닉도 마라

닉 어이 마다하리

까토리 이른 말리

어지 밤 이정초이

천근들리 무쉬가미

만경창파 깁흔 물이

그 물가이 이니 혼자

그디 죽을 흉몽이라　　　(2-압)

〈2-뒤〉

부디 그 콩 먹지 마소

그 꿈은 염여마라

장긔란 놈이 이른 말리

디국이 불평흐야

구만병을 처ᄒᆞ거든
투고을 덥퍼 씨고
중원을 향할 적이
쏘 흔 꿈을 드러보소
한 노인이 상좌ᄒᆞ고
쉰드섯폭 빅차이러
직근덕 부러지며
답답할 일 볼 꿈이라
징긔란 놈 이른 말리
장코 장흔 칠입 속이
두걸비긔 가랑잎플
한몸 되나 그리저리 할 꿈이라
아들 나흘 길몸이라
가토리 이른 말리
사경이 꿈을 쑨이
청천이 쌍무지기

이 몸이 선봉되야
압녹강 건느 달나
수륙디장 되오리라
삼겨이 꿈을 쑨이
자손니 잔치할 지
발 가웃 고지디가
임지머리 덥석 치여빈이
부디 그 콩 먹지 마소
그 꿈은 더욱 좃타
화초병풍 둘치고
씌여 덥고 너와 나와
네 몸이 수틔ᄒᆞ면
엇지 그 꿈 이상할가
쏘 한 꿈 드러보소
구진 비을 쑤리고
홀귀이 칼리 되야

〈3-앞〉

□비□비 다 녹는다
좌우병풍 둘너치고
참파을 지닌 후이
옥토가 드러는다
거울 ᄒᆞ나 존여등이
필력을 밧ᄎᆞ나운

산상이 다달나서
절빙을 차려 녹코
광풍을 하여니니
이터이 듸명기라
방성통곡 ᄒᆞ온 후의
평토을 ᄒᆞ려할씨

쩍기구리 건흔 흐고
속시디궁 저을 거러
축상을 고할 적이
고성디독 독축할 지
시물한나 풀리등이
평토를 지난 후
적빈은 뉘길는고
헌관은 뉘길는고
유사는 뉘길는고
파임은 뉘길는고
철상을 하듯마듯
더풀더풀 쩌들오며
니 신명 혼자 되자
빅연 연약 깁히 미자
아무리 미울런들

쓸밤 싹지 잔을 부어
친가유뮤 차려녹코
빅드림리 쓸안져서
유세츠 감소고우
살림처사 봉상하고
각각손임 차리로 분별할 지
빗조흔 원앙시며
몸기운 날지비와
지조 인난 참시오
봄빗 짜는 꾀쏘리라
치면 업는 저 소리기
니 팔자 상처탓라
금일 상봉으로
샷토리 이른 말리
지우 졸곡 못지니고

〈3-뒤〉

기가며이 당탄 말가
너울너울 쓰들오며
달온 물을 손가너□
열여비 선디 모보왓드
까토리 아홉 아들 열두 달을
덧업시 본니드라
살상을 당흐야셔

난디염난 가마구
이른 말리 부소씨 어면이도
까토리 사난 고디
흐고 너불너불 나라 가드라
건나리고 무정시월을
시월리 여류흐야
졔율들 가초와

선상이 졔ᄒ드라

화츈가벽이오이

오즈낙셔 무수ᄒ니

보압시오

무식흔 소견으로

글시도 기이할 쑨

보는 이들 눌여여

다맛쳐다

슐의 견 이라

건곤이 조졔 헐졔 슐형헌 긔서 사람이요
만물이 번셩헐ㅎ 긔면 한긔서 김셩이라
슨츌을 삼벅이오 듕의 물 기운 셩이
위츈트 삼벅이라 실림듕에서 ᄉ벅셔니
의만 언으 셕이오 산즁의 ᄇ를 지취
별효난 튀듕이라 믈릭에 한 강하햐랴
월실 상새 르공댈졔 오졍이 ᄎ링 히를지
셩인을 초존 가고 오드믄 감 듕한이
쥥의 신셰 이약하면 실임벡게 거문 고 더
이만아 거록 하냐가 임지 법셔 사난 김셩

쒱의젼이라

　　〈쒱의젼이라〉는 연대 미상의 작품으로 가사체의 줄글로 이루어진 13장 (26면)의 필사본이다. 이 이본은 세부 내용에 있어서 다른 이본과 많은 차이를 보인다. 첫 부분에서 장끼가 혼자 나왔다가 콩을 발견한 후 집으로 돌아와 행장을 차리고 처자와 다시 나가는 것, 까투리가 장끼를 말리는 부분에서 장끼의 꿈 내용만 나오고 까투리의 꿈 내용은 나오지 않는 것, 다른 이본에서는 장끼가 죽기 직전에 나오는 콩 태자 사설이 처음에 나오는 것, 조상객으로 스무 종류가 넘는 새들의 명칭이 나오는 것 등이 그것이다. 그리고 까투리에게 청혼하는 새들이 대봉, 기러기, 따오기, 까마귀, 까치, 제비, 황학, 두견, 꾀꼬리로 아홉 종류나 된다. 까투리는 이들의 청혼에 각각의 이유를 대며 거절하는데, 꾀꼬리가 자신의 신세를 자랑하는 부분에서 그 내용이 끊긴다. 이 뒤에는 ○○표시가 있고 고전소설 〈정을선전〉의 일부분(을선이 그네 뛰는 추연의 모습에 반해 상사병이 드는 부분부터, 을선이 혼령이 된 추연을 만나 자신의 불찰을 뉘우치는 내용까지)이 이어지고 있다. 이렇듯 이 이본의 경우 뒷부분의 내용이 누락된 채 다른 작품이 이어지고 있어서, 장끼가 죽고 난 이후의 주요 화소들인 소리개 등장화소나 어른 다툼 화소가 나타나지 않으며, 구혼 화소 이후의 내용이 어떻게 전개되어 결말에 이르는지도 알 수 없다.

출처 : 임기중, 『역대가사문학전집』 34, 아세아문화사, 1998.

〈1-앞〉

쮕의젼이라

건곤이 조판할지	만물이 번성하니
실령한 거시 사람이요	미런한 거시 김성이라
모충도 삼빅이요	무충도 삼빅이라
그 중의 묘한 김성이	살림 중에 수머시니
의관언 오식이오	별호난 화충이라
산중의 말근 자취	물리에 한가하다
월상씨 조공할 제	셩인을 ᄎᆞ자가고
우졍이 졔항할 지	우룸을 감동한이
쮕의 신세 싱각하면	이 안이 거룩한가
살임벡게 깁푼 고더	임지 업시 사난 검성

〈1-뒤〉

인심이 간특하야	구틱여 자버다가
삼틱육경 각읍 슐영	실토록 츙복하고
조혼 짓 골나 니여	살디 깃디 칠에 하고
화당상의 팔이치와	유리방의 장복비엳
갓갓지로 칠예하니	공인들 적을소야
빅운쳥산 놉푼 봉에	가만가만 긔여 올나
풍경을 귀경하이	별유천지 여긔로다
빅운 속의 들어간이	산슈 병풍 조홀씨고
이쩌난 언의 쩌요	구시월 겸운 날의
청풍이 소슬한디	낙엽이 분분하다

〈2-앞〉

한편얼 발리본이
됴기 빠은 왈자더니
좌수의 놉피 썻고
이리져리 차즈오며
두 눈이 동굴하고
쏘한 저편얼 발리보이
일면 전기 물현짜둥
화심의 불얼 달아
짜박솔 덤풀앞의
니 잘맛난 청삽사리
이리져리 쏘디이여

져 노푼 천봉산의
히동창 비러미얼
씽망터 얼썩 봇침
워리야 하난 소리
간담이 셔늘하다
총잘 논난 김포수가
좌수의 넌짓 들고
방의쇠얼 도도라고
야소록이 안자씬이
압입쌀 씽그리고
씨근씨근 니얼 맛타

〈2-뒤〉

솔시의 갈랑입을
엄동셜한 치운 짐싱
가만이 은신하야
져 건니 양지 곳티
쥬먹갓탄 굴근 이콩
안마암의 디희하야
요시의 셜식하야
오날 낫 졈심참의
집으로 급피 와셔
쥬먹벼살 옥관자의

쮜적쮜적닌이
어디로 가잔말고
상하평젼 발이보니
빅셜이 녹아난디
드문드문 노여거날
혼자말노 하단 말이
하마 굴머 죽것써니
홋토 졈심 하라토다
힝장얼 차일 젹의
열두 장목 썰썰이니

〈3-앞〉

풍치가 찰난하야	헌헌장부 완연하다
쳐자얼 지쵹하여	어셔 급피 가자셜라
쌋토리 칠에하되	밍낭이 하엿더라
안초록 져골이며	단초록 바지 입고
아롬다온 머리 구부	곡게 비셔 단장하고
열두 쌀 아홉 아달	시물 한나 잔여 등얼
압세우고 뒷셰우고	어서 가자 밧비 가자
견후로 인도하야	무근 밧티 드러가니
단초콩 범디콩이	드문드문 노엿거날
장끼란 놈 그 콩 보고	희희낙낙 하난 말이
여졔밤의 꿈을 쮜니	황학얼 빗겨 타고

〈3-뒤〉

옥경의 넌짓 올나	상졔게 현알한이
옥황이 하교하되	요발라 장끼손아
널운 보쟈 하엿던니	엇디하여 올나온다
빅운 유슈 경 조흔 더	살임쳣 봉하노라
이런 고로 이 콩 한 셤	별그머으로 쥬셧도다
죠흘씨고 죠흘씨고	일포식도 지슈로다
기자난 이위시이요	갈자난 이위음이라
긔장이 자심하니	어서 밧비 머그리라
쌋토리 이흔 말이	요보소 졔 이비야
식욕을 잠간 참고	ㄴ 말삼 드어 보소

〈4-앞〉

콩이야 조컨만난 현격이 수상하다
입으로 효효 분 자취 아민도 수상하내
식욕을 잠간 참고 이 콩 부디 먹지 마소
장끼란 놈 변식하여 허허 하며 하난 말리
네 아모리 게집인들 어이 그리 답답하요
잇쩌난 궁동이라 빅셜리 만산한디
천산의 조비딜하고 만정에 인종멸한디
엇더한 사람 자최 이 고디 잇슬손야
장부의 요긔할 제 다시난 잔말 마라
콩 티자 집푼 뜻설 네 어니 알쏘야
티고라 천황씨난 만팔천 셰 살라 잇고

〈4-뒤〉

위슈의 강틱공언 궁팔십 올리 살라
일조의 문왕 만나 사상보 귀희 되고
당날의 이틱빅은 시중천자 쥬중셩
금안젼 놉푼 집이 쳥평사리에 잇고
천상의 틱을은 별중의 웃씀이라
달일홈은 틱음이요 희일홈은 희야이라
콩틱즈 집푼 쓰시 희일홈은 희야이라
네 본디 아여자라 이런 일을 어이 알이
하날이 주신 비라 나도 이 콩 달기 먹고
틱고젹 나문 일월 틱공갓치 올이 살라

〈5-앞〉

틱백갓치 상천하야　　　　틱을셩군 되온 후
틱음 틱야 빗셜 가져　　　　왼 천하의 빗치리라
쌋톨리 할 일 업셔　　　　천사만틱 싱각하되
불길이 막심하니　　　　금일 츌힝 불걸리라
부디 그 콩 먹지 마소　　　쌍씨란 놈 변식하야
발혼디로 하난 말리　　　　네가 본디 음여로셔
간부얼 통하다가　　　　참바올바 홍당사로
뒤로 잔쑥 묵써 놋고　　　픠는 난장 큰 몽둥이
니 솜씨로 한번 치면　　　연약한 네 젼강이
몃번 마져셔 골치 날까　　쌋토리 할 일 업셔
먼산 보고 안자다가　　　다시 돌아안자
긔유디야 일은 말니

〈5-뒤〉

그디의 놉푼 졔조　　　　옛글얼 안이 본가
고집불통 하옵다가　　　픠가망신 몃몃치고
츈츄시졀 오양 부치　　　자셔의 말 안이 듯다가
고소디 져문 날의　　　　명모하여 쥭어지고
촌나라 황이도　　　　　굴원의 말 안이 듯다가
무관의 긱사하니　　　　동졍월 쳐량하고
만고영웅 진씨왕도　　　부소의 말 안이 듯다가
사구펑디 먼먼질의　　　일셕표어 가이 업고
역발산 초픠왕도　　　　범징의 말 안이 듯다가

오강슈 겨문 날의   발검자슈 죽어씨이

〈6-앞〉

도려의 낭픠로다   넘머 말 안들으며
한걸음 잘못하면   사싱이 관도하이
싱각고 싱각하야   뉘의침 업세 하소
쌩씨란롬 분하여   생긴 두눈울 부릅써고
왈언 결치불쳥ㅎ고   콩 머글어 드러갈 졔
쑤벅쑤벅 들어가셔   삼진삼토 구버보이
어허 그 콩 소담하다   일포식도 지슈로다
쥬먹 벼살 놉픠 드러   히히낙낙 엿보다가
날카온 외부리로   디립써 탁 찌근니
두곱픠 홀농기예   홀짝하며 나난 소리
조분 골 급한 비예   벽역치난 솔리로다

〈6-뒤〉

쌩씌란 롬 할 일 업셔   칙긔예 걸인 형상
진날이 자며이가   인쓴으로 목얼 미여
지도방의 향하난 듯   거동이 갈연토다
두 쑥지 펏쎡이며   양발얼 발발 써니
쌋톨리 발아보다가   급피 쮜여 달여들어
디셩통곡 우난 말이   이고답답 니 일이야
빅연얼 미진 언약   목견의 영결하이
망극한 니의 셜움   눌달려 토파할고

당초의 니의 말삼   그디 만일 들어쓰면
디장부 조흔 풍치   이 지경이 되을잇가

〈7-앞〉

불가활 지지작을   수원수구 하올손가
쌍씨란 롬 거동 보소   그 중의 히담 한다
춘면이 곤키로   지지게 씨노라
자포자기 글웃쳐셔   이졔난 할 일 업다
싱사얼 장단하면   믹으로 안다 한이
촌관쳑 삼부믹을   자상이 살펴보소
쌋토리 이 말 듯고   만신을 만쳐 본이
부칩지수 간디업고   찬기운이 일어난이
쌍씻란 놈 탄식하되   이지난 할 일 업다
믹이 이왕 끈쳐씨면   황천길리 여기로다
두 눈의 동즈 붓치   엇쩌한가 살펏보소

〈7-뒤〉

쌋토리 들어 안자   두눈얼 살펴본이
외인편의 동자붓체   엇젼역의 달아나고
올은편의 동자붓치   이졔 쩌날나고
파랑보의 집얼 싸고   집신을 단속하니
창기가 만신하고   사지가 셔늘한이
변작이 깅싱하되   회츈할 길 젼이 업다
쌋토리 홀노 안자   실셩통곡 울음 운다

젼싱이싱 무삼 죄로   홍안빙명 늬의 신시
화죠월셕 조흔 씨에   뉘 몸의 가 의지할고
낙창공쥬 씨진 거울   만날 긔약 익건만는

〈8-앞〉

영졍진의 싸진 칼이   임지 업새 되어씨이
도화답수 깁다 하되   늬 셔름만 못할니라
칠월칠셕 은하수의   상봉하난 견우깅여
일연일도 한치 마소   유승인간 거불회라
공문한강철이외예   치련하난 져 소부야
회괴부셔 원치 마소   다시 보기 쉬우리라
인간 이별 만사 중의   영이별 남감하다
옥문관 미다하리   가무장안 오기 쉽다
창망한 황천 길예   빈소식 쑨이로다
오날날 한번 이별하면   길임지나 다시 볼가
쳥신 구진 이닉 목슘   상부슈도 하도 하다

〈8-뒤〉

열일곱의 어든 낭군   빅송골의 집어가고
열야답의 어든 낭군   금포슈 총의 죽고
열아홉의 어든 낭군   볼리민 손의 죽고
갓시물에 어든 낭군   착쿠예 걸여씬니
엇쩌한 팔자 일어하야   혈혈단신 되단말가
엄엄한 십왕젼의   어늬 왕젼 갈야던가

못다 살고 죽은 위인   지하 상봉 다시 하시
홍슈빅명 미친 셔룸   지로 천장 이질손가
착키 임지 짐셔방이   멀이 셔셔 바리보다가
펄젹 쮜여 달여들어   죽은 쌍끠 축겨 들고

〈9-앞〉

히히낙낙 하난 말리   어허 오날 지슈로다
언덕 우의 올여 녹코   산신끠 축슈하되
산신님 덕분으로   조혼 쌍끠 자버씨니
저 건네 안진 쌋토리   마자 잡게 합옵소셔
쌋토리 할 일 업셔   집으로 혼자 와셔
초혼장 하려 하니   죠상끠 들어온다
엇쩐 조긔 미와던가   왼갓시 날아든다
부요직상 구말이하니   남희슈 디봉죠며
쇼즁낭 북희상의   편지 젼한 그러긔며
등왕각 츄슈쳐외   낙하 지비 싸옥이면
유디 쇼양 일영니하니   옥안불급 가미긔겨

(9-8)

〈9-뒤〉

황삭부시 젹벽강의   남비하던 갓치시며
비입심상 빅셩가하니   강남셔 나온 졔비며
남덕휘이하지 안이   긔불탁속 봉황시며
싱즁장악 슈그난에   치식 죠혼 난초시며
도화유슈 궐어비난   셔시산젼 희올이며

쇼동파 션유할 졔   알연장명 빅학이며
위보귀인 식긔셔난   말 잘하난 농산 잉무
셩셩이졔혈염화지난   촉빅 쳘연 두견이며
요조슝여 군자호귀   관관하난 쎄들긔며
희긱무심슈빅구난   상친상근 갈미시며

〈10-앞〉

간관죠득 츈풍져   츌자육곡 쇠골이며
밍상군 츌관할 졔   우롬 우던 장닥이며
일모 동품 츈초록   월왕 디상 자고시
사이 관덕 졍긔 반은   활 잘 쏘난 호반시며
에짐만한 부형이며   밤 잘보난 옷밤이며
나졔 우난 졉동시며   자발 엄난 할미시며
풍신 좃타 강셩이며   츔 잘 츄난 학두룸
쩌다 발아 종질이시며   범시 초시 귀돌시며
일러한 조긱더리   좌중의 둘너 안자
영 우예 통곡하고   조문얼 파한 후의
좌중의 이논하야   싱예얼 만들 젹의

〈10-뒤〉

셔천의 조흔 비단   금강슈의 빗쳐닌이
오식이 영농하야   긔이하고 찰난ᄒ다
셔촉의 빗난 다쳥   용두봉두 칠에하고
네 귀의 쳥사초롱   요령 쇼리 쳐량하다

힉로가 말근 솔러   발맛초와 걸어간이
산셰도 긔이하다   시지시지 잇쩌로다
분퓌얼 긔셩하고   츕문의 하여씨되
만놀이 쌋톨이난   감쇼고유 셔슈상향
쌋톨이 거동 보소   디셩통곡 하난 말이
쯘어진 우리 인연   언의 쩌예 다시 볼게

⟨11-앞⟩

벽희 쳥쳔 발근 달에   홀쪼 창젼 임이신가
황쳔이 어디민요   발아볼 길 젼이 업다
경막한 빈 방 안의   쳥춘이 갈연토다
쳥신 구진 이니 몸이   어디 가 의지할고
옥창잉도 쩌러지고   위셩양유 물울져기
타기 황윙 아히덜아   니의 든 잠 씨우지 말아
꿈 속의 잠간 만나   만단졍회 할이로다
쏫진 아참 달쩐 밤의   악수 왕젼 뉘라 할고
이졔난 할 일 업다   슬피 울고 돌아들지
됴상하던 모던 손이   차려로 싸라와셔
쌋토리 질식 보고   안마암의 홈신하야

⟨11-뒤⟩

춰코겨 하난 말삼   춘홍이 호탕하이
각긔 지조 잘앙할 졔   디봉이 하난 말리
북희슈 고긔로셔   우화등션 큰 시 되야

구말이 횡힝한니   니의 긔싱 엇쩌한요
쌋토리 디답하되   신체가 관딘한니
비약한 이닌 몸의   비합하긔 난감하다
글어긔 츌반쥬왈   니의 근본 들어보라
비필함노 왕닌할 졔   니의 지히 엇쩌하며
북히상 젼찰할 졔   니의 직조 엇쩌한요
쌋토리 디답하되   그디 말삼 가소롭다
물의 사난 몸이

〈12-앞〉

지혜가 잇다 하면   어망의 결여씨며
큰물의 둘유가고   안긔 속의 넘노을지
싸옥긔 나안지며   니의 말삼 들어보소
쌋토리 디답하되   자니 긔상 살펴본이
심셔부운 시비 업고   탈속한 긔상이라
가미긔 일은 말리   니 말삼 드러보소
각곡불셩 반유할 졔   반포하난 느의 몸이
반편일시 분명하네   외면언 일어하되
조즁지 징삼이라   쌋토리 디답하되
마암은 불연하네   관리교자 인언슈라
반포난 장큰이와   그 박긔야 일너 무상

〈12-뒤〉

싼치가 날아들어   니 거동 살펴보소

칠월칠셕 은하슈에   오작교 달리지며
싱중의 영물이라   그디 소견 엇쩌한고
쌋토리 디답하되   그디 말삼 가소롭다
은하슈 오작교난   참말인지 헌말인지
작지강강 그 쥰경에   힝실이 부졍하네
졔비가 나안지며   네 신셰 돌아보소
구시왕사 화당 우의   집을 지여 늠노을 졔
남남하난 츈즁졍에   이난니 조흘씨고
쌋토리 디답하되   어허 이것 사소하다

〈13-앞〉

비입심상 빅셩가하니   네 풍신 자랑 말아
연작이 안지홍극지리요   그만 두고 물너셔라
황학이 날아들며   니 한 말삼 들어보소
안긔싱 젹송자난   니 동니 친구로쇠
인간사 다 바리고   올운 중의 질긔노니
션방의 잇실진디   날을 짜라 가자셔라
쌋토리 디답하되   쇠견이야 조컨마난
신션유무 그만 묘한디   황당한 말 그만두고
두견이 하난 말리   니 짜롬이 엇더한요
츈삼월 호시결의   공산을 차지하야
월삼경 졔워갈 졔   홍얼 졔워 놀임흐니

〈13-뒤〉

욕힝 청산 문두경니	이 안이 호실넌가
쌋토리 디답하되	신셰 자랑 그만 하소
츈홍이 원츈이요	노리가 울음이라
불여귀 급푼 한니	그 뉘얼 원망한다
쇠쐴이 일은 말리	니 신시 자랑하되
방춘화시 조혼 따의	집우만모 놀이로다

묭타양이라

쟈치젼

녯늘의 락젹지가 하로는 치밀호 듯고

명을 쟈바 밍의호 슬녜의 녯을 펴니

잠기 치례볼 젹 시면 쥬애매슈 쑤란젼는

화논단 학챤의 학십호 깃짜라 별셔고나 잠 부로쟈

공미 연호 듯 쟝딍호 고 깃둑리 단 잠호 듸

열두 잠부 쓴 션흘 쳬 빅망유유 홋관 치미

쒱타양이라 자치젼

    〈쒱타양이라 자치젼〉은 첫 장 제목 부분에 두 줄로 '쒱타양이라'와 '자치젼'이 병기되어 있으며, 15장(30면)의 가사체로 되어 있다. 뒷부분은 낙장되어 결말의 내용을 알 수 없다. 이 이본은 서두에서 "옛날의 탁첨지가 쒱을 자바 싱이 호니"라고 하여 탁첨지부터 언급한 후 장끼와 까토리의 치장 사설이 나오는 것이 특징이며, 장끼가 콩을 발견하기 전까지의 내용이 다른 이본에 비해 간략한 편이다. 특히 꿩의 성정과 다양한 쓰임, 그리고 그로 인해 뭇짐승들과 사냥꾼에게 쫓기는 가련한 꿩의 신세에 대한 사설이 없이, 장끼와 까투리의 치장만 간단히 언급된 후 자식들과 콩을 찾으러 나가 바로 콩을 발견하는 내용으로 이어지고 있다. 그러나 그 이후부터의 내용은 다른 이본과 대동소이하여 소리개 등장 화소, 구혼 화소, 어른 다툼 화소가 이어지는데, 어른 다툼 화소에서 꾀꼬리가 등장한 이후의 내용은 낙장이 되어 알 수 없다.

출처 : 임기중, 『역대가사문학전집』 34, 아세아문화사, 1998.

〈1-앞〉

쎙타양이라

자치젼

옛날의 탁첨지가	쎙을 자바 싱이후니
하로난 치알돗고	울넘의 엿슬보니
장기 치례 볼작시면	화문단 학창의 빅싱초 깃다라
쥬먹벼살 옥관즈난	얼시고나 장부로다
공미션초 든짓달고	열두장목 만신풍치
갓토리 단장후디	빅방슈쥬 훗단 치민

〈1-뒤〉

톳명쥬 긴묵옷의	북포 깍기젹삼
디모단 쪽도리예	빗죠훈 머리 쮜뷔
슴물한나 쥬예등을	압세우고 뒷세우고
어셔 가자 밧비 가자	봉평젼 밧머리예
쥴쥴이 느려져셔	너난 이 고랑 줏고
나난 이 고랑 줏즈	
난디엄난 불콩후나	덩글어이 노엿거날
장기란 놈 디혹후야	어라 그콩 소담후다

〈2-앞〉

니 복닌이 먹어보자	가토리 이란 말이
쟝부 그 콩 먹지 마소	셜상유젹후니
그 자최 고이하니	장기란 놈 이란 말이

동지 셧달 엄동이라
잇써을 싱각하니
골골리 더퍼시니
천산의 조비졀이요
기한이 즈심하니

네 말이 미련하다
편편이 싸인 눈이

만경의 닌죵멸일스
스람즈최 잇슬소야

〈2-뒤〉

갓토리 이란 말이
한품의 줌을 즈고
북망산상 노픈봉의
히호검 드난 칼노
딩강 버혀 보이니
졔발 그 콩 먹지마소
장기란 놈 이란 말이
츈당디 알상공졔

어졔밤 이경쵸의
등도라 꿈을 쒸니
찬바람 이러나며
빗죠흔 자니 몸을
자니 쥬글 흉몽이라
부디 그 콩 먹지마소
그 꿈 죠와 히몽ᄒ자
문무방의 츔예ᄒ야

〈3-앞〉

게화랄 무릅쓰고
입신양명 할 꿈이라
가토리 이란 말이
천금드리 무소가마
만경충파 너분물의
나 한자 물가의셔
자니 죽을 흉몽이니

낙슈교 청운길의
과거나 힘쎠보자
삼경의 꿈을 쒸니
즈니 몸을 덥퍼스고
아죠 덤벅 쌔져거늘
슬피통곡하니
졔발 그 콩 먹지말소

장기란 놈 이란 말이   그 꿈도 더욱 조타

〈3-뒤〉

디명이 다시 일어   구와병쳥하거든
이니 몸 중슈되야   투기을 무랍쓰고
압녹강 거너가셔   중원을 탕척하고
고국의 도라올 졔   황흥슈의 병을 싯고
승젼고 놉피 울여   슈유니 디장 되오리ㄹ
가토리 일안 말라   사경말의 꿈을 쒸니
어룬이 당상하야   죄상의 장치할 졔
스물두폭 빅츠일의   셔말가옷 긴웃굿디

〈4-앞〉

줄근 동 부러져셔   ᄌ니 머리 덥퍼 뵈이니
ᄌ니 쥬글 흉몽이요   오경의 꿈을 쒸니
구만장천 뎌문 곳디   낙낙소셩 만쳔한디
삼틱셩 하괴셩이   북두랄 둘너 잇고
견우셩 직녀셩은   은하슈의 마죠잇고
그 가온디 인셩이   공중의 쑥 쩌러져뵈니
ᄌ니 장셩 아닐런가   자니 쥬을 흉몽이라
한명장 졔갈양도   오장원의 운명할 졔

〈4-뒤〉

지셩이 쩌러저셔 죽엇다 하더이다
장기란 놈 이란 말이 그 쑴도 장이 조타
츠일 덥퍼 뵈이기는 월창망 오날밤의
화초병풍 잔디장찬 등썰 베기 취영쇼의
너와 나와 취침ㅎ야 잠잘 그 쑴이요
별쩌러저 보이기는 헌원씨 어마님도
북두칠셩 졍기타셔 졔요롤 다 엇다 하여닛고
견우셩 직녀셩은 칠셕상봉 넌분이라

〈5-앞〉

네 몸의 티가 잇셔 아달 나올 길몽이라
그러느마 그런 쑴은 벗셕 쑤여다고보자
가토리 이란 말이 실젹의 쑴을 쮜여
싁져구리 싁치마로 이니 몸이 당상ㅎ고
긔의 쳥손 다니다가 난디엄는 더툴긔가
막됴치여 갈 디 엄셔 삭밧으로 드러가니
져근 삼디 쓰러지고 굴근 삼디 부러져셔
머리구부 완만신의 휘휘친친 감어 보이니

〈5-뒤〉

이 니 몸 과부되여 승복이불 흉몽이라
졔말 그 콩 먹지 말소 부디 그 콩 먹지 말소
장기론 놈 디로하야 앙발노 휘두루쳐

이리 츠고 져리 츠며
근본 셔방 마다ᄒ고
청스홍스 디홍스로
묵지여 회시ᄒ야
이 꿈 말 다시마라

방졍마진 저 간나구
스이남질 즐기다가
즐쓴 둥여 빗겨미고
난장마질 고 꿈이라
압중강이 썩그리라

〈6-앞〉

가토리 무참ᄒ여
쏘다시 나어의셔
안ᄌ의 도학 넘치
이졔의 충녈 넘치
장양의 지혜 염치
자니 비록 미물이나
제발 그 콩 먹지 마소
장기론 놈 이란 말이

져근다시 물너난다
경계ᄒ야 이란 말이
누항의 슈머잇고
쥬속을 마다ᄒ고
샤병벽곡 ᄒ여스니
군ᄌ 염치 본을 바다
부디 그 콩 먹지 마소
에라 이 년 요망ᄒ다

〈6-뒤〉

예의을 모라거든
표모의 식은 밥은
팔년간과 즉의ᄒ여
호타ᄒ 보리밥은
부긔쳐여 모라다가
나도 이 콩 달게 먹고
가토리 이란 말이

염치을 어이 알니
한신이 달게 먹고
한중디장 되아잇고
문슉의 달게 먹고
중흥황제 되어잇고
크게 될 줄 어이 알니
그 콩 먹으시면

과년 크게 될작시면   쵸인시 복직하고

〈7-앞〉

잔디찰방 이직ᄒ고   황천부스 츄고만나
도로 쳔향 할지라도   부디 그 콩 먹지 마쇼
장기놈 이란 말이   콩 먹다고 다 죽으랴
콩티즈 든리미다   오리 살고 귀히 되니
티고라 천황씨난   목덕으로 직위ᄒ여
한 형졔 열두 사람   팔쳔 세 사라잇고
티호복히 풍셩씨도   십오 세랄 젼하엿고
시즁쳔즈 이티빅도   기경승천 ᄒ여잇고

〈7-뒤〉

당나라 티죵황졔   제세안민 하여잇고
북방의 티을셩은   별 즁에 웃듬이라
가토리 무참하야   져근다시 물너나니
장기란 놈 거동바라   콩 어루면셔 드러갈 졔
열두쟝목 아홉깃슬   좌우로 펴다라고
쏘박쏘박 고기죠아   족공족공 나려드러
드러가다 꼭 직으니   착기 너머 지난 소리
박망스 무쇠방망치   벅음슈리 달니난 듯

〈8-앞〉

와쥴근 쑥짝ᄒ며   변통업시 차여고나

가토리 거동보소　　　　누역머리 펴다리고
발통발통 구루면셔　　　　잇고 통곡 ㅎ난 말이
독약은 이병이요　　　　　틍언은 이힝이라
니 말을 들어시면　　　　져러할 줄 잇슐야
장기란 놈 슘찬 중의　　　에라 이년 요망ㅎ다
전미펴후 슬기라　　　　　죽난 놈이 탈어스야
호환을 미리알면　　　　　미예같이 누잇스셔

〈8-뒤〉

수환을 미리 알면　　　　비 타리 뉘 잇스며
죽고살기난 □□　　　　　명지경각이라
믹으로 간다하니　　　　　믹이나 집펴다고
가토리 믹을 보고　　　　한슘하여 하난 말이
빅호믹이 다 저가고　　　　티쵸믹이 다 져가고
풍믹이 셔늘ㅎ고　　　　　싱믹이 쓰쳐가니
믹이야 그러나마　　　　　눈이나 보아다고
가토리 눈을 보고　　　　눈물지여 한난 말이

〈9-앞〉

이편 눈의 동ㅈ부쳐　　　첫시벽의 쩌나가고
져편 눈의 동ㅈ부쳐　　　이졔야 쩌나가고
푸른보의 봇짐쓰고　　　　질목신발 각기ㅎ이
잇고잇고 이니 팔ㅈ　　　험ㅎ도 험하도다
천낭군 어딋다가　　　　　빅송고리 차여가고

둣치 낭군 어덧다가　　투지계군 덩쳐가고
셋치 낭군 어덧다가　　스랑도 못계워셔
험덕갓턴 쇠착기의　　덜걱치여 죽어시니

⟨9-뒤⟩

고견살을 가져든가　　망신살을 가져든가
품의 잇난 못빈 익기　혼인등졀 졔 뉘 할고
비네 잇는 유복즈는　　희산슈발 뉘기할고
빅년희로 ᄒ자쩌니　　천고영졀 ᄒ존말가
져러타시 고운 풍치　언졔 다시 만나볼가
장기란 놈 리안 말이　죽난 놈이 나만 설졔
뭇보다 관계ᄒ랴　　　구타여 보랴거든
명죠의 죠반ᄒ고　　　착기 임즈 뒤홀짜라

⟨10-앞⟩

광쥬쟝의 얼풋기니　낙원장의 못보거든
젼쥬관청 걸어거나　나쥬관청 걸이리라
그 밧기 어나 곳의　쏘다시 만나보라
쳔상의 혼즈잇난　　월궁황아 엇지살니
잣치 장긔 마죠 셔서　그리져리 탄식홀 졔
착기임즈 탁첨지가　어디서 망보다가
헌펴랑이 슉여쓰고　잘은 막디 쑤다리고
허의허의 달여드러　장기롤 쌔혀들고

〈10-뒤〉

홀홀낙낙 죠홀시고	죠홀시고 죠홀시고
천년무군 이 장기을	오날ㅅ 잡아구나
니 시루 용ᄒ던가	네 신슈 불길던가
산신이 지시한가	죠상이 돌보신가
압동산 벽계슈의	물먹ᄌ고 네 와쩌야
뒷동산 작작도화	곳보ᄌ고 네 왓쩌야
천산무쥬 노난 딤싱	니 손으로 잡이구야
네의 구쪽 모다 잡계	산신의계 졔향ᄒ쟈

〈11-앞〉

쎙이 혀날 쌔혀다가	바희틈의 꼭기르고
두손을 마죠바러	구벅구벅 졋사오며
유연월일 탁첨지는	감고산신 하나이다
앗가 노은 져 장기의	갓토리 겸 ᄌ바쥬오
쳑기임ᄌ 거러가미	갓토리 뒤슬바다
바희틈의 찌은 혀을	간신이 비여니여
상엽으로 소력하고	딍담으로 결관ᄒ야
아동복ᄒ 차리예	명졍을 거러시니

〈11-뒤〉

살임쳐사 화츙구라	더셔특셔 하녀더라
죠죵은 쳣거니와	쟝사을 어이홀고
신산을 졍츄ᄒ니	풍슈하나 못만ᄂ고

션산의 부쟝ᄎ니   기리머러 어이가랴
삭신산 ᄎᄌᄃ러   쟝풍향양 계오 어더
불ᄌ의 발인하야   당일노 뎡ᄎ히니
손신졔 평토졔난   졔물도 쵸쵸하다
콩먹다가 쥭어시니   그졔야 노을소야

〈12-앞〉

술쩍 흔ᄂᆞ 빅셜기와   썩기골이 건어 반쪽
가랑입 씀쳥각득   비소리 디젹곳 쌍카
친가유무 형셰더로   그리져리 ᄎ라더라
집사분졍 ᄒᆞ올져기   뉘기뉘기 믜와던고
의관 죠흔 두롬이ᄂᆞ   헌관의 믜게 잇고
소리 죠흔 짜옥이난   독츅관의 믜게잇고
진셜을 졔 뉘할고   몸 가븨야온 날졔비요
졔공사난 계 뉘할고   말잘ᄒᆞ난 죵질시

〈12-뒤〉

ᄯᆞ옥이 ᄭᅮ러안저   츅사롤 일오리
유셰ᄎ 모월모일   고이ᄌ 듀레등은
살님쳐사 부군견의   감소고우 ᄒᆞ나이다
형긔등셩 ᄒᆞ여시니   신반실당 ᄒᆞ옵소셔
신쥬미셩 ᄒᆞ여시니   혼비상ᄌ ᄋ죠봉안
쳥쟉셔슈 ᄒᆞ여시니   계반업시 모도상향
족츅을 다한 후의   쳘상을 ᄒᆞ야더니

듀레등 구버보고   소리기 쩌오다가

〈13-앞〉

어나 놈이 맛상듀요   너한나 다려가자
어나덧 덧부치여   듀례 한나 툭 츠들고
만장층암 졀벽우의   너푼셕적 올나 안즈
홀홀닥닥 츔을 츄며   죠홀시고 죠홀시고
요사의 각안으로   구미가 달즈터니
인의 졔일미롤   오날스 어더고야
셕통산젹 앙먹기는   지상가의 졔일미요
상쵸쌈의 보리밥은   농부의 졔일미요

〈13-뒤〉

젼초즈반 소염듀난   유즈중의 졔일미요
졀노 죽든 긔야지와   졍이월 빙알이난
영중군의 졔일미요   굴그나 즈나 중의
쒱 훈 마리 어더시니   니 복인이 먹어보즈
너을너을 얼우다가   아츠 그랴 도라보니
바회으리 쑥쩌러져   잣최업시 슈머고나
솔기 할 일 업셔   허의 탄식 흐난 말이
옛젹의 형경이도   즙은 진왕 노와잇고

〈14-앞〉

한 명중 관운중도   즙은 죠죠 노와잇고

앙축훈 연장군도
이계 역시 적션이라
틱빅산 갈가마기
즁노의 허기만나
탁쥬 훈 잔 먹은 후의
오날날 이 말삼이
게 어제 과부되즌

줍은 듀리 노와시니
즈순음덕 되오리라
팔공산 귀경흐고
요기참의 군산흐고
디취흐야 이른말이
박졀한 듯 흐거니와
니 오날 환부되즌

〈14-뒤〉

이게 역시 연분이라
가토리 이란 말이
엇그게 장스흐고
기가히야 한단말이
공부즌의 예문인ㄱ
부형이 써오다가
가마귀 이란 마리
기거도 아니흐고

두리 스로 엇더한고
이 물이 미물인들
죨곡도 못지니셔
그런 예문 어디본고
쥬부즌의 예문인ㄱ
좌상의 겨촛안즌
네 무슨 어룬인고
안연이 안즌나냐

〈15-앞〉

디칙흐냐 디흔 말이
이니 몸이 검타살이
으낙흐리 셰년지라
네 무산 어룬인고
소상강 져기럭기

저룬이 올작시면
우연비과상음야터니
이니 몸 검너시니
니 문져 어룬이라
운간의셔 써오다가

좌상의 너춧 안즈　　　　　　디칙하야 이란 말이
니니 무산 어룬인고　　　　　　우리도 일할 망정
한중망 쇼즈정이　　　　　　　북희산 무인쳐의

〈15-뒤〉

십구년 구지 안즈　　　　　　한소식 믹저거날
□□□□ □□□□　　　　　　한천쟈 거드러스니
니 문져 어룬이졔　　　　　　너이 무손 어룬인고
꾀고리 더오다가　　　　　　좌상의 넌춧 안즈
좌우랄 드러보며　　　　　　디칙하야 이란 말이
네 무삼 어룬이리　　　　　　니 아니 어룬인야
졔일 남졔 일남ᄒ니　　　　　고신씨의 즈손이요
황금을 횡디ᄒ니　　　　　　안평군의 즈손이요
〈이하낙장〉

장시젼

상하삼

건끈이조꽈헌졔물이繁盛하여
貴헌손인싱이요賤헌손김싱이라
유우츌도三百이요유모츌도산마
이라샴의화상볼작시면衣冠은도
色이요면호넌화츌이라산곰야슈
현승으로사람을뎔이하뇌울임따
게승이落ㄴ長松졍자산아上下뎡

웅치전

　〈웅치전〉은 표제에 한자('雄雉傳')와 한글('장끼전')이 병기되어 있다. 이 이본은 '권지일', '권지이', '권지삼' 체제로 되어 있다. 본문에는 불규칙적으로 한자가 쓰여 있고 해당 글자의 음(音)이 작은 글씨의 한글로 병기되어 있다. 이 이본은 줄글로 연철(連綴)되어 있으며 전체 29장(58면)의 필사본인데, 가요 사설의 표지(○, ○○)가 나타나 있는 것이 특징이다. 서두와 말미의 필사기('庚申 十日月 二十四日 終終')와 필사자인 '宋學成(송학성)'이 '大田公立普通學校(대전공립보통학교) 第壹學年(제일학년)'이라는 기재 내용으로 보아서 1920년에 필사된 것으로 여겨진다. 이 이본의 내용은 활자본 〈장끼전〉과 대동소이하다. 과부인 까투리가 홀아비인 장끼를 만나서 개가하면서 끝이 난다.

출처 : 충남대학교 경산문고(청구기호 : 고서경산 集, 小說類 3093).

〈1-앞〉

장끼젼 상하삼

건곤이 조판할 제 萬物(만물)이 繁盛(번승)하여 貴(귀)할 손 인싱이요 賤
(천)할 손 김싱이라 유우츙도 三百(삼빅)이요 유모츙도 산빅이라 꿍의 화상
볼작시면 衣冠(의관)은 五色(오싹)이요 별호난 화츙이라 산금야슈 천승으
로 사람을 멀이 하여 울림벽게 숭의 落落長松(낙낙장송) 정자 삼아 上下
(상하) 평

〈1-뒤〉

젼 덜 가온디 퍼진 穀食(곡식) 주어먹고 임자 업시 싱긴 몬이 관표수와
산양개에 걸핍 하면 잡혀가서 삼티육경 수령방빅 다방골 졔갈동지 슬토록
장복하고 됴흔 깃 골나니여 사명기예 살찌 치례와 젼방의 먼지치며 온가즈
로 두루 쓰니 功德(공덕)인들 젹을손냐 平生(평싱) 슈문 자최 조흔 景致(경
치) 보려하고

〈2-앞〉

白雲上上峯(빅운상상봉)의 허위허위 올나가니 몸 가부운 보라미난 예서
쩔넝 제서 쩔넝 뭉치는 모리군은 예서 위여 제서 위여 님새 잘 만난 산양개
난 이리 꿀꿀 져리 꿀꿀 옥새폭의 쩍갈입을 뒤적뒤적 차저드니 사라날 길
바이업다 사이길노 가자하니 不知其數(부지긔슈) 표슈덜이 총을 미고 둘
너 섯네 嚴冬雪寒(엄동설한) 주린

〈2-뒤〉

몬이 어디로 가잔 말가 종일 靑山(청산) 더운 밧테 上下平田(상수평젼)

너룬 덜의 或間(혹간) 콩 낫 잇게시니 주으려 가자세라 잇쩌 장끼 치장
불작시면 당홍디단 견마긔예 초록궁초 깃슬다라 빅능 동졍 싯쳐 입고 주먹
베살 옥관자의 열두 장목 만신 풍치 장부 긔상 조흘씨고 까토리 치장 불작시
면 잔누비 쇽져고

〈3-앞〉

리 폭폭이 잘게 누비여 上下(상하) 의복 갓초 입고 아홉 아달 열두 쌀 연
압세우고 뒤세우고 어서 가자 밧비 가자 평원 廣野(광야) 너룬 덜의 줄줄이
펴져 가며 널낭 져 골 줏고 우리는 이 골 줏자 介介拾遺(기기습유) 두티
하니 불원인지 곡양이라 漸漸(점점) 주어 드러갈 제 난디업난 불은 콩 하나
덩그럭케 노아거날 장끼란 놈

〈3-뒤〉

하난 마리 어화 그 콩 소담하다 하날이 주신 복을 니 어이 마다 하리 니
복이니 먹어보자 까토 하난 말리 아주 그 콩 먹지 마오 雪上(설상)에 有人
敵(유인젹)하니 슈상한 자최로다 다시금 살펴보니 입으로 홀홀 불고 비로
싹싹 쓴 자최 심이 고이 하다 제발 덕분 그 콩 먹지 마쇼 장끼람 놈 하난
마리 네 마리 미련하다

〈4-앞〉

이쩌를 의논컨디 동지섯쌀 셜한이라 첩첩이 싸인 눈이 곳곳치 덥피여스니
千山(천산)의 鳥飛絶(조비졀)하고 萬逕(만경)의 인踪滅(종멸)이라 사람
의 자최 잇실 숀냐 까토리 하난 마리 史記(사기)난 그러헐 뜻하나 간밤의
꿈를 꾸니 디불길하온지라 자양 쳐사하시요 장끼 笑曰(소왈) 내 거야의

일몽를 으드니 黃鶴(황학)를 타고 하날

〈4-뒤〉

의 올나가 玉皇(옥황)쎄 問安(문안)하니 나를 산림쳐사 봉하시고 만석고의
콩 한 셤를 상급하셔스니 오날 이 콩 하나 그 안이 밤가올가 古書(고서)의
일느기를 飢者感食(기자감식)이요 갈자이음이라 하여시니 쥬린 양를 치여
보자 까토리 이른 말이 그더 꿈 그려하나 이내 꿈 解夢(히몽)하면 부비다
흉이라 어제밤 이경夜(야)

〈5-앞〉

의 구진 비 홋쑤리며 靑天(청천)의 쌍무지개 홀지의 칼이 되여 자니 머리
덩겅 비혀 니리치니 자니 죽을 흉몽이라 제발 덕분 그 콩 먹지 마소 장끼람
놈 하난 마리 그 꿈 염여 마라 춘당디 알승과의 문관 장원 참예 하예 하야
어사화 두 가지를 머리우의 숙여 쏘고 장안 디도상의 往來(왕니) 할 꿈이로
다 과거

〈5-뒤〉

나 심써 보시 까토리 또 하난 마리 삼경야의 꿈를 쑤니 千斤(천근) 두리
무쇠 가마 자니 머리 훈벅 쓴고 萬頃蒼波(만경창파) 깁흔 물의 아조 풍덩
빠지거날 나 혼자 그 물가의 서 디성통곡하여 뵈이니 자니 죽을 흉몽이라
부디 그 콩 먹지 마라 장끼란 놈 이른 말리 그 꿈은 더욱 죳타 디명이 中興
(중흥)할 제 구원병 청

〈6-앞〉

하거든 이니 몸이 大將(디장) 되여 머리우의 투고 쓰고 鴨綠江(압녹강)
근너 가서 中遠(즁원)를 平定(평졍)하고 勝戰大將(승전디장) 되을 꿈이로
다 까토리 하난 말리 그난 그려타 하려이와 사경의 꿈을 꾸니 노인 당상하고
少年(소연)이 잔치할 제 스물두 폭 구름차일 밧쳐든 서발 장디 우직근 쑥짝
부러지며 우리 두리 머리예 아조

〈6-뒤〉

홈벅 더피여 보이니 답답할 일 볼 꿈이요 오경 쵸의 꿈을 꾸니 落落長松(낙
낙장송) 반졍한디 삼틱성 틱를성이 은河水(하수)를 둘너난디 其中(긔즁)
의 일졈성이 쑥 써려져 니 압해 니려져 뵈니 자닉 장성 그리 된 듯 諸葛武候
(졔갈무후) 오장원의 運命(운명)할 제 장성이 써러졋다 하더니다 장씨란
놈 하난 말리 그 꿈 영여 마라 차일 덥

〈7-앞〉

혀 뵈인 거슨 日暮靑山(일모청산) 오날 밤의 花草幷風(화초평풍) 잔듸장
판의 둥글노 베개 삼고 측입으로 요를 깔고 갈입으로 이불 삼아 너와 나와
츅겨 덥고 이리 져리 궁글 꿈이요 별 써려져 보인 거슨 예날 헌원씨 디부인
이 북두칠성 졍긔 타서 제일生男(싱남) 하야 잇고 견우 직여성은 七月七夕
上封(칠월칠석상봉)이라 네 몸의

〈7-뒤〉

틱기 잇서 貴子(귀자) 나을 꿈이로다 그런 꿈만 만이 꾸어라 하니 까토리
하난 말리 계명시의 꿈을 꾸니 싁져고리 싁치미를 이내 몸의 단장하고 靑山

綠水(청산녹슈) 논이다가 난디업는 청쌉새리 입살를 앙물고 와락쮜여 달여
드러 발톱으로 허위치니 경황失色(실식) 갈 디 업서 삼밧흐로 다러날 제
잔삼 쓰러즈

〈8-앞〉

고 글근 삼쩌 춤을 츄며 자른 허리 가는 몸의 휘휘친친 감겨 뵈니 이니
몸 寡婦(과부)되여 喪服(상복) 입을 쑴이오니 졔발 덕분 먹지 마쇼 장끼람
놈 大怒(디로)하여 두발노 이리 차며 져리 차며 하난 말리 와용월티 져
간나위 연 기동서방 마다하고 타인 男子(남자) 질기다가 참바 울바 주황사
로 뒤죽지 결바하야 이

〈8-뒤〉

거리 져 거리 종노 네거리로 북 치며 조리 돌니고 삼모장과 치도곤으로
난장 마질 쑴이로다 그런 쑴 말 다시 마라 살진 압졍갱이 썩거놀나 까토리
하난 말리 홍명슈국의 비필함노난 장부지근심이요 봉비쳔인의 기불탁속은
君子(군자)지 염치로다 자니 비록 미물이나 君子(군자)의 本(번)을 바다
염치를

〈9-앞〉

알거시요 빅이 슉제는 염치 두속을 안이 먹고 張子房(장자방)의 지혜 염치
사병벽곡 하엿시니 자니도 이런 거슬 본를 바다 근신를 하랴면은 부디 그
콩 먹지 마쇼 네 말이 무식하다 古節(고절)를 모르거든 염치를 니 알 손냐
晏子(안자)님 염치로도 三十(산십) 밧게 더 못 살고 빅이 슉제 츙졀 염치로
도 슈양산에 굴머

〈9-뒤〉

죽어잇고 張良(장양)의 사병벽곡으로도 赤松子(젹송자)를 짜라갓스니 염
치도 부지럽고 먹난 거시 웃씀이라 滹沱河(호타하) 보리밧을 문슉이 달게
먹고 中興天子(중흥천자) 되여 잇고 漂母(표모)의 식은 밥를 韓信(한신)이
달게 먹고 한국大將(디장) 되여시니 나도 이 콩 먹고 크게 될 줄 뉘 알
손냐 짜토리 하난 말리 그 콩 먹고 잘 된단 말은

〈10-앞〉

내 먼져 말하오리다 잔듸찰방 슈망으로 황천부사 계슈하야 靑山(청산)를
영離別(이별)하오리니 닉 怨亡(원망)은 부듸 마쇼 고집불통 과하다가 픠가
망신 멧멧쳔고 秦始皇(진씨황)의 몹실 고집 扶蘇(부소)의 말을 듯지 안고
楚覇王(초픽왕)의 어린 고집 范增(범졍)의 말 듯지 안타 八千弟子(팔쳔졔
자) 다 죽이고 무면渡江(도강)하야 自刎而死(자문이사) 하야잇

〈10-뒤〉

고 굴삼여의 오른 말도 고집불통 하다가 진문관의 구지 갓쳐 가련 공산
삼혼되야 江上의 우난 시 어복츙혼 붓쯔럽다 자닉 고집 과하다가 오진명하
오리다 장씨란 놈 하난 말이 콩 먹고 다 죽을가 高書(고서)를 불작시면
콩 티자 든 이마다 오릭 살고 貴(귀)히 되니라 티고라 天皇氏(쳔황씨)난
一萬八千歲(일팔쳔세)를

〈11-앞〉

사라잇고 틱호 복희씨난 풍셩이 상승하야 十五代(십오디)을 傳(젼)하야
잇고 한틱조 당틱종은 풍진세게 창업지쥬 되엿시니 五穀百穀雜穀(오곡빅

곡잡곡) 中(중)의 콩 티자가 졔일이라 궁팔십 강티콩은 달팔십 사라잇고
시즁天子(쳔즈) 되여 잇고 리티빅은 긔경상쳔 하야 잇고 북방의 티틀셩은
별 즁의 웃듬이라 나도 이 콩

〈11-뒤〉

얼는 먹고 티콩 갓치 오리살고 티빅 갓치 상쳔ᄒ야 티을 션관 되으리라
까토리 홀노 경황 업시 물너시니 장끼란 놈 거동보쇼 콩 먹으려 드러갈
졔 열두 장목 폐여 들고 구벅구벅 고기 조아 조춤조춤 드려가서 반달 갓튼
셔부리로 드립써 쫙 찍으니 두고픠 둥그러지며 머리우에 치난 소리 박낭스

〈12-앞〉

즁 시황를 치듯 와직근 쑥짝 푸드득 푸드득 변통 업시 치여구나 까토리
하난 말리 져련 광경 당할 줄 몰나든가 男子(남자)라고 女子(여자)의 말
잘 드려도 픠가 하 기집의 말 안 드려도 망신하네 까토리 거동 불작시면
상하평젼 자갈밧틔 자락 머리 푸러노코 白沙場(빅사장)의 당글당글 궁글
면서 □□을 쌍쌍 치고 이

〈12-뒤〉

□□□ 잔듸 풀을 쥐여 쓰드며 실픠 □□ 두 발노 쌍을 글그면서 셩붕지통
극진하니 눈물 홀너 못치 되니 아홉 아달 열두 짤연 친구 벗임네도 불상타
의논하며 조문 인곡하니 가련 공산 낙목쳔의 우름소리쑨이로다 까토리 슬
픈 즁의 하난 말이 공산야월 두견셩은 슬픈 회포 더욱 슬푸다

〈13-앞〉

독약이 고구나 이어병이요 충언이 역이나 이어힝이라 하여신니 자네도 ᄂᆡ 말 드려스면 져른 變(변) 당할 숀가 답답하고 불ᄉᆞᆼ하다 우리 양주 조흔 금실 뉘더려 말할 숀야 슬피 서서 통곡하니 눈물은 못시 되고 한심은 풍우 된다 가삼의 불이 붓네 이ᄂᆡ 平生(평ᄉᆡᆼ) 엇지 할고 장씨 거동 볼작시면 축위

〈13-뒤〉

밋터 업뒤여서 예라 요련 요란하다 後患(후환)을 미리 알면 산의 가리 뉘 이씨리 선미련 후실기라 죽난 놈이 탈 업시 죽으랴 사람도 죽기 살기를 ᄆᆡᆨ으로 안다하니 나도 죽지 안켄나 ᄆᆡᆨ이나 집퍼보쇼 싸토리 對答(ᄃᆡ답) 하고 이른 말이 비우ᄆᆡᆨ이 이거졀하고 간장이 서늘하고 ᄐᆡ츙ᄆᆡᆨ은 거더가 고 명ᄆᆡᆨ

〈14-앞〉

은 ᄭᅳᆫ쳐가네 ᄋᆡ고 답답 이계 웬일인고 원슈 원슈 고집불통 콩 하나 먹은 원슈로다 장씨란 놈 하난 말리 ᄆᆡᆨ은 그려하나 눈 경을 살펴보쇼 童子(동자) 붓쳐 온젼한가 싸토리 한숨 쉬고 살펴보며 이른 말리 인제은 쇽졀 업네 져편 눈은 童子(동자)붓쳐 쳣식벽의 써나서 千里(철이)말이을 간 줄 모로 고 이편 눈은 童子(동ᄌᆞ)붓

〈14-뒤〉

쳐 지금 써나랴고 청보의 보찜 싸고 곰방ᄃᆡ 붓쳐 물고 길목버선 간발하네 ᄋᆡ고ᄋᆡ고 이ᄂᆡ 팔ᄌᆞ 엇지 이ᄃᆡ지 기박한가 상부도 자쥬 한다 쳣지 낭군

으더다가 보라민게 채여가고 둘지 낭군 으더다가 산양기에 물여가고 셋지
낭군 으더다가 살님도 치 못하고 표슈의게 마져 죽고 이번 낭군으

〈15-앞〉

더셔난 금실도 조커이와 아홉 아달 열두 쌀연를 나아 노코 남혼여가 치
못하야 구복이 원슈로다 콩 하나 먹으랴다가 千金(천금) 갓탄 貴(귀)한
몸이 져 착위예 덜컥 치여시니 속졀 업시 영離別(이별) 하게구나 도화살을
가자난가 상부살을 가져난가 이닉 팔즈 흉악하다 불상토다 우리 낭군 나이
만아 죽

〈15-뒤〉

어난가 病(병)이 더려 죽어난가 망신살을 가져던가 고집살을 가져던가 웃
지하면 웃지하면 살여닐고 前後(전후)의 셧난 女子(여자) 뉘라서 혼취하며
腹中(복중)의 든 유복즈난 희산구완 뉘라 할고 운림쵸당 너른 쓸의 빅연초
심어 두고 빅연희로 하자쩐니 短三年(단삼여)이다 못하야 영결終天(종천)
離別(이별)초가 되여구나 져려트시

〈16-앞〉

조혼 풍신 은졔 다시 만나볼가 명사십니 회당화야 꼿진다 한을 마라 너난
명연 봄이 되면 쏘다시 피거니와 우리 낭군 이번 가며 언졔 다시 만나볼
가 미망일세 미망일세 이 몸이 미망일세 한참 통콕하니 장끼람 놈 반눈
쓰고 자네 너무 슬어 마쇼 상부 자진 네 가문의 장가 가기 닉 실터라 이
말 져 말

〈16-뒤〉

잔말 마라 사자는 불가부생이라 다시 보기 어려오리니 나를 구지 보랴거든
明日朝飯(명일조반) 일직 먹고 착위 임자 싸러가면 금천장의 걸여거나 젼
쥬장의 걸여거나 쳥쥬장의 걸여써나 그려치 안이하면 감영쏘나 병영쏘나
슈령쏘나 관쳥고의 걸엿든지 봉물짐의 언지여썬지 사도 밧상 오르

〈17-앞〉

던지 그려치 안이 하면 혼닌집 폐빅 건치 되리로다 니 얼골 못 보와 슬허
말고 자네 몸 슈졀하야 졍열부인 되압쇼셔 불상하다 불상하다 니 싸토리
우지 말라 丈夫(장부) 간장 다 논난다 네 아모리 슬허하나 죽난 나만 불상하
다 장씨란 놈 기를 씬다 이래 곱퍼 버되드고 위 곱퍼 당기면서 버럭버럭
긔를 운 쓴

〈17-뒤〉

니 살 길리 젼이 업고 털만 쏙쏙 다 싸진다

장씨젼   권지이

잇쩌 차위 임자 탁쳠지는 망보다가 만션들이 셔퍼 휘장 우구려 쓰고 지펑막
디 거더집고 허휘허휘 달여들어 장씨를 쎄여 들고 희희낙낙 츔을 추며 지야
자 조흘씨고 안남수 벽게슈의 물 먹으

〈18-앞〉

려 네 왓던냐 ○ 밧남산 작작도 화류차로 네 왓더냐 ○ 탐식몰신 네 모로고
셔 식욕이 과하기로 콩 하나 먹으랴다가 綠水靑山(녹수청산) 놀더 너를

너 손으로 잡쑤나 산신게 지셩하야 네 구족을 다 잡으리라 장씨의 빈문
셜을 쎼여니여 바위우에 언젠 놋코 두 손으로 합장하야 비난 말이 앗가
노은 져

〈18-뒤〉

착위예 짜토 마자 치압소셔 나무아비타불 관세음보살 구벅구벅 절하고 탁
첨지 니려간다 짜토리 뒤밋쳐 발버가서 바우위에 언진 털을 울며불며 차져
다가 갈엽으로 쇼렴하고 덩딩이로 미장하고 원츄리로 명견 쎠셔 이송목의
거려 노코 밧머리 사티난 더 금졍 업시 산역하야 하관하고 산

〈19-앞〉

신졔와 불신졔 지너랴고 諸物(제물)을 차릴 적의 가랑입의 이실 바다 졔주
굴밤짝지로 졉시 삼어 도토리 잠 삼어 담아 노코 속시더로 시져 삼어 친가유
무 형졔더로 그령져렁 차려 노코 호상 손님으로 집사를 분졍하니 누구누구
그럿든고 衣冠(의관) 조흔 두루미난 초혼관이 되여 잇고 몸 가뷔여 날닌

〈19-뒤〉

졔비난 졉빈긱이 되여 잇고 말 잘하난 잉무시난 진셜를 마타구나 짜옥이
쑤려 안자 축문을 일그니 축문의 하여쓰되
유셰차 모연 모월 모일 미망 짜토리 감소고우 현벽 장기 학셩부군 거현지뭇
셕 신반실당 신주긔 셩복유존령 사구종신 시방시의

〈20-앞〉

라 하엿더라

잇쩌 철상할듯 듯 주져 할 졔 소리기 하나 쩌오다가 주린 즁의 구버보고
어늬 놈이 맛상졔냐 니 한 놈 다려 가리라 하고 주루룩 달여 들혀 두 발노
쩡의 식기 하나 툭 차가지고 공즁의 놉피 쩌서 層巖節壁(층암졀벽) 上上
(상상)봉의 너울너울 덤벅 올나 안즈 이리 뒤젹 저리

〈20-뒤〉

뒤젹 하난 말리 감기로 不年(불연)하야 延十日(연십일) 주리기로 구미가
쩌려졋든니 오널이야 인간 졔일미를 어더구나 문어 젼목 희삼쩜은 지상의
졔일미요 ○ 젼초자반 송엽주난 슈지 즁의 졔일미요 ○○ 십년일경 희궁도
난 셔왕모의 졔일미요 ○ 一年長春(일연장춘) 약산주난 상산사호 졔일미
요 ○ 졀노 죽은

〈21-앞〉

강아지와 꽁의 안난 병아리난 연장군의 졔일미라 굴그나 자나 쩡의 식기
하나 싱기여쓰니 주리 즁의 먹어보자 하며 너울너울 츔추다가 아차하고
도라보니 바위아리 쩌려져서 자최 업시 숨엇구나 속졀업시 물너 안자 허희
탄식 하난 말이 삼국명장 관공님도 화용도 조분 길의 자분 조조

〈21-뒤〉

노왓시니 이난 디의를 生覺싱각하심이라 쳠악한 연將軍(장군)도 쩡의 식
기 노와 쓰니 그도 쏘 슨심이라 자손 창성할이로다 太白山(틱빅산) 갈가무
기 북악을 귀경하고 路中(노즁)의 虛氣(허기)만나 요긔차로 까토리게 조상
하고 과실 논아 먹은 후의 탁식하야 이른 말리 그 치구 풍신 조코 심덕
조아 장슈할 줄 아라던

〈22-앞〉

니 불근 콩 하나 못 참어서 비명횡사 하단 말가 가련하고 불상하다 우리야 그런 콩 보기 먹을 손냐 여보 까토리 마루라님 드려보소 오날 이 말삼이 체면은 틀이나 고담의 이르기를 장사 나면 용마 나고 文章(문장) 나면 名筆(명필) 난다 하여시니 그더 상부하자 니 오날 여기 오자 삼물조합 마자시니 곳 본 나

〈22-뒤〉

븨 셰이리며 물 본 기력이 어옹을 두려 할가 그 셩세와 가문 니 알고 니 셩세와 가문 그더 알 터이니 우리 두리 자슈셩가 한심잡고 百年(빅연)동낙 웃더흔가 하니 까토리 한심지고 하난 말리 아모리 미물인들 三年(삼연)상 도 못 맛치 기가 하난 법은 뉘 예문의 보왓난가 古談(고담)의 일은 말이 운종용하고

〈23-앞〉

풍종호라 하며 여필종부라 하엿시니 임마다 짜려 갈갈 가마귀 大怒(디로)하여 왈 네 말이 가소로다 시젼 기풍장의 이르기를 유자칠인호더 막위모심이라 하여시니 사람도 일곱 아달 두고 기가 하여 갈 졔 嘆息(탄식)한 말이라 하니 하물며 너 갓탄 미물이 슈졀이 당하고 자고로 까토리 열여 졍문 못

〈23-뒤〉

보왓네 하며 서로 슈작하더라

장씨전   권지삼

잇씌 부엉이 드려와 조문 후의 가마귀를 도라보고 하난 말이 몸동이도 검거
니와 부리 고이 하다 으른이 왕임하신면 긔도도 안이 하고 은연이 안자는냐
가마귀 大怒(디로) 왈 완만한 부엉아 눈이 우멍하고 귀가 쫑굿하면

〈24-앞〉

으른인냐 니 몸 검다 웃지 마라 거쥭은 거무려이와 속조차 검을가 우현비과
숨음타가 이너 몸 거무노라 너의 부리 웃지 마라 남월왕 귀천이도 니 입과
방불하나 삼시로 장복하고 十年(십연)을 칼 가라 부악을 도라드러 諸侯王
(제후왕) 되여시니 네글을 몰나쓰니 으른을 엇지 홀더 하느냐 졔 놈을 그겨

〈24-뒤〉

못 두리라 명일 식후의 통문 노와 디동의 벌 붓치고야 안의 졔명 하리로다
하며 한참 이리 닷틀 젹의 靑天(청천)의 기력이 雲間(운간)의 쩌올나가
우연이 니려와서 목을 길게 느리고서 左右(좌우)을 大責(디칙)하여 曰(왈)
너의 무상 으런인뇨 한나라 蘇武(소무) 北海上(북해상)의 十九年(십구연)
을 갓쳐실 쎄 고국 소식 모로기로 一章書簡(일장서간) 맛

〈25-앞〉

터다가 漢天子(한천자)게 니 손으로 밧쳐시니 이런 이를 보랴면은 니가
먼져 尊長(존장)이라 너의 무삼 으른인냐 젼연당 물오리란 놈 일곱 번 상쳐
하고 날여간 혈육 업시 후쳐 구하다가 까토리 寡婦(과부)된 소식을 듯고
通婚(통혼)도 안이 하고 婚姻(혼인)길을 차릴 젹의 옹옹명안 두룸이로 안
부장을 삼어 두고 관관져

〈25-뒤〉

구 진경이로 환진아비 삼어 두고 쇼리 큰 왜가리로 길자비로 삼어 두고 밉시 잇난 호반시로 견갈 하님 삼어쑤나 이날 호반시 드러와 이른 말이 짜토 신부 게신가 우리 신낭 드러가네 짜토리 울다 하난 말이 아모리 寡婦(과부)가 만만한들 궁압도 안이 보고 억혼인 하랴하오 오리 하난 말이 과부 홀

〈26-앞〉

아비 만난디 예졀 보고 수쥬 볼가 신부 신낭 두리 자연 궁합 졀노 되난이라 퇴일이나 하여 보자 일셩싱기 ○○ 이 中天(중천)의 ○ 삼아졀체 ○ 사즁유혼 ○ 오상화회 ○ 육즁복덕일이오 천덕일이 합하야시니 오날밤이 웃듬이라 잔말 말고 죠곰 자세 짜토리 웃고 對答(대답)하되 자네은 남자고 음침한 말 제법

〈26-뒤〉

하네 오리란 놈 하난 말이 이니 호강 드려보쇼 영주봉니 淸江水(청강수)의 ○ 모든 신선 비을 타고 ○○ 완월장취 하는 양을 역역 구경하고 ○ 소상 동졍 너른 물의 홍요빅빈 집을 삼아 ○ 오락가락 논일면서 ○ 은인옥척 조흔 싱션 식양디로 장복하니 ○ 천지간 조흔 싱이 물밧게 쏘 잇난가 짜토리 하난

〈27-앞〉

말리 水中(수중)싱이 좃타 한덜 陸地(육지)싱이 갓탈 손냐 우리 싱이 드려보소 평원광야 너룬 덜의 오락가락 논일다가 層岩節壁(층암절벽) 놉흔

峯(봉)의 허위허위 올나가서 사회팔방 귀경하고 春三月(춘삼월) 느진 봄
이 되면 客舍靑靑(긱사쳥쳥) 柳色新(유싁신)할 제 黃金(황금) 갓탄 쇠쏘
리는 兩柳間(양유간)의 往來(왕니)하고 春風(춘풍) 도리화 기야의 초혼
조 슬피 울

〈27-뒤〉

고 불여귀 불여귀 하난 소리 초목금슈라도 심회 살난하니 그도 또한 경이로
다 추팔월 황국단풍시의 만산 실과 주어다가 압뒤로 노적하고 씽장군의
조흔 복식 춘치자명 우난 소리 고금의 무쌍이라 슈궁싱이 조타한들 육지싱
이 당할 손냐 오리 이말 듯고 어이 업 묵묵히 안자 쩐니 그 졋히 조

〈28-앞〉

상왓썬 장끼란 놈 썩 나시며 하난 말리 이니 몸 환거한 지 삼연이라 맛당한
혼인 업더 오날 그디 寡婦(과부) 되자 나 조상 오자 턴증비필을 쳔위신조
하여쓰니 우리 두리 짝을 지어 유자싱여 남혼여가 식키여 빅연히로 할이로
다 까토리 하난 말리 죽은 낭군 싱각하면 기가 하기 졀박하나 니 나를

〈28-뒤〉

쏩아보면 불노불소 즁늘그니라 슈막 알고 살님할 나히로다 오날 그디 풍신
보니 슈졀 마암 젼의 업고 읍난지심 발동한다 허다한 호라비가 예서 졔서
통혼하나 왕왕 말니 각실너니 네말의 이르기를 유유상종이라 하여시니 까
토리 기 장끼 신낭 짜려가미 의예 당당한 상사로다 아모커나 살어보시 장끼
란 놈 썰썰 푸두둥 하던

〈29-앞〉

니이 二姓之合(이승지화)이 되어쑤나 通婚(통혼)하던 가마귀 부엉이 물오리 무안이 취하야 훨훨 날너갈 제 각 시 소임 다 날어간다 감장시 호로록 호반시 주루룩 방울시 쌀낭쌀낭 잉무 공작 기력이여 왜갈이 황시 빅시 다라가니 잇써 까토리 시 낭군 앞세우고 아홉 아달 열두 쌀연 뒤세우고 빅셜풍 무릅쓰고 운림벽게로 도라가서 명

〈29-뒤〉

년 봄 삼월 봄이미 남혼여가 다 여위고 자웅이 쌍을 지여 명산디젹 논릴다가 十月(십월) 十五日(십오일)에 치입디슈위합이라 하여기로 양주 부쳐 니외 자웅 가시 버시 큰물의 들어가 조기 되어시니 치위합이라 셰상사람덜 이르나니라

白雲精舍(백운정사) 終(종)　　　　　　宋學成

즈치가

　〈자치가〉는 책의 표지 상단 좌측에 '菩薩戒義疏 合部(보살계의소 합부)'라 쓰여 있고, 우측에 'ᄌ치가'라고 적혀 있다. 또한 '자치가라'라는 제명이 책의 1장 앞면 상단에 확인된다. 표지를 제외하면 전체 19장(38면)이며, 사설은 두 마디 한 짝의 귀글로 된 가사체인데, 12장 앞면과 뒷면이 찢어져 앞면은 여섯 마디, 뒷면의 한 마디만이 읽힌다. 이 이본에서는 다섯 번째 상처한 까투리에게 두루미가 '겁혼'을 하고자 하는데, 이에 까투리는 동해를 향해서 달아난다. 까투리는 도망 중에 노총각인 장끼(장도령)를 만난다. 까투리와 장도령은 처량한 처지를 서로 위로하고 결합하게 된다. 까투리가 달아난 줄도 모르고 두루미는 혼인잔치를 준비한다. 마침내 잔칫날에 까투리의 도주를 알아챈 두루미는 무색하여 돌아선다. 잔치에 모여든 모든 손님, 온갖 새들의 '의관 치레'를 나열하면서 작품은 마무리된다. 마지막 세 짝의 귀글을 살펴보면, '여보시오 벗님네야 비의(非義) 욕심을 행하지 마소 효도로 양친하고 충성으로 사군하여 오륜을 밝히어서 일마다 착히 되리'라는 경구(警句)로 이루어져 있다.

출처 : 고려대학교 만송문고(청구기호 : D4A20).

〈1-앞〉

건곤이 기탁 후의	만물이 품싱ㅎ니
실영홀손 사람이오	어린 거시 즘싱이ᄅ
유모츙도 삼빅이오	유우츙도 삼빅이라
난봉긔린 졔일이오	잉무공죽 벅금이라
쎵의 몸이 숨긴 후의	죠수 즁의 웃듬이라
의관은 오쉭이오	별호ᄂᆞᆫ 화츙이라
문왕이 제탕할 제	우름으로 도와잇고
월상씨 헌빅치도	상셔로 감동ㅎ니
산금야수 쳔셩으로	낙낙중송 졍ᄌᆞ 사마
울임벽계 시ᄂᆞ가의	졀노 듯ᄂᆞᆫ 구도토리
졈졈이 쥬어먹고	츈풍싱장 교열믹얼
근근이 맛셜 보니	인간을 희ᄒᆞ던가
오곡을 희ᄒᆞ던가	임지업시 노ᄂᆞᆫ 몸을
굿틱야 ᄌᆞ바다가	삼틱육경 슈령방빅
실토록 중복ᄒᆞ고	조흔 중목 골나ᄂᆡ여
화당의 중목비와	사명긔 슐디 치례
이리져리 두로 쓰고	조흔 살깃 골나ᄂᆡ여
양각궁 흑각궁의	편젼살과 양젼슐의

〈1-뒤〉

빅보청양 졍양슐을	이리져리 치중ᄒᆞ니
긔온이 공덕이며	노지승멸 문효관
우리로 살져스니	이리 헤ᄂᆞ 져리 헤ᄂᆞ

우리 공이 만컨무는
쏫이는 이 스람이로
헌원세계 보랴흐고
허위허위 올나가니
예셔 덜넝 졔셔 덜넝
봉봉이 질너오고
이리 솟솟 져리 솟솟
뒤젹뒤젹 츠즈오니
시이길논 가노라니
왜물조총 둘너뫼고
삼동셜한 쥬린 짐싱
동손가 조흔 밧티
콩 낫치 드러쓰니
즁기 치례 보죽시면
쵸록궁쵸 깃셜 다라

야속흐드 쎵의 팔지
슈풀아러 숨어드가
빅운산 상상봉의
산진미 보리믹는
눈 큰 슈달피는
님 잘 만은 산양기는
속시 포기 썩갈입홀
스라눌 길 젼허 업드
푸지기군 포슈 몸은
가만가만 드러서니
그 어디로 가존 말고
상흐평젼 눈 녹은 디
콩 쥬으로 가즈셔라
디홍디단 후리믹이
빅방즈쥬 동졍짓고

〈2-앞〉

황운디단 옷고름의
열두 즁목 만신 풍치
까토리 치장 둘너보니
폭폭이 줄게 눕여
밉시 죠흔 머리고지
열두 쌀 아홉 아들
압셔우고 뒤셔우고

쥬먹 벼살 옥관즈의
디즁부 달을시고
즌누비 줄누비을
상하 의복 갓쵸와
곱게 쎠셔 단중흐고
시물한아 쥬령등을
어서 가즈 슈이 가즈

흥평전 밧머리예 　　　　 쥬쥬리 드러 셔셔
너는 이 골 줍고 　　　　 나는 져 골 줍고
기기습어 두틱ᄒ니 　　　　 불원인지 고량이ᄅ
천싱만물 유록ᄒ니 　　　　 일포식이 지슈로ᄃ
시즁 허긔 치우라니 　　　　 그 머셜 못 먹으라
졈졈이 쥬어 드러가니 　　　　 콩 ᄒ난 덩글어케 노여거늘
즁기란 놈 디혹ᄒ여 　　　　 니 복으로 먹어보시
쌋토리 이른 마리 　　　　 아갸 그 콩 먹지 마소
드론 ᄌ취 나간 ᄌ취 　　　　 비로 활활 씨 듯ᄒ고
입으로 활활분 듯ᄒ니 　　　　 분명ᄒ 인젹이ᄅ
즁끼란 놈 이른 마리 　　　　 너의 말이 미욱ᄒᄃ

〈2-뒤〉

잇디을 이를 진틴 　　　　 동지셧달 엄동이라
첩첩히 싸인 눈이 　　　　 쳐쳐의 더퍼스니
천슨의 죠비졀이오 　　　　 만경의 인종멸이라
ᄉ람의 ᄌ취 　　　　 어이 이슬손고
간밤의 쑴얼 ᄭ우니 　　　　 황학을 비겨 타고
청쳔을 소사울나 　　　　 옥황게 문안ᄒ니
옥황이 ᄒ교ᄒᄉ 　　　　 살임쳐ᄉ 봉ᄒ 후의
만셕고의 콩 ᄒ 셤을 　　　　 상급으로 타이시니
오날 이 콩 ᄒ 낫 　　　　 긔 안이 반가오가
긔ᄌ의 이위식이오 　　　　 갈ᄌ의 이위음이라
ᄒ물며 굼던 ᄎ의 　　　　 오날 아침 식젼이라

ㅎ날이 쥬신 복을　　　　　니 어이 마다ㅎ랴
샷토리 이른 마리　　　　　그 꿈이야 죠커니와
니 꿈으로 볼작시면　　　　무비다 흉몽이라
어졔밤 이경 쵸의　　　　　흔품의 줌을 즈고
찬바람 이러나며　　　　　티아검 드난 칼노
빗 죠흔 즈니 머리　　　　덩겅 비혀 나려지니
자니 죽을 흉몽이라　　　　부디 그 콩 먹지 마소

〈3-앞〉

장씨란 놈 이른 마리　　　　그 꿈 죠타 희몽ㅎ즈
츈당디 알셩과의　　　　　문무방의 참여ㅎ여
계화을 무릅쓰고　　　　　츈풍의 흘날이며
낙슈교샹 쳥운간의　　　　입신양명홀 꿈이ㄹ
과거나 힘써보즈　　　　　샷토리 이른 마리
슴경 쵸의 꿈을 쑤니　　　천근드리 무쇠 가미
자니 머리 덥벅 씨여　　　만경창파 기푼 쏘의
아죠 넙벅 빠져거늘　　　　니 호즈 그 물가의
실피 셔셔 통곡ㅎ니　　　　이안이 흉몽이가
장씨론 롬 하난 마리　　　그 꿈이 더욱 죳타
디명이 즁흥ㅎ여　　　　　구원병을 쳥ㅎ거던
이니 몸이 션봉되여　　　　투긔을 무릅쓰고
압록강 건니가셔　　　　　즁원을 항복 밧고
황하슈의 세병ㅎ고　　　　고국으로 도라올 졔
슈륙디장 되올이ㄹ　　　　갓토리 이른 마리

삼경 아릭 꿈얼 꾸니
자손이 잔체홀 제
사명청쳔 괴와더니

어룬이 당상ᄒ고
시물두 폭 비츳일을
석발장디 고칫디가

〈3-뒤〉

직근 쑥닥 부러지며
답답흔 일 볼 꿈이오
낙낙쇼셩 만쳔흔디
자미셩을 둘너잇고
은ᄒ슈을 둘넛ᄂ디
자니 압히 노혀스니
삼국풍진 요란홀 졔
오장원 운명홀 졔
일노 바도 불길ᄒ듸
그런 꿈 염여마라
화쵸 병풍 두러 치고
가락 이불 취커 덥고
너와 나와 한 몸 되여
별 터러져 보이기난
북두츄셩 졍긔 타셔
견우셩 직여셩은
너 몸의 틔긔 이셔
그러나마 그런 꿈은

이니 머리 자니 머리 덤퍼스니
오경 쵸의 꿈얼 꾸니
틱을셩과 숨틱셩은
견우셩 직여셩은
일졈셩이 쑥 떠러져
자니 쟝셩 안이련쟈
한모스 졔갈량도
장셩이 떠러젓다 ᄒ니
장기란 놈 이른 마리
일모쳥산 오랄밤의
등걸 볘기 취님 요판
북덕 솔밧 더운 밤의
이리져리 홀 꿈이요
헌원씨 예단딕도
감이싱졔 ᄒ여잇고
칠셕상봉 연분일
아들 나흘 길몽이라
벗쩍 꾸워 다고보자

〈4-앞〉

갓토리 이른 마리	다실 적의 ᄭᅮ믈 ᄭᅮ니
싁져구리 싁치마을	이ᄂᆡ 몸의 단장ᄒᆞ고
건니 청산 단여더니	난ᄃᆡ업난 삽살기가
왈각덜걱 달여드러	경황실식 갈 ᄃᆡ 업셔
삼밧트로 달여드니	굴근 삼ᄃᆡ 부러지고
잔 삼ᄃᆡ 씨러지며	자른 허리 가는 몸이
휘휘친친 감겨 보이니	이ᄂᆡ 몸이 과부되여
흉복 이불 흉몽이라	제발 그 콩 먹지 마소
장ᄭᅵ란 몸 디노하여	엄발노 휘두리쳐
이리 츠고 져리 츠고	도얄바슨 져 간나희
제 덕으로 그져 두니	기동 셔방 마다ᄒᆞ고
사이남닌 질기다가	참바 올바 쥬홍사로
동그릿쳐 결박ᄒᆞ고	이 거리 져 거리 죵누 네 거리예
북 지여 동동 회시ᄒᆞ고	두리장 삼모장으로
난장 마질 그 ᄭᅮ미ᄅ	그 ᄭᅮ믈 말낭 다시 ᄆᆞ라
암장강이 썩그리라	가토리 무참ᄒᆞ여
져근닷 무럿ᄃᆞ가	ᄯᅩ 다시 이른 마리
흥비슈국의 비필함노난	디장부의 망신이오

〈4-뒤〉

봉비천인의 긔불탁속은	장부의 염치로ᄃ
힝신을 ᄒᆞ려 ᄯᅥ셔ᄒᆞ면	염치도 볼 거시ᄅ
밍ᄌᆞ의 인의 염치	제금을 불슈ᄒᆞ고

안자의 도덕 렴치
단표을 낙을 삼고
(앞~1)
빅이 슉졔 슈졀 염치
쥬속을 불식ㅎ고
연명의 후회 렴치
오두미을 마다ㅎ고
즁자의 올혼 염치
만장의게 기름듯고
장양의 지혜 염치
사병벽곡 ㅎ여잇고
자니 비록 미물이느
군즈 염치 쏜을 바드
졔발 그 콩 먹지 마소
장기란 놈 이른 마리
예의을 모라거든
염치을 어이아리
밍자의 견후상의
광장으게 긔롱듯고
안즈의 단표누공
삼십의 요수ㅎ고
빅이 슉졔 치미졀도
셔산의 아스ㅎ고
연명의 아여졀도
긔부부을 그릇치고
즁즈의 이목폐여
병든 고약 쥬어먹고
장량의 벽곡련도
젹송자 못 차잣고
유휴쥭다 특셔ㅎ고
후세예 유젼ㅎ니

〈5-앞〉

염치도 부지럽고
먹는 거시 웃듬이른
호타ㅎ 보리밥은
문숙이 달게 먹고
평농망촉 싸오다가
즁흥쳔즈 되여 잇고
표모의 씨근 밥은
한신이 달게 먹고
(뒤~1)
한즁디장 이러나셔
졔왕쵸왕 되어신이
나도 이 콩 달게 먹고
크게 될 줄 네 알손야
가토리 이른 마리
즈니 마리 가쇼롭다

콩 먹고 되단 마른
동당 급제 엄제 ᄒ고
잔듸 찰방 이직ᄒ고
도미 졍승 될지라도
호싱오사은는
엇지ᄒ 자닉 셩품
옛글노 볼작시면
망신ᄒ니 몟몟친고
진시황 어린 고집
인심소동 사십연의
항우의 못실 고집

닉 먼져 아라반닉
셩균지ᄾ 폭사ᄒ고
황쳔 부사 츄고맛고
부디 그 콩 먹지 마소
인지상졍이라
그디지 고집ᄒ고
고집불통 과ᄒ다가
역역히 혜오리라
부소말 아니 듯고
이셰예 망국되고
범징의 말 아니 듯고

〈5-뒤〉

팔쳔 졔ᄌ 다 쥬기고
오자셔의 고든 말도
고소디 못셜 파셔
굴삼여의 올은 말도
진무관의 굿게 갓쳐
동문의 걸인 눈이
삼강가의 우난 져시
걸쥬의 ᄌ퓌 고집
경궁요디 원을 짓고
명죠들 노리퍼러
ᄌ닉 역시 고집ᄒ여

무면도강 ᄒ여시며
고집기로 아니 듯다가
미록니유 ᄒ여 잇고
고집기로 아니 듯다가
가련 고혼 되여슨이
일편명모 더풀소냐
어복츙혼 붓그럽다
비간츙언 아니 듯고
육산포림 못 다 먹고
ᄌ결ᄒ여 죽어스니
시환을 못 면ᄒ고

금일 망신 홀지라도　　　　　원망을낭 부디 마소
장기란 놈 이른 마리　　　　　콩 먹다고 다 죽으랴
서직도량 오곡 듕의　　　　　콩이 웃듬이라
콩 틱즈 든 디마다　　　　　　오릭 살고 귀이 되니
틱고 쳥황씨는　　　　　　　　일만팔쳔 셰요
틱호 복히씨는　　　　　　　　풍셩 상승ㅎ여
십오 셰을 유젼ㅎ고　　　　　틱공지즈 유방이는

〈6-앞〉

팔연풍징 창업ㅎ여　　　　　틱조 디왕 되여 잇고
궁팔십 강틱공은　　　　　　　달팔십 사라잇고
시즁쳔자 이틱빅은　　　　　긔경상쳥 ㅎ여잇고
북방의 틱을셩도　　　　　　　별즁의 웃듬이오
쥬나라 모든 임군　　　　　　틱쓰 일홈 무슈ㅎ다
틱임의 단일셩도　　　　　　　문왕 갓흔 셩인 낫코
공부즈의 츈츄향ㅅ　　　　　틱뢰로 예을 삼고
당틱종 명틱죠 아틱조도　　　틱쓰을 슝상ㅎ니
느도 쏘흔 이 콩 달게 먹고　　틱공 가치 오릭술고
틱빅 가치 상쳔ㅎ여　　　　　틱을션관 될 거시니
이후의난 잡담 마라　　　　　디답로리 허긔진듯
가토리 홀 말 업셔　　　　　　경황업시 물너가니
장기란 놈 거동보소　　　　　콩 어르며 드러갈 졔
열두 장모 아홉 살 깃　　　　좌르륵 펴 타리고
고박고박 고긔 쏘와　　　　　죠굼죠굼 거러든이

비날 갓튼 부우리고
두곱퓌 퉁귀치며
박낭스중 쇠방마치로

드립더 쫙 집으니
머리넘의 지는 소리
버금 수리 쩌리는 듯

〈6-뒤〉

아방궁 디들보을
와지끈 쑥닥 썰썰 푸두둑
가토리 거동보소
상흐평젼 즈갈밧티
발을 동동 글이며셔
독약이 고귀느 이어병이오
니 흔 말 드러시면
쳔작얼은 유가위어니와
쟝기란 놈 이른 마리
션미련 후실그라
호환 곳 미리 알면
수환 곳 미리 알면
연의 잡담 다 던지고
죽고살기는
믹이나 집허다고
비위믹이 운동흐고
신믹이 벌난흐고
티츔믹이 슨치이고

쫙 쎄혀 지군는 듯
변통업시 치여고야
누영머리 펴 터리고
싹을싹을 궁으다가
이이통곡 흐는 마리
츙언이 역이느 이어힝이르
져른 변을 당흘손가
자작얼을 어이흐리
에라 이년 요란흐드
네 탓 니 팃 부지럽드
산의 가리 뉘 이스며
비예 드리 뉘 이스랴
이이 겻티 밧비오라
믹으로 간다흐니
가토리 믹을 보니
즁믹이 소실흐고
간믹이 셔늘흐고
명믹이 긔졀흐니

⟨7-앞⟩

쟝기란 놈 이른 말이	믹이야 그러나마
눈이늑 술퍼바닉	안청이 여상ᄒ냐
가토리 눈얼 보고	이계야 허릴업닉
져편 눈의 동ᄌ 붓치	첫시비 써나가고
이편 눈의 동ᄌ 붓체	이계야 써나랴고
파랑보의 보짐 싸고	길목버션 간발ᄒ니
인고인고 이닉 팔지	험ᄒ고도 험홀시고
첫계 낭군 어더더니	빅소릭기 치여가고
둘계 낭군 어더더니	푸지기군 더퍼가고
세계 낭군 어더던이	삽살기가 홀쳐가고
네계 낭군 어더더니	난길 가셔 아니오고
다섯계 우리 님을	눈졍으로 반겨맛니
신졍이 미흡ᄒ고	사랑도 못 계워셔
엄둣갓치 져 츄위예	덜걱치여 죽게 되니
원진술을 가잔든가	망신살을 쒸엿든가
츔우츄약 ᄒ웅동구	환과살을 가졋던가
연만득병 치스흔가	도글임희 이실가치
단불의 나위가치	속졀업시 여혀고야

⟨7-뒤⟩

빅연동거 바릿더니	쳔고영결 ᄒ ᄌ말가
져러타시 죠흔 얼골	언제 다시 보오릿가
쟝기란 놈 반눈 쓰고	오호탄식 ᄒ난 마리

니 신슈 불길ᄒ여　　　　　승부즈즌 네 가문의
당쵸외 장긔들 졔　　　　　니 원시 실쳬로다
인간의 죠흔 셔방　　　　　다셧분 아니어든
죽난 놈 날만 셜 졔　　　　못 보다고 계관ᄒ랴
ᄉ즈는 불가부싱이오　　　　형즈는 불가부속이라
다시 볼길 업거니와　　　　구타여 보랴거든
니일 아츰 죠식ᄒ고　　　　츠위 임자 짜라가면
츔쥬장의 마ᄂ거나　　　　젼쥬장의 맛ᄂ거ᄂ
안동관외 셩관외　　　　　관쳥고의 걸엿거ᄂ
병영도 슈영도의　　　　　숫도 상의 올ᄂ거나
이밧게 어디 가셔　　　　　니 얼골 다시 볼고
천상의 월궁항아　　　　　호츠야 스라스랴
인간의 졍열여ᄂ　　　　　슈졀ᄒ니 만컨마ᄂ
니 ᄒ 몸 죽은 후의　　　　너의 심ᄉ 어이아리
져근닷 지ᄂ다가　　　　　슘혼이 포탕ᄒ니

〈8-앞〉

우츠죠혜여　　　　　　　　명지쇠의로다
츠위 임자 탁쳠지가　　　　어디셔 망 보ᄃ가
헌 폐렁이 슈기시고　　　　즈른 막디 뒤던지며
허워허워 달여드러　　　　장ᄭ여ᄅ 쎄여들고
히히락락 츔얼 츄며　　　　얼스덜스 죠홀시고
니 지쥬가 용ᄒ던가　　　　네 신슈가 불길턴가
산신임이 돌보신가　　　　죠상임이 졈졔ᄒ가

암남손 벽계슈의 물 먹으로 네 와던가
뒷동산 죽죽 도화 곳쳘 보고 네 와던가
녹슈쳥손 노든 너을 니 손으로 즈밧고야
너의 구죡 마죠 잡게 손신게 졔흐리릭
빗문 혜얼 쎄야니여 바위틈의 꼭 끼우고
두 손을 마죠 드러 구벅구벅 졋사오디
악가 노흔 져 추위의 가토리 마죠 잡게
아미타불 관음보술 관음보살 아미타불
흐날을 우러러셔 빅비츅슈 무슈트니
탁쳠지 도라간 후 가토리 뒤밋바드
바희틈의 끼옛 헤을 간신이 츠즈니여

〈8-뒤〉

칠입흐로 소렴흐고 텅덩이로 결관흐여
이송목 후듸즈바 명경을 거러스디
송빅은 중지의 갈필 덤벅 푸러
산임쳐스 장씨지귀릭 디셔특셔 흐옛드릭
초상이스 쳣거이와 장스을 어더흐리
명산 어더 쓰즈흐니 풍수흐나 못 맛너고
션영 부장 길이 머러 못 갈리릭
기골산 츠즈 드러 묵밧머리 산티굼의
산역흐기 쉬운ᄃ로 향비업시 터을 짝가
불시예 발인흐여 당일 니로 장사흐니
산신졔 평토졔ᄂᆞᆫ 졔물도 효죠흐다

콩 먹다가 죽어스니 곡긔야 노홀손야
가락 이슬 쳥감쥐예 싸리풍영 빅셜기예
슘걸가지탕 한 마리 쩍기구리 건어 반짝
쑬밤싹지 시졉노코 즌디 열미 과실 노코
속시디궁 졀을 거러 칭가유무 형셰디로
그리져리 츠렷드릭 집스분졍 불쟉시면
의관 조흔 두름이는 헌관으로 미여잇고

〈9-앞〉

쇼리 죠흔 싸옥이는 도축으로 미여 잇고
진셜을 뉘 흐던고 목 기구은 날 제비요
졔 공스은 위흐던고 말 줄흐는 노구지리
싸옥이 쑤러 안즈 츅사을 이르시미
유셰츠 모월 모일의 고이즈 쥬령등은
살님쳐스 부군견의 비 업시 감소고우
형귀둔셕 흐엿시니 신반실당 흐옵소셔
신쥬미셩 챵쥴흐니 혼빅상의 흐옵소셔
근이쳥죽 흔 즌 슐을 디궁 업시 모도 상향
독츅을 다흔 후의 부복홍 지비흐고
쳘승을 흐렷더니 소리기 즁쳔의 쩌오다가
쥬령등을 구버 보고 어너 놈이 맛상지뇨
니 흔 놈 다려가즈 이놈 져놈 눈 쥬다가
얼는 듯 덥치며셔 공즁의 툭 차들고
만장칭읍 졀벽상의 너플 셥쥭 올나온즈

이리 뒤젹 져리 뒤젹 　　죠홀시고 죠홀시고
년ᄉ나흘 가믄으로 　　식미가 다잔터니
인간의 졔일미을 　　이졔야 어더고야

〈9-뒤〉

문어졈복 희슘탕은 　　경상가의 졔일미오
잔쵸ᄌ반 손엽쥬ᄂ 　　슈지 즁의 졔일미오
보리 탁쥬 막걸이ᄂ 　　농가의 졔일미오
졀노 죽은 강아지ᄂ 　　까막까치 졔격이오
쏘리 온난 병아리ᄂ 　　연즁군의 졔일미라
굴그나 ᄌ나 즁의 　　찡 흔 마리 어더고야
이 아니 싱광이며 　　긔 아니 유복ᄒ가
넙풀너울 츔 츄다가 　　앗츠고야 도라보니
바휘 아리 쑹 나려져 　　쟈취 업시 슈며고야
방을 눈을 부르쓰고 　　긔웃긔웃 샬펴본들
망명도싱 ᄌ근 짐싱 　　실힝소관 간디업ᄃ
온야 그려 어이 흐리 　　그거 일코 니 못 사랴
속졀업시 물너 안ᄌ 　　앙쳔디소 이른 마리
연장사 형경이도 　　삼쳑비슈 도궁할 졔
만고영웅 진시황을 　　ᄉ민줍고 찌르다가
팔쳡병풍 쒸여너머 　　환쥬이쥬 못 붓들고
흔슈장 관운즁도 　　삼국 쳥병 다뵈자고
화용도 죠분 길의 　　ᄌ분 죠죠 노와잇고

〈10-앞〉

발신지력 쵸픠왕도	가둔 픠왕 쒸워잇고
취즁의 쥬신범슈	칙즁의 다라낫고
함곡관 효계 우러	밍상군을 노와스랴
야착흔 연장군도	쥬령 흔나 노와스니
이게 쏘흔 적션이라	빅연음덕 이부리ᄅ
편편이 승쳔ᄒ여	즁쳔의 노픠 쩟ᄃ
빅두산 가마귀가	팔공산 ᄎᄌ갈 졔
즁노에셔 허긔 만니	요긔차로 문상ᄒ고
탁쥬 숨비 먹은 후의	디취ᄒ여 이른 마리
그 버지 우리 즁의	긔슈ᄒ든 어룬이ᄅ
심덕으로 볼지라고	향슈할가 미더던니
콩 흔 낫홀 못 차마셔	쥭단 마리 친구 즁의 슈치라
우리ᄉ 그른 음식	볼을 친들 먹을 손가
오날날 이 말슴이	박졀다 ᄒ련이와
장군 나ᄌ 용마 나ᄌ	문장 나ᄌ 명필 나ᄌ
네 오날 과부 되ᄌ	니 오날 여긔 오ᄌ
이도 쏘흔 연분ᄅ	빅연동낙 엇쩌ᄒ고
가토리 졍식ᄒ여 왈	죨곡도 아니ᄒ고

〈10-뒤〉

긔가ᄒ여 가단 마리	어늬 션싱 예문인고
금싱여슈라 ᄒ니	물마ᄃ 금이 ᄂ며
옥츌곤상이ᄅ ᄒ니	뫼마다 옥이 ᄂ랴

가마귀 졍식ᄒ여 이른 마리
혼광무의 누의임도
쥬미신의 예단덕도
고금천지 간의
가토리 죽은 고디
이를 써 부헝 영감
가마귀을 도라보며
검기도 흉시럽드
긔거도 아니ᄒ고
가마귀 졍식ᄒ고 하는 마리
두 눈이 우멍ᄒ 게
오월왕 구쳔이도
픠졔후 ᄒ여잇고
우연비과산음현타가
이 몸 거머시니

네게 슈졀이 당혼 말가
병푼 뒤의 엿보와고
물동의 쏫고 가니
열여야 만컨마ᄂ
열여비 못 볼네ᄅ
달여드여 죠상ᄒ고
부우리도 고이ᄒ고
어룬을 볼작시면
엄연이 안ᄌ난다
쏘랑이 뭉툭ᄒ고
졔가 다 어룬이냐
니 입과 방불ᄒ되
몸 검다 웃지 마소
오락희지셰연지라
시예왈구왈여셩이언이

〈11-앞〉

슈지오지 ᄌ웅고
니가 먼져 어룬이졔
소상강 기럭이도
쵹중강소 구경ᄒ고
봉니령쥬 ᄎᄌ랴고
셤벅 나려 안ᄌ 보고
네가 무신 어룬인다

옛말의 ᄒ여스니
네가 무신 어룬인다
동졍호 급히 건니
압녹강 건니 와셔
반공의 써오다가
문상 씃히 이른 마리
니가 먼져 어룬이ᄅ

상임원 지니다가
니 바린 편지 부쳐
츄월츈풍 경을 짜라
티힝 쇼식 젼히시니
이러타시 긔롱홀 졔
엇그졔 승쳐ᄒ고
가토리 과부 되엿단 말
문승도 ᄒ련이와
옹옹명안 기려기ᄂ
관관져귀 우난 시ᄂ
빕시 도령 즈시셔고

흔츙신 쇼즈경이
흔천즈게 듸려 잇고
옥경청천 바리보며
니가 먼져 어룬이ᄅ
압연당 오리란 놈
오미사복 구ᄒ더니
풍편의 줌간 듯고
즁기 밧비 츠려보즈
혼슈예 중을 지고
ᄉ모관디 판을 지고
황시 디감 승직 셔고

⟨11-뒤⟩

길지비예 왜거리요
가치 신부 게 잇넌야
가토리 반만 웃고
아모리 미물인들
궁합도 아니 보고
오리란 놈 디로ᄒ여
나무 과부 다려올 졔
실낭 신부 흔듸 즈면
나리ᄂ 엇더ᄒ고
일승싱긔 이즁천이
오상화히 육즁복덕

구부지기 검시로다
오리 셔방 드르간듸
교티ᄒ여 이른 마리
졉혼을 ᄒ랴ᄂ가
비필을 졍ᄒ손가
아무려면 후실 실랑
졀체 보고 예문 보랴
궁합은 졀노 되고
손금이나 집허 보즈
슘ᄒ졀체 ᄉ즁유혼
칠ᄒ졀명 팔즁귀혼

전쳔수로 집퍼 보나
니일은 희살이고
오날날이 웃듬이라
갓토리 이른 마리
오리라 놈 이른 마리
봉ᄂᆞ여쥬 바ᄃ 물의
완원취소 ᄒᆞᄂᆞᆫ 경을

후쳔수로 집퍼 보니
모릭난 쥬당잇고
잡말 마고 ᄌᆞ고 가ᄌ
셩이나 엇더ᄒᆞ고
우리 셩이 뭇지 마소
모든 신션 비를 타고
역역히 구경ᄒᆞ고

〈12-앞〉(대부분 훼손, 낙장)

삼강오호 동졍수의
오나락 느즌 피을
은린옥쳑 죠흔 신쏘
-이하 훼손-

홍요빅빈 집을 사마
임의로 홀터 먹고
식양대로 장복□□

〈12-뒤〉(대부분 훼손, 낙장)

-이상 훼손-
-이하 훼손-

이목슈족 계일미오

〈13-앞〉

쏫지가 몽통ᄒᆞ니
셩음이 썩썩ᄒᆞ니
다시곰 싱각ᄒᆞ니
그 잡소리 고만ᄒᆞ고
오리론 놈 무참ᄒᆞ여

남ᄌᆞ 풍치 바히 업고
부부 졍담 어리ᄒᆞ리
허신홀 뜻 젼혀 업ᄃ
밧비밧비 도라서소
무류이 도라서니

황시 디감 디로 ᄒ여
못들 장기 드려ᄒ고
긔구험노 와다가셔
그를 도리 어이스라
무슴 말노 디답ᄒ여
너 비록 우츙이ᄂ
츠후의ᄂ 니 눈 읍히
오리론 놈 무류ᄒ여
그 압히 웅덩 쏘의
그 후의 목두름이
복첩을 졍ᄒ려고
치머리를 혼들며셔
여렵슨 오리론 놈

오리 불러 ᄯ중ᄒ되
졈존ᄒ 날 다리고
불가스문욕을 보니
만일동유 뭇게 되면
어디 갓다 충탁ᄒ고
우리과 ᄯ 다로니
다시 볼변 못ᄒ리ᄅ
발명 ᄒ변 못 ᄒ고셔
덤벙 ᄲ져 슈며더라
이 소문 어푼 듯고
의스을 널이 먹고
허허 웃고 ᄒ난 마리
겁혼을 ᄒ려 ᄒ고

〈13-뒤〉

민즈도 아니 보너고
슝디ᄒ여 퇴혼ᄒ니
연당못 흐른 물이
무즈졀손 부상ᄒ고
엇지타 황시 손은
미묘혼 오리 쐬이
남의 비힝 갓다가
퇴혼ᄒ여 도라올 졔
니가 보고 말ᄒ면

우각속발 ᄒ려던가
젹슈공권 도라와셔
엉머구리 버지 되니
경경환목 졔 아니가
그리도 장부거든
그다지 덥벅 ᄲ져
쥬육 ᄒ 번 못 먹고셔
ᄭ짓기난 무슴 일고
안이 될 일 어이스리

만단구변 죠흔 말노
청춘 과부 까치 신부
그리도 쵸면목의
분흔듯단 뒤틱기을
거문공단 션을 다라
빅호창졍 뒤꼭지의
디공단 갓씬 체로
원완의 즁경 체로
쥬둥이 져근 거시

이리져리 얼너쥬면
졔 쏘 아니 쏘리칠가
의관 치례 쳣낫치라
허리 늘셩 질너 입고
쏘리 질뭄 둘러 입고
거문 터리 길게 쎄여
허리 아리 치럼치럼
목안지 길게 쎄고
풍치가 젹다흐여

〈14-앞〉

디동쳑 ᄋ흡 치로
웃 치례 고만흐고
셩검흔 긴다리예
말쩍지 너분거시
남작홀손 셰 가락의
만신 치장 다흔 후의
쥰슈흔 션풍도골
미슈럼 흔퇴공은
삼각슈 관운장은
동 항우 졔 닐넌고
쵹흔왕 유현덕은
투굴만거 두목지는
니 얼골 쥰슈흐니

부우리 길게 쎄고
요흔 치례 흐여보즈
쥬홍칠 진케 흐고
보기 졔일 미워셔
힝간나게 꿈며너고
언건이 나셔보니
니 밧게 쏘 잇눈가
용쥰용안 그뿐이오
봉의 눈만 굴거지고
관옥 진평 붓그럽다
귀만 클 다름이오
당일풍치 좀쌘이라
뉘 아니 칭찬흐리

남보고 첫인사가 　　　　　 말삼이 웃듭이라
고담줄논 시작ᄒ면 　　　　 쇼진장의 다름쥬고
지혜장약 너여스면 　　　　 졔갈양이 탄복ᄒ다
그만코 놉피 나라 　　　　　 빅운산 ᄎ즈가셔
가토리 보을 젹의 　　　　　 상향곡 셜게 울고

〈14-뒤〉

쵸상인ᄉ 길게 ᄒ고 　　　　 엽눈으로 살펴보니
알묘홀손 갓치 거동 　　　　 뉘 아니 디혹ᄒ리
황져포 속젹숨의 　　　　　 아롱베 상복입고
두 눈의 눈물 씻고 　　　　　 머리 푸러 슝글이고
쳥죄흔 두 무릅헐 　　　　　 고이 쑤러 답예ᄒ니
쳥연이팔 졀문 ᄶ예 　　　　 박명홍안 가련ᄒᄃ
두롬이 이른 마리 　　　　　 부인 신셰 어이홀고
가ᄉ치즁 쥬장업셔 　　　　 어린 아기 다리시고
빅연신셰 싱각ᄒ면 　　　　 혈혈고고 가이업니
슝흔손 장쳐ᄉ은 　　　　　 나와 ᄯ흔 동갑이라
원원왕니 단일 젹의 　　　 위슈교졍 미즈두고
니 마음 임ᄌ 알고 　　　　 임ᄌ 말을 니 ᄯᅩ 드러
둘의 뜻시 교칠되여 　　　　 못 홀 말이 업슬 젹의
니 몬져 상쳐ᄒᄂᆫ 　　　　 ᄌ니 혹시 상비ᄒ나
두리 서로 역권ᄒ여 　　　　 즁미ᄒ기 긔망ᄒ셰
부인의 어진 소문 　　　　　 버ᄌ게 ᄯᅩ 드르니
봉졔ᄉ 졉빈긱은 　　　　　 극진이 졍셩ᄒ고

방적직임 여공스의   가장 치례 곱게 ᄒ고

〈15-앞〉

유즈유손 셩덕ᄒ여   가문이 빗난스니

니 혹시 반겨드니   가빈양쳐 치스ᄒ고

붕쥬스락 도도ᄒ여   이셩쳘윤 갓삽더니

근니예 셜흔으로   슈일상통 업스와셔

부유천지 이 셰승의   죠로 인싱 가이업듯

니 쏘흔 상비ᄒ여   상장졔례 골몰ᄒ고

가련타 우리 버지   엇지 쏘 죽어신고

산천이 간죠ᄒ여   문부도 느졋도다

쵸승은 언졔 치고   장스은 언졔 ᄒ고

젼 죠흔 의로   만장이나 지어보즈

가락입홀 쥬어모와   오언결귀 지어스되

일필휘지 ᄒ여슨니   귀귀마다 비충ᄒ듯

산중유양붕ᄒ니   풍류장 화충이라

졍의는 비원동이오   긔며는 난즁봉이ᄅ

셕일승붕히터니   금위송ᄒ진이ᄅ

영영환우셩은   막억누첨건이라

다 쓴 후 투필ᄒ고   오호 탄식ᄒ여

갓치을 향ᄒ여셔   다시곰 이른 마리

〈15-뒤〉

옛글의 ᄒ여쓰디   의지 업는 과부 몸의

핀한아ᄉ 무셔워셔   희졀기가 ᄒ여잇고
붕우가 죽은 후의   무쇼우귀 홀 길 업셔
공즈 갓흔 더셩인도   니 고더 와 빈소ᄒ고
벗의 즈식 귀흔 마음   니 즈식의 다를손가
니 집이 유여ᄒ여   의식 염여 바히 업고
부인 고단ᄒ미   니 보기 불상ᄒ니
슈졀졍예 예의졀도   니 몸이 이슨 후라
셜만궁학 기푼 고더   굼고 어러 지니다가
잔명보젼 못ᄒ여셔   속졀업시 죽어지면
어린 즈식 갈 더 업셔   열여졍문 뉘 아던고
고집다이 그지 말고   니 말삼 드르시면
일싱신세 틱평ᄒ여   족과평싱 ᄒ오리니
쳘가권속 다다리고   날싸라 가ᄉ이ᄃ
만단셜화 기리ᄒ니   일모쳥산 거의로다
쳔연 염치 무릅시고   도라올 듯 견혀 업다
가토리 촘죡ᄒ고   죠흔 말노 위로ᄒ되
션싱의 ᄒ신 말슴   말슴마ᄃ 비감ᄒᄃ

〈16-앞〉

평싱의 우리 님과   그다지 유신ᄒ되
남여유별 ᄒ옵기로   견연부지 몰니시ᄂ
만ᄉ로 긔졍ᄒ여   ᄉ싱이별 셔로 ᄒ고
날 가치 바릿 몸을   불상타 위로ᄒ고
갈 더 업는 어릿 것들   이다지 연권ᄒ니

일노 바도 감수ᄒ고
빅사촉쳐 의지 업셔
창ᄉ천지 이 셰ᄉ의
아모려면 이니 팔지
션싱의 말ᄉᆷ 디로
그리도 온갓 셰간
금일발ᄒᆼ 못ᄒᆯ지라
두름이 그말 듯고
허허덩실 우ᄉ시고
유명ᄒᆫ 니
곱ᄉ올손 가치 신부
후일 긔약 둘지라도
ᄯᅩ다시 평좌ᄒ여

이니 신셰 싱각ᄒ면
적막심회 못 이겨셔
아모린 줄 모로오니
다시 볼 길 업ᄂᆫ지라
복명시ᄒᆼ ᄒ오리ᄃ
어린 ᄌᆡ식 거ᄂᆞ리고
후일 긔약 ᄒᆞᄉ이ᄃ
히식이 만면ᄒ여
안마음의 ᄌᆞ랑ᄒ되
단디번의 발셜ᄒ여
일언결지 쾌허ᄒ니
불원일시 ᄒ오리ᄅ
가치다려 이른 마리

〈16-뒤〉

부인 ᄯᅳ시 그르진된
니 오날 도라가셔
일ᄌᆞ의게 틱일ᄒ여
금셕언약 변치 말고
가토리 이른 마리
션싱과 말ᄉᆷᄒ고
츄호도 염여 말고
두름이 쾌락ᄒ여
가토리 젼송ᄒ고

ᄉ후 종신 으듬이라
신ᄒᆼ구쳐 ᄎ련 후의
슈일 후의 올거시니
종고낙지 ᄒᆞᄉ이ᄃ
아모리 편소ᄒ나
달은 ᄯᅳᆺ졀 두오릿가
슈이 도라 가옵소셔
편편이 나라오니
외로이 싱각ᄒ니

여럽신 부목드리 ᄌᆞ죠와셔 침노ᄒᆞ고
연약훈 이니 몸이 스라씰 곳 견혀업ᄃᆞ
추라리 동희슈의 졈복이ᄂᆞ 되야나셔
만경창파 물 가온디 시름업시 지닐지라
의스을 구지먹고 빅운순 쩌나가셔
고봉졀졍 지니여셔 십쥬슘순 마쥐 보고
날고 긔며 신고ᄒᆞ여 남악화순 지ᄂᆞ더니
순쳔경긔 거록ᄒᆞ고 이쵸긔화 ᄌᆞ즌 고디
쳥숑록쥭 셩을 ᄯᆞ라 힝ᄎᆞ모귀 쉬울 적의

〈17-앞〉

이고디 부즁긔ᄂᆞ 우쪽쥬의 거말이ᄅ
유연묵은 쏭지터리 벌기 먹어 다 ᄲᅡ지고
긔한도골 골몰ᄒᆞ여 우목실명 구진 눈의
좌편 다리 총을 마ᄌᆞ 목동발이 져ᄂᆞ 양과
현슌빅결 헌누비예 다신양지 디히안ᄌᆞ
만신긔실 자불며셔 즁틱식 이른 마리
인간쳔지 만물 즁의 쪽 업ᄂᆞ 이 뉘 잇ᄂᆞ고
호지예 묵툭ᄒᆞᄂᆞ 왕소군을 쪽을 삼고
불ᄉᆞ산업 유방이ᄂᆞ 여틱후을 쪽을 슴고
표한활젹 항젹이ᄂᆞ 우미인의 쪽이 되고
그나마 온갓 짐싱 유류슝종 쪽이 되니
하쥬의 우난 ᄉᆞᄂᆞ 부부유별 극진ᄒᆞ다
쳥강의 원왕ᄉᆞᄂᆞ 범범즁유 질기거든

어지타 이닉 몸은   오륜 밧긔 버셔느셔
연장 사십 즁도령이   쵸야심손 무듸여셔
동유즁의 못 싸들고   이흐경득 간절흐듸
젼젼반측 싱각흐이   통입골슈 한할 젹의
쳔만의외 과부 각씨   소복으로 나라와셔

⟨17-뒤⟩

문로라니 동희슈는   이고디셔 어디미요
부즁긔 졀쒸며셔   밥비 나와 인졉흐듸
어디 계신 부인쎤고   붕셩지통 홀 몰 업니
멀고 먼 동희슈을   엇지흐여 무르신고
느도 쏘흔 이고디셔   셰구연심 지니오듸
미실긔가 홀노 이셔   동유흐아 못 보너니
부인 힝츠 술펴보니   날과 가치 불상흐듸
가토리 이 말 듯고   눈물 씻고 이른 마리
젼싱의 무슴 죄로   이닉 팔지 긔험흐여
우리 낭군 숭부흐고   슈졀 종연 흐즈더니
뉴 다른 부목드리   위력 겁탈 흐려 흐고
싱이 즈랑 갸록흐고   의관 치례 빗니 입고
오락가락 츄츅흐여   너일 모리 긔약흐니
일가친쳑 의지 업셔   어느 뉘가 돌볼손고
현황쳔지 즈글시고   이닉 몸 갈 듸 업셔
즈결흐여 죽즈흐니   모든 즈식 만실흐고
다른 가문 췌츠흐니   박명쳥승 긔룡흐니

동희슈을 향ᄒᆞ여셔　덥벅 ᄲᅡ져 죽ᄌᆞ ᄒᆞ여

〈18-앞〉

노즁연의 ᄌᆞ취다라　명월긔승 되어잇고
굴슴여의 혼이 되여　소실풍임 의지ᄒᆞ고
공강빅쥬 돗철 다ᄅᆞ　범피즁유 흘너가고
소샹반쥭 황능ᄉᆞ의　이비정영 쫏ᄌᆞ더니
망명무지 가는 길을　ᄒᆞ날임이 지슈ᄒᆞ여
손명곡응 늠늠ᄒᆞᆫ디　동유집의 ᄎᆞᆽᄋᆞ오니
ᄒᆞ르밤 지닌 졍이　말이즁셩 노파셔라
부즁기 이른 마리　부인 말슴 가틀진딘
그리도 이 셰승이　ᄉᆞ라잇고 볼거시라
도동희상 노즁연도　천ᄒᆞ고ᄉᆞ 못 되엿고
ᄌᆞ투먹ᄂᆞ 굴원이도　어복튱혼 ᄲᅮ니되고
공강의 범쥬시도　ᄉᆞ라이셔 지음이라
이비의 황능ᄉᆞ도　지별긔쥬 ᄒᆞ여씨니
니 몸이 ᄉᆞ연 후의　졀힝 치례 버금이ᄅᆞ
우리 가튼 미물이야　회졀 긔가 계관ᄒᆞ리
ᄯᅥ다른 부목의ᄂᆞᆫ　헌신ᄒᆞ기 어렵거니와
날 가튼 장도령은　불실 기븐 화츙이ᄅᆞ
죠실부모 상화 만닉　즁기 진죽 못드려셔

〈18-뒤〉

누딕봉ᄉᆞ ᄒᆞ올 몸이　무ᄌᆞ졀손 두렵고셔

다른 동유 주웅 드른
니 쇼견이 이러ᄒ니
갓토리 이 말 듯고
다시곰 싱각ᄒ여
흔두 낭군 아니어든
싱남싱여 만이 ᄒ여
즁창쌍미 다시 되여
월ᄒ연분 다시 미즈
이고디 기리 이셔
두름이 도라와셔
졀도의 나려가셔
박문쥬 과ᄒ쥬을
굿기논 올칭이며
갓가지로 쥬어모와
압모셰 넙은 연입
갈사리 쥬어모와
쳥물익기 쳥즁 다라

부부승락 부러워ᄅ
부인 의ᄉ 엇더ᄒ요
묵묵히 안즈다가
아무려면 이니 팔지
졀힝 잇다 뉘 이르며
남의 가문 일어노코
연리지 버러잇고
부부은졍 둘 거시ᄅ
즈량으로 지니더라
신힝범졀 ᄎ린 후의
오나락 후터다가
신도쥬 비져노코
시너가의 골빙이을
안쥬 등물 즁만ᄒ고
뒤집의 ᄎ일 치고
쥬렴발 즁만ᄒ고
빅납으로 편쇠 올여

〈19-앞〉
걸나무 물어다가
ᄶᅡ막까치 모든 손임
평원광야 너른 드리
날니시미 건는 말게
유여여옥 빅운손의

벌연독고 치올ᄒ고
다오시라 쳥ᄒ시고
슴일디연 비셜ᄒ고
미치러기 구종들고
빅양아지 마즈려고

두름이 먼져 가셔
적적훈 빈방안의
심심훈 순곡 중의
칭암절벽 바위아린
불원철이 와다가셔
긴 고기 느리치고
망명도쥬 다른 몸이
무쥬즈되 도라올 졔
졔의 힝실 그러키로
눌가튼 어룬 셔방
졉즈훈 나을 쏘겨
철가도쥬 갓거니와
당쵸의 너의 뜻지

까치 집을 츠즈가니
죵적이 간디업고
힌구룸이 더펴스니
긔웃긔웃 술펴본들
디식십일 홀 길 업다
만호천환 불너본들
디답하리 뉘 이스리
분통ᄒ여 이른 마리
승부ᄒ고 박복ᄒ니
어이ᄒ여 마다ᄒ고
교언영식 죠훈 말노
복종절스 아니ᄒ랴
이물승통 불길ᄒ되

〈19-뒤〉

췸처악첩 승공방의
간쓰ᄒ고 요망훈 연
는 연 졔 아니 되졔
비치리기 빈말 모고
존치예 모든 손임
황시 덕시 짜오이며
잉무 공죽 꾀고리며
짜막까치 등물이
금슈도 이러커든

요힝소치 말ᄒ다가
긔망홀 줄 어이 아랴
복첩 못히 계관 업듸
두름리 무식히 도라오니
의관 치례 갸륵ᄒᄃ
검시 븝시 기럭이며
두견 졉동 히ᄒ리비
츠리츠리 안즈드라
스람이야 일너 무엇ᄒ리

여보소 벗임니야   비의 욕심 힝치 마소
효도로 양친ᄒᆞ고   츙셩으로 ᄉᆞ군ᄒᆞ여
오륜을 발키여셔   일마다 측히 되리

거긘이츙만할레밧ᄫ리이놉셩읫이라여ᄋᆞᆯ솔손
랑여ᄋᆞᆯ여리츈긴셩읫일라욱후츙도샹ᄇᆡᆨ이ᄒᆞᅵ쇼
츈도숑범이라졍의볼여쉰긔만이위민혼ᄉᆡ셩
이요ᄲᅥᆯ호난ᄒᆞ츙이라무졍이졔탕할졔우믈으
로갑동ᄒᆞ고웬산씨븩치라도셤인을ᄎᆞ작가이셰의상셔조크마난
극퇴야살히흑고산곰아슈졍셩읃은암볙게시니ᄲᅢ의난쟝
숑졍죠사마츈풍이졀노도라구토리쥬어먹고안졔언난이닏물
을구퇴야쟈보다가삼ᄐᆡ육건슈영벅실토록쟝복ᄒᆞ고죠흔갓
골나ᄂᆞᅵ여사명긔틱치쟝ᄒᆞᆨ목볘여온ᄀᆞ지록두로 밤
씨니공덕인들업실숖ᄒᆞᅵ라화시긔보쟈ᄒᆞ고볙읍ᄉᆞᆫ소볼ᄂᆞᆨ의혜
뒤ᄀᆞ솔나깝이두리솔연볼의ᄑᆞ티노셔셔쥐여닌셔다볗보라

즛치기젼이라

〈즛치기젼이라〉는 19장(37면)의 줄글로 이루어진 필사본이다. 가사체와 소설체의 중간 형태 문체를 쓰고 있다. 작품이 수록된 책은 〈박티보젼〉, 〈과부젼〉, 〈까토리젼〉, 〈언문뒤푸리〉의 순으로 합철되어 있다. 표지에는 〈까토리젼〉으로 되어 있으나 본문에는 〈과부한심자탄기라〉 다음에 〈즛치기젼이라〉로 되어 있어 표지와 다른 제목이다. 여기서는 본문의 제목을 따랐다. '자치가'에 '젼'을 붙여놓은 제목은 가사와 소설의 중간형임을 암시한다. 단어의 쓰임이 일정치 않고, 구음으로 와전된 것, 철자 표기의 불규칙 등이 보인다. 이 이본은 상대적으로 사설이 풍부한 편이고, 결말부분이 매우 특이하다. 까마귀의 등장과 부엉이, 기러기의 어른 싸움이 이어진 뒤 당오리가 등장한다. 당오리는 장가길을 차려 와서 까투리에게 청혼하고 오리와 까투리는 혼인하게 된다. 이들은 팔남매를 낳으며 자식들을 모두 남혼여가 시키면서 잘 살았으나, 비둘기가 이웃으로 이사를 오자 오리가 비둘기를 첩으로 두며 싸움이 난다. 비둘기집의 묘사와 비둘기의 치레, 각 지역 한량들의 등장이 이어지고, 결국 비둘기가 까투리에게 가서 화해를 청한 후 오리와 함께 만복을 누리며 사는 것으로 끝을 맺는다. 까투리의 개가는 물론 첩과의 갈등이 상세하게 그려지고 있어 매우 흥미롭다. 책의 말미에 무오년이라는 필사기가 있어 1858년 혹은 1918년에 필사된 것으로 보인다.

출처 : 충남대학교 학산문고(청구기호 : 고서학산 集, 小說類 2014)

〈1-앞〉

건곤이 쵸판할 졔 만물이 품싱이라 영할손 스람이요 어리손 김싱이라 유우 충도 삼빅이요 유오층도 숩빅이라 꿩의 몸이 싱기난이 외관은 오식이요 별호난 화충이라 무정이 졔탕할 졔 우름으로 감동하고 월상씨 빅치라도 셩인을 차자간이 꿩의 상셔 조크마난 그틔야 살희ㅎ고 산금야수 졍셩으로 은임벽게 시니가의 낙낙장송 졍즈사마 춘풍이 졀노 도라 구도토리 주어먹 고 임지업난 이니 몸을 구틱야 자ㅂ다가 삼틱육경 수영방빅 실토록 장복ㅎ 고 조혼 깃 골나니여 사명 깃디 치장ㅎ고 화단의 장목쎄여 은가지로 두로 써니 공덕인들 업실쇼냐 헌화시기 보자ㅎ고 빅운산 상상봉의 허위허위 올 나간이 두리숀연볼의 □믜는 서서 휘여 여서 덜넝 모리

〈1-뒤〉

군 사양씨난 반송목 쩍갈입헤 뒤적뒤적 차자오니 사라날 길 전이 업짜 어디 로 가잔 말고 시이길노 가즈ㅎ니 쥬지씨쑨 포슈드리 조총을 둘너 미고 위여 쓰니 사라날 길 전이 업다 어디로 가잔 말고 송동 일가의 조혼 빗히 간혹 콩니 덧혀시니 듀이로 가즈서라 장씨 치장 볼작시면 딕홍딕단 전믹이의 초록궁초 기셜 다라 빅방사쥬 동졍 싯쳐 주먹비셜 옥관즈의 열두장목 만신 둥 중치 장부 치중 중할시고 쌋호리 단장ㅎ되 뉴문갑스 아롱듀얼 폭폭이 잘기 뉘여 상ㅎ이열 갓초우고 쥐리며리 짠머리의 곱계 빗셔 단중ㅎ고 아홉 아달 열두 쌀 슈믈ㅎ나 쥬리덩을 압시

〈2-앞〉

우고 뒤시우고 어서 가즈 밧비 가즈 상ㅎ평젼 반매리의 쥴쥴리 더러서서 널랑은 저 골노 줍고 날랑은 이 골 줍자 기업시 둣터 ㅎ니 불원인지고영이라

천싱만물 유록ㅎ니 일포식도 지수로다 시장허기 치우자면 그 무어셜 못먹
어리 졈졈이 드러가니 난듸난 불콩ㅎ나 덩긔러키 녹시이 장꾀 흔 놈 듸혹
ㅎ야 어혀 저 콩 소담ㅎ다 니복이라 먹어보즈 짓토리 이른 마리 지발 그콩
먹지마오 셜상의 유인젹ㅎ니 그 즈최 고이ㅎ오 다시곰 살펴보니 다른 즈최
바니 업고 입으로 홀홀 분 즈최 비로 살살 씬 즈최 그 자최 심히 수상흔
잣최로다 장꾀란 놈 ㅎ난 마리 네 말 무식ㅎ다 잇쩌을 이

<h3>〈2-뒤〉</h3>

를진틴 동지딸 엄동이라 쳡쳡이 싸인 룬니 곳곳지 덥퍼씬이 쳔산의 조비졀
이요 만셩의 인종멸이라 사람의 자최 어이히야 잇실손야 간밤의 꿈을 쑨이
황학을 빅기 타고 쳔상의 소사 올나 옥황긔 무난ㅎ미 옥황상졔 ㅎ교ㅎ스
살임쳐사 봉ㅎ시고 만셕고 봉홀셤으로 벽금으로 티니신이 오날날 이 콩
ㅎ낫 그 안니 반길손야 기자난 이위식이요 갈자난 이위엄니라 ㅎ물며 굼든
츠의 오날도 식젼이라 ㅎ날이 쥬신 복을 니 어이 마다ㅎ리 쌋토리 ㅎ난
말이 그 꿈은 죳컨이와 니 꿈으로 볼작시면 무비 다 흉몽이라 어지밤 이경
초의 흔 품의 잠을 씨고 도로 누어 꿈을 쑨니 붕망산 상상봉의 츈바람이
이러나며 티아금 드난 칼노 빗조흔 자니 목을 등경이 비여나려진이 즈니
죽을 흉몽이

<h3>〈3-앞〉</h3>

라 지발 극 콩 먹지마오 장긔란 놈 하난 마리 극 꿈 죳타 희몽하즈 춘당대
알셩과의 문무방의 참여하여 계화을 물업시고 낙운피쳔운긔위 입신양명할
꿈니라 과긔나 힘셔 보자 짜토리 하난 말니 슘경 말의 꿈을 쑤니 쳔근들이
무쇠감의 존이 머리 듭퍼시고 만경창파 기푼 속의 아조 텀벙 밧저시이 니

혼자 그 물까의 실피 안자 통곡ㅎ니 즈니 죽을 흉몽이라 지발 즉 콩 먹지
마소 장계 한놈 하난 마리 극꿈은 도욱 죠타 디병니 다시 일어 구원병을
청하거날 이니 모니 션봉되야 츄고을 물읍시고 암노강을 건예가셔 중원을
평정ㅎ고 고국으로 도

〈3-뒤〉

라올 졔 성정곡을 노피 울여 수륙디장 되오이라 까토리 ㅎ난 말이 스경
말의 꿈을 쑤이 어룬이 당승ㅎ고 즈손이 전창할 졔 수물두폭 빅차일과 서발
가옷 고지쎠 직근덕 부어지며 즌니 머리 니 머리의 마구 듭퍼 씨보인이
답답흔 일 볼 꿈이요 오경 말의 꿈을 쑤이 낙낙중성 만친흔디 흔 괴셩 삼틱
셩은 부국을 둘너 잇고 견우셩 직여셩은 은흐우의 마조 잇고 그 가온디
일점셩은 공중어로 쎠려지며 즈니 압히 날려지이 즈니 중셩 아니던가 슘국
젹지 갈양이요 장원의 운며홀 졔 중셩이 쎠려졋다 흔이 지발 그 콩 먹지마소
중계 흔 놈 ㅎ는 마리 그 꿈은 더

〈4-앞〉

옥 좃타 차일 놉피 보이기난 일모청순 오을 밤의 화쵹 평즌디승 둥굴비기
춘입요의 가랑이불 츄켜 듭고 너와 나와 흔몸 되야 이리 저리 할 꿈이요
별더리 저 보이기는 옛글노 볼작시면 헌원씨의 어만님이 북두칠성 정기
바다 져얼 길너신니 견유셩 징여셩도 칠셕 승봉 연분이라 이니몸이 틱기
잇서 아달 나을 꿈이로다 국초나마 이른 꿈을 벽지기국어다고보자 까토리
하난 말이 시벽역해 꿈을 쑤이 시저구리 식치미을 니니 몸의 단장ㅎ야 건이
청순으로다가 난디업난 덥풀기가 와락 쒸여 니다라오며 입싸리을 옹서 물
고 발듀부

〈4-뒤〉

로써 비친이 경황질식 갈 디 업서 삼밧트로 드러가이 굴근 삼디 부러지며
존 숨디 씌러지며 머리 고의 온갓 몸의 훼훼친친 깅기 보인이 이닉 몸이
가부되야 승복입을 쑴이로다 부디 저 콩 먹지마오 장찐란 놈 디로ᄒᆞ야 임말
노 휘도리처 이리 차고 저리 차고 뒹양반전 요 가신아야 지동서방 마다
ᄒᆞ고 시의 서방 질기다가 참바 올바 청홍스로 동기리처 버기리쳐 종누 너거
리의 북지여 희실닉ᄒᆞ고 난중마질 쑴이로다 극 쑴 말 다시 마라 압중깅이
썩너리라 짜토리 무춤ᄒᆞ야 저근닥 물너닷가 쏘다시 나아드러 경계ᄒᆞ야 이
른 말이 홍명슈국의 비팔흠혼 중부의 기신이

〈5-앞〉

오 봉비처인 기불탁속은 중부의 염우로다 근심을 할여ᄒᆞ면 염치을 볼거시
라 빅이의 충절 염치 주속을 마다ᄒᆞ고 안즈의 도덕 염치 단풍을 낙얼 삼고
장양의 지혜 염치 사벙벅곡 하여신이 잔니 비녹 미물이나 군자 염치 쏘을
바다 지발 그 콩 먹지 마오 부디 그 콩 먹지 마소 장계 흔 놈 ᄒᆞ난 말이
네 말니 무식ᄒᆞ다 예의을 모로던야 염치얼 어이 아리 빅이의 충절 염치
서산의 아사ᄒᆞ고 안자의 도학 염치 삼십의 요사ᄒᆞ고 사벙벅곡 장양이 도적
송사 못되여라 염치도 부질엄고 먹는 거시 엇듬이라 도이 콩 달기 먹고
크기 될 줄 뉘 알손야 짝토리 ᄒᆞ난 말리 콩 먹고 되려 흔 이 싱원 진사
직시ᄒᆞ야 잔디출방 슈망으로 청천 현

〈5-뒤〉

감이 직ᄒᆞ여 황천부사 과만ᄒᆞ고 도미 장판 홀지라도 그 콩 부디 먹지 마오
호싱호사난 저마도 인난이 엇지ᄒᆞ야 자닉 고집 그디지 고집ᄒᆞ고 엿글로

볼작시면 고집불통 과흐다가 망신흔 이 몃몃친고 영역키 이르라 진씨황의 어린 고집 부소의 말 안이 듯고 입진소동 사십연의 이세망국 흐여잇고 초픠왕의 못실 고집 범정의 말 안이 듯고 팔천 제자 헛트지고 무면도강 흐여잇고 오즈그의 고든 절긔 고집으로 안이 듯다가 진무간의 구지 갓처 가련공산 혼조되야 동문우의 달인 눈은 일편명모 덥풀손야 슝강가의 우난 저 시 어북 충혼 붓그럽다 즈니 역시 고집히여 너의 말 안이 듯고 구틔여 콩먹다가 금일 망신홀 지라도 날낭은 원망마오 날낭은 원망마소 장긔란

〈6-앞〉

놈 더소하고 콩먹다고 다 죽노라 엿글노 볼작시면 콩 딋즈 든 디마다 오릭 술고 귀이 되아 티고천황씨난 닐만팔천 세을 스라닛고 티호복히씨난 풍성니 슝성흐야 십오 세을 전히잇고 흔픠죠 당퇴죠 송퇴죠 명퇴죠도 풍진세계 충업흐야 더명건곤 되여잇고 천흐퇴평 춘도가중 콩퇴 죠홀시고 궁팔십 강퇴공도 단팔십 스라닛고 시중천즈 이퇴빅도 기경슨천 흐여닛 북방의 퇴을 성도 별중의난 웃듬니라 나도 니콩 달기 먹고 퇴공갓치 오릭 스라 퇴빅갓치 슝천흐야 퇴을성관 되오리릭 짜토리 마리 밋쳐 경황질식 물너난니 즁끠

〈6-뒤〉

란 놈 거동보소 콩먹으로 드러갈 졔 열두중목 아홉슬깃 조르륵 펏트리고 고박고 고기 쏘아 죠곰죠곰 나아드러 민날 갓탄 쇠부리로 도리쩌 싹 쬬으니 두고픠 동경치며 머리넘의 치난 소리 방낭스중 싀방맛치 버금수리 씨리난 듯 와직근 쑥 씨리니 변동업시 치여거날 쌋토리 거동보소 뉘역 머리 펴터리고 슝흐평젼 즈갈밧티 도골도골 궁거리며 발을 동동 구르면서 아야 통곡흐난 말이 도약은 이여명이요 충어은 이오힝이라 너말 곳 드러시면 이론 병이

잇실손가 즁씨란 놈 숨춘 소리 어라 이년 요란ᄒ다 선미련 후실기라 죽는

〈7-앞〉

놈이 탈 업시라 호환 곳 미리 알면 믜예 가리 뉘 잇시며 수혼 곳 미리 알면 무리 가리 뉘 잇시리 늬신수 불길ᄒ면 독의 든들 면ᄒ올손야 죽고 술기난 명지경각이라 믹으로 안다ᄒ이 믹이나 집퍼다고 ᄭᅡ토리 믹을 보이 비호믹이 기절ᄒ고 풍믹이 소실하고 간믹이 서늘ᄒ고 신믹이 별난ᄒ고 텅충믹이 긔절ᄒ고 병믹이 ᄭᅳᆫ치가너 믹이스 그러나마 눈이나 술펴ᄇ라 동ᄌ붓쳐 인난가 ᄭᅡ토리 ᄒ난 말이 인직스 속졀업너 저편 눈동ᄌ 붓치난 첫시벽의 ᄯᅥ나가고 이편 눈동ᄌ 붓쳐난 인직스 ᄯᅥ나랴고 팔랑보의 봇짐스고 길뭇 집신 감발

〈7-뒤〉

ᄒ너 이고 이고 늬 팔ᄌ야 험홈도 험홀시고 첫번 낭군 어드던이 빅송고리 츳여가고 둘지 낭군 어더다가 푸지기군 ᄌ바가고 셋지 낭군 어더다가 첫 승랑도 뭇기워서 언덕갓탄 싯차위의 덩렁 치여 죽기되이 고진스을 마자던 가 병이 깁퍼 죽기된가 풀입헤 이실갓치 단불의 나위갓치 더덥시 죽기 되너 이고 이고 늬 팔ᄌ야 승부도 ᄌ질시고 품의 품은 맛ᄲᅦ 아기 혼인을 어이ᄒ고 비의 던 유복아기 희손 구완 뉘ᄒ올손가 빙연동거 바러던이 천고영결 ᄒ단말가 저러ᄒᆫ 조혼 풍ᄎᆡ 언지나 다시 볼고 즁씨란 놈 반눈 ᄯᅳ고 히히히 탄식ᄒ난 소리 다른 말 다 던지고 승부 ᄌ진

〈8-앞〉

네 가문의 당초의 즁기들기 늬 원기 실치로다 네 팔ᄌ 오작ᄒ야 늬 신수

이러ᄒ랴 ᄉᄌ난 불가부싱이오 왕ᄉ난 불가부론이라 다시 보기 어렵써이
와 굿틱야 보랴거든 닉일 앗참 조식ᄒ고 차위 임ᄌ 싸ᄅ가면 충주중의 만나
거나 졔주중의 만나거나 안동 엄닉 어셩 엄닉 관청고의 걸이써나 순영 쏘
병영 쏘의 ᄉ쏘숭의 오르거나 이밧기 다른 ᄃ난 어ᄃ 가면 나을 보랴 죽는
놈 나만 셜졔 못본다고 어이ᄒ리 청춘의 혼자인난 월궁ᄒ아 ᄉ라씨랴 차위
임지 탁첨지가 어디셔 얼푼 보고 헌 페링이 수겨 쓰고 ᄌ른 막디던 던지며
허위허위 달여드려 증씨을 쩨

〈8-뒤〉

여들고 히히낭낙 춤을 추며 조흘시고 조흘시고 쳘연무ᄌ 어거리울 오나리
야 ᄌ바ᄭ나 닉 지주 용ᄒ든가 뉘 신슈 불길턴가 산신이 졈졔ᄒ며 조숭이
둘너던가 압남손 빅기슈의 물멱으로 네 왓든야 딕동손 족족도화 꽃쳘 보고
네와던야 녹슈청손 노든거살 닉손으로 ᄌ바ᄭ나 네의 구족 모도 ᄌ바 순졔
시 ᄒ리라 쩡의 쇠울 쩨여 너여 바휘틈의 쏘ᄌ노코 ᄭ벅ᄭ벅 졔슈며 두손
으로 마조 비러 악가 노은 저 차위의 ᄭ토리 치여 쥬소 관암보술 이미타불
이미타불 관암보술 탁첨지 도라가이 ᄭ토리 뒤을 싸라 바휘틈의 끼운 쇠을
간신의 쩨여 너여 칠입으로 소렴ᄒ고 팅더미로

〈9-앞〉

결관ᄒ여 이송목 휘츄리의 명정을 써시되 송빅 □은장지의 갈피을 홈벅
휘여 술임쳐ᄉ 화츙지귀라 디서특지 ᄒ여더라 쵸숭은 쳐ᄶ이와 장ᄉ을 어
이ᄒ리 신손 자바 씨자혼이 풍슈 ᄒ나 못만니고 선손의 안중ᄒ자이 기리
머로 못갈네라 기골작 차지든이 좀풍힁양 기우 어더 손역ᄒ기 조혼디로
형비업시 터을 ᄶᄀ 불덕불시 발인ᄒ야 당일 닉로 영중홀 졔 산신졔 명토졔

은 졔물도 초초ㅎ다 콩먹다가 주어신이 콩이야 노홀손냐 싸리풍야 빅실기
의 갈랑입 물쳥주 노코 쩍갈입 건어 반쪽 잔듸 열미 실과 시낫 벌기 먹은
굴피 다식 서리 마진 춘입

〈9-뒤〉

과질 쑬밤 짝지 셰졉시의 축식듸공졀을 걸어 칭가유무 형셰더로 그리져리
치리쩌라 집스분졍 볼쪽씨면 누기누기 모이던고 이관 조혼 두어미은 헌관
으로 미겨잇고 소이 조혼 싸오기난 도축으로 미겨잇고 진셜은 누하던고
몸기가은 날졔비오 졔공스은 뉘ㅎ던고 말 줄ㅎ난 노고질이 싸오기 쓸어
안즈 축문을 릴어닌다 유셰찬 모연모월 고의즈 줄이덩은 술임쳐스 부즁젼
의 지비 감소고우 형귀둔셕ㅎ여시이 신만실당 ㅎ압소셔 신주이셩ㅎ여 이
혼빅상의 인이봉안쳥작셔수노이츠로더 공업시 모도 숭형 독축을 다흔 후
의 부복지비 ㅎ고 쳘승을 홀야ㅎ이

〈10-앞〉

솔이기 지니다가 주이을 그어보고 언어 놈이 맛승주야 니 흔놈 다려가즈
얼푼덕 더퍼지며 두 발노 툭차 덜고 만즁 층암졀벽 우의 셧푼 넛푼 올나
안즈 이리 뒤젹 져리 뒤젹 조헐시고 조헐시고 연스날 감환으로 식미가 다즌
턴이 인간의 지일미을 인지야 어더씨이 그안이 조헐시고 문어 젼복 희숨찜
은 경숭감스 지리미요 버리밥의 불우슴은 농가의 지릴미요 쳔초즈반 송엽
쥬난 수즁궁의 졔일미요 쳘연월경 희즁도난 셔와모의 졔일미요 일연손수
안숭주난 숭손스호 졔일미요 졍이월 병아리와 졀노 죽는 강아지난 연즁궁
졔일미라 굴그나 즌나 쎙 흔 마리 싱기씨

〈10-뒤〉

이 그 안이 유복훈가 넙푼넙푼 춤추다가 아차 그리 도라본이 바회 아리 썰어저서 즈최업시 수머쩌날 속절업시 숨어거날 탁식호고 흐난 마리 숨척 금 비수 가진 연중스 형경이도 붓둔 진황 노와잇고 혼면중 관운중도 화용도 조분 질의 붓던 조조 노와잇고 이 착훈 연중궁도 줄의 흐나 노와씨이 이기 역시 적선이라 즈손은덕을 보리라 티빅슨 갈가마귀 팔공산 귀경호고 중노 의 허기 만니 요기차로 뭉승호고 탁쥬 슘비 먹은 휴의 반취호여 리은 마리 그버지 울이 중의 기수흥은 어런 니룬나라 풍신도 노만호고 십덕으로 불족 시면 형수훌 발이던이 콩 흐나

〈11-앞〉

못차마서 릴가의 우스되고 친구의 수괴로다 우리야 굴로 엄식 불을 친덜 먹을손야 오날날 이 자이의 말슘은 박절하나 중군 나즈 용마 나즈 명필 나즈 문중 나즈 계오 날과 부듸즈나 오날 여계 오즈 꼿본 나위 어디 가며 물본 고기 어디 가리 계 형셰 나도 알고 니 형셰 거도 알고 족수셩에 훌찌라 도 빅연히로 어더호요 짜토리 정식호고 눈물논 흐난마리 아무리 미물인들 쫄곡도 안이 맛고 긔가하여 간은 법이 언어 선성 예문이오 금싱여쉬라 흐들 물마다 금이 나며 옥츌곤강이라 한들 메마다 옥이 나며 여필종부라 흐들 스람마다 짜를손야 짜마귀 디소하고

〈11-뒤〉

네 말리 고집호다 흔광무 만눈임도 메중뒤의 틈타보고 쥬미신의 안히되야 물동우를 쏫고가고 흐물며 네의 가문 슈절리 당홀손야 혓시양 너무 말고 뜻흔 말 드로보소 옥갓흔 왕소군도 호지의 진퇴되고 꼿갓탄 양귀비도 마하

의 공혼되고 젹막공순 깁푼 곳디 가련쳔슨 미혼 몸이 쥬어지면 그 뿐이요
써거지면 그 뿐이라 고금 쳔흐의 열여슷 만큰마은 쌋토리 죽은 고디 비
셰운디 못보와라 이를 쩌 부훙영감 나라들어 문슝하고 죽금흔이 물너 안자
가마귀를 쑤지져 왈 네 몸이 쪼 문중의 버러시 고이흐다 어룬이 올죽시면
기거도 안이흐고 어연

〈12-앞〉

이 안즈신이 힝실리 될가분야 가마귀 디소흐여 무식흔 부훙이야 쪼랑이논
몽통흐고 두눈이 우멍흐고 니몸이 쓸짜 말라 니몸이 썸어씨되 운연비광순
음흔이오 락히지셰연지흐야 이 몸이 쓰머씨나 부훙이 웃지 마소 남월왕
귀쳔이도 가마귀 부우리로 슴심의 즈게 먹고 십연을 칼을 갈라 부차의 옛
원수를 뜻디로 쾌셜흔이 아미도 저런 몸은 그져야 못두련이 명일노 몽문흐
고 디취희 붓친후의 지동의 벌붓치고 문훌 셩명 흐올리라 쳥젼의 외기럭이
운간의 써오다가 중졍의 이 말 듯고 섭벅흔이 나려 안즈 어연이 쑤지져
왈 네의 무신 어룬인야 쳔흔 원연 예

〈12-뒤〉

시졀의 북희롤 지니든이 한츙실 츠즈 경십구연 구지 가려 주소식 모로거든
일서찰 가자다가 흔 령즈 앙지신디 니손으로 둘러씬이 연셰를 볼죽시면
니몬져 어룬이야 네의다 가소롭다 어디서 발간시 호로록 날라들어 피눈물
노 죠슝하고 좌슝의 쪽곰 안즈 나난 말 니 몸의 이를 망졍 촉나라 멍졔로고
주을 이별홀 낙양의 웅거흐야 소슝강 기푼 밤의 창오순 귀운 달의 불여귀를
실피 울면 츈광을 보니든이 쳔진교 좃타 듯고 강남의 들어온지 쳘연이 도야
씬이 우리 가셰로 혼쥬를 숀연문직 니 모로라 얼골은 쳬초흐나 가셰로 볼죽

시면 이놈의 어룬이야 나

〈13-앞〉

밧기 뉘 잇스랴 네의 다 가소롭다 압연 당오리난 놈이 엇그지 승쳐흐고
지취를 구흐든이 이 소식 반기 듯고 중기 질을 차리서라 웅웅명안 기럭기난
혼슈예중 흠을 지고 관관져구 징금이난 스모관디 판을 지고 빕싀도령 징시
서고 황싀 디감 비힝 시고 길지비난 왜걸리요 구부지기 경쇠로다 까치과부
계잇난야 오리서방 들러간다 쌋토리 반만 웃고 교틱흐며 흐난 말리 아물리
미물인들 즙혼을 흐라든가 궁홉도 안이 보고 비위를 정홀손가 오리란 놈
디소흐고 아모리면 후실서방 무 과부 다려올 제 예 못보고 제 못보랴 실낭
신부 흐틱 즈면 궁홉이야 졀

〈13-뒤〉

노 맛지 너일은 히슬이요 모러난 쥬당이요 오날밤이 제일일시 좀말 말고
좀을 즈즈 촌놈이나 집피 보고 싱이난 못지 알소 봉니 영쥬 바닷물의 모든
신선 비를 타고 완월중취 흐난 거동 역역히 그려잇고 동정호슈 너른 물의
너울너울 들어간이 무슴 십이 평풍슴고 만젼명월 동쵹슴고 영셰호진 멀이
흐고 오쵸동남 너른 물의 승고선언 오락가락 슈풍의 돈졀다라 어거차 소리
흐여 명스십이 흐당화야 쏘 진다고 서려 말라 못풍흔 소리의 어촌낙조 돌라
본이 평스낙안 다 늘걱다 원포귀 도라갈 제 낙화고목졔비홀 동정츄월 발가
온다 인호승이 즈즉

〈14-앞〉

흐야 청풍명월 발가온디 우리 슈중 경기 둘러 보소 송어 붕어 철어기와

썩저구로 회을 취고 골불리로 탕을 흐고 올칭이로 회를 스마 은인옥척 반찬
슴고 우리 슈즁 경기 이러흐오 쌋토리 흐난 말리 오리 육지 경기 들어보소
슝평흐평 너른 덜의 두틔서슉 풍연드러 황금갓치 이조곡셕 역의 져의 쏘어
두고 낙양동춘 봄바람의 이화도화 만발흐고 만화방창 꼿취 피고 임의 싱각
동지셧달 진진 밤의 좀 못즈도 걱졍이라 군즈 기승 연꽃치며 노인 방불
박곳치며 천국츙신 햐일화며 봉너신셩 희당화며 털기털기 무궁화 더덕더
덕 산쵸나무 쳥계승 도덕 우

〈14-뒤〉

의 울울총총 홰나무 망미젼 일쳐양유 군즈절기 소나무며 여자절기 디나무
좀의 공즈 쇠고리와 우름 조흔 북국신난 기의 힝즁 지쵹흐고 춤 줄츄난
흑두럼미 홍문연 존치젹의 금무를 비우난듯 활 줄실난 호반신난 무반공부
놉지한듯 빗죠흔 짝짝구리 지목낭글 트러안고 벌기 찬난 곰부흐듯 쌋토리
헌 의복 가라입고 암연당으로 시집온다 게우난 압치 서고 징금이난 뒤치
셔고 움셩이 낙낙 달나 오리난 쌀쌀흐고 씨 짜토리난 쇄쇄흐고 동방화쵹
오날 밤의 져역이나 만이 묵즈 짜토리와 오리란 놈 두 몸이 흔 몸 되야
오날 밤 좀존 후의 그 이

〈15-앞〉

튼날 평명 후의 쌋토리가 오리을 들너 업고 두리 보고 흐난 말리 다섯분
승부흐고 여섯분 시졉온이 조흘씨고 조흘씨고 승랑을 흐여보시 쓰리난 몽
통홀 망종 지미잇기 노난 춤은 디즁부의 거동이라 팔연병괘 젹써신가 금안
쥰마 흐겨신가 팔도감스 흐겨신가 홀연디장 흐겨신가 오리가 짜토리을 둘
너 업고 열두분 승쳐흐고 도라보고 흐난 말이 오날날 즁기온이 조흘씨고

조흘씨고 은을 쥬면 너을 스며 금을 쥬면 너를 스랴 승랑 마당 정이 든고
말 쏘마다 간논은다 쌋토리 이기 비여 입맛시 젼히 없고 송어 붕어 너널
쥬랴 쥬력 썩적구리를 쥬랴 은어 골불리 회를 치랴 울충이로 탕을 ᄒ

〈15-뒤〉

고 을인옥쳑 반찬 숨고 입맛 업셔 그긋도 실소 별쥬를 쌀마쥬랴 그거를
먹기더면 슈티ᄒ기 쉬운이라 얼스졀스 승손혼이 팔남미를 나ᄒ쑤나 존줏
만이 졀노 난다 고양진미 입맛더로 각식으로 들이여라 즈식을 교훈ᄒ여
칭가유뮤 형셰더로 남혼여가 지닌 후의 각각으로 술임닉여 셰를 벌고 술
일 쪅의 우리 이리 스오나마 이를 두고 스라 보시 난디업난 비둘기가 이우
졔 와 스듯 마둣 오리란 놈 빅통연죽 질기맛졔 지아집 등불 다라 오리란
놈 비둘기집의 즈조 단여면셔 졈즈은치 ᄒ여 쳬면도 차리든이 속판은 엉
큼ᄒ 도젹놈일너라 큰짐의 도려갈 졔 얼농슈로 드러간의 헛우슘 즈죠 웃
고 얼농수

〈16-앞〉

로 더르간다 까토리 흔 놈 오즁의 불이 분난다 흔든 일도 ᄒ기 실코 업던
병도 졀노 난다 쏫홈ᄒ기 힘써 보시 오리 흔 놈 아참밥 입시 후의 쌋토리
흔 놈 밥숭을 못통지비로 도리 녹코 홀짝홀짝 울민 서러ᄒ난 마리 박술홀
이 오리야 호피조헌 이 오리야 져디지 줄난 김싱 날 쏙길쑬 몰나소 니기
당초 즁기올 찌 탄탄이 미쩌더이 네 가문의 열두분 숭쳐ᄒ고 니가 즈식을
마이 나ᄒ 보존ᄒ아 날가치 유공ᄒ 이 금셰의난 업난지라 쌋토리 알을 니여
오리 믹술 끈어어야 일은 놈은 종누 네거리의 우스을 씨기리라 오리 흔
놈 허허 우시면서 비덜기 게 잇난야 너의 큰 어미 안유ᄒ라 즈식들 게 잇난

야 네의 어미 안유ᄒ라 이 달의

〈16-뒤〉

집의 큰소리가 왼이리며 이우지 분쥬ᄒ고 동녀가 소동ᄒ이 슝거덜 모이씨
면 우스ᄒ깃구ᄂ 칭거지악 즁의 투기가 죄이라 다시 만릴 그러ᄒ면 창졍으
로 쏘치리라 오리 흔 놈 왜골니여 비둘기집의 곳바져서 큰집의난 안이 간다
비둘기집 저리 볼것시면 고디광실 눕푼 집의 호박쥬초 유리지동 야광쥬로
덩불 달고 진쥬로 담을 쓰고 졀나도 분당지로 도벽ᄒ고 차문쥬가ᄒ처지오
목동요지ᄒ화촌 부벽기림 도라본이 슝손수호 반노인관 완월즁치 이티빅
남양초당 풍설즁의 와룡선싱 보려ᄒ고 적토마을 빅겨 타고 뒤적뒤적 가난
양을 역역키 길려 잇고 술병 덩물

〈17-앞〉

볼쏙씨면 본기물 유리병과 빅혼수 소호병과 기원 녹죽 죽졀병과 술덩물
볼작시면 불문증싱 현일쥬와 슈즁선의 연엽쥬와 손즁쳐스 송엽쥬와 도연
명의 갈즈쥬와 만양쥬 판벌여씨이 비덜키 치리 볼짝씨면 감티갓흔 거문벼
리 반달갓탄 용머리로 어리셜셜 홀리빗계 혁운갓튼 머리까지 놀산 낭즈
ᄒ고 빅방수쥬 졉져구리 물명쥬 단속쏘라 빅방수쥬 쏘장바지 반물치미 탈
속ᄒ고 외씨갓흔 졉버션의 즈쥬당혜 수당혜을 두발 담속 담마 신고 은죠롱
녹조롱과 호박중도 금철병과 온갓 픠물 다 차쑤나 쥬판을 벌리씬이 온갓
좀놈 다모엿다 중

〈17-뒤〉

안호걸 서춘부와 남원활양 김여숙기 평양활양 이여숙기 역남활양 남실업

이 다모여다 나지면 풍유소리 밤이면 시쥬소리 쥬야 줌놈이 웃ᄉ랑 시쓰러
워 줌 모존다 손넘의 뒤적기와 걸엄밋히 금쑤겁이 요영업시 덜어운다 쇠쥬
가 이 안될나 이 우수운 줍물이 더어온다 오입중이 운수비시 ᄒ나이 얄구진
말 듯기쿤나 중임놈 ᄒ난 말리 져무도록 ᄀ난 길의 중도 보고 소도 보고
쇠뒤저기 ᄒ난 말이 닉 몸이 비록 쳬소ᄒ나 쌍파난 지혈왕의 ᄌ손이라 너의
만 못홀소야 걸엄밋티 금쑤겁비 썩 나안ᄌ ᄒ난 말이 날노 두고 볼쑥시면
쳥쳔의 발근 달도 날얼 두고 이

⟨18-앞⟩

어미라 언어 김셩은 못나시라 두 김셩을 단진거럼 쫏친 후의 비덜기을 불ᄌ
시면 오리 흔 놈 줍든 후의 까치집 건너가셔 큰어미야 두 김셩 이혼 난편을
셤길쩌지이 이빅연 못쑬 김셩 쓰홈ᄒ여 무어ᄒ리 우리 두이 ᄉ라 보시 지각
업난 가토리가 비둘기 꾀업고 진덧업고 반갑다 비둘기야 전이리 휴회로다
겸ᄌ은 우리 남편 우ᄉ씨긴 너이리야 준니 몸이 쏘가친 줄 보이여 너말올
풀쳐 쥬기 이기 우리 어서 가기 술차지리 어서 가기 발러리 어서 가기 비둘
기 아중아중 가난 양을 ᄌ셔이 술펴보고 푼업시 ᄒ난 말이 저기 만이 장부
되면 저은 졔졉 줌시덜 쎄칠손야 우리 쳡은 슐 줄

⟨18-뒤⟩

ᄒ고 말 줄ᄒ고 인물잇고 ᄌ식 줄니 길너너고 졉□진예 귀신일니 오리 흔
놈 그 잇던날 까치집의 더어가면 이 ᄉ람아 셔어마소 쳡 ᄒ나 너가 죄지
ᄌ니 무삼 죄잇셔야 까토리 홀짝홀짝 울면 셜어 나무 디졉 그리마소 쳡ᄒ기
도 여ᄉ거이와 부여되여 투기ᄒ기도 여ᄉ로ᄃ 동지셧달 진진밤의 줌 업셔
도 ᄌ심이요 허ᄃᄒ 모든 권속 누라셔 훈기홀이 까치 오리 볼쑥시면 두

몸미 흔몸 되여 그 이터날 까치 흔 연 조식 후의 오리 보고 방실방실 운은
모양 치마치마의 눈으로 못볼네라 영웅중의 진와졔요 혼힝중의 계순이요
열여중 이비로다 복스중 강졀이요 뇩수쳥슨 눈이라 빅화

〈19-앞〉

중 목단이요 비금중 우리로다 식고은 셕쳥갓고 수난동방셕이라 빅즈쳔손
만디유젼 우리 즈손이 일국으로 일을진딘 언니 고더 업시리요 만복은 좃타
하드라

건곤니도파흐고ᄲᅳᆯ니번경흐야유모흥도참뵉니요유빅흥

도삼뵉니라ᄀᆞᆨ온뒤뎡의몸니샹겻셔니관은오식니요별효니

화츈니라ᄉᆞᆯ금ᄫᅡ슈의쳔셩으로ᄉᆞ람을떨니흐고운림벽졔앙지

편의울ᄉᆞ챵총졍ᄌᆞᆷᄫᅡ금일면쉬쥬어먹고임지응시호관할졔ᄯᅳᆷ

홍훈ᄉᆞ람드니ᄆᆞ죄흔누리드을곳틱여ᄯᅩ보두가ᄉᆞᆷ틱ᄋᆞᆨ김슈렴

방뷕셜도록장복흐고장목을ᄭᅮᆯ니셔셔싀졍밤의문지션니콩더인

들을졀ᄎᆞ호아이ᄆᆞᆷ겁니ᄡᆞᆷ유쿨벗틱윰엇두가쳔화쳬게보려

고비운산ᄉᆞᆷ붕의ᄒᆔ위ᄉᆞ울나관ᄫᅡ몸두가운보리민눈녜도널녕쳬

도널녕모라ᄃᆞᆫ산녕긔눈여긔ᄲᅥ뎍긔ᄲᅥᆫ둣ᄒᆞ여

자치기라

　　〈자치기라〉는 줄글로 이루어진 10장본(20면)의 필사본이다. 문체는 가사체로 되어 있으며 장끼의 죽음에 이르는 전반부의 화소는 대동소이하게 이루어져 있다. 후반부 여러 새들의 구혼 과정에서는 갈가마귀가 먼저 나오는데, 갈가마귀는 까투리가 청혼을 거절하자 '갓토리 죽은 고 디 열여각 못볼너라'며 힐난한다. 뒤이어 등장한 부엉이, 붉여귀는 어른 다툼을 벌인다. 이어서 오리가 장가길을 차려 오는데, 까투리가 궁합도 안 보고 배필을 정하겠냐고 하니 손금을 보며 억지를 부린다. 까투리는 오리에게 수궁 생애가 어떠냐고 묻고 육지 생애가 더 좋다고 말한다. 오리는 하릴없이 떠나고 까투리 역시 하직하고 떠나는 것으로 결말을 맺고 있다. 까투리의 행방이 불완전하게 나타나 있다는 점에서 개가와 수절의 중간 유형으로 볼 수 있다. 이 작품의 말미에 '己酉閏二月書'라 적혀 있는 걸 보아 1849년 혹은 1909년에 필사된 것인데, 어휘 표기로 보아서는 1909년 필사로 추정된다.

출처 : 김광순, 『한국고소설전집』 20, 경인문화사, 1993.

〈1-앞〉

자치기라

건곤니 됴판ᄒ고 만물니 번셩ᄒ야 유모츙도 삼빅니요 유익츙도 삼빅니라 그 가온디 ᄭᅯᆼ의 몸니 싱겻시니 의관은 오싴니요 별호난 화츈니라 산금야슈의 쳔셩으로 스룸을 멀니 ᄒ고 운림벽계 양지편의 울울창송 졍ᄌ 슘아 굼일면셔 쥬어 먹고 임지 읍시 호강할 졔 음흉한 스룸드리 무죄흔 우리드을 긋티여 ᄌᆞ바ᄃᆞ가 슘터육경 슈렁 방빅 실토록 장복ᄒ고 장목을 골나니여 ᄉᆡ정방의 문지씬니 공덕인들 읍실쇼야 이니 몸 겁니 만아 슈풀 밋티 슘엇ᄃᆞ가 헌화셰계 보려ᄒ고 비운산 슝슝봉의 허위허위 올나간니 몸기가운 보리미는 예도 덜넝 졔도 덜넝 모릿군 손영기는 여기 번듯 져긔 번듯 □□□□□ □□□□□□□□□□

〈1-뒤〉

사라날 길 젼니 읍ᄃᆞ 소로길로 다라난니 풍지기군 포슈들 □□□□□ 좌우편 둘넛시니 사라날 길 젼니 읍ᄃᆞ 엄동셜흔 쥬린 김싱 그 어디로 가단 말고 보름가리 너른 밧 슝ᄒ평젼 눈 녹은디 ᄯᅵᆼ 흔낫치 들엇신니 콩 쥬으로 가ᄌᆞ셔라 장ᄭᅵ치리 볼죽시면 디홍단 젼치미의 초록궁초 지슬ᄃᆞ라 쥬먹 볘실 옥관ᄌᆞ의 황홀난칙 됴혼 티도 초국디장 위염니라 ᄭᅡ토리치리 볼작시면 슈쥬비단 잔뉘비을 졔법을 단장ᄒ고 머리디도 볼죽시면 훗튼 머리 갈다드ᄆᆞ 밉슈 잇기 집어언고 ᄯᅵᆼ 쥬으로 가ᄌᆞ셔라 열두 ᄯᅡᆯ ᄋᆞ홉 아들 슈믈흔ᄋᆞ ᄌᆞ여등을 압셰우고 뒤셰우고 어셔 가ᄌᆞ 밧비 가ᄌᆞ 슝ᄒ평젼 너른 밧 골골리 느러셔셔 너난 져골 줍고 나는 이골 줍ᄌᆞ 쳔불싱무록니라 ᄒ엿시니 일포식ᄒ자 ᄒ고 졈졈 쥬어드러간니 난디읍

〈2-앞〉

난 불콩 흐으 덩그렷키 노엿거날 장끼란 놈 디혹흐야 니른 말리 어허 그 콩 소담흐듸 나 혼즈 먹으리르 쌋토리 이른 말리 여보 그 콩 먹지 므오 셜상의 유인젹흐니 그 즈최 고이흔 즈최로듸 드른 즈최 견니 읍고 입으로 홀홀 불고 비로 솰솰 씬 즈최가 당그럿키 노엿시니 그 즈최 고니흐오 쥬끼란 놈 이른 므리 네 말리 미련흐듸 잇써는 동지셧달 엄동나라 쳡쳡니 씨인 눈니 곳곳지 덥펏시니 쳔손의 죠비졀니요 만경의 인죵멀니르 스룸 즈최가 셜즁의 잇실쇼야 간밤의 꿈을 꾼니 오운을 즈브 투고 쳔승의 올나 가셔 옥황젼의 현알흐니 옥황니 흐감흐스 살님쳐스 봉스시고 별급으로 쫑 흔셤을 터니신니 이 콩 흔낫 그 안니 반가온가 기즈은 니위식니요 갈즈는 니위음 니라

〈2-뒤〉

하날니 쥬신 콩을 니엇지 므듸 흐리 잔말 말고 믈너거라 쌋토리 니른 마리 그 꿈은 그러흐나 니 꿈으로 볼죽시면 꿈므듸 흉몽니라 어계밤 니경초의 꿈을 꾼니 북망산 노푼 봉의 찬브롬니 니러나며 티으금 드난 칼로 즈니 머리 덩경 비여 나리친니 그듸 죽을 흉몽니 이 안인가 계발 그 콩 먹지 므오 장끼란 놈 니른 마리 어허 그 꿈 미오 조트 니 몸니 션봉되야 투고을 더퍼씨고 압녹강을 건너가셔 티으금 드난 칼로 즁원을 항복 밧고 승젼고을 울니면셔 총독디즁 될 꿈니라 그런 꿈만 쑤어드고 까토리 니른 마리 슴경의 꿈을 꾼니 일가계족 듸 모와셔 잔치을 크기 할 제 시믈 두폭 치일 고쥬씩가 직씬동 부러지며 그듸 몸을 함속 더퍼 보니오니 그 안니 흉몽인가 계발 그 콩 먹지 므오 장끼란 놈 니른 마리 츳일을

〈3-앞〉

더퍼쎠 보인니 그난 일모쳥산 져문 날의 화쵸병풍 둘너치고 잔디장판의
칙이불을 헉겨 덥고 너와 나와 흔 몸 되야 이리져리 할 꿈이라 염여 말고
물너쎠라 까토리 이른 마리 오늘 밤 오경초의 꿈을 꾼니 ᄌ미원 디즁셩니
그딘 앞픠 쎠러져 보인니 그 디장셩 안니신가 숨국시졀 요란할 졔 공명션싱
도 오장원의셔 중셩니 쎠러졋시니 ᄋ미도 그 디즁셩 안니신가 장끼란 놈
니른 마리 어허 그 꿈 더옥 죠트 쳔숭의 별니 쎠러져 보니기난 옛일로 비할
진디 헌원씨 어만님도 헌원씨을 나흘 젹의 북두칠셩 졍기트셔 헌원씨을
나흐시고 견우셩 직여셩도 칠월칠셕 상복흐니 그도 쏘흔 연분니라 됴흘시
고 됴흘시고 네 몸의 티기 잇셔 아들 나흘 길몽일ᄃ 걱졍말고 물너거라

〈3-뒤〉

까토리 이른 마리 어졔 밤 첫 시복의 꿈을 꾼니 화복단중 졍니 흐고 육니쳥
산 논일 젹의 난디읍난 쳥삽사리 왈칵 쒸여 달여든니 질식흐여 삼밧트로
드러간니 굴근 삼디 부러지고 가는 삼디 씨러져셔 이니 몸의 휘휘친친 감겨
보인니 이니 몸 과부되야 거상할 꿈 분명흐오 장끼란 놈 디로흐야 두발질로
넙더 츠며 어라 이연 화양연 졔 가장 몰나 보고 남으 가장 질기ᄃ가 홍스로
졀박흐고 북을 지여 숨노 네거리의 회시흐고 난중ᄆ질 꿈니로ᄃ 그른 꿈만
쑤ᄃ가는 압장기니 부러질나 까토리 무춤흐야 줌줌흐고 안즈ᄃ가 쏘ᄃ시
이른 마리 ᄋ무리 기흐니 ᄌ심흐여 부디 그 콩 먹지 ᄆ오 장끼란 놈 니른
마리 시장흐고 쥬린 즁의 염치을 엇지 알니 누항단포 쥬린 염치 숨십의
요소흐고 비기

〈4-앞〉

슉졔 충졀 염치 슈양산의 아스로딕 염치도 부지럽고 먹난거시 웃듬니라
흔 광무 중흥할 졔 분분젼장 쥬리딕가 호투흐믹반을 달기 먹고 중흥졔업
흐여잇고 빈쳔흔 한신니도 회을셩흔 쥬리딕가 표모밥을 달기 먹고 흔국딕
장 되엿시니 기흔니 겨신니 불고 염치라 나도 니 콩 먹고 크기 될 줄 뉘
알쇼야 까토리 이른 마리 그 콩 흔 긔 달기 먹고 크기될 줄 니가 먼져 요량흐
오 중원 진스 동당 급졔 ᄆᄃᆞ 흐고 잔디찰방 슈망으로 황쳔부스 츄고ᄆᄌᆞ
쳥산 현감 할 지라도 날낭 부디 원망ᄆᆞ오 옛 글로 볼죽시면 고집으로 망신흔
니 멋멋친고 진시황도 고집흐야 부소말을 아니 듯고 궁심소락 슘십 연의
호희으게 망국흐고 초패왕으 못실 고집 범징으 말 안니 듯고 팔쳔 졔ᄌᆞ
모도 죽여 무면도강 흐엿잇고

〈4-뒤〉

초회왕 고집보소 굴원으 말 안니 듯고 무관의 갓쳣딕가 가련흔 고□되야
불려귀로 토혈흔니 그딕 너무 고집흐야 이니 말을 안니 듯고 오날 망신
할 지라도 부디 날을 원망 ᄆᆞ오 장끼란 놈 니른 마리 콩 먹ᄃᆞ고 ᄃᆞ 죽으랴
옛글로 볼죽시면 콩틱ᄌᆞ 든 딕ᄆᄃᆞ 오리 살고 귀히 되엿시니 엇디 안니
중할쇼야 틱고 쳔황씨는 일만팔쳔 셰 사라잇고 틱호 복히씨는 경셩지졍
셩군되고 틱공지ᄌᆞ 유방니는 팔연을 쌋호딕가 흔틱됴가 되어잇고 각국의
틱조 일홈 국가의 근본니요 틱평츈도 콩틱ᄌᆞ요 당틱됴 흔틱됴 명틱됴 송틱
됴도 콩틱ᄌᆞ요 위슈의 강틱공도 궁팔십 달팔십 스라잇고 시중쳔ᄌᆞ 니틱빅
도 기경승쳔 흐여잇고 쳔승의 틱을셩도 별중의 웃듬니라 나도 니 콩 흔낫
달기 먹고 틱공갓치 오리 살고 틱을션관 되오리ᄅᆞ

⟨5-앞⟩

까토리 기ㄱ 막켜 믈너신니 장끼란 놈 거동 ᄇ라 콩 먹으로 드러갈 졔 열두 장목 펏트리고 한거름의 쮜여드러 밋날 갓튼 쥬둥니로 번기갓치 콕 쪅은니 칙기 고동 버셔지며 박낭ᄉ 즁 역ᄉ 철되 버금슈리 쓰린ᄃ시 와직근 푸드득 썰썰 변통 읍시 치엿구나 까토리 거동보소 뉘비 머리 산발ᄒ고 두발을 동동 가슴을 쾅쾅 치며 숭ᄒ평젼 잔디 밧틔 디글디글 궁글면서 이고 답답 우난 마리 독약니 고구나 니어병니요 츙언니 역나나 이어힝니라 ᄒ엿시니 니 말만 드럿시면 져른 환니 잇실손가 황건역사 필류ᄉ라 너 죽을 쥴을 네 몰나드야 장끼란 놈 슘찬 즁의 ᄒ난 마리 어라 니 연 요란ᄒᄃ 션미련 후실 기라 죽난 놈니 탈읍시랴 호환을 미리 알면 산의 가리 뉘 잇시며 슈환을 미리 알면 물의 가리 뉘 잇시랴

⟨5-뒤⟩

니 신슈 불길ᄒ야 독의 든들 면할쇼야 니거시 ᄃ 팔ᄌ로ᄃ 초피왕으 발산역 도 비젼지되요 관운장으 인후도량 여몽으 간계의 샌ᄌ시니 고금 영웅들도 팔ᄌ을 속니지 못한 비라 그러나 니니 몸은 기훈을 못이기여 무쥬 공산 칙기 속의 씨엿시니 명지경각 할 길 읍ᄃ 죽고살기난 믹으로 안ᄃ ᄒ니 믹나나 지펴ᄃ고 ᄭ토리 졍심 츠려 진믹ᄒ고 ᄒ난 말리 티츙믹니 ᄭ어지고 명믹니 경각나라 ᄒ니 장끼란 놈 슘찬 즁의 니른 마리 니 눈의 동ᄌ 부치 잇난가 보ᄋᄃ고 ᄭ토리 안치을 좀간 보고 ᄒ난 마리 이졔는 ᄒ릴 읍니 왼편 동ᄌ 부치는 ᄒ직 읍시 ᄃ라나고 오른편 동ᄌ 부치는 금방 질을 쓰랴 ᄒ고 포랑보의 짐을 쏘고 질목집신 감발ᄒ고 눈물 싹고 도라신니 이졔은 살길니 젼니 읍니 이고 답답 닉일니

〈6-앞〉

야 팔즈도 험할시고 첫지 낭군 어덧더니 독소리가 툭 츠가고 둘지 낭군
어더던니 슈진민가 툭 츠가고 셋지 낭군 어더던니 난디읍난 쳥습스리 왈칵
달여 무러가고 넷지 낭군 어더던니 산영기가 무러가고 다셧지 낭군 어더던
니 푸지기군 즈부가고 말지 낭군 어더던니 사랑도 못디와셔 쇠착기의 털셕
치여 아쥬 죽기 되엿시니 망신살을 가잣난가 숭부도 즈질시고 이고 답답
어니할고 병니 드러 죽단 말가 단불의 나부갓치 풀입피 이실갓치 덧읍시
되엿구나 이고답답 셔름니야 불숭할스 맛비이기 혼닌 등졀 어니 흐며 비속
의 유복이기 희복 구완 뉘가 할고 빅연히로 브리더니 영결종쳔니 되단 말가
언으 쳔연 드시 볼고 장기란 놈 반눈 쓰고 탄식흐여 흐는 말리 드른 말
드 던지고

〈6-뒤〉

상부 즈진 네 가문의 중긔든 니 실체라 쏘흔 스즈는 불가부싱니라 드시
볼 길 읍건니와 구틱여 보랴거든 너일 으침 죠식흐고 착기 임지 쓰라가면
병영 슷도 도님상의 니 얼골을 보련니와 그럿치 안니흐면 어더가셔 만니
보리 너난 너무 이통 말고 착기나 죠곰 드러드고 까토리 흐는 마리 그런
말 너도 마소 너심으로 할 슈 업니 장씨란 놈 숨 모두며 니른 말리 심디로
날을 쎄여 드고 쓰토리 달여 드러 덥벅 물고 쎄려 흐니 속졀읍시 털만 문쳥
문어진드 장기란 놈 숨찬 중의 흐난 말리 이연니 앞 쎙을 중만 흔드 착기
님지 슈고 안니 씨기랴고 어라 니 연 너가 지러 죽깃드 쓰토리 흐난 마리
인싱 일스는 제왕도 면흐기 어렵건니와 이 안니 불상흔가 우리 쳐음 만닐
젹의 산실 과율 양식스ㅁ 거리 쳥산 논니드가 혼인

〈7-앞〉

언약 연길할 제 궁함니 불길턴가 됴뮬니 시기흔가 눈물짓고 탄식할 제 착기
임지 탁첨지가 헌 푸립 지쳐 씨고 지평막디 드던지며 헐덕헐덕 올나와셔
장끼을 쎄여 들고 히히낙낙 춤을 츄며 니 지죠가 용흐던가 네가 죽을 날니던
가 압남산 도도 발ᄇ 물 먹으로 네 왓던야 뒤동산 작작화초 구경ᄎ로 네
왓더야 산실영의 졈지흔가 녹슈청산 풍셜 즁의 임의디로 왕니ᄒ든 너을
이제 ᄌ부시니 네 구족을 줍을 ᄎ로 산신님계 졔ᄒ리ᄅ 쎙으 셰을 쎄여
ᄇ회 우의 졍니 노코 비나니ᄃ 산신님계 비나니ᄃ 동쳔강ᄒ며 동지츌ᄒ며
동소방니 지기 입오망 ᄒ옵쇼셔 빌기을 맛친 후의 탁첨지가 징끼을 미지망
티 담ᄋ지고 집으로 가는지라 ᄭ토리 할 길 읍셔 장끼 셰을 ᄎᄌ 장ᄉ을
ᄒ려ᄒ고 칙입ᄒ로 이불ᄒ고

〈7-뒤〉

덩디미로 졀관ᄒ여 이송목 휘츄리로 명졍을 쎳시되 산림쳐ᄉ 화츈니라 디
셔특필 ᄒ엿더라 쵸상은 쳣건니와 장ᄉ을 어니ᄒ리 명산 ᄌᄇ 씨ᄌ 한들
풍슈도 못 맛니고 구산을 가ᄌ 흔들 길리 머러 어니할고 묵밧머리 터을
ᄌᄇ 당일니로 춤푸ᄒ고 당일니로 장ᄉ할 제 졔물을 볼족시면 이실 ᄇᄃ
쳥쥬ᄒ고 씨고리 ᄌᄇ 건어ᄒ고 굴밤 짝지 슐잔ᄒ고 싸리가지 져범 거러
이리져리 츠려노코 됴문ᄋᄆ을 볼작시면 누기누기 모왓던고 이관 됴흔 두리
미은 헌관으로 믹여노코 쇼리 조흔 ᄯ옥니난 축관으로 믹여잇고 공ᄉ원은
뉘실넌고 말잘ᄒ는 노구지리 음식 분푸 뉘길넌고 몸 기가온 졔비로ᄃ ᄯ옥
니 ᄭ러안ᄌ 축문을 외올 젹의 유셰ᄎ 모연 모월 모일의 잇ᄌ 쥬리 등은
감소고우 산림쳐ᄉ부군 형귀둔셕

〈8-앞〉

혼반실당 신쥬기셩 복유돈영 스구종신 시빙시의 독츅을 도흔 후의 지비ᄒ
고 집으로 도라와셔 반혼졔을 추려노코 초셩 됴흔 뫼고리는 독츅관을 믹일
젹의 난디읍ᄂ 소르기 허공의 노픠 쩌와 문상ᄒ고 이른 마리 언으 놈니
맛샹쥬요 흔 ᄆ리 드려가리ᄅ ᄒ고 그 중의 맛샹쥬을 덥셕 추고 칭안졀벽상
의 노픠 안즈 노리을 부르면셔 니리 뒤젹 져리 뒤젹 얼ᄉ졀ᄉ 조흘시고
인간의 졔일미을 오늘날 어더쑤나 보리밤의 추짐치는 션빗님네 졔일미요
문어 젼복 희숨치는 부귀즈으 졔일미라 져그나 크나 쎵 흔 ᄆ리 어더시니
그 안니 조흘시고 썰썰 우난 싱치탕은 연장군으 졔일미라 너울너울 츔츄듯
가 ᄇ리보니 슈리란 놈 ᄇ회 으리 즈최 읍시 슈머쑤나 ᄒ릴 읍셔 탄식ᄒ고
니른 마리 연나라 형중군도

〈8-뒤〉

자분 진황 노와 잇고 인후ᄒ신 관운중도 화룡도 조분질의 됴됴을 즈ᄇ쓰가
도로혀 노왓시니 연중군니 쥬리 ᄒ나 일헛신들 관계ᄒ라 니 역시 젹션나라
즈손 홍셩할 슈로듯 스셜할 지음의 틱빅산 갈가ᄆ귀 팔공손의 귀경 갓드가
중노의 허기 맛나 요기추로 드러와셔 문상ᄒ고 탁쥬 숨비 먹은 후의 반쥐ᄒ
여 ᄒ는 마리 초상의 비지나 안니졋시며 어린 즈식 드리고 심ᄉ 오죡 ᄒ오릿
가 그러나 장싱원니 풍치도 됴컨니와 심덕을 볼 지라도 장슈할가 ᄇ리더니
콩 흔낫츨 못 추ᄆ셔 비명의 갓단 말가 우린 그른 음식 먹그드면 병신으
즈식니로셰 오늘날 이 말 ᄒ기 박졀ᄒ나 중슈 나즈 용ᄆ 나는 격으로 우리
두리 맛ᄂ시니 빅연히로 엇더ᄒ오 갓토리 흔슘짓고 이른 마리 말숨은 좃쑈
만은 쫄곡도 안니 ᄒ고 기가ᄒ야 가단

〈9-앞〉

말가 금성여슈라 흔들 물ᄆᄃ 금니 나며 옥츌곤강나라 흔들 며ᄆᄃ 옥니 날가 그런 말 니도 맙소 갈가ᄆ구 디소왈 네 마리 가소롭ᄃ 슈졀인지 기졀인지 네기의 당할소야 만고졀식 왕소군도 틱국고혼 되어잇고 쳔츄유명 양구비도 죽어진니 고혼니라 가련흔 네 흔 몸니 죽어지면 그 뿐니라 고금쳔지 열여츙신 만컨만은 갓토리 죽은 고디 열여각 못볼너라 이렷틋시 힐난할 졔 압산의 쑥뷰흥니 상쳐ᄒ고 환거로 지닌더니 갓토리 상부 소식 풍편의 넌짓 듯고 불문곡직 츳즈와셔 상문ᄒ고 도랴보니 엽려안진 갈가ᄆ구 몸도 검ᄶ 부우리도 고니ᄒᄃ 어룬니 을푸시면 기거도 안니ᄒ고 언연니 안자난ᄃ 디쵝ᄒ니 갈가ᄆ구 디로ᄒ야 무식흔 져 부훙아 네 마리 구상유츄로ᄃ 어룬으 말솜을 즈셔의 드러보와라

〈9-뒤〉

이너 신슈 비록 부족ᄒ나 니구산의 올나가셔 슉양흘리 비난거슬 귀경ᄒ고 슈양산을 나가셔 비니 슉졔을 보와잇고 계명산을 나가셔 중즈방니 스힝곡을 부르기로 화답ᄒ고 니왓시니 만고의 노푼 어룬 니 안니고 그 누기요 잇러ᄒ기 힐난할 졔 어디셔 복식 블근신 흔 마리 홀홀 날나 드러와셔 묘상ᄒ고 물너 안즈 나도 이럴 망졍 초나라 망졔로셔 창오산 지푼 밤의 부려귀로 토혈ᄒ고 상문츠로 왓건니와 가셰을 의논컨디 너의 중의 어룬이ᄃ 갓토리 이른 마리 남으 계청의 와셔 어룬 즈랑 윈일인고 ᄯ 오리란 놈 갓토리 상부 소식 풍편의 넌짓 듯고 중기질을 츠릴 젹의 쇼슝강 기려구는 혼슈함을 걸머지고 싼치는 관디판을 걸머지고 말잘ᄒ는 할미시는 젼비ᄒ닌 압셰유고 셥슈잇기 츠즈와셔 우리 셔방님 중기 츠려 왓나니ᄃ 갓토리 니른 마리 궁합도

〈10-앞〉

안니 보고 비필을 졍할쇼야 오리란 놈 ᄒ난 마리 신랑 신부 혼례 ᄌ면 궁합
니 되난니라 숀금니나 지펴보시 일상싱기이즁쳔의 너일은 불길ᄒ고 오날
리 디길니라 잔말 말고 잠을 ᄌ시 갓토리 이른 마리 너으 싱이 조컨마은
슈궁싱이 엇더ᄒ오 오리란 놈 니른 마리 슈궁싱이 볼죽시면 동히 셔히 지푼
물의 님의디로 왕니ᄒ며 은린옥쳑 됴혼 싱션 식양디로 중복ᄒ니 셰상의
됴혼 싱이 슈궁밧게 ᄯᅩ 잇난가 갓토리 이른 마리 허허 그 말 가쇼롭ᄃ 슈궁
싱이 돗ᄐ한들 육지싱이 갓틀쇼야 우리 싱이 드러보소 쳘니말니 너른 덜과
쳔산만슨 노푼 봉의 덩그럿키 노피 올나 스히 팔방 귀경할 졔 경기졀승
슘춘니라 ᄭᅩᆺ귀경도 됴컨니와 녹음방초 더옥 됴ᄐ 위셩양유 버들속의 황금
갓튼 괴ᄭᅩ리는 환유셩 노릐 불너 츈광을 히롱ᄒ고

〈10-뒤〉

동원도리ᄌᆨᄌᆨ츈의 노난 봉졉 츔을 츈ᄃ 만산홍녹 ᄌ랑ᄒ며 칭암졀벽 화쵸
속의 니리 가며 져리 가며 썰썰 울고 활기칠 졔 그 안니 호강니며 산과목실
조혼 실과 간 곳ᄆᄃ 노젹ᄒ고 홍치 계워 논일 젹의 뉘 안니 부러할가 오리
란 놈 할 길 읍셔 ᄒ는 말리 네가 일졍 니 말 듯지 안니 ᄒ니 훗날 다시
보ᄌ ᄒ고 ᄒ직ᄒ고 가는지라 갓토리 니른 마리 ᄆᆞ음 신난니 역지지 말고
셥셥할지라도 부디 평안니 가옵시오 ᄒ직ᄒ고 ᄯᅥ난니라 그렁져렁 산그루
나려오며 쵸동목슈 시졀가을 노릐ᄒ되 엇던 스롬 팔ᄌ 죠와 각도 방빅 각읍
슈령 호ᄉ로 단니난고 허위허위 그 소릐의 모도 ᄃ 훗터진니라
己酉閏二月書

(20-2)

가취가

(金□□所藏本)

건곤이 크고 넓게 □하니
빗물이 흩어□하네
신령한 조화로 삼겨 비오
어리석은 호□ 샹이라

우후로 삼겨비며도
이 몸을 삼겨비이도
□□은 개졍□와 밧고
샹웠□소니

미물흔 □□이오
별흘흔 □져□미□

□□□○ 제□할□
□○로 샹□□□○

자치가(김광순본)

    〈자치가〉는 전체 14장(27면)이며, 한 면에 두 마디 한 짝으로 된 열 짝의 귀글이 세로쓰기로 이루어져 있다. 대체로 미려한 흘림의 글씨체이다. 후반부는 지면 상태가 좋지 않고 글씨의 흘림이 심해서 읽기에 다소 어려운 상태이다. 이 이본에서는 장끼가 죽은 후 세 번째 치상을 하는 까투리의 사연이 나타나는데, 장끼의 장례식 중에 솔개가 나타나 꿩의 새끼를 채어갔다가 놓치면서 작품이 마무리되는 것이 특징이다. 이처럼 이야기가 갑작스럽게 마무리된 탓에 그 결말을 알 수가 없어서 미완의 작품처럼 여겨진다. 작품 말미(〈13-뒤〉, 〈14-앞〉)에 후기(後記)가 있으나, 글씨 상태가 좋지 않아 내용파악이 어렵다.

출처 : 김광순, 『한국고소설전집』 20, 경인문화사. 1993.

⟨1-앞⟩

자치가

건곤이 초판할 졔	만물이 품생하니
신령할손 사람이요	어리석은 즘생이라
유우충도 삼빅이오	유모충도 삼빅이라
그 가운대 꿩의 몸이	삼겻스니
의관은 오식이오	별호는 화충이라
무정이 졔탕할 졔	우름으로 감동하고

⟨1-뒤⟩

월상씨 백치라도	성인을 차자들어
천자 긔조 공하니	꿩의 상셔 조컨마는
부대 어이 살해할고	산금야수 천성으로
사람을 멀니 하고	울님벽겨 시냇가에
낙낙장송 정자 삼아	츄풍예 졀노 뜻난
그 도토리 주어먹고	임자 업서 사난 몸을
굿해어 잡아다가	삼태뉵경 슈령방백
슬토록 장복하고	조흔 것 골나내야
사령기 살대 치례	화당의 장목비와
온가지로 두루 쓰니	공덕인들 업슬노냐

⟨2-앞⟩

헌훤세계 보랴하고	백운산 상상봉에
허위허위 올나가니	두둥 노넌 보래매난

예셔 덜녕 졔셔 덜녕
만송목 떡갈닢을
사라날 길 바히 업다
푸지개군 표슈들언
엄동셜한 줄인 즘생
종일 가해 졸은 볏해
쥬으려 가자셔라
화운단붓 져고리

푸지개군 산냥개난
뒤젹뒤젹 차자오니
사이길노 가자하니
총을 메고 우례 셧네
어대로 가잔 말고
간혹 콩낫 뜨럿셔니
장끼 치례 볼작시면
초록궁초 깃을 달고

〈2-뒤〉

백방사쥬 동졍 섯고
열두 장목 만산 풍채
깟토리 치장하되
아로롱 치마에
고히 삐치 단장하고
스물하나 쥬례등어로
어셔 가자 밧비 가자
쥬례쥬례 느리져셔
날낭은 이골 줍자
그 무엇을 안 먹으리

주먹벼슬 옥관자에
장부도 다울시고
아로롱 져고리
아로롱 머리
아홉 아들 열두 딸을
압세우고 뒤세우고
토평전 밧머리에
널낭은 져 골 줍고
시장 허기 채우자니
난대업난 불콩 하나

〈3-앞〉

덩그러케 노혓셔니
내 복이니 먹어보자

장끼란 놈 대혹ㅎ야
어허 그 콩 소담하다

깟토리 일흔 말이
제발 그 콩 먹지 마소
그 자최 고이 하오
입을 분 자최
심히 고이 흐오
네 말이 매욱하다
동지셧달 엄동이라
곳곳이 덥혓스니

아소 그 콩 먹지 마소
셜상에 유인젹 하니
다른 자최 별노 업고
비로 쓴 자최
장끼란 놈 대답하되
이 때를 이를건대
첩첩히 싸인 눈이
천산에 조비졀이오

〈3-뒤〉

만경에 인종멸이라
기자난 이위식이오
나도 오날 식젼이라
까토리 대답하되
한숨의 잠을 자고
북망산 상상봉에
태화검 드는 칼노
뎅경 비혀 나리치니
제발 그 콩 먹지 마소
장끼란 놈 이른 말이

사람 자최 어이 있슬소냐
갈자난 이위음이라
이 콩 아니 먹을소냐
어제 밤 이경 초에
도라 누어 꿈을 꾸니
찬바람이 일어나며
빗 조흔 그대 머리를
그대 죽을 흉몽이라
부대 그 콩 먹지 마소
그 꿈 조타 해몽흐자

〈4-앞〉

춘당대 알성과에
낙슈를 청운가에

계화럴 무릅쓰고
입신양명 할 과거나 힘써 볼가

까토리 하는 말이
만경창파 깊흔 쏘에
그대 머리 둘어 쓰고
내 혼자 그 물가에
그대 죽을 흉몽이라
장끼란 놈 이른 말이
대명이 다시 일어
이 몸이 션봉 되야

삼경 아래 꿈을 꾸니
천근 드리 무쇠가매
덤벙 빠저거날
줄제셔 통곡ᄒᆞ니
제발 그 콩 먹지 마소
그 꿈은 더욱 조타
구원병 청하거든
투구를 둘너 쓰고

〈4-뒤〉

압록강 건너달나
황ᄒᆞ수의 병을 싯고
승젼고 높히 울려
까토리 일은 말이
어룬이 당상ᄒᆞ고
스물두 폭 백차일에
직근동 불어지며
답답할 일 볼 꿈이오
낙낙장송 만천한대
은ᄒᆞ수의 슈의 마조 잇고

중원을 탕척ᄒᆞ고
고국으로 도라올 제
슈륙대장 되오리라
오경 초에 꿈을 꾸니
자손이 잔체할 제
셔 발 가옷 긴 고짓대
자내 머리에 덥셕 둘너 쓰여 뵈이니
오경 아래 꿈얼 꾸니
견우셩 직녀셩이
삼태셩 하긔셩은

〈5-앞〉

북두를 둘넛난대
공중에셔 떠러지며

그 가온대 일졈셩이
자내 앞헤 떠러지니

그대 장성 아니런가   삼국적 졔갈낭이
오장원에 운명할 졔   장성이 떠어젓다 ᄒ더이다
장끼란 놈 ᄒ난 말이   차일 덥허 보이기나
일모창산 오날밤에   화초 병풍 잔듸 장판
둥걸 베개 첫닙 요에   가락 이불 칙혀 덥고
너와 나와 한 몸 되여   이리져리 할 꿈이라
별 떠어져 보이기난   옛글노 볼작시면
헌훤씨 어마님도   북두칠성 졍기 밧아

〈5-뒤〉

졔를 나흔 일이 잇고   견우성 직녀성도
칠석상봉 연분이라   네 몸에 태기이셔
아들 나흔 길몽이라   오냐 이런 꿈만 벗젹 꾸어다고 보자
까토리 또 이라대   샐력헤 꿈얼 꾸니
싀져고리 싀치마에   이내 몸 단장ᄒ고
기래 청산 논이다가   난대업난 덜렁개가 달여드니
긔게 막 조치여 갈 대 업서   삼밧흐로 드러가니
굴근 삼대 부러지고   잔 삼대 쓰러지고
매리고개 온만션에   휘휘춤 감겨 보이니
이내 몸 과부되여   상복 입을 흉몽이라

〈6-앞〉

졔발 그 콩 먹지 마소   부대 그 콩 먹지 마소
장끼란 놈 대로ᄒ야   엄발노 이리 차고 져리 차고

휘두루 차며
기동셔방 마다 ᄒ고
참바 올바 청홍살
종로 네거리에 북 지어
꿈 말 다시 ᄒ다가난
까토리 무참ᄒ여
또다시 나ᄋ들어
홍비슈국에 비필함노난

되알밧은 져 간아히
사이남진 즐기다가
둥그러케 빗그러미
둥둥 회시할 꿈이라
압정강이 꺽그리라
젹은덧 물넛다가
졍계ᄒ여 일은 말이
장부의 근심이오

⟨6-뒤⟩

봉비쳔인에 기불탁속은
자선을 하려 ᄒ면
안자의 도학 염치
백이의 충절 염치
장낭의 지혜 염치
그대 비록 미물이나
장끼란 놈 ᄒ난 말이
염치를 어이 알니
삼십에 요사ᄒ고
셔산에 아사ᄒ고

장부의 염치로다
염치를 볼 것이라
누항의 슘어잇고
쥬속을 마다 ᄒ고
사병벽곡 하엿시니
제발 그 콩 먹지 마소
례의럴 몰라거든
안자의 도학 염치
백이의 츙절 염치
사병벽곡 장낭이도

⟨7-앞⟩

죽기를 못 면ᄒ니
먹난 것이 졔일이라

염치도 부졀업다
호토ᄒ 보리밥도

문슉이 달게 먹고
표모의 식은 밥도
한중대장 되엿시니
크게 될 줄 뉘 알소냐
이 콩 먹고 크게 되려ᄒ니
버들개 쳠사로셔
잔듸 찰방 이셕ᄒ여
도매 정셩 할지라도

중흥황제 도어잇고
한신이 달게 먹고
나도 이 콩 달게 먹고
까토리 일은 말이
초입사 부적ᄒ여
노중졍이 만호ᄒ고
황쳔 부사 츄고 마자
날낭 부대 원망 마소

〈7-뒤〉

장끼란 놈 대노ᄒ며
콩 태짜 난 대마다
태고 쳔황씨에
태호 복희씨난
십오 셰를 젼해잇고
한-태-조
쳔하태평츈도
궁팔십 강태공도
시중쳔자 리태백도
북방의 태을셩도

콩 먹고 다 죽으면
오래 살고 귀히 되니
일만팔쳔 셰 살아잇고
풍셩이 상승ᄒ야
태공시자 유방이난
고황제 되여잇고
콩 탯자 조흘시고
달팔십 살아잇고
긔경상쳔 ᄒ엿시며
별 중의 웃듬이라

〈8-앞〉

나도 이 콩 달게 먹고
태백갗이 상쳔ᄒ여

태공갗이 오래 살고
태을션관 되오리라

까토리 말이 막혀
장끼란 놈 거동보소
아홉 살깃 열두 장목
끄싹끄싹 고개 쪼아
빗날 갖은 부우리로
두 곳이 퉁긔 치며
방낭사중 쇠방마치
와직근 뚝딱

경황업시 물너셔니
콩 어르며 들어갈 제
좌르르 퍽터리고
조곰조곰 나아들어
드립써 깍 찍으니
머리 너머 지난 소래
부서 슈래 따리난 듯
껄껄 주루둑

〈8-뒤〉

변통업시 치엿구나
누럭 머리 펴트리고
두굴두굴 구울며셔
발을 동동 굴니며셔
충언은 이어형이라
이런 변이 이슬소냐
에라 요년 즐난ᄒ다
쥭난 놈이 탈 업스랴
산에 가리 뉘 이스며
배에 드리 뉘 이스리

까토리 거동보소
상하평젼 자갈밧히
아에 통곡 ᄒ난 소래
독약은 이여병이오
내 말 곳 들엇시면
장끼란 놈 숨찬 중의
션미련 후슬그라
호환을 미리 알면
슈환을 미리 알면
내 신슈 불길ᄒ면

〈9-앞〉

독에 든들 면할소냐
맥이나 집허보라

쥭고살기난 명죄 경각이니
까토리 맥을 보니

간맥이 셔눌ᄒ고　　　　태츙맥이 갓아가고
비호맥이 거절ᄒ고　　　풍맥이 소슬ᄒ고
명맥이 꿀어가내　　　　맥이사 그러나마
눈이나 삷펴보고　　　　동자 부쳐 잇난가 보라
까토리 한슘 ᄒ고　　　눈물노 ᄒ난 말이
이져사 속졀업소　　　　이편 눈에 부쳐난
첫 새벽에 떠나가고　　져편 눈에 부쳐난
이져에 떠나려고　　　　파랑보의 짐 싸지고

〈9-뒤〉

길목집신 감발ᄒ네　　애고애고 내 팔자야
험할도 험홀시고　　　첫 낭군 어덧다가
백송고리 채여가고　　둘재 낭군 어덧다가
푸지개군 덥허가고　　셋재 낭군 어덧다가
재 사랑도 못겨워셔　엄댁같흔 져 차위에
덜컥 치여 죽게 되니　고졋살을 가졋던가
애고애고 이내 팔자　상부도 자즐시고
품의 품은 맛ᄯᆞ아긔　혼인둥졀 엇지ᄒ여
배에 든 맛배아기　　해산구완 뉘 알손고
백연동거 바랏더니　천고영결 되단말가

〈10-앞〉

져럿타시 조흔 풍신　언제나 다시 볼고
장끼란 놈 반눈 뜨고　허희 탄식ᄒ난 말이

다른 말 다 던지고
당초에 장가든 졔
네 팔자 오작ᄒ면
사자난 불가부생이오
다시 볼 길 업거니와
내일 아참 조식ᄒ고
전쥬장의 만나거나
안동관의 셩관의

상부 자즌 너의 가문
내 원시 실체로다
내 신슈 이러ᄒ냐
왕자난 불가부환이라
굿히여 보려거든
차위 임자 따라가면
츔츄장의 만나거나
관쳥고의 걸넛거나

〈10-뒤〉

병영도 슈령도의
이밧긔 다른 도리
죽난 놈이 다만 셜졔
쳔상의 혼자 잇낫
차위 임지 탁쳠지
헌페랑이 슉여 쓰고
허위허위 달려들어
희희낙락 츔얼 츄며
쳔년 묵은 묵어리럴
내 지조 용ᄒ던가

삿도 상의 오르거나
어대가 만나보리
못 보다고 어이ᄒ리
월궁 항아 사랏더냐
어대셔 망보다가
자른 막대 둘어잡고
장끼럴 빠혀 들고
조홀시고 조홀시고
오날사 잡앗고야
네 신슈 불헌가

〈11-앞〉

산령이 졈지 한가
압남산 벽게슈에

조상이 돌보신가
물 먹으러 네 왓던가

뒷동산 작작도화   꼿흘 볼 네 왓더냐
녹슈청산 노든 너럴   내 손으로 잡앗고나
너해 구족 모도 잡아   산신끠 제 ᄒ리라
꿩의 헤럴 ᄲᅡ혀 내여   바위틈에 꼭 끼우고
두 손을 마조 비러   꾸벅꾸벅 졋사오대
아까 노혼 져 차위에   까치 마자 잡아 쥬소
관음보살 아미타불   관음보살 아미타불
탁쳠지 돌아가며   까토리 뒤밋 바다

〈11-뒤〉

바위틈에 끼운 헤를   찬찬히 ᄲᅢ혀내야
탱댕이로 결단ᄒ고   줄닙홀 소럼ᄒ야
아송목 회초리에   명정을 거럿시대
산림쳐사 화츙지죄라   대셔 축사 ᄒ엿더라
초상은 쳣거니와   장사를 어이 ᄒ리
명산 어더 쓰자ᄒ니   풍슈럴 못 맛나고
션영 부장 ᄒ자ᄒ니   길이 머러 못 갈내라
개골짝 차자들어   장중행앵 겨요 ᄎᄌ
불구션 발인ᄒ야   당일 내로 영장ᄒ니
산신졔 평토졔난   졔물도 초초ᄒ다

〈12-앞〉

콩 먹다가 죽엇스니   곡긔에 노흘소냐
싸리 풍낭 백셜긔에   가랑이슬 쳥감쥬에

떡개고리 건어 반작 　　　　절내 열매 과실 두낫
쑬밤딱지 잔은 노코 　　　　속새 대궁 졀은 걸어
충가유무 형세대로 　　　　구벅겨억 차렷셧다
집사분정 볼작시면 　　　　누긔누긔 무혓던고
의관 조흔 두루미난 　　　　헌관에 맥여 잇고
소래 조흔 따욱이나 　　　　독축에 맥여 잇고
진셜은 뉘 ᄒ던고 　　　　몸 개가온 날제비오
제 공사난 뉘 ᄒ던고 　　　　말 잘ᄒ난 노고지리

〈12-뒤〉

짜욱이 꿀어 안자 　　　　축사를 이르오대
유셰츠 모월 모일 　　　　고애즈 쥬례등은
감소고우 산림쳐사 부군 　　　형귀둔셕 신반신당
ᄒ르소셔 신쥬기셩 　　　　졀박소치 혼백상의
아조봉안 청작셔슈 　　　　대공업시 모도 상향
둑축을 ᄒ은 후에 　　　　철상을 하듯 마듯
소레기 떠오다가 　　　　쥬례를 구어보고
어느 놈이 맛상쥬뇨 　　　내 한 놈 다려가즈
어르며 덥처드니 　　　　두발노 훔쳐 들고
만장 층암 졀벽 우에 　　　너울 덥셕 올나 안즈

〈13-앞〉

이리 뒤젹 져리 뒤젹 　　　　조홀시고 조홀시고
연사헐 갈한을 　　　　　식미가 다잔터니

인간에 제일미를
이즌야 엇엇고나
문어 젼복 희삼쪔은
경상가의 졔일미오
견초ᄌ반 송엽쥬눈
슈하 중의 졔일미오
보리밥에 부르쌈은
롱가의 졔일미오
졀노 죽은 강아지와
졍이월 병아리눈
연장군의 졔일미라
굴그나 ᄌ나 중에
쎙 흔 마리 삼겻시니
그 아니 유복흔가
너울너울 춤 츄다가
아츠 ᄒ며 도로보니

〈13-뒤〉

바위아래 쑥 쩌러져
자취 업시 숨엇고나
속졀업시 물너안ᄌ
탄식ᄒ며 엄살 말이
삼쳑검과 지도가진
연장ᄉ 형경이도
한명즁 관운중도
화용도의 잡은 조조 노ᄒ고
야착한 연장ᄌ도
쥬레 ᄒ나 노앗시니

뉴세가연이 지즁ᄒ와 돈아의 백연가우를 졍ᄒ오뫼 궁음격셜융동이니 일셰를 사염마저 아니ᄒ더니 길일 양션이 츙당을 압두ᄒ여 흔명□의 일행 우호송

〈14-앞〉

평일이 션녹ᄒ와 만ᄒ부아의 우녀일 만화방한호서 다로 펴보어 굴저게 일ᄒ든 ᄒ얼을 당ᄒ여 백복을 설고 무사임문한보아의 물견옥롱을 여셕의셔 비로소 상면쵹슈ᄒ

쟈치가

자치가(장서각본)

〈자치가〉는 한 장을 세로로 3단락으로 나누어 필사해 놓은 특이한 모습을 가지고 있다. 총 6장(12면)으로 되어 있다. 3단락으로 구분되어 있고, 세로로 읽어야 한다. 작지만 또렷한 글씨체를 보이고 있으며, 이야기가 끝난 뒤에는 '본문뒤푸리'라는 제목으로 한글을 배울 때 쓰는 노래가 필사되어 있다.

가사체 형식으로 필사했지만, 실상 내용은 구활자본 〈장끼전〉과 거의 같다. 이본의 서사적 구성은 구활자본과 동일하며, 실제 문면도 앞부분의 몇 줄을 제외하고는 구활자본과 거의 같다. 몇몇 단어나 고사성어 및 한문 어구가 잘못 필사되어 있는 것을 확인할 수 있는데, 이를 통해 구활자본과의 선후관계를 추론하기는 어렵다. 가사체 형식으로 필사되어 있는 이본으로 특이할만한 화소를 가지고 있지는 않지만, '구활자본 계열'의 다양한 향유 양상을 살필 수 있는 특징적인 이본임은 분명해 보인다. 결말은 '구활자본 계열'과 유사하게 까투리는 개가하여 자식들을 다 출가시킨 이후 큰물에 들어가 조개가 되는 것으로 끝난다.

출처 : 한국학중앙연구원 장서각(청구기호 : D6B-12).

〈1-앞〉

자치가

건곤이 죠퍄ㅎ야	만물리 변성할 제
귀할손 인싱이요	천할손 김싱이라
유우충도 삼빅니요	유모충도 삼빅니라
쩡의 화상 볼작시면	
의관은 오싁니요	별초난 화춘니라
산금야수천셩으로	사람은 멀리ㅎ랴
운림벽긔 깁흔 곳의	낙낙장송 정자 삼아
상하평전 너른 들의	퍼진 곡식 주어먹고
임자업시 싱긴 몸이	광포수와 산양긔계
얼핏ㅎ면 잡펴 가서	삼티육경 수령방빅
실토록 장문ㅎ고	조흔 깃 골나니여
사명기예 살딕치례	전망의 문지체며
온갓지로 두루시니	공덕인들 적을손가
평싱의 숨은자최	조흔 경치 모랴ㅎ고
빅운산 상상봉의	허위허위 올나가니
몸가뵈온 보랴믜난	예셔덜넝 졔셔덜넝
몽치 든 모리군은	예서 위여 졔서 위여
닙 잘 만난 사냥게	이리 꿀꿀 저리 꿀꿀

〈1-뒤〉

옥식포기 쩍갈입을	씌적씌적 차자드니
사랴날길 아니업서	사이길로 가자ㅎ니

무수한 포슈□□
엄동설한 주린 몸이
종일 청산 요기 업서
간혹 콩낫 닛겟지이
잇쩌 장끼 치장 볼작시면
초록궁초 깃실다라
주먹벼살 옥관자이
쟝수기상 조흘시고
장누미 속저고리
당하의복 갓초 닙고
압세우고 뒤세우고
평원광야 너른 들리
널낭 저 골 줏고
게게심유 두터ㅎ니
천싱만물民(민)유록ㅎ여
점점 주어 드러가니
둥그럭키 노여거날
어허 그 콩 소담ㅎ다
니 어이 마다하리
까토리 ㅎ난 마리
설상의 유인젹ㅎ니
다시금 살혀보니
비로 삭삭 신 자최니
장기란 놈 하난 말리

총을 미고 둘너섯더
어디로 가잣말고
상ㅎ형전 너른 들티
주으러 가자서라
당홍저단 견마기예
빅능동정 싯처 닙고
열두장목 만신풍치
까토리 치장 볼작시면
폭폭니 잘게누벼
아홉 아들 열두 딸연
어서 가자 밧비 가자
줄줄리 쳐저가며
우릴낭 이 골 줏자
불원인지 공양니라
일포식도 긔수락고
난디업는 불콩 한낫
장끼란 놈 하난 마리
ㅎ날리 주신 복을
니 복인이 먹어보까
아즉 그 콩 먹지 마소
수상흔 자최로다
입을 호호 분자최요
지발 덕분 그 콩 먹지 마쇼
너 말리 미련ㅎ다

옷썸을 니을진디　　　　　　동지남월 섯달이라
첩첩니 사인눈이　　　　　　곳곳시 덥허느니
천산조비 끈어지고　　　　　만경닌종 끈친리라
사람자최 닛실손가　　　　　까토리 ᄒ난 말리
사기난 그려ᄒ나　　　　　　간밤의 꿈을 꾸니
더불길 ᄒ온지라　　　　　　자량처터 ᄒ옹니요
장끼 소왈 니 거야외　　　　일몽을 어드니
힌학을 빗겨타고　　　　　　하날리 올라가서
옥황임쎄 문안ᄒ니　　　　　나을 산림처사 봉ᄒ시고
만석고의 콩 한섬을　　　　상급을 하섯시니
오날 이 콩 하나　　　　　　그 안니 반가온가
고서의 이르기을　　　　　　기자감식이오
골자이음이라 하엿시니　　　주린 양의 먹어보까

〈2-앞〉

까토리 이론 마리　　　　　그디 꿈 그려ᄒ나
이니 꿈 회몽ᄒ면　　　　　무비 다 흉몽이라
어지밤 이경초의　　　　　첫잠드러 꿈을 꾸니
북망산 음지짝의　　　　　구진 비 흘쑤리며
청천의 쌍무지게　　　　　홀지의 칼리 듸여
자기머리 씽경 벼혀 나리치니　자니 죽은 흉몽이라
지발 그 콩 먹지 마소　　　장기란 놈 ᄒ난 마리
그 꿈 염여마라　　　　　춘당디 을성과의
문관한원 참예ᄒ야　　　　어사화 두가지을

머리 우의 숙여 쏩고
왕리할 꿈이로다
까토리 쏘 한 마리
천근도리 무쇠가미
만경창파 김흔 물리
니 혼자 그 물가의서
자니 죽음 흉몽이라
장기란 놈 니른 마리
디명이 중흥할시
머리 우의 투구시고
중원을 평정ᄒ고
까토리 ᄒ난 마리
사경의 꿈을 쑤니
소연이 장치할시
밧첫든 서발 장더
우리 두리 머리 우의
답답흔 일 볼거시요
낙낙장송 만정흔디
은하수을 둘어난디
쟈니 압회 쑥쩌러저
자니 장성 그리된 듯
오장원의 운명흔긔
장기란 놈 하난 마리
차일 덥혀 보인거신

장안 디도상의
과거나 힘서 보세
삼경야의 꿈을 쑤니
자니 머리 험벅시고
아조풍덩 쌔져거날
디성통곡 하여보니
부디 그 콩 먹지 마라
그 꿈은 더옥 좃타
구원병 청ᄒ거든
압녹강 건너가서
승전디장 되을 꿈니로다
그냥 그럿타 ᄒ려니와
老人노인 당상ᄒ고
스물두축 구름 차일
우직근 쑥닥 부러지니
아조 흠벅 덥허 뵈니
오경초의 꿈을 쑤니
三틴성 티을성니
그 중의 일점성니
니려저 보이오니
삼국적 긔갈부후
장성니 쩌러젓다 ᄒ더니라
그 꿈 염녀마라
일모청산 오날밤이

화촉병풍 잔듸장판　　　　　둥굴미게 두리비고
측입흐로 요을 쌀고　　　　　갈입흐로 니불 삼아
너와 나와 추세 업고　　　　　이리저리 할 꿈이요
별써러저 보인 거신　　　　　옛날 헌원시 디부인이
북두칠성 정기타서　　　　　지일싱남 흐여잇고
견우성 직여성이　　　　　　칠월칠석 상봉

〈2-뒤〉

너의 몸이 틔기 잇서　　　　　귀자 나올 꿈이로다
그른 꿈만　　　　　　　　　만니 쑤어라 흐니
까토리 흐난 마리　　　　　　계명시에 꿈을 쑤니
싁저고리 싁처마의　　　　　이니 몸이 단장흐고
청산녹수 노니다가　　　　　난듸업는 청삽사리
입살을 앙물고　　　　　　　와락 써여 달녀들리
발톱으로 허위치며　　　　　경황실싁 갈 듸 업셔
삼밧트로 다라날 지　　　　　잔 삼듸 시러지고
굴근 삼듸 춤을 추며　　　　자른 허리 가는 몸의
휘휘친친 감겨뵈니　　　　　이니 몸 과부되여
상복 입을 쑴이오니　　　　　제발 덕분 먹지마소
부듸 그 콩 먹지 마소　　　　장기란 놈 듸로흐야
두 발로 이리 차며　　　　　저리 차며 흐난 마리
화용월터 저 잡연아　　　　　기둥서방 마다흐고
타인남자 질기다가　　　　　참바 울바 주황사로
뒷죽지 결박흐야　　　　　　이 거리 저 거리

종로 늬거리로
삼모장 치도곤으로
그른 꿈 말 다시 마라
까토리 쏘 흔 마리
장부의 지신니요
군자의 렴치로다
군자의 쏜을 바다
빅이슉지 충열 염치
장자방의 지혜 염치
자니도 그른 거실 본을 바다
부디 그 콩 먹지 마오
장씨란 놈 니 말 듯고
예절을 모로거든
안자의 도학 염치를
빅의슉지 충절 염치
장방의 사병벽곡
염치도 실더업고
호타하 보리밥은
중흥 천자 듸여잇고
한신이 달기 먹고
나도 니 콩 달게 먹고
귀히 될 줄 뉘 알손가
그 콩 먹고 잘 된단 말
산듸찰방 수망으로

북치며 조리 돌니고
관장 마질 꿈니로다
압정강니 썩그리라
홍명수국의 비필함노난
봉비천인이 기물탁속야
자니 비록 미물리나
렴치을 알거시오
쥬속을 아니먹고
사병벽곡 ᄒ엿시니
근심을 ᄒ랴ᄒ면

너 말리 무식ᄒ다
염치을 니 알손가
삼십밧게 더 못살고
수양산의 굴머 죽고
적송자을 짜라가니
먹난 거시 웃듬니라
문숙니 달게 먹고
표모의 식은 밥은
한국 듸장 되어시니

까토리 ᄒ난 마리
니 먼저 ᄒ오리다
황천부사 지수ᄒ사

〈3-앞〉

청산을 영 니별ᄒ오리니
니 원망은 부디마소
고서을 보랑이면
고집불통 과하다가
픽가망신 멋멋친고
진시황의 몹실 고집
부소의 말 앗듯다가
민심소동 사십 연이
이시예 망국ᄒ고
초픽왕의 어린 고집
범증의 말 안 듯다가
팔천 지자 다 죽이고
무면도강 ᄒ옵다가
자문니사 ᄒ여닛고
굴삼여의 오른 말은
고집불통 안 듯다가
진문관의 구지 갓처
가련공산 삼혼되니
강상의 우난시는
어복충혼 붓그럽다
자니 고집 과ᄒ다가
오신명 ᄒ오리다
장기란 놈 하난 마리
콩 먹고 다 죽을ᄭ
고서을 볼작시면
콩틱자 든 딕마다
오리 살고 귀히되니
티고적 천황시난
일만팔천시 살라난고
티호복히시난
풍성니 상전ᄒ야
십오딕을 전희잇고
한틱조 당틱조난
창업딕주 되어시니
오곡빅곡 잡곡중이
콩틱자가 지일리라
나도 니 콩 달게 먹고
티공 갓치 오리 살고
티빅갓치 상천ᄒ야
티을선관 되노리라
ᄭ토리 경황업시 물너서니
장기란 놈 거동보소
콩 먹으려 들여갈 지
열두장목 펼처 들고
구억구억 고게 쏘아
조침조침 드러가서

반달갓흔 시부리로
두곰퓌 둥그리지며
박랑사중 쇠망맛치
와직근 둑닥
변통업시 치엿구나
저런 광경 당할 줄
기집의 말 잘 드러도 픽가ㅎ고
까토리 거동 볼작시면
자락머리 푸러노코
가삼치고 니려안자

듸립더 꽉 직으니
머리 우의 치는 소리
버금수리 만친듯다
푸두둑 푸두둑
까토리 하난 마리
몰나듯가 남자라고
기집의 말 안드러도 망신하□
상하평전 자갈밧터
당굴당굴 궁글면선
짠듸 푸르르 쓰드면□

〈3-뒤〉

익통ㅎ며 발로 쌍쌍 굴르면서
아홉아들 열두 쌸과
불상타 의론ㅎ며
가련공산 저문 날의
까토리 실푼 중의 하난 마리
슬푼 회포 더욱설다
충언이 역나나
독약니 고구나
자니도 닉말 드러시면
우리 양주 조흔 금슬
뉘다려 말할손가
눈물은 소이되고

성붕지통 극진ㅎ니
친구 벗님닉도
조문ㅎ고 익곡ㅎ니
우름소리 뿐이로다
쯩공산야월 두견성은
통감이 니르기을
이어병이요
이어힝나라 ㅎ니
이런 변 당할손가
답답ㅎ고 불상ㅎ다
실퍼서서 통곡ㅎ니
흔숨은 풍우된다

가삼의 불리 붓니
장기 거동 볼작시면
일라 니년 쇼란ᄒ다
산의 가리 뉘 잇시미
죽난 놈니 탈 업시 죽을가
믹으로 안다ᄒ니
믹이나 집허 보소
비위믹은 거절ᄒ고
티충믹은 거더가고
외고 이긔 윈일리오
고집불통 천수로다
믹은 그려ᄒ나
동자부처 온전한가
살펴보며 니른 마리
저편 눈의 동자부처
니편 눈의 동자부처
파랑보의 봇짐 사고
길목버선 갈발ᄒ니
이디지도 기박혼가
첫지 남편 어덧다가
둘지 낭군 어덧다가
세지 랑군 어덧다가
포수의게 잡혀 가고
금실도 좃커니와

니 니평싱 엇지홀고
차위 밋회 업드려서
호환을 미리 알면
선미련 후실기라
사람도 죽기 살기을
나도 죽지 안킷나
까토리 디답ᄒ고 ᄒᄂᆫ 말이
간믹은 서늘ᄒ고
명믹은 끈처가니
원수로다
장기란 놈 ᄒ난 마리
눈청을 살펴보소
까토리 흔쉼 쉬고
인제는 속절 엄니
첫 시벽의 써나가고
지금 써나가려 ᄒ고
곰방디 봇쳐 물고
잇고잇고 이니 팔자
상부도 자질시라
보라믹게 체여 가고
산양긔게 물며 가고
살림도 치 못ᄒ고
이번 랑군 어더서난
아홉 아들 열두 쌀을

남혼여가 치 못하고
콩하나 먹으려다가
속절업시 영이별 ᄒ기되니
상부살을 가젓난가

구복니 원수로서
저 차워서 덜적치여
도화살을 가젓난가
이니 팔자 험악ᄒ다

〈4-앞〉

불상토다 우리 낭군
병이 드려 죽엇난가
고집살을 가젓난가
압뒤에 섯난 자녀
복중이 든 유복자는
운림초당 너른 쓸리
빅연히로 하잣더니
영 니별초가 되앗구나
언제 다시 만나볼고
꼿진다 설려마라
너는 다시 피련니와
다시 보기 어려워라
이 몸이 미망일시
장기란 놈 반눈 쓰고
상부자진 너 가문이
이 말 저 말 잣말마라
다시보기 어려오니
명일 조반 일직 먹고

나이 마나 죽엇난가
망신살은 가젓든가
엇지하면 살여보고
뉘라서 혼취ᄒ며
회산구완 뉘가 할고
빅연초을 숨어두고
단 삼년니 못지나서
저렷타시 조흔 풍치
명ᄉ십리 회당화야
명연삼월 봄이 오면
우리 낭군 이번 가면
미망일시 미망일시
한참니리 통곡ᄒ니
자니 넘우 서려 마라
장가가기 니 불힝니라
사자는 불가부싱이라
나을 다시 보랴거든
차위 님좌 싸라가면

김천장이 걸여거나   전주장이 걸여거나
청주장이 걸여거나   그룻치 아니하면
감영쏘나 수령쏘나   官관청고인 걸엿던지
봉물짐이 오르던지   사쏘 밥상 오르던지
그룻치 아니호면   혼인집 픠빅건치
응당코 되오리니   니 얼골 못 보아서 서러 말고
자니 몸 수절호야   정열부인 되옵소서
불상호다 불상호다   니니 신싀 불상하다
울지마라 우지마라   니 까토리 우지마라
장부간장 다 녹난다   너 아모리 설워호나
죽낫 나만 불상호다   장기란 놈 기을신다
아리 곱픠 벗듸□□   위곱픠 당기면서
버럭버럭 기을 쓰니   사라랄 길 바이 업고
털만 숙숙 다 빠진다   잇쩌 차위 임자
탁텀지난 망 보다가   만선드리 서픠 휘양시고
집펑막디 거더 집고   허위허위 달여드러
장씨을 쎄여들고   히히락락 춤을 추며
지아자 조흘시고   암난산 벽기수이
물먹으려 니 왓든야   안남산 작작도화
화류차로 니 왓든야   탐식폭신 모로고셔
식욕니 과호기로   콩하나 믹으려다가

〈4-뒤〉

녹수청산 노든 너을   니손으로 잡아구나

산신게 치성ᄒ야
장기의 빈 문 혜을 쩨어니여
두손 합장 비난 마리
까토리 마저 차옵소서
쑤벅쑤벅 절을 ᄒ고
까토리 뒤밋처 발버가서
울며불며 차자다가
덩덩이로 미장ᄒ고
이송목이 거러두고
金(금)정업시 하관ᄒ고
가람입히 이실바다
속시디로 시저삼어
그렁저렁 차려노코
호상소임 차□차□
누구누구 드룻든고
초헌관니 되어가고
손임접디 마자보고
진설을 맛타구나
축문을 일르난디
유시차 모연 모월 모일
현벽 장기 학싱부군
신주지성 복유존령
잇쩌 철상할듯 말듯
주린 중이 구버 보고

구족을 다 잡으리라
방위 우의 언저노코
이까 노은 저 차위의
나무아미타불 관시음보살
탁첨지 니려간다
방위의 번친 혜을
갈입프로 소임ᄒ고
원츄리로 명정 서서
밧머리 삿티난디
산신지 지닐 적이
쑥밤짝지 잔을 삼아
친가유뮤 형시디로

집사을 분정ᄒ니
의관 조혼 두루미난
몸가비온 날린 지비
말 잘하난 잉무시난
싸옥이 꿀어안자
그 축문이 하여시디
미망 까토리 감소고우
험자유틱 신반실당
사구종신 시빙시의
소리기 하나 쩌오다가
어린 놈이 맛상준야

니 한 놈 차가리라
두 발로 툭 차가지고
충암절벽 상상봉이
이리뒤적 저리뒤적
감기로 불평ᄒ야
오날리야 인간이
문어 점복 희삼짐은
전초자반 송염주난
심연일경 희공도난
일연장춘 약사주난
절노 죽은 강아지와

수루룩 달여들러
공중의 놉피 쩌서
너울너울 올나 안자
놀리며 ᄒ난 마리
연십일 주리기로
지일미을 어덧구나
지상의 지일미요
수지중의 제일미요
서왕모의 제일미요
상산사호 제일미요
꽁지 안난 병아리난

〈5-앞〉

연장군이 지일미라
주린량의 먹어보자
아차하고 도라보니
자최 업시 숨엇구나
허허 탄식 ᄒ난 마리
화료도 조분 길이
디의을 싱각ᄒ심니라
꽁의 싱기 노와시니
자손창성 ᄒ리로다
북악을 귀경ᄒ고
요기차로 나려와서

꽁의 식기 싱겨시니
너울너울 춤추다가
방위아리 쩌러저서
속절업시 물너 안자
삼국 명장 관공님도
자분 조죠 노와시니
점잔흔 연장군도
그도 또흔 선심니라
티빅산 갈가마귀
노중이 허기 만나
까토리게 조상ᄒ고

과실 논아 먹은 후의
그 친구 그 풍치 그 심덕
콩 한게 못 참아서
가련코도 불상하다
여보시오 까토리
오날날 이 말삼이
고담의 니르기을
문장 나자 명필 난다 ᄒᆞᆫ엿시니
삼물조합 마자시니
물본 기럭기 어웅을 두려할가
그 형식 그 가문 니가 알고
우리 두리 자수성례로
까토리 하난 마리
삼연상도 못마치고
뉘 례문의 보왓난가
운종용 풍종호라 ᄒᆞ며
임마다 따라갈가
너 마리 가소롭다
유자칠인호디
사람도 일곱 아달 두고
탄식한 마리라 ᄒᆞ니
자고로 까토리 수절
잇써 부헝이 드러와서
도라보고 니른 마리

탄식ᄒᆞ야 이른 마리
장수할 줄 아랏더니
비명횡사 ᄒᆞᆫ단말가
우리야 그른 콩 먹을손가
마누라님 드르보소
톄면은 틀리오나
장ᄉᆞ나면 총마나고
그디 상부하자 니 오날 여기 오자
꼿본 나무 불을 세아리며

니 형식 니 가문 그디 안니
빅연동락 엇더ᄒᆞᆫ가
아모리 미물린들
게가ᄒᆞ야 가난 볍은
고담이 이른 마리
여필종부라 하엿시나
가마귀 디로ᄒᆞ여 왈
시전 계풍장 이르기을
막위모심니라 ᄒᆞᆫ엿시니
게가하여 갈 지
ᄒᆞ물며 너갓흔 미물리
열녀 정문 못보앗니
□눈후이 가마귀을
몸둥이도 검거니와

부리도 고이하다   어룬니 □□□□

〈5-뒤〉

긔거도 아니ᄒ고   언연니 안젓난야
가마귀 노왈 왕만한 부엉아   눈만 우먹하면 어룬이냐
니 몸 검다 윗지마라   거죽은 검거니와
우연비거과산음타가   속조차 검을손가
이니 몸 검엇노라   니의 부리 윗지마라
남월왕 구천니도   이니 입과 방불히고
삼시로 장복ᄒ고   십연을 칼을 갈아
부약을 도라드러   제후왕 되어시니
옛 글을 몰라시니   어눌을 엇지 알랴
저 놈을 거저 못 두리라   명일 식후이 통문 노아
디동이 방붓치고   양안이 제명ᄒ리라
한참 니리 닷톨 적이   청천이 외기럭니
운소이 놉히 써서   우연니 나려와서
목을 길게 늬리고서   우을 디칙하여 왈
너의 무삼 어룬니고   한나라 소자경이
북희상이 십구연을 갓쳐   고국소식 모로기로
일장서간 바다다가   한천자게 밧첫시니
이련 닐을 모량이면   니가 먼저 어룬니라
너의 무삼 어룬닌야   압연당 물오리란 놈
악연당 물오리란 놈   일곱 번 상처ᄒ고
남녀간이 혈육업서   후처을 구하더니

까토리 과부 소문 듯고
옹옹명안 기럭니로
안부장니 삼어두고
함진아비 삼아두고
후힝을 삼아가고
전갈ᄒᆞ인 삼엇구나
기침ᄒᆞ고 니른 마리
우리 신랑 드러가기
아모리 과부가 만만한들
억혼인 ᄒᆞ랴ᄒᆞ오
과부 호라비 만나난디
신부 신랑 우리 두리
틱일리나 ᄒᆞ여보자
삼하절체 사중유혼
복덕천덕 합해시니

통혼도 아니ᄒᆞ고
혼인길을 차일 젹이
관관저구 진경니로
쾨활 조혼 황시로
밋시 잇난 호반시로
호반시 드르와서
까토리 신부 게신가
까토리 우다 ᄒᆞ난마리
궁합도 아니보고
물오리 ᄒᆞ난 마리
례절 보고 사주 볼가
자연 궁합 절로되니
일상싱기 이중천의
오상화ᄒᆡ 육중복덕
오날밤니 엇듬니라

〈6-앞〉

이성지합 분명ᄒᆞ니
까토리 윗코 디답하더
음침한 말 제법 하니
이니 호강 드러보소
모든 신선 비을 타고
역역히 귀경하고
홍례빅빈긱을 삼아

잔말 말고 조곰 자시
자니난 남자라고
오리란 놈 하난 마리
영주 봉니 창강수의
완월장취하난 양을
소상동정 너른 불리
오락가락 노릴며서

은린옥척 조흔 싱선
천지간이 조흔 싱이
까토리 흐난 마리
육지싱이 당할손가
평원광야 너른 드리
충암절벽 놉흔 봉이
사히팔방 귀경흐고
긱사청청 류익신이
양유강이 왕니흐고
초혼조 실피 울어
초목금수라도
그도 쏘흔 경이로다
만산실과 주어다가
치장군이 조흔 복식
고금이 무상이라
육지싱이 당할손가
그겻티 장기 조상 왈
이니 몸 환거한 지 삼연니라
오날 그더 과부되자
천우신조 하엿시니
유가싱여 남혼여가흐고
까토리 하난 마리
게가하기 절박흐나
불소불노 중늘근니라

식양디로 장복흐니
물밧게 쏘 닛난가
물싱이 조타 한둘
우리 싱이 드러보소
오락가락 노니다가
한나리예 올나가서
춘삼월 느진 봄
황금갓흔 쇠꼬리는
춘풍도리 화계야이
불여귀 흐는 소리
심히 산랑흐니
추팔월 황국시이
압뒤로 로적흐고
춘치자명 우는 소리
수궁싱이 조타흔들
오리 묵묵히 안자시니
석 나서서 흐는 마리
맛당한 혼처 업더니
나 조상오자 천정비필
우리 두리 짝을 지어
빅연희로 하리로다
죽은 낭군 싱각흐면
니 나을 쏩하보면
수맛알고 살림할 나이라

오날 그디 풍치보니 　　　　수절마음 젼혀업고
음란지심 발동ᄒ니 　　　　허다 호라비가 □□□□
당찬곳 업삽더니 　　　　　□□이 니르기는
유유상종니라 ᄒ엿시니 　　까토리 장기 신랑 맛당 즁
아모거나 사람□□ 　　　　장기란 놈 □□□□

〈6-뒤〉

발서 이셩지합 되옴지라 　　부엉니 오리 모다 무안ᄒ야
훨훨 풀풀 나라갈시 　　　각식소임 다 나라간다
감장시 호로록 　　　　　호반시 주루룩
방울시 덜넝 　　　　　잉무공작 다 나라가니
잇써 까토리 거동보소 　　시낭군 압시우고
아홉 아들 열두 쌀연 　　뒤서우고
빅셜풍 무릅시고 　　　　운림벽기로 도라가서
연연 삼월 볼니 되미 　　남혼여가 다 맛치고
자웅니 상을 지여 　　　명산디천 노니다가
십월리라 십오일리 　　차입디수위함니라
니외 자웅 가시버시 　　물러 들어가 조게 되니
세상사람 들리어보기을 　　치위함니라 흥타

그 뒤흐러 록조타　구원병쳥하거던

뎌명이 중흥할졔　내몸이 션봉되야

투구벗튼 놈히쓰고　즁원 쓸탕쳑할졔

압녹강 건너라라　승젼고 튿놈히치며

슈특뎌장 하리로다　사경량에 넘을 수니

쎄토리이 톤말이　토인이상샹 호야

자논이잔 치할졔　세길나본고온 남기

쉰다셧 폭 박찰일에　죽소군 동부러지며

자니머리너머리에　답소한 날뿔님이오

아죠 쳡스며 써여보니　오경량이 꿈을 수니

자치가 권단

〈자치가 권단〉은 앞부분의 낙장(1장의 앞, 뒷면)을 포함해서 전체 17장(34면)의 필사본이다. 두 마디를 한 짝으로 한 귀글 형식으로 상하(上下)로 세로쓰기가 되어 있으며, 한 면에 열 짝으로 구성된 가사체 형식으로 이루어져 있다. 이 이본은 같은 지면에서조차 동일어의 표기가 일치하지 않는 경우(예를 들어 〈9-뒤〉의 '착게', '챡계')가 종종 있다. 이 이본의 경우 작품 뒷부분(〈16-앞〉, 〈17-앞〉)에 '꽃타령(산천경계)', '달타령(사시풍경)' 등의 가요사설이 있는 것이 특징이다. 이 이본의 경우 구혼 화소에서 두 번째로 상부한 까투리에게 열두 번 상처한 오리가 찾아와서 청혼을 하는데, 오리는 '수중생애'에 대한 자랑을 노래하고 까투리는 이에 '육지생애'로 화답한다. 그리고 까투리는 '수륙풍류'를 함께 갖기로 하면서 오리의 청혼을 받아들인다. 이 이본은 작품 말미에 '을묘 삼월 이십구일 서'라는 필사기가 기록되어 있으므로, 1855년 혹은 1915년에 필사된 것으로 볼 수 있다.

출처 : 김광순, 『한국고소설전집』 20, 경인문화사, 1993.

〈1-앞〉

(앞부분 훼손)

산림처사 봉하시고   만석고에 콩 한 섬을

벌급□□□□□□   오날날□□□□□□

(이하 훼손)

〈1-뒤〉

(절반 이상 훼손)

어□□□□□□   머리 우에□□□□□□

과거라 힘뻐 보□   까토리 이론 말□

자니 머리 헙ㅅ벅 씨   만경창파 깁흔 물에

□□□□□□   내 혼□□□□□□

슬피 울어 통곡하니   자니 죽을 흉몽이라

제발 그□□□□□□   장끼란□□□□□□

〈2-앞〉

그 꿈은 더욱 죠타   디명이 중흥할 제

구원병 청하거던   내 몸이 선봉도야

투구을 놉히 쓰고   압녹강 건너다라

중원을 탕척할 제   승견고를 놉히 치며

슈륙디쟝 하리로다   까토리 이론 말이

사경량에 꿈을 쑤니   로인이 샹당하야

자손이 잔치할 제   쉰다섯 폭 빅차일에

세길 나믄 고은 남기   죽ㅅ근동 부려지며

자니 머리 니 머리에
답답한 닐 쏠 꿈이오

아죠 헙ᄉ벅 씨여뵈니
오경량이 꿈을 ᄭᅡ이

〈2-뒤〉

란란쇼성 만텬흔데
은하슈에 마죠 닛고
자미성을 둘럿난데
공중에 쑥 ᄶᅥ러져
자니 쟝성 아니던가
오쟝원에 운명할 제
장씨란 놈 이론 말이
차일 덥혀 보이기는
화쵸 병풍 잔듸 장판
가락닙 주어 덥고

견우성 직여성은
삼티성 하괴성은
그 가온데 일졈성이
자니 압희 노혀뵈니
삼국적 제갈냥은
쟝성 ᄶᅥ러졋다 하데
그 꿈은 염녀마라
일모청산 오늘밤에
둥걸 벼계 츨닙 요에
니와 너와 한 몸 도여

〈3-앞〉

그리져리할 꿈이오
헌원씨 어만님이
뎨를 낫타 하여넛고
칠석상봉 연분이라
아달 나흘 길몽이라
날마다 ᄭᅮ어 쥬쇼
새벽량에 꿈을 ᄭᅮ니
내 몸에 단장하고

별 ᄶᅥ러져 보이기는
북두칠성 정긔 타셔
견우성 직녀성도
네 몸이 슈티하야
그러나 이런 꿈을
까토리 이론 말이
식겨고리 식추마를
록의홍상 노닐 적에

난데업는 청쌉사리
숑곳니를 웅스리고

와락 쌩쌩 달녀들어
발톱으로 허비치니

〈3-뒤〉

경황실식 갈 데 업서
글근 삼ᄉ대 부러지고
가는 허리 절은 목에
내 몸이 과부 도여
제발 그 콩 먹지 마소
압발로 허비치며
되얄밧은 요 간나야
청바 홍바 올바으로
냥엇기에 북을 지어
두리쟝 삼모쟝에

삼밧흐로 들어가니
저근 삼ᄉ대 쓰러지며
휘휘친친 감겨 뵈니
상복 닙을 흉몽이라
장끼란 놈 디로하야
이리 치며 뎌리 치며
사잇남진 즐기다가
둥그려쳐 궁그려쳐
동니동니 회시하고
란쟝 마즐 꿈이로다

〈4-앞〉

그런 꿈말 느도 마라
까토리 무료하야
쏘다시 나아들어
봉비쳔인에
쟝부의 넘치오
비필함로는
근심을 하랴 하면
안자의 도덕 넘치

압쟝강이 썩그리라
저근닷 물럿다가
경계하야 이론 말이
긔불탁쇽은
홍명슈국에
쟝부의 근심이라
넘치도 둘 것이라
단표로락을 삼고

빅이의 충절 넘치   주쇽을 마다 하고
장량의 긔혜 넘치   ㅅ병벽고 하얏스니

〈4-뒤〉

자니 비록 미물이나   군자 넘치 쏜을 바다
제발 그 콩 먹지 마오   부디 그 콩 먹지 마소
장끼란 놈 이론 말이   네 말이 무식하다
례의를 모로거던   넘치를 어이 알이
안자의 도덕 넘치   삽십에 요사하고
빅이의 충절 넘치   서산에 아사하고
사병벽곡 댱자방도   적송자를 못 싸루고
유후축다 특서하야   후세유전 하얏스니
넘치도 부즐업고   먹난 것이 웃듬이라
호타한 보리밥은   문슉이 달게 먹고

〈5-앞〉

중흥한제 도여잇고   표모의 씩은 밥은
한쇰이 달게 먹고   한국 디쟝 도엿스니
나도 이 콩 주어 먹고   크게 될ㅅ줄 누가 알이
싸토리 이론 말이   그 콩 먹고 어이 되리
동당급제 알성급제   성균진사 즉시 하야
잔듸 찰방 슈망으로   황천 부사 이직하야
도미 현령 할지라도   나는 부디 원망하쇼
호싱오ㅅ 하는 마암   사람마다 다 잇느니

엇지타 주내 셩품	그다지 고집호고
녯글로 볼작시면	고집불통 쓸 곳 업네

〈5-뒤〉

진쇠황의 어린 고집	부소의 말 안 듯다가
민심소동 오십 년에	이셰망국 하여잇고
쵸패왕의 몹슬 고집	범증의 말 안 듯다가
팔천제자 리산하야	무면도강 하여잇고
오자셔의 올흔 말도	고집으로 안 듯다가
고소디가 못이 도야	미록유유 하여잇고
굴삼여의 올흔 말도	고집으로 안 듯다가
진무관에 굿게 갓쳐	가련 고혼 도여스니
동문 우에 달린 눈이	일편면목 덥흘쇼냐
상강ㅅ가에 우는 새는	어복고혼 붓그럽다

〈6-앞〉

자니 역시 고집하야	내 한 말을 안 듯다가
금일 망신 할지라도	나는 원망 다시 마소
장끼란 놈 이론 말이	콩 먹닷고 다 죽으랴
녯글로 볼작시면	콩티쯔 드는 디로
오리 살고 귀히 되니	티고라 텬황씨는
만팔천 셰 살아잇고	티호 복희씨는
풍셩 십오 셰 상승하고	은나라 틱갑 틱무
줏나라 틱임 틱사	삼대에 성군이오

한티죠 당티죵과	숑티죠 명티죠는
풍진세계 창업하야	티평건곤 도여잇고

〈6-뒤〉

궁팔십 강티공은	당팔십 살아잇고
시중텬자 리티빅은	긔경샹텬 하여잇고
북방에 티을성도	별ㅅ중에 읏듬이라
두티서속 오곡 중에	가쟝 콩티쏜 됴홀시고
나도 이 콩 주어먹고	티공갓치 오리 살고
티빅가치 샹텬하야	티을선관 되오리라
까토리 말이 막혀	경항 업시 물러서니
쟝끼란 놈 거동보쇼	콩을 얼러 들어갈 제
열두 쟝목 아홉 살깃	좌우로 펵더리고
쏘박쏘박 고개 쬬아	죠금죠금 들어갈 제

〈7-앞〉

민을갓한 부으리로	드립더 칵 찍으니
두고패 퉁긔 치며	머리 우이 지는 소리
박랑사중 쇠방맛치	버금 수리 쏘리는 듯
홍문연 쵸한 잔치	옥결을 찌치는 듯
산호편 놉히 드려	비옥반을 쏘리는 듯
와직ㅅ근 쑥딱 썰썰 프드득	변통 업시 찌엿구나
까토리 거동보소	쥐약머리 펵더리고
샹하평젼 자갈밧희	쌍글쌍글 궁으다가

두발 동동 꾸늘면셔
익고 답답 흐는 말이

한숨 짓고 이러 안자
독약이 리어병이오

〈7-뒤〉

충언이 리어휭이라
이런 변이 잇을숀가
에라 이년 요란하다
죽는 몸이 탈 업스랴
산에 갈이 누 이스며
물에 들이 누 잇으리
독이 든들 면할숀냐
믹이나 보아 주쇼
비호믹이 긔졀하고
명믹이 쯘쳐가네

니 말 곳 드럿스면
장끼란 놈 숨 찬 중에
녜로부터 이제 갓지
호한을 미리 알면
슈환을 미리 알면
내 신수 불길하면
성사는 지믹한이
까토리 믹을 보니
풍믹이 쇼슬하고
믹이 사그려나매

〈8-앞〉

눈이나 살펴보쇼
까토리 한숨 짓고
이편 눈에 분쳐는
저편 눈에 분쳐는
파랑보이 짐을 싸고
익고 답답 니일이야
샹부도 자즐시고
빅숑고리 차여가고

동자 분쳐 계잇는가
이제사 속졀업네
발서 써나가고
이제야 써나랴고
길목 집신 간발하네
팔자도 험할시고
첫제 랑군 어덧다가
둘제 랑군 어덧다가

사랑도 못겨와셔
덜컥 치여 죽게 되니

범것한 쇠최계에
고진살을 가젓던가

〈8-뒤〉

망신살을 가젓던가
병이 드러 죽단 말가
단불에 나위 갓치
덧업시로 죽는구나
혼인등절 어이 할꼬
허희탄식 하는 말이
샹부 자즌 네 가문에
사자는 불가부셩이오
다시 볼ㅅ길 업거이와
미일 아참 됴식하고

나히 만하 죽단 말가
풀닙혜 이슬 갓치
속졀업시 도엿구나
품에 품은 맛병아리
빅년히로 하랏더니
다른 말 다 던지고
쟝게 드는 니 글럿지
셔자는 불가부환이라
구틱야 볼얏거던
착계 임자 ㅼ라가면

〈9-앞〉

충주쟝에 만나거나
안동관 경주관에
병ㅅㅅ도 슈사ㅅ도에
그밧게야 어이 볼ㅅ가
이를 너모 쓰지 마쇼
항아라 살으실ㅅ가
어디셔 망보다가
져른 막디 두던지며

청주쟝에 만나거나
관청ㅅ고에 걸넛거나
사ㅅ도 상에 올낫거나
못바닷고 어이 하리
텬상에 혼자 잇는
착계 임자 탁첨지가
헌펴량이 슉여쓰고
허위허위 달녀들어

장씨란 놈 빗여들고 　　히히낙낙 춤을 추며
얼ㅅ사졀ㅅ사 죠흘시고 　　유복함도 유복하다

〈9-뒤〉

니 지됴 용하던가 　　네 신수 불길턴가
산령이 도으신가 　　텬신이 쥬시던가
압남산 벽계슈에 　　물 먹으로 네 왓던가
뒤ㅅ동산 작작화에 　　꼿흘 보려 네 왓던가
록수쳥산 노든 네를 　　내 손으로 잡앗고나
오늘날이 착게에 　　너으 구족 모도 잡게
산신님쎄 졔 하리라 　　빗문 혀를 빗여니야
바회틈에 씨여놋코 　　두 손으로 마죠 빌며
쑤벅쑤벅 졋수오며 　　장깃 잡던 이 챡계에
짜토리 마자 잡게 　　관음보살 관음보살

〈10-앞〉

아미타불 아미타불 　　탁쳠지 도라간 후
짜토리 뒤밋 바다 　　바회틈에 씨인 혀를
간신이 차자니여 　　가락닙헤 소염하야
팅뎡이로 결관하고 　　쥐쏭남무 빅분으로
츩쑤리로 붓을 풀어 　　산림쳐사 화츙지구라
근근셩자 하엿터라 　　쵸장은 첫거이와
쟝사는 어이할ㅅ고 　　신산 잡아 쓰자하니
풍슈 하나 못 맛니고 　　선영 부장 하자하니

길이 머러 못 갈레라

묵밧머리 산틱ㅅ구렁

기골ㅅ작 차져드려

산역하기 죠흔 디로

〈10-뒤〉

향비 업시 터을 짝가

당일 니로 쟝사하고

졔물도 쵸솔하다

썩씌고리 건어포에

속시ㅅ디궁 절을 걸어

싸리뿌리 빅셜기며

그리져리 차럿더라

누긔누긔 모엿던고

독축관에 막여잇고

헌관으로 막여잇고

불시에 발인하고

산신졔와 평토졔에

다나 쓰나 실과 두 낫

쓸밤짝지 잔을 노코

가락 이슬 청빅쥬에

친가유무 형셰디로

집사분졍 볼작시면

쇼리 죠흔 짜오기는

의관 죠흔 두르미는

진셜은 뉘 하던고

〈11-앞〉

몸 긔가온 날졔비오

말 잘하란 노고지리

축문을 이을 젹에

고이자 쥬리등은

산림처사 부군젼에

신반실당 하옵소셔

독축을 다한 후에

철상을 하듯 마듯

제ㅅ공사는 뉘 하던고

짜오기 쑤러안쟈

유셰차 모년 모월 모일

비 업시 감소고우

형귀둔석 하여쓰니

양간 졔물 갓쵸 샹향

부복흥 지비하고

솔으기 쩌오다가

주리등 구어보고
얼른닷 달녀들어

어늬 놈이 맛샹졔냐
공중에 툭 차들고

〈11-뒤〉

티빅산 층암절벽
이리 두젹 져리 두젹
슈삼일 감한으로
인간에 졔일미를
문어 졈복 희삼탕은
졀노 죽은 강아지와
연장군으 졔일미라
이 아니 유복한가
나사들며 얼러보니
간 곳 업시 숨엇고나

넙풀넙풀 올나 안져
죠홀죠홀 죠홀시고
식미를 일엇더니
이졔야 어덧고나
지상가에 졔일미오
수지 중의 졔일미오
자나 크나 씽 한 마리
넙흘넙흘 츔을 추며
바회 아리 쑥 써러져
할ㅅ길 업시 물러 안져

〈12-앞〉

허희탄식 하는 말이
거문고을 허락하여
진시황을 일타함에
나 역시 우셧더니
이 어이 어리던고
다시곰 하는 말이
조죠을 의셕하니
조롱에 굿지 갓친

아방궁 놉흔 집에
팔쳑 병풍 쒸여나니
형경 으즈져림을
오늘날 니 일이야
태연히 크게 웃고
화룡도 죠분 길에
관운쟝으 호걸이오
빅한을 방송하니

도연명으 디덕이라
이고 쏘한 공덕이라

야착한 연쟝군이
비호ㅡ하고 날아가니

〈12-뒤〉

티빅산 갈가마귀
중로에 허긔 맛나
탁쥬 삼쎄 먹은 후에
그 벗이 우리 중에
풍신도 거룩하고
향슈할ㅅ가 하여더니
비명으로 죽어스니
우리야 그런 음식
오늘날 이 자리에
쟝수 나쟈 룡마 나쟈

팔공산 구경하고
요긔차로 문샹하고
반취하야 이론 말이
긔슈하던 어룬이라
심덕으로 복쟉ㅅ시면
콩 한 낫홀 못 참아서
가이업고 불상하다
볼을 친들 먹을손가
말삼하기 박절하되
문쟝 나쟈 명필 나쟈

〈13-앞〉

계 오날 과부 되쟈
쏫 본 나위 어디 가며
계 힝세 나도 알고
젹슈셩가 할지라도
까토리 정식하고
아모리 미물인들
긔가 하야 가단 말이
어늬 선셩 례문이오

내 오날 여긔 오쟈
물 본 기러기 어디 갈이
내 힝세 계셔 아니
빅년히로 하샤이다
눈물노 이론 말이
우쫄도 안 지니고
남의 이목 붓그럽다
례졀도 다 바리고

사리로 의논 하면
물마다 금이 나며

금싱려슈 하다 흔들
옥출곤강이라 하면

〈13-뒤〉

산마다 옥이 나리
삼죵지디 의중에
남녀 부부 된다 한들
가마귀 디소하고
한광무의 맛누의도
주미신의 쵸취 안히
샨 가쟝을 리별하고
장주의 어린 안히
셩복을 겨우 하고
붓그럼을 못 견디셔

녀필죵부 녯 말삼도
학론한남 저지라
님마다 닷라갈ㅅ가
물너안져 한는 말이
병풍 뒤에 탓드럿고
간는을 못 참아셔
물동의를 솟고 가고
쟝부의 꾀에 속아
쇼년 안식 탐하다가
즉시에 별셰하야

〈14-앞〉

쳥산에 수츙되니
사환가 귀쭉이라
인간에 이 갓거던
슈졀이 당탄 말가
럴녀 가문 만컷마는
비 서운 곳 못 보왓다
가마귀 써는 후에
열두 번 상쳐하고

허다한 사람들이
만물 중에 가쟝 귀한
하물며 너의 가문
고금텬지 인셰간에
까토리 스는 곳에
뮤료하야 발힝하니
압련당 오리란 놈
남녀간 자식 업셔

후취를 구하던이 　　　　　까토리 과부된 말
풍편에 반겨 듯고 　　　　　이도 쏘한 연분이라

〈14-뒤〉

쟝가 밧비 차려셔라 　　　　　옹옹명안 기려기는
혼슈례쟝 함을 지고 　　　　　관관저구 증경이는
사모관디 판을 지고 　　　　　빕새 도령 증시셔고
황새 디감 비힝하고 　　　　　길재비는 왜거리오
구비지기 검새로다 　　　　　까토리 신부 게 닛느야
오리 신랑 드러가오 　　　　　까토리 반만 웃고
교티하야 이론 말이 　　　　　아모리 미물인들
결혼을 하엿던가 　　　　　궁합도 안이 보고
비필을 정할손가 　　　　　오리란 놈 이론 말이
아물하면 후실랑 　　　　　남의 과부 다려갈 제

〈15-앞〉

례모 보며 절차 보랴 　　　　　신랑 신부 한테 자면
궁합이야 졀로 맛지 　　　　　날이나 엇더흐고
손ㅅ금이나 집허 보소 　　　　　리일은 주당이오
모리는 희살이오 　　　　　오날밤이 읏듬이라
잡말 마고 자고보세 　　　　　까토리 이론 말이
다른 말 다 버리고 　　　　　싱이나 엇더흐고
동졍소상 너른 물에 　　　　　홍료빅빈 집을 삼아
십이무산 병풍치고 　　　　　만텬명월 등을 달아

샹텬하텬 가즌 셰계   성시홍진 멀이 하고
오나락 익은 피를   임의로 훌터다가

〈15-뒤〉

은인옥척 죠흔 싱션   식량디로 장복하고
바람이 부는 디로   물겨리 치는 디로
지덩실 둥덩실   어르렁 썰썰 나려갈 졔
텬하에 죠흔 풍류   슈국박게 쏘 잇스랴
까토리 이론 말이   륙지싱이 드려보소
천리만리 너른 들에   샹평하평 죠흔 밧헤
셔직도량 토셩 츠져   두틱속믹 각각 심거
청운 갓치 기려올라   황금 갓치 익엇거날
맛 이삭 죠흔 낫흘   님자 몬저 쓴어다가
슬토록 먹은 후에   안ㅅ고방 밧로젹을

〈16-앞〉

여기져긔 삿하놋코   천쟝만쟝 놉흔 봉에
긔염둥실 올라안져   사희팔방 구경하니
락양셩동 봄바람에   만화방챵 하엿구나
라부산에 챤 미화는   챤비에 향긔나고
동원ㅅ뒤에 도리곳흔   바람 압히 우슘 웃고
벽옥창젼 잉도화는   샹지하지 만발하고
삼등토계 목단화는   국식텬향 아름답다
국화는 은일이요   힝당화는 신선이라

장미화도 죠커이와	철죽화도 어엽부다
쌜고쌜근 무궁화는	층층이 피여잇고

〈16-뒤〉

곱고 고은 작약화는	붕얼붕얼 넙푸럿다
빅설 갓한 리화 쩔기	양귀비을 늣기는 듯
핏빗 갓한 두견화는	촉국산천 싱각난 듯
분홍 이슬 월계화는	달을 쏘차 피여 잇고
황금추식 향일규는	희을 짜라 기우럿네
란쵸곳혼 불을 켜고	천일화로 차일 첫네
잉속화가 어디 잇노	영산홍이 여긔로다
신이화진 힝화비오	록음방쵸 승화시에
봉접으로 춤을 추고	꾀꼬리로 노리하니
산량자차 시진로다	이 아니 경겔숀가

〈17-앞〉

정월이라 디보름에	망월구경 죠홀시고
이월이라 한식일에	불탄절기 죠샹하고
삼월삼진 샹사일에	강남 제비 문안 밧고
사월이라 쵸팔일에	관등구경 챤란하고
오월오일 단양절에	추천노름 죠홀시고
륙월보름 류두일에	쌜근뜻글 목욕하고
칠월칠석 오작교에	견우 즉여 어엽부다
팔월가부 신곡 잡아	원그 죠샹 제사하고

구월구일 중양에는   황국단풍 노름하고
십월 밍동일에   등빙하기 더욱 죠타

⟨17-뒤⟩
십일월 동지일에   팟죽 지어 졔사하고
십이월 납한시에   설월구경 죠흘시고
무졍세월 가는 디로   사시풍경 이러하네
너와 니와 둘이 맛나   슈륙풍류 가젓스니

빅자쳔손 이계계승승하야
이셰삼셰로 지우만셰하오리다

을묘삼월이십구일 서
연곡과등

세상천 논만물 중의 사람이 요긴ᄒᆞᆫ게 정심이라 무삼일이던 논고 산심이 잰ᄌᆡ을 실적의 모ᄉᆞᆼᄒᆞ나 렌의 긔관일식이요 자볼산 자치요별 ᄒᆞ난 와 ᄉᆡᄀᆡ이 타년의 수회ᄒᆞᆫ번ᄒᆞᆫ인간 사랑ᄀᆡᄀᆡ이ᄯᅩᄌᆞᆫ어ᄒᆡ ᄌᆞ치나 소리로요홍담ᄂᆡ팔 곳록용타팔 도강산사명ᄀᆡ다녀의 장목아일 진뒤무쎄쑬로로 사할가ᄇᆡᄉᆞᆺ장녕을 면 앙쑬ᄋᆡ자와 다가 촛의 제기날 ᄌᆡᄉᆡ이 판초ᄒᆞ고 웃거시러 노코 분 된 강산 진텬 쑬고물너가이 별 쎄 ᄭᆞ나 줄을 쎄고 이텬 신셰,ᄯᅩ 인난 ᄭᅡ 일축의 쑝시 이오삼.

자치가라

　〈자치가라〉는 연대미상의 작품으로 소설체 형식의 줄글로 이루어진 7장(14면)의 필사본이다. 이 이본은 장끼가 콩을 먹기 직전의 내용까지만 수록되어 있고 그 이후의 내용은 누락되어 있는데, 콩 태자가 든 인물들에 대한 사설이 시작되는 부분에서 끝난다. 이 이본의 경우 엄동설한에 먹이를 찾아 나서는 꿩의 신세가 꿩 가족의 입장에서 좀 더 곡진하게 나타나 있으며, 콩을 먹으려는 장끼와 이를 말리는 까투리의 대화가 구체적으로 나타나 있는 것이 특징이다. 또 다른 이본과는 달리 장끼가 까투리를 심하게 무시하고 타박하거나 까투리네 집안을 비하하는 내용이 나타난다. 콩을 먹으려는 장끼를 말리는 까투리에게 '겨연은 욕심이 만흐여 흉양을 못한다 흐고 심스료 흐난 말리라 흐고 콩을 우리가 먹지 안코 가면 져 혼자 머으랴고 말을 그리 흐이 니가 네 쇠를 먼졔 안다'라고 하는 부분이나, 콩 태자가 든 고금 성인을 열거하려 하면서 '이콩 먹다고 황천부ㅅ홀라 날더러 흐녀이네 아비더러 흐여라', '네 흐리비 졔 네 아비 젹부틈 무식흔 놈인들 고금역더 사긔말을 엇지 듯도 못흐여더야'라고 하는 부분 등이 그 예라고 볼 수 있다. 까투리는 마지막 부분에서 등장한 장끼가 위협하여 재혼하는 것으로 그려진다.

출처 : 임기중, 『역대가사문학전집』 44, 아세아문화사, 1998.

〈1-앞〉

자치가라

셰상쳔ᄒ 만물 중의 실거온 게 사람이요 미련ᄒ 계 짐싱이라 무삼 짐싱 미련ᄒ고 산신이 졈지ᄒ신 씽의 모싱 타날젠의 의관이 오식이요 자호난 자치요 별호난 홧츄이라 너의 소릭 ᄒ번 ᄒ면 인간 사람 ᄌ셔이 듯고 어허 죳타 ᄌ치님 소릭 도요룡탕 너팔ᄌ 그록ᄒ다 팔도강산 사명긔 다 너의 장목 아일진듸 무어스로 호사할가 니몸 장셩ᄒ면 암죠록 자바다가 조모의 계 지닐 계 싱치쩜 조타 ᄒ고 웃지 시려 노코 분힝강산 지비ᄒ고 물너가이 얼씨고나 조흘씨고 이련 신셰 쏘 인난가 일국의 츙신이요 삼

〈1-뒤〉

쳔이 감동ᄒᄉ 살임쳐ᄉ 믹기시고 시호을 ᄌ치라 ᄒ여 옥관자을 상사ᄒ여 스이 이련 신셰 쏘 잇난가 얼씨고 조흘씨고 만슈지상이라 산음이 듸발ᄒ다 부모산소 볼작시면 ᄯᆯ년 물노 니광ᄒ고 슛불노 안산 숨고 국슈로 쳥용 삼고 젹가락으로 빅호 슴아스이 발음이 무궁ᄒ다 만학쳔봉 난낫치 중구ᄒ고 녹 슈쳥산 죠혼경긔 사희산쳔 니집이라 무름벽도 시녀가의 반손으로 졍자삼 고 임자읍씨 혼가이 안ᄌ난듸 구틔예 ᄌ부랴고 오면서 보라미난 졔셔 쩔넝 예셔 쩔넝 모리군과 사야ᄀ난 졔셔 투탁 예셔 툭탁툭탁 ᄒ난고나 이고 답답 하리읍시 살라날

〈2-앞〉

길 젼의 읍다 산양긔 쇠을 불여 뒤을 좃고 픠슈난 흔 눈을 쩡그리고 총듸를 고노워셔 너의 가산을 젼우오이 ᄉ라날 길 젼혜 읍다 져리 가라ᄒ이 푸삼 입은 군포슈덜 총을 메고 둘너셔스이 이릴 엇지할가 씽의 신셰 가이읍다

숄폭의예 의지ㅎ여 고긔을 수기고 장목을 삿찌고 이리져리 둘너보이 동시월 만간이라 만학천봉 골골마다 빅셜은 혼날인다 삼동셜흔의 산짐싱 살라날 길 전혜 읍다 쥬린 창ᄌ 잔득 잡고 ᄉ방으로 둘너보이 날 자보랴 ᄒ던 포슈와 모리군ᄉ 산양기 다 모라 지을 넘머 가난구나 장기 날기 치여 ᄒ난 말이 어허 늬 신셰 군은을 이버구

〈2-뒤〉

나 즁심이 분명의 죽으리라 ᄒ야쩌이 아마도 우리 부모 산음이인고 산음이 무어신고 긔한도 자심하다 ᄉ하평정 녹은 눈의 들린 콩이나 쥬어 먹ᄌ ᄒ고 산쥴기을 나려간다 반머리 넌짓 건너갈 졔 장ᄭᅵ 치례 볼족시면 화젼단 웃져 고리 초록으로 짓슬 달고 빅슈쥬표 동정 달고 쥬먹 벼슬을 옥관의 열두장목 만신풍치 흔들흔들 나려가이 장부덜은 죠타 목쎄에 ᄒ 곡조로 노러ᄒ이 갓토이 비옥비옥 장기 썰썰 갓토리 치례 볼작시면 잔누비 쥬리폭 치마 폭폭니 잘게 뉘벼 빅슈쥬 허리 달고 유문더단션을 둘너 송근더단 끈을 달아 가는 허리 질근 미고 보라더단 속져고리 돌리볼

〈3-앞〉

수 것져골리 물명쥬 너른 속것 빅송단 바지 빅방 송화쥬단 속것 고양나이 속버션 몽긔 삼승 것버션의 자지상지 송딩혜을 발의 맛계 지어 신고 닙시 죠흔 누여머리 화관을 덥퍼 씨고 열두 ᄯᅡᆯ 아홉 아들 좌우의 시위ᄒ고 왕왕이 건너갈 졔 장ᄭᅵ놈 하난 말리 어허 늬 팔ᄌ야 어셔 가자 밧비 가자셔라 너난 져 골 줏고 우리난 이 골 줏ᄌ 상하평쳥 반머리의 쥴쥴리 나려 셔셔 사면을 둘너보이 인젹이 고요흔듸 쳐ᄌ식을 좌우의 시위ᄒ고 드러갈 졔 왼갓 시짐 싱 긔흔을 이긔지 못ᄒ여 이리 날고 져리 날 졔 풍셜은 혼날인다 장ᄭᅵ놈

거동보소 쑤벅쑤벅 드려가다 웃둑 스며 ᄒ난 말리 너보소

〈3-뒤〉

우리 신셰 죠쿠나 막비팔즈 홍진비리라 말리 잇스이 우린들 한써가 읍시리요 부디부디 걱정 마소 갓토리 비윽비윽ᄒ며 드러가더이 난더음난 콩 ᄒ나의 두려시 뇌야거날 장끼놈 거동 보소 두 날기을 툭툭 치며 얼씨고나 죠홀시고 그 콩이 쇼담ᄒ고 크고나 이것도 니 복인가 산신이 졈지ᄒᆫ가 우리 산음인가 얼씨고나 니 복인가 먹거 보즈 쳐즈식을 불너 녹코 ᄒ난 말리 너난 져편 먹고 나난 이편 먹즈 갓토리 잠잠ᄒ고 듯다가 장끼더려 ᄒ난 말리 장부의 질약이 안여즈의 도량만 못ᄒ이 가니 우슌 일리로다 장끼놈 고기를 질게 들고 ᄒ난 말리 져연은 욕심이 만ᄒ여 츙양을 못

〈4-앞〉

한다 ᄒ고 심스료 ᄒ난 말리라 ᄒ고 콩을 우리가 먹지 안코 가면 져 혼자 머으랴고 말을 그리 ᄒ이 니가 네 꾀를 먼졔 안다 갓토리 이른 말리 셜상의 인젹이 닛스이 그 즈최가 분명ᄒ이 비로도 썬 듯 ᄒ고 입으로도 분 듯 ᄒ니 부더 그 통 먹지 마오 장끼놈 이은 말리 미욱ᄒ다 이난 엄동셜한의 골골마다 싸인 눈의 천사의 죠비철이요 만경의 인종멸ᄒ듸 웃더ᄒᆫ 인젹이 잇스리요 장끼놈 이른 말이 간밤의 쬠을 쮜니 황ᄒ을 빗기 타고 쳥천의 소사 올나 옥황젼의 복지ᄒ이 옥황니 ᄒ교ᄒ사 슐림쳐사 봉ᄒ시고 콩 한 셤을 벌급ᄒ시이 오날날 식슈 뎌져시이 물논□□□□□

〈4-뒤〉

나 그 안이 반가온가 어졔 져역 먹지 안코 오날 아침 식젼이라 긔사의 감식

이요 갈즈의 물리로다 하날이 쥬신 콩을 니 엇지 마다할가 갓톳리 이른
말리 그 콩도 조컨이와 니 꿈을 들어 보소 어졔밤 이경 쵸의 꿈을 쑤이
북방 상상봉의 구진 비 홋쑈리며 청천 쌍무쥬기가 일시예 칼리 되야 즈네
몸의 감겨뵈이 자네 죽을 흉몽인이 자네 부디부디 그 콩 먹지 마소 장쎄놈
이른 말리 그 꿈은 염예 읍다 춍당디 알셩과거 소연급졔ᄒ여 어스화 두
가지를 머리 우의 마조 쏫꼬 장안 디도상의 삼일유과ᄒ고 팔도감스 다할
졔의 쌍쇠 탈 꿈일새 부

〈5-앞〉

귀영화 무궁이라 과거나 심써 보즈 갓토리 이른 말리 삼게의 쏘 꿈을 쑤이
천근 두리 무외가마가 즈네 몸의 덥퍼 씨고 만경창파 너운 물의 쌔져 자슈ᄒ
민 나 혼자 그 물가의 슬퍼 셔서 통곡ᄒ이 그도 쏘흔 흉몽리라 부디부디
그 콩 먹지 마오 장쎄놈 이른 말리 그 꿈은 더욱 죠타 무쇠가마 솟셰 보이니
니 몸이 션봉되야 투구를 머리 우의 덥퍼 씨고 압노강 건너가 중원을 당젹ᄒ
고 고국을로 도라올 졔 황하슈의 칼을 칼을 갈고 승젼고을 울이며 걱셔을
젼할 졔의 디원수될 꿈이로다 그련 꿈맘 밤마다 쑤워 쥬소 갓토리 이른
말리 이경말의 쏘 꿈

〈5-뒤〉

을 꿈이 노인이 당상으로 벼살ᄒ여 잔치를 비셜ᄒ다 다섯 폭 치아리이 고쥬
디가 불려져서 즈네 머리 덥퍼 뵈이 불원의 답답한 일 볼 거시요 또 상경의
꿈을 쑤이 하날의 별이 총총하여 정유징여와 북두칠셩 둘너난디 그 중의
일겸셩이 공공쥬의 쩌려져서 자네 압회 뇌여 뵈이 자네 님셩이 안이가 고쇼
가 삼국 셔졀의 졔갈양도 임셩 네이 잇셔거던 즈네갓튼 디중부가 님셩이

업슬손가 장씨놈 이른 말리 그 꿈 옥 조타 힝몽하즈 치일니 덥퍼 뵈이날 몽창산 져문 밤의 젼고 못보던 일미인을 품고 이리굼실 져리굼실 아죠굼실 할 꿈일셰 어허 그

〈6-앞〉

꿈 죠흘시고 져 콩 섭풀 한쪽은 즈네 먹고 밤마다 그런 꿈만 쑤어 쥬소 갓토리 이른 말이 사경 말의 쏘 쑤이 흔산스 찬발량의 영보경 비를 타고 고소더의 올나가셔 삼밧틔 누어 뵈이 졔발 그 콩 먹지 마쇼 그 도한 흉몽이라 장씨놈 골니여 발톱으로 후리처며 고함흐고 하난 말리 질지심흐다 간부 남질 흐난 연은 참바 홍스로 황시 축씨 동역미고 하문의 씀질흐여 북을 지여 호셰흐난□라 다시는 그런 말 하다가난 니 쥬먹으로 압졍깅니를 퓌리 □흔디 갓토리 무류하여 잠잠흐다가 쏘다시 날라들어 눈물을 홀이며 흐난 말듸 봉비쳔인의 긔불탁쇽은 장부의 졀횡이요

〈6-뒤〉

홍명수군의 의비필함로난 장부의 근심이이 근신을 하라흐며 염치을 볼거시이 안자의 도덕 염치 단포을 낙을 맘고 빅이와 즈네 염치 주소을 안이 먹고 장안의 지혜치 사명벽곡 흐여쓰이 즈네갓튼 디장부로 군즈 염치 본을 바다 졔발 그 콩 먹지 마소 장씨놈 이른 말이 긔갈리 자심할 졔 엇지 염치을 알리 안즈의 도덕 염치 삼십의 일즉 죽고 스명벽곡 장즈방은 젹송즈 못산려 돌고 옥후로 장쭐한단 말 삼사긔예 낫탄흐시이 염치도 부질넙고 먹난 거시 졔일리라 초타의 보리밥은 유문슉이 달계 먹고 쥬흥 황졔 되아쓰이 표모의 식은 밥은 흔신이 달

⟨7-앞⟩

계 먹고 귀인이 될 줄 엇지 알이 갓토리 인은 말리 그 콩 만일 먹을진디 동방초시 금졔예 잔듸찰방 축고ᄒ여 요강군슈 이직하여 용두별감 황천부ᄉ 할거스이 부듸 조심ᄒ쇼 부귀빈쳔은 져마다 잇난이 웃지 네 승경이 그더지 고집ᄒ고 죽을 줄 모로난가 엿고을 볼작시면 고집불통 쓸찌업네 진시황 니던 고집 부소의 말 안이 듯고 당듸국ᄒ고 초퍼왕의 니던 고집 번승의 안이 듯고 팔쳔졔ᄉ 망ᄒ고 무먹동강 ᄒ여시이 오자셔의 고듯 말도 고집으로 안이 듯고 동문걸 되야 잇고 굴삼연의 고든 말도 고집으로 안인 듯고 진문관의 갓쳐씨이 ᄌ네 역시

⟨7-뒤⟩

고집으로 ᄒ 말 안이 듯고 황천부ᄉ 홀지라도 니의 원망 부듸 마소 장씨놈 이른 말리 이 콩 먹다고 황천부ᄉ홀라 날더러 ᄒ너이 네 아비더러 ᄒ여라 고금슈을 ᄌ셰이 이을 거시이 ᄌ셰이 들러보라 콩 틱ᄌ 든 의마다 바황이면 승군이요 비군이면 승인이라 네 ᄒ러비 졔 네 아비 격부틈 무식ᄒ 놈인들 고금 역디 사긔말을 엇지 듯도 못ᄒ여더야 니 ᄌ셰 이를 거시이 들어보아라 틱고라 쳔황씨난 일만팔쳔 셰 살라 잇고 틱복희씨난 심칠 셰을 싱존ᄒ고 흔틱죠 당틱죠 숑틱명 우리 틱죠난 풍신셰계예 창업ᄒ여 잇고 함포고복의 틱평건곤리야 잇고 두 (이하 누락)

각셜의 라 슉종의 왕슈의 호여 젼하 틱평을

티졍샹도 틱빅산 하의 흘 졉 쪄나엿다 되일

홍은 비어파 글단 깁졍의 엄 동셜을 낭을

여슈의 글써 과 갈 뛰 죠션 흐 긔로 줄 기어 반니

외 뒤젹 , 쟈 라울 졔 살 써다울 길젼 여음 구셰이

길노 가노는 푸지 졔 진 풍규 된 어리의 홍을 뻐 신

엽 一들 우레 써더 추편은 나 꿈 동 셜 줄 의

자치가젼

이 이본은 '자치가젼'이란 내제로 시작하는 총 19장의 필사본이다. 한 장이 8행으로 구성되어 있으며, 뒤로 갈수록 한 행의 글자가 좀 많아지는 편이다. 필사의 형식도 고소설의 모습을 가지고 있으며, 작품의 중간 중간 판소리 특유의 어구들이 많이 등장하는 편이다. 특히 경상도 태백산이란 구체적인 지명과 함께 '숙종대왕 즉위 초의'로 시작되는 서두를 가지고 있어 다른 이본과는 다르게 판소리와의 높은 친연성을 예상해 볼 수 있다. 이 이본의 서두는 대부분의 〈장끼전〉 이본이 보여주는 앞부분과는 많이 다르지만, 큰 줄거리와 세부적인 내용은 다른 이본과의 편차가 그리 큰 편은 아니다.

주요한 서사적 특징으로는 장끼가 차첨지에게 잡혀가서 요리가 되어 잡아먹히는 과정이 매우 상세하게 기술되어 있다. 이 과정에서 까투리는 장끼의 시신을 끝까지 찾으려 노력하는데, 이러한 묘사가 상세한 점이 다른 이본과는 다른 특징이라 할 수 있다. 남편의 시신을 찾고자 노력하는 까투리의 모습은 결국 까투리를 한 명의 열녀로 만드는 것처럼 보이지만, 작품의 결말부분에서 까투리는 온갖 억혼을 거부하는 당당한 모습 안에서도 결국 결말은 난데없이 나타난 어떤 장끼의 협박에 너무나 쉽게 혼인을 허락하고 있어 예상외의 모습을 보여준다. 까투리의 재가 이후 후일담은 전혀 나타나 있지 않다.

출처 : 한국학중앙연구원 장서각(청구기호 : D7B-100)

〈1-앞〉

자치가젼

각셜이라 숙죵디왕 즉위 초의 쳔하틱평ᄒᆞ디 경상도 틱빅산 하의 ᄒᆞᆫ 짐싱니 잇시되 일홈은 꿩이라 ᄒᆞ난 짐셩이 엄동셜즁을 당ᄒᆞ여 ᄉᆞ오일 굴머 긔갈니 ᄌᆞ심ᄒᆞ기로 쥴기아밤 니외 뒤젹뒤젹 ᄎᆞ자올 졔 살어놀 길 젼여 읍다 시이 길노 가노는이 푸지게진 표슈는 억긔의 총을 메고 입으로 우레씨며 ᄎᆞ져온다 삼동셜즁 쥴인

〈1-뒤〉

걸음 어데미로 가잔 말가 겨울날 조흔 볏틔 상하평젼 눈녹은 데 항혀 쏭낫 들여써도 주어 먹으러 가ᄌᆞ셜라 징기 칠예 볼작시면 화안디단 옷ᄭᅩ롬의 초녹궁쵸 깃셜 달ᄋᆞ 빅슈화쥬 동졍싯쳐 쥬먹벼실 옥관ᄌᆞ의 열두즁목 만션풍치 디장부의 풍되노다 얼시구 ᄭᅡ톨리 칠예 볼작시면 멀리 빗셔 단즁ᄒᆞ고 알오롱 져골이의 알오롱 치마 입고 열두 쌀 압셰우

〈2-앞〉

고 아홉 아들 뒤셰우고 하평젼 맛머리의 쥴쥴이 눌어셔셔 너는 니 골 줍고 나는 이를 주셔 먹어 보ᄌᆞ 동골동골 도톨리며 잘녹잘녹 팟낫슬 앙금앙금 쏠어가며 찰례찰례 주어간니 긔ᄌᆞ의 감식이라 시즁ᄒᆞ되 그 무엇셜 아니 먹으리 졈졈 주어 먹어 들어가니 논듸읍는 불근 콩이 덩굴억케 노여신니 장ᄭᅵ란 놈 디혹ᄒᆞ여 니복인가 먹어보ᄌᆞ 어허 그 콩 소담ᄒᆞ다 ᄭᅡ톨리 닐은 말니 어허 그 콩 먹지 마쇼 셜상의 유인젹ᄒᆞ니 그 자쵀 슈

〈2-뒤〉

상ㅎ왜 비로 쌀쌀 쓴 자최 입으로 훌훌 분 자최 그 안니 슈상혼가 졔발
그 콩 먹지 마소 장끼란 놈 닐은 말이 이 쎠을 일을 쩐딘 동지 슛달 엄동이라
디셜이 만공산ㅎ여 골골마다 눈 쌔니고 쳔산의 조비졀이요 반경의 인족멸
흔이 스람 ㅈ최 닛슬손가 엇그졔 조혼 몽ㅅ 어더쩐니 이 안니 조홀시고
오랄 쏘흔 식젼이라 니 콩 안이 먹을 손야 까톨리 흔슘 쉬고 눈물짓고 닐은
말리 어졔 밤 이경초의 흔 꿈을 어더신이 북망산 상상봉의 찬바람니 일

〈3-앞〉

어나며 쳥용도 드난 칼로 빗조흔 ㅈ니 목을 뎅경 벼혀 랄리치니 이 안니
흉몽인가 졔발 그 콩 먹지마오 장끼란 놈 일은 말리 그 꿈 조타 희몽ㅎ자니
니 몸이 귀히되여 동당알쌍 틱평과의 문무방의 참여ㅎ여 계화을 무릅쓰고
낙슈괴쳥운 중의 입신양명 홀 꿈이라 과거ㄴ 심써보자 그 꿈 그 꿈 다시
염여마라 까톨리 일은 말리 삼경 안의 꿈을 쏜니 쳔근들리 무쇠가마로 ㅈ니
목을 둘너쓰고 만경창파 널은 물의 아쥬 텀벙 빠지거놀 너가 홀노 그 물가의
셔 딕셩통곡

〈3-뒤〉

울어뵈니 ㅈ니 죽을 흉몽이라 니졔 니 말 시힝ㅎ뇨 장끼란 놈 일은 말리
어허 그 꿈 좀도 조타 무쇠가마 써보기는 니 몸도 귀히되여 입신양명 장
부되여 황금투구 쓸 꿈니요 물의 빠져 보기는 만고츙신 굴원니도 초강슈
이 몽중의 츙졀을 유젼ㅎ니 딕딕 츙신 쓴칠손야 이니 몸도 유젼ㅎ여 보
국츙신 되리노다 글연 꿈만 쑤어다고 까톨리 일은 말리 사경 안의 꿈을
쏜이 울은니 당상ㅎ고 일가가 잔치홀 졔 열두폭 치일 곳지더가 와직근

불어져셔 아쥬 눌너

〈4-앞〉

덥펴 뵈니 답답흔 닐 볼 쑴이요라 오경 안의 쑴을 쑨니 낙낙쇼셩이 만퇴청흔 데 삼티셩 칠셩 노인셩 견우셩 직여셩 두우셩니 일시의 달여 들어 지미셩을 둘너는듸 그 나문 칠셩덜은 아쥬 쑥 쩔어져셔 자니 몸의 날려진니 그더 장경 안일넌가 삼국쩌 졔갈양도 오장원의 솔명홀 졔 장셩이 쩔어졋신니 자니 죽을 쑴니로셰 장기란 놈 디답흐되 어허 그 쑴 미우 조타 치일 더 텨뵈기는 일모창산 오날 밤의 화로병풍 준듸장판 등졀벼기 놉되 베고 가랑 입 니불 츄켜 덥고 너와 나와 한 몸 되며

〈4-뒤〉

일리졀리 홀 쑴이요 별 쩔어져 뵈기는 옛랄 헌원씨 어무안도 북우칠셔 정긔 타셔 황졔 낫다 일며닛고 견우셩 직여셩도 미년 칠셕 상봉흐니 네 놈의 티긔 닛겨 미식 나올 쑴이로다 어허 그 쑴 좀도 조타 글어흔 쑴 미양 쑤어다 고 까톨리 일은 말리 시일젹의 쑴을 쑨이 싁겨굴리 싁치마의 머리빗셔 단중 흐고 건너 창산 논일더니 김셔방니 삽살기가 바로 쏘차 삼밧트로 물어간니 굴군삼더 잔삼더가 왼몸의 휘휘친친 감겨 뵈니 이 안니 거상 입을 쑴이니 졔발 그 콩 먹지 마오 장기란 놈

〈5-앞〉

증을 니여 음발로 홀티 쳐셔 까톨리을 탁 츠면셔 일은 말리 그 쑴은 요망흐 다 네가 시이셔방 홀어가셔 참바로 동여미여 종노 네걸리의 등의 북 지우고 회시홀 쑴이로다 글언 쑴말 다시흐면 압정깅이을 분질을너라 까톨리 말리

막켜 물너셔며 일은 말리 너외 흔 말 들어보오 본비천인의 긔불탁속은 장부의 염치로다 안즈의 도덕 염치 누항의 줄러잇고 빅이의 츙졀 염치 슈양산의 치미ᄒ고 장양의 지혜 염치 사병벽곡 ᄒ여신니 자니 미쇽미물인덜 군즈 염치 본을

〈5-뒤〉

바다 졔발로 그 콩먹지 마오 장씨란 놈 일은 말리 예의을 모르거든 염치을 졔 알숀야 안즈의 흉민 염치 삼십의 요ᄉᄒ고 빅이 줄인 염치 두능소연 우셔닛고 장양의 지혜 염치 사병벽곡 ᄒ라다가 특셔유후졸ᄒ니 염치 쏘흔 부질읍다 먹ᄂ거시 웃듬이라 옛적의 한광무도 분쥬젼중 줄이다가 호타히 믹반 달게 먹고 중흥ᄒ여 한졔되고 회음후 한신니도 셩하의 줄이다가 표모긔식 달게 먹고 한중 디장 되여신니 나도 니 콩 달게 먹고 크게 될 줄 네 알숀야 짜

〈6-앞〉

톨리 디답ᄒ되 그 콩을 먹어씨면 미오 크게 되올니다 잔디 찰방 초직ᄒ고 황현부사 갈긔신니 그리ᄒ여도 그 콩 먹을ᄂ고 ᄒᄂ기요 짜톨리 어진 마음으로 장씨란 놈 탐탐고집 경계ᄒ여 일은 말리 옛ᄉ람의 불통고집 망신ᄒ니 몃몃치요 상쥬의 몹쓸 고집 용망비간의 여진츙셩 듯지 아니ᄒ고 하후씨 환을 만ᄂ 독아의 분사ᄒ고 초픠왕의 몹슬 고집 범증의 말 안니 듯고 답답이 고집ᄒ다가 긔음장중 강긔ᄒ고 진시황졔 못흔 고집 부소의 말 안니 듯고 궁심소

〈6-뒤〉

락 오십면의 니셰예 망국ㅎ여닛고 초조왕의 어진 고집 굴원의 말 안 듯고 진무관의 구지갓쳐 가련공산원죠 되야 양유츈풍 구진 비와 오동츄 발근달 의 불여귀 슬피 울어 피눈물 흘여니여 화초 속의 샬여신니 자니도 니말 안니 듯고 고집ㅎ여 콩먹다가 가츠워 밋터 네 죽어도 날얼낭은 원망마라 장씨란 놈 디답ㅎ되 네 말리 일턴ㅎ다 콩먹다고 다 죽을야 콩 틱쏘 든 미아도 오리 살고 귀니 된니 멋친니 틱고라 천황씨는 만팔천계 살아닛고 틱호 복희씨난 시획팔

〈7-앞〉

괘 성군되고 틱공지즈 유계는 팔연쏘홈 창업ㅎ여 한틱조 되어닛고 천하틱평츈도 콩 틱쏘가 죠흘시고 궁팔십 강틱공은 달팔십 살아닛고 시중천즈 니틱빅도 긔상천ㅎ여닛고 북망의 틱을성도 별즁의 읏듬니라 나도 니 콩 먹을진디 콩 틱쏘로 ㅎ여 틱공갓치 올이 살고 니빅갓치 상쳔ㅎ여 틱을셩니 되올니라 까톨리 말리 믹켜 경황읍시 물너셔셔 눈물을 샬닐 적의 장씨란 놈 거동보소 콩을 보고 들어갈 제 열두장목 아홉 살 깃쏄을 으 펼덜

〈7-뒤〉

리며 쏘박쏘박 고기 조며 일리졀리 살펴보며 두 세 거름 물너셧다가 푸드득 쑤여들며 밋날 갓튼 쇠불리로 들립더 꽉 찍은니 고퍼지는 소릭는 창히역스 쳘퇴들고 방랑사즁 머금슈리 벽역갓치 쌀리난 듯 와직근 쑥짝ㅎ여 변통읍시 치여고ᄂ 까톨리 거동보쇼 두 발 동동 굴우면서 상하평젼 자갈밧히 디골디골 궁굴면서 이고 통곡 우는 말리 독약니 고구ᄂ 니어병이오 츙언이 역니ᄂ 냥어힝니라 성닌훈계 니 안닌가 니 말 곳 들어시면 닐

〈8-앞〉

언 변을 만날손야 장씨란 놈 슘찬 중의 에□□□□ 망ᄒ다 션일여 후실긔라 일이 될 줄을 알아□□ 니 콩을 먹을 손야 탄식ᄒ여 닐은 말리 요ᄉᄒ란 팔즈로다 쵸퍼왕의 발산역도 비젼지퍼라 천망 팔자 쇼장 닉덕의 표독위엄 휘하ᄉ의 환을 만ᄂ 함분니사ᄒ여 닛고 관운장의 인후도덕 여몽의 쇠예 ᄲᅡ자신니 팔즈 아마도 분ᄒ긔마는 빅셜중의 시장ᄒ여 탐식ᄒ□□야다가 츠위 밋티 치인 팔즈 병지 경각 닐어쿠ᄂ

〈8-뒤〉

죽기 살기는 미범으로 안다ᄒ여 믹니ᄂ 집퍼다고 ᄭᅡ톨이 슬니 울며 믹ᄆ도 집믹흔니 풍믹이 소실ᄒ고 간믹은 서늘ᄒ고 티츙미니 긔졀ᄒ고 명믹이 쏘쳐간다 장씨란 놈 닐은 말리 셴믹은 웃더ᄒ뇨 ᄭᅡ톨리 셴믹보고 셴믹은 아직 조이 장씨란 놈 슘찬 중이 화답ᄒ여 닐은 말리 여난니 입아젼흔니 니 ᄆ옴니 조치 안타 져만치 물너거라 글어ᄂ 졀어ᄂ 니 눈안의 동즈부쳐 니는가 자셰이 보아다고 ᄭᅡ톨리 눈을 보고 디글

〈9-앞〉

□□ 궁굴면셔 익고 통곡 이이 팔즈 세상천지 쏘 인는가 비록 천명니라도 무가너힐세 니편 눈의 동즈 부쳐길 쩌ᄂ 멀리 가고 져편 눈의 동즈 부쳐길을 쩌ᄂ랴고 되탕보의 짐을 싸고 길목 걸신 감발흔다 니의 팔즈 긔험ᄒ다 첫번 낭군 어더썬니 빅둥굴리 주어가고 두번츼 으든 낭군 죽지게진 표슈 잡아 가고 민양중의 어든 낭군 사랑도 못 쩌여셔 엄동잣탄 차위의 쩔썩치여 죽게 된니 고진쌀리 걸여썬가 망신쌀리 걸여썬가 상부

〈9-뒤〉

도 자질ᄒᆞ시고 요망ᄒᆞ니 니몸니 상부가 세번쵸라 장끼란 놈 그 중의 디답ᄒᆞ여 일은 말리 상부ᄌᆞ로 ᄒᆞᄂᆞᆫ 년을 디장부 니가 되여 너 달리고 살기가 실체로다 글어ᄒᆞ나 졀어ᄒᆞᄂᆞ 조곰 쩌들어다고 까톨리 닐은 말리 스람니 ᄂᆞ갓튼면 고픠을 쩌들어셔 쳔금갓튼 자니 몸을 쎄여 쥴련마는 닌덜 은지하잔말가 장끼란 놈 거동보쇼 헐덜헐덜 슘찬즁의 에라 니연 요망ᄒᆞ다 그만겨만 지졈더고 차위 고픠ᄂᆞ 들어다고 까톨리 거동보쇼 읍는 긔운 다ᄒᆞ여셔 아리 고픠 벗드듸

〈10-앞〉

며 위고픠 들어쥴 졔 님으로 물어당긔여 깃반 솰솰 불어진다 장끼란 놈 일은 말리 차위 임ᄌᆞ 슈고안니 시기랴고 알쎵만 ᄯᅳᆺ어쥴랴ᄂᆞᆫ야 에라 니연 질에 죽겟다 까톨리 일은 말리 닐셩닐ᄉᆞᄂᆞᆫ 예로부터 닛쎤마는 니 안니 불상ᄒᆞᆫ가 공산니 젹막ᄒᆞ되 니흔 몸 니의지음셔 져문날 셕양쳔의 이고 통곡 말ᄋᆞ 본니 퉁소 소니 낙목ᄒᆞ고 화로숑니 화주로다 닐리 운닐 젹의 차위 임ᄌᆞ 차쳠지가 쎵을 쑥 쎄여들고 노리ᄒᆞ고 춤츄면셔

〈10-뒤〉

죠ᄒᆞᆯ시고 죠ᄒᆞᆯ시고 쳘연 구근 틀거리을 닐닐간의 잡ᄋᆞᄊᆞᄂᆞ 니의 지죠 즁ᄒᆞ도다 너 죽글 날리 오날닌가 암람산벽 계슈을 먹을려 네 왓던야 뒤동산 작작 춘경 꼿쳘보고 네 왓던야 산실 영니 겹지튼가 녹슈쳥산 노는 것슬 니졔야 ᄌᆞ바고나 너의 일족 다 잡기로 산신령게 졔ᄒᆞᆯ리라 쎵의 셔을 쎄혀 니여 반송간 셕바위 틈의 올여노코 비는 말의 종쳔강종지츌ᄒᆞᆫ가 산신국슈 임니쳔변지츅ᄒᆞᄂᆞ니 아닐더ᄒᆞ고 다 빈 후의 주

〈11-앞〉

적주적 도라간다 까톨리 장쎄 셔을 차즈 녹코 우는 말리 탕덕의 시위년가 금슈의 밋쳣던가 니 완명니 죽근 목심 차위 밋터 귀신된니 남군은 황쳔의 가고 쳥은 공산의 닛시니 누을 바라고 사즌 말가 닐리흐고 운일젹의 차위님 즈 차쳠지가 바위 밋터 꿀어 안자 축슈흐여 닐은 말리 악가 노혼 져 츠위의 져 까톨리 마져 치이게 흐여 쥬소셔 과남보살 과남보살 닐니흐고 빌고 갈 졔 셕망간 조분 길로 초군덜은 날려가며 노닌 압헤 셤을 치고 흐위흐위 노리홀 졔

〈11-뒤〉

쳔싱 만민 유록흐니 엇던 스람 팔즈 조와 디광보국 슉녹티후 삼티육경니란 되어 옥식으로 보신흐고 금의광치 칠예흐여 지상보견 되여닛고 엇던 스람 팔즈 조화 입신양명 디장되여 쳔병만마 억만금을 지휘간의 너허두고 죽빅의 어진 일흠 쳔츄의 유견흐니 글언 팔즈 못되여도 삼양소쳔 좌총니느 아쉰 디로 조컨마는 니 니몸 초군 되어 흔웃닙고 찬밥 먹고 찬방의셔 잠을 자고 날리 시면 일도 만타 괴롬낫세 발갈키 망을

〈12-앞〉

거두어 짊어지고 고산심곡 들어가셔 춘초장목 츄풍락렵 비고 글고 글고 비여 엉둥걸여 질머지고 마듸의 심을 써셔 날려올 졔 한츌쳠비 밧비 슈여 흔늘흔늘 오는 거동 가련흐고 불상흐다 슈인씨 식목실 홀 졔 만팔쳔셰흐여 썬만 굿티여 교신화식흐여 우리을 닐리 괴롭게 흐시난고 닐리홀 졔 까톨리 쟝쎄 쎠느 차지아고 차쳠지 뒤을 조츳 가만가만 쌀아 가니 차쳠지가 쎙을 들고 삽작안의 들어가며 조화흐여 일은 말리 아들아 희

〈12-뒤〉

꼭쇠야 무걸리 흐나 잡아왓다 이 꿩 밧비 뜻어라 고기 맛을 어셔보즈 수만은
호식털을 발암세로 활활 뜻어 삼척금 드난 칼로 비야지을 죽죽 갈느 옹숫슬
싹싹 씬고 염장을 가득 부어 아쥬 텀벙 들리 치고 장작불을 가득 되워 바글
바글 짓쪄들고 방안으로 들어가며 돌이돌이 모다 안져 즈니 먹게 느도 먹셰
살만 쏙쏙 쎄여 먹고 쎠랑 활활 다 바리쇼 차첨지 닐은 말리 닐포식도 지슈
로다 월리월리 개 불너 꿩의 쎠을 던져 쥬며 도젹 직기큰 삽살기

〈13-앞〉

야 너도 니 덕의 고기 맛슬 보여라 허허하하 웃더라 까톨리 몸을 숨겨 울밋
터셔 엿보다가 쎠을 죄죄 기을 쥰니 쥬셔갈길 □□□□□□ 통곡흐여
가삼을 두달리며 우는 말리 천금갓탄 쥴계아밤 쎠조차 못찻겟다 쎠씬 무는
져 삽살기 호랑이나 물어가오 가만가만 들어가셔 장기란 놈 달리 쎠을 닙으
로 물어다가 울 밋티다 감초고셔 쏘다시 들어가셔 장끼란 놈 히골 쎠 흐
닙으로 물고 돌ㅇ실 졔 삽살기가 응을응을 쪼츠오며 텁셔겹셕 물

〈13-뒤〉

야거늘 까톨리 희을 만느 살기을 겨우 우□ 달리 쎠을 가져다가 갈앙입픠
돌으돌으 말아 염습을 졔법흐여 닙관흐고 힝상흐니 쳥상군이 다 모더다
무엇무엇 못더던가 압구졀 미황시 뒤구졀 비짜옥니라 반졍만진 할미시는
요령 혼들고 죠경죠혼 뫼골리는 힝셩솔리 흐단 말가 삽젼쎠와 공포쎠을
참시가 드단 말가 너울너울 명현쎠는 까치가 드단 말가 명졍의 흐여시되
학셩산 중치 공지구라 둘엿시 식여신니 시□흐나 쥴계들은 구계 복

〈14-앞〉

ᄒᆞ 제법ᄒᆞ고 찰예로 늘이셔셔 힝상치을 짤울 적의 곡셩소리 낭ᄌᆞᄒᆞ다 위의
도 중홀쉬고 힝상을 제□ᄒᆞ여 구산하의 영장ᄒᆞ고 졔사 지니ᄒᆞᆫ 졔 논듸읍ᄂᆞᆫ
솔리기가 비호비호 ᄶᅥ들어와셔 문상ᄒᆞ고 닐은 말리 축을난ᄂᆞᆫ 니 닐거쥬세
니 놈이 축을 닉다가 쥴계ᄒᆞᄂᆞ 살지고 큰 놈을 차다가 요긔ᄂᆞ ᄒᆞ여 보ᄌᆞ
졔쳥 압희 ᄭᅮᆯ어안져 축을 닐그되 유셰차 신유젼월 신사삭 초칠닐 졍묘고이
쥴낭은 감소고우 현고학싱 월상시빅 치지휘예 형귀둔셕 신만셔로 당디초
ᄒᆞ나 아

〈14-뒤〉

그 비ᄒᆞ나 미꿀리 송살리 살지고 공신즌혼 상향 모ᄌᆞ 이통지비 후의 살지고
큰 놈 ᄒᆞᄂᆞ홀 소리긔란 놈니 들립더 차가지고 만경창파 디암셕의 너울너울
셥적 올ᄂᆞ 쥴낭을 뒤젹기며 조홀씨고 조홀쉬고 문어젼북 영계썸은 빅관슈
령 졔닐니요 소화치와 가시치은 살임 졔ᄉᆞ 졔닐이요 골되니쑥 보리슐은
체체 농부 졔일니요 □노· 죽은 긔ᄋᆞ지와 졍니월의 병올리ᄂᆞᆫ 연장군의 졔닐
니라 디소간의 뙹 흔말리 어더시니 이 안니 지슈런가 넝굴넝굴 춤츄다가
뙹의 싃기 떨어

〈15-앞〉

져셔 낙엽속의 자최읍신니 연장군니 홀랑 닐코 탄신ᄒᆞ여 닐온 말리 방낭사
중 창희역ᄉᆞ 오즁부거 잘못쳐셔 자분이 황노화시며 닌후흔 관운장도 화용
도 조분 길의 자분 조조 노화신니 연장군니 쥴계 닐어 과졔홀가 닐리홀
졔 ᄭᅡ톨리 젹막공산 홀노 안ᄌᆞ 우노란니 티빅산 사ᄂᆞᆫ 갈가마귀 ᄶᅥ들어와셔
문상ᄒᆞ고 일은 말리 그 친구 죽은 말은 글어 변상읍사오ᄂᆞ 초상장사 지니기

예 빗이나 안니 지고 얼린 즛식 달리고 심사작히 오작홀가 그 친구가 음식을
너무 침츨

⟨15-뒤⟩

던니 글은 변을 보아소 읍쇼 울리는 글은 음식 틱산갓치 써여셔도 맛시느
볼가 바식일셰 조곰 쌕쌕ᄒ외무는 울리 둘리 만느신니 빅면희로 ᄒ여 보세
까톨리 즈식ᄒ고 즈을 너여 눈홀기고 셔츠며 일은 말리 가마귀 아즛반임
져만 치울너셔오 글언 흉악ᄒ 말 다시 마오 아물리 미물인덜 죽은 졔 삼식이
못ᄒ여 소상도 안 지느고 글언 말을 ᄒ는지요 옥츌곤감니라ᄒ덜 뫼마다
옥에 나며 금셩여슈라 ᄒ덜 물마다 금이 느며 여필종부라 ᄒ덜

⟨16-앞⟩

님마다 조칠손가 일러 슈작홀 졔 오셩산 바회밋터 사는 슈푸엉이 암푸엉이
을 닐코 밤낫즈로 혼자 부훙부훙 운일다가 될웅될웅 쩌들어와셔 문상ᄒ고
일은 말리 가마귀을 훼당ᄒ되 어허 그치구 별롯 괘심ᄒ다 어룬이 울작시면
긔거도 안니훈은 연니 안자는다 가마귀 디답ᄒ되 무식훈 져 부헝아 네 모양
아 무엇시 어룬인야 남을 그더지 멸시ᄒ는야 털리 슉굴ᄒ고 눈이 우먹ᄒ니
어룬인야 장경오회라ᄒ니 니 몸을 조롱말라 월왕구쳔니도 날

⟨16-뒤⟩

과 갓치 일너닛고 몽규도 조홀시고 니더 몸을 웃지 말라 우연 비과산음야훈
니 오락희지셰연지라 쳔지어즛ᄒ고 지벽여축홀 졔 은하슈 깁푼 물의 달리
노와 견우직여 건너쥬고 날려오란 길의 젹벽강산 월명쳔의 경죠훈디 보아
씨며 놉피 쩌셔 삼국젼장 구경ᄒ고 둥실둥실 쩌와신이 만고영웅 니 안닌가

일리ᄒᆞ고 슈각홀 제 두견이란 놈 ᄶᅥ들어와셔 쥴계 아자바임 닐리 뵈옵세다
문상ᄒᆞ고 일은 말리 니 몸은 두견이 되야 밤야

〈17-앞〉

도 슈원홀 제 이구산의 닛다가 슈명홀 미인 ᄂᆞᆫ디 보왓스며 슈량산의 갓다가
최미가을 들어보고 상산갓다가 사호의 자지가을 들어보고 계명산 갓다가
셔 장ᄌᆞ방의 옥퉁소을 월하의 슬피 불어 강동자졔 팔천닌을 고향쳐즈 싱각
홀 졔 불여귀로 화답ᄒᆞ고 동실동실 나왓신니 만고 영웅 니 안닌가 열어놈이
슈다ᄒᆞᆫ 말 참예 읍시 지졈딜 졔 ᄶᅡ톨리 일은 말리 남의 졔청 압페셔 으룬닷
톰 뒤슝뒤슝니 ᄒᆞᄂᆞᆫ기요 니 눈의ᄂᆞᆫ 으룬ᄂᆞ라고

〈17-뒤〉

못보겐너 일리홀 제 올리란 놈 앙금앙금 들어와셔 닐은 말리 살지고 보리ᄒᆞ
고 자미닛고 소당ᄒᆞᆫ 말 말리너게 만니 닛신니 ᄒᆞᆫ 가지로 빅연희로 웃던기요
ᄶᅡ톨리 디답ᄒᆞ되 아물리 미물닌덜 궁합도 안니보고 혼닌을 ᄒᆞᄂᆞᆫ기요 올리
란 놈 디답ᄒᆞ되 그디ᄂᆞᆫ 산의 소셩이요 나ᄂᆞᆫ 물의 소셩니라 금셩슈ᄒᆞ고 슈셩
금니라 신금이 상합ᄒᆞ고 궁합은 미우 조치 무지기 사달리 들고 경오신이
노망의셔 님신계유ᄒᆞ여 보졔 ᄶᅡ톨리 증

〈18-앞〉

식ᄒᆞ고 눈물노 닐은 말리 그디ᄂᆞᆫ 물의 싱장ᄒᆞ고 나ᄂᆞᆫ 산의 싱장ᄒᆞ여 산슈가
판이ᄒᆞ니 니 은지 밋치리요 올리란 놈 거동보쇼 주져주져 달여들며 산들산
들 일은 말리 울리 살님 들어보쇼 동힌 셔힌 깁푼 물의 님으로 왕닉ᄒᆞ며
맛조ᄒᆞᆫ 성션을 양디포 장복ᄒᆞ고 니 못 고기 져 뭇 고기 일리 졀리 얼너보고

놉피놉피 써올너서 오초강남 졔일경과 쇼상동졍 칠빅이을 순식간의 왕니
□ᄒ며 악양누 높픈 집의 날여 안ᄌ 쉬

〈18-뒤〉

여ᄯ가 봉니 방쟝 영쥰굴의 모든 신션 뵈을디 여명월을 희롱ᄒ며 요지왕도
잔치의 모다든ᄂ 구경ᄒ니 빅연희로 지은 비필 동낙ᄒ여 지니보세 까톨리
일은 말리 자니 말리 무식ᄒ다 물 속 ᄌ미 조타ᄒ 덜 육지 살임 갓탈손야
울리 살임 들어보쇼 쳘니 말니 널은 들와 쳔봉만학 놉흔 봉의 긔엄을 나가셔
노류쟝화 조혼경을 일리졀리 구경흔 졔 츈풍셰우 화초속의 썰써덩 푸두둥
홰을 치니 산

〈19-앞〉

양ᄌ치 니안가 일리ᄒ고 닷톨 젹의 난더읍ᄂ 쟝씨는 놈 썰썰ᄒ며 화초 속으
로 나오면셔 까톨리덜어 널은 말리 니가 마ᄎ 상쳐ᄒ고 지금가지 후춰을
못ᄒ여신니 네 날과 흔가지로 빅연희로 ᄒ여 보자 만닐 니 말 곳 안니 들으
면 니 쥬먹의 터질리라 까톨리 긔가 믹혀 널은 말리 넌져는 할 슈 읍니
ᄒ고 셔로 동락 틱평ᄒ여 질기더라

자치젼어라

간 관 이 초 판 출 제
만 물 의 흥 셩 홈 에
슈 유 출 도 삼 박 일 오
슈 모 츈 도 삼 박 일 오
의 관 은 오 십 이 오
졀 효 단 화 흄 이 라
론 방 서 라 라 쳐 도
법 인 을 주 앗 드 ᄂ 제

영 츌 사 람 이 오
여 일 서 즉 냥 라 람
봄 양 오 쳥 졈 결 셔
졍 이 품 이 오 뎌 이
누 영 히 제 퇴 훈 졔
우 름 으 로 간 들 고
삼 억 을 뎌 와 나
쳔 자 미 오 곰 한 에

자치젼이라

〈자치젼이라〉는 연대 미상의 작품으로 가사체 형식의 줄글로 쓰여 있으며 전체 16장(30면)으로 되어 있다. 이 이본에는 장끼가 죽고 난 이후의 주요 화소들로 소리개 등장 화소, 구혼 화소, 어른 다툼 화소가 포함되어 있는데 다른 이본에 비해 각 화소의 내용이 많이 생략되어 있어서, 작품의 앞부분에 비해 뒷부분의 분량이 적은 것이 특징이다. 구혼 화소의 경우 갈가마귀만 까투리에게 구혼을 하고 있으며, 까투리가 이 제의를 거절한 후 이에 대한 갈가마귀의 대구 없이 바로 어른 다툼 화소로 넘어간다. 어른 다툼 화소의 경우에도 부형이, 꾀꼬리, 기러기가 등장하여 간략하게 전개되고 있다. 이러한 새들의 나이 다툼 후에는 간단한 봄 풍경 사설이 이어지며 끝을 맺고 있어서 까투리의 수절이나 개가 등에 대한 언급이 없는 것이 특징이다.

출처 : 임기중, 『역대가사문학전집』 44, 아세아문화사, 1998.

〈1-앞〉

자치젼이라

건곤이 초판홀 졔 만물이 홍셩ᄒ이

영홀ᄉ 사람이요 어알ᄉ 즘싱이라

유우츙도 삼빅이요 유모츙도 삼빅이라

음양오힝 졍긔로셔 쎙의 몸이 도여신이

의관은 오싴이요 별호ᄂ 화츙이라

무졍이 계탕홀 졔 우름으로 감동ᄒ고

월상시 빅치서도 성인을 ᄎᄌᄃ러

삼역을 너며 와셔 천자끠 조공한이

〈1-뒤〉

쎙의 상셔 좃탄 말을 부디 어이 살히할가

삼금야슈 쳔성으로 사람을 멸이 ᄒ고

울임벽계 시ᄂ기의 낙낙장송 졍자 삼고

츄풍의 졀노 드론 상솔리만 쥬셔 먹고

임지 업시 잇난 몸을 구트여 자벼다가

삼틴공경 슈령방빅 슬토록 장복ᄒ고

조혼 짓 골나 ᄂ여 사명긔 살쩌치례

쵸당션비 몸비와 흔가지로 두로 쓰이

공명인들 업슬손가 빅운산 상상봉의

□□□□ □□□□ 무릉석연 보리미난

〈2-앞〉

예셔 덜녕 졔셔 후여 모리군 산영기난
□□목 쩍가랑입을 쮜젹쮜젹 츠자온다
삼동설흔 쥬린 즘싱 사라날 길 져니 업다
어디미로 가자말고 동일기희 죠흔 볏터
상하평젼 눈 녹근 듸 간혹 콩낫 드려시이
쥭으러 가자서라 장끼 치례 볼짝시면
화위디단 옷고름의 초록 단츄 미ᄌ쩌라
빅방사쥬 동졍 슷고 쥬먹갓탄 옥관ᄌ난
귀밋만금 넌즛 달고 열두 장목 만신 풍치
장부도 조흘시고 갓토리 단장 볼작시면

〈2-뒤〉

통명쥬지 우자슈견 남방사쥬 홋단 쵸민
북졉포 씨긔 젹심 빗조흔 멀리 쑤부
옥빈예 홈쳐 곳고 열쑤 쌀 아홉 아달
습물 흔나 쥬리 등을 압셰우고 뒤셰우고
어서 가자 밧비 가자 상ᄒ평젼 널운 들의
줄줄리 느러셔셔 널낭은 져골 좃고
날낭은 이 골 좃즈 슈엄슈엄 쥬서간니
난듸업산 불콩 ᄒ늬 덩그력게 노여거날
정계란 놈 듸혹ᄒ야 업다 그 콩 소담ᄒ다
니복이니 먹어보자 갓토리 이른 말리

〈3-앞〉

졔발 그 콩 먹지 마소 셜상의 유젹ᄒ이
□□□□□□□□ 졍계란 놈 이른 말리
네 말리 미련ᄒ다 잇써을 싱각ᄒ이
동지셧달 엄동이라 쳡쳡이 ᄡ인 눈이
골골리 덥펴시니 금수도 드물거든
인젹인들 잇슬소야 엇젼녁 그져 잇고
오날 앗참 식젼이라 긔ᄌ난 이식이요
갈ᄌ난 이음이라 긔ᄒ이 ᄌ심ᄒ이
이 콩 안이 먹글소냐 갓토리 이름 말리
어졔밤 니경ᄒ의 ᄒ숨의 잠을 ᄌ고

〈3-뒤〉

도라누어 꿈을 ᄭ위니 북망산 상상봉의
ᄒ풍이 이러나미 티아검 드는 칼의
빗조흔 ᄌ니 목을 덩경 버여 나여뵈니
그디 죽을 흉몽이라 졔발 그 콩 먹지 마소
부디 그 콩 먹지 마소 졍계란 놈 이른 말니
그 꿈 좃타 히몽ᄒ자 츈당알셩 티평가라
문무방의 참례ᄒ□ 계화를 무름□□
낙슈교 청운갓의 입신양명 홀 꿈이라
과거나 심쎠보□ 갓토리 이른 말니
삼경ᄒ의 꿈을 ᄭ위이 쳔근드리 무쇠가미

〈4-앞〉

즈니머리 무름쓰고 만경창파 널문 물의
아죠 툼벙 □□□날 나 혼즈 물갓그외
홀노 안즈 우러본이 진니 죽글 흉몽이야
제발 그 콩 멱지 마소 정계란 놈 이른 말니
그 꿈도 더욱 좃타 왜란이 급피 이려
구완병 쳥흐거든 이니 몸 장슈되여
투구을 무름쓰고 암녹강 건네 가셔
중원을 당젹흐고 고국으로 도라올 졔
황흐슈의 병을 싯고 승젼북을 노피 울여
슈륙더장 되오리라 갓토리 이은 말니

〈4-뒤〉

삼경흐의 꿈을 쮜니 그더가 당상흐야
좌상의 잔치흘 졔 스물 두폭 빅치일의
셔발 가옷 곤짓써가 와질쓴 불러져셔
자니 몸을 덥퍼 뵈니 그더 죽을 흉몽이요
오경흐의 꿈을 쮜니 구만장천 너룬 고더
낙낙쇼셩 만쳔흐디 삼티셩 흐괴셩은
북두셩 달여 잇고 견우셩셩 직여셩은
은흐슈 마조 잇고 그 가온더 일중셩은
공중의 쑥 덜러저 본이 잔니 장셩 안닐넌가
그더 죽을 흉몽이라 한명중 졔갈공도

〈5-앞〉

오장원 운명홀 졔 장셩이 쑥 덜려져 죽은이라
정계란 놈 이른 마리 그 쑴도 장이 좃타
치일이 덥퍼 뵈이기는 월만화원 오날밤의
화초병풍 잔듸장판 등걸볘기 흰입요의
너와 나와 훈몸 되여 이리졀리 홀 쑴이야
별 쩰러저 뵈이기난 헌원씨 어만임도
북쑤셩 졍긔 타고 나으시다 흐여신이
건우셩 즉여셩도 칠셕상봉 연분이라
네 몸의 틔긔 잇셔 아달 나홀 길몽이다
그러나마 그런 쑴을 볏셕 쮜여 다고보즈

〈5-뒤〉

갓토리 이른 마리 셜젹긔 쑴을 쮜이
셕젹고리 셕쵸미로 이니 몸 단장흐고
이리졀리 강산 귀경 멀니쳔산 단이던이
난듸업슨 덥풀긔가 뜻밧긔 썬뜻 나와
나를 보고 희롱타가 쮜놀면셔 물야기로
막좃쳐 갈 씌 업서 삼밧트로 드러간이
잔 삼쩨 쓰러지몌 굴근 삼쩨는 부러지고
머리 쑤부 온 만신의 휘휘친친 깅계 뵈니
이니 몸 과부되여 상복 니불 쑴이오이
졔발 그 콩 먹지 마소 부듸 그 콩 먹지 마소

〈6-앞〉

징계란 롬 디로하야 언발로 휘두릿쳐
이리 차며 져리 차며 방정맛다 져 간니야
근본 셔방 마다ᄒ고 서인남진 질기더라
청사홍사 디홍사로 잘근 동여 빗기 미고
북지여 회시ᄒ여 난장마즐 그 꿈이라
이 꿈말 다시 말라 압졍깅니 썽쓰리라
갓토리 디참ᄒ야 져그다시 물너싸가
쏘닷시 나어들어 경계ᄒ야 일은 말리
안자의 도학 염치 누황의 숨어 잇고
니졔의 튱열 염치 쥬속을 마다ᄒ고

〈6-뒤〉

장양의 지혜 염치 사병벅곡 ᄒ여시리
자니 비록 미물이라 군자 염치 쏜을 모와
졔볼 그 콩 먹지 마쇼 부디 그 콩 먹지 마쇼
졍계란 놈 니은 말리 에라 인년 요망하다
예의을 모로거든 염치을 어이 알리
안자의 도학 염치 요사할 쥴 몰나시리
염치도 부지엽고 먹는 것시 웃씀이라
표모의 시근 밥은 한신 달계 먹근이
복회쳐여 모라다가 쥬홍항졔 되어신이
나도 이 콩 달계 먹고 졔 될 쥴 어이 알리

⟨7-앞⟩

갓토리 이른 말리 그 콩을 먹어다가
크계 과연 될작시먼 쵸입사 부직호고
진듸찰방 이직호야 황천부사 추호마져
도미혈영 홀지라도 부터 그 콩 먹그란가
징계란 놈 이른 마리 콩 먹다고 다 쥭글랴
콩 티즈 든 디마당 오리 살고 귀이 된 이
티고라 쳔황씨난 목덕으로 즉위호야
한 형계 열두 사람 만팔쳔 셰 사러 잇고
티호 복히씨 풍셩원은 시오 셰를 젼호여 잇고
궁팔십 강티공은 당팔십 하여 잇고

⟨7-뒤⟩

티공지자 유방인도 한티조 황계 되어 잇고
시즁쳔자 이티빅도 긔경상쳔 호여 잇고
당나라 티종황계 졔셰안민 호여 잇고
북방의 티을셩도 셩즁의 웃씀이라
쳔호티평즁도 콩 티즈 조홀씨고
나도 이 콩 달계 먹고 티공갓치 오리 사러
티빅갓치 상쳔호야 티을셩광 되오리라
갓토리 무참호야 져근다시 물너신이
징계란 놈 거동보소 콩을 먹으로 드러가서
열쭈 장목 아홉 짓슬 좌우의 펼쳐 들고

〈8-앞〉

가만가만 고지 좃차 조공조공 나어물러
번듯 드러 캭 찌근이 고긔 너머 가난 소리
박낭사즁 쇠방마치 오즁부겨 ᄒ난다시
와질ᄯᆞᆫ 쑤쩍 치여 변통업시 치엿곳나
갓토리 거동 보소 누역 머리 급피 풀고
발을 동동 구르면셔 이고 통곡 ᄒ난 말리
독약은 이어벙이요 츙연은 이어힝이라
니 말곳 드러쓰면 져런 변이 쏘 잇슬가
징계란 놈 흔슘ᄒ며 에라 이연 요망ᄒ다
셔미런 후슬긔난 죽난 놈 어이 알이

〈8-뒤〉

호환을 미리 알면 모예 가 리 뉘 잇스리
슈환을 미리 알면 물의 들 니 뉘 잇스리
죽고 살고 살고 죽기난 명지졍각 ᄒ겨고나
믹으로 간다 ᄒ이 믹이나 보아다고
갓토리 믹을 보고 한슘ᄒ며 ᄒ난 마리
비호믹니 긔졀ᄒ고 티츙믹니 업셔가고
풍믹이 셔늘ᄒ고 명믹이 ᄯᆫ쳐가네
믹이야 그러나마 눈이나 보아다고
갓토리 눈을 보고 눈물지여 ᄒ난 마리
이편의 동ᄌᆞ 붓쳐 쳣시벽 쩌나가고

〈9-앞〉

졔편의 동자 붓쳐 이졔야 쩌나랴고
팔낭보의 봇짐 싸고 질목 집신 감발ᄒ네
이고이고 이닉 팔자 험함도 험할씨고
첫지 낭군 어더짜가 빅송고리의 치여 가고
두치 낭군 어덧다가 풀지계군이 덥퍼 가고
셰지 낭군 어더닷가 사랑도 못 쩌와셔
엄덧갓튼 쇠척기의 얼는 치여 죽어신니
고신쌀을 가져던가 망신쌀을 가져던니
품의 잇는 못비 이기 혼닌등졀 뉘가 ᄒ며
비의 잇는 유복ᄌ는 희산슈왈 뉘가 홀리

〈9-뒤〉

빅년동거 비리더니 천고영결 되단말가
져럿타시 고흔 풍치 언졔ᄂ 닷시 볼고
징계란 놈 이른 마리 죽난 놈이 다못셥졔
못본다고 관계ᄒ리 구트여 보랴겨든
명일 앗참 조반ᄒ고 광쥬장의 만ᄂ거ᄂ
징계 님지 닷라가면 남원장의 만나거나
젼쥬 나쥬 디모관의 관천 곳의 걸니거ᄂ
그밧긔 언의 곳더 쏘닷시 만나보리
천상의 월궁항이 어이 홀노 사라시리
갓치 졍계 마조셔□ 그리졀리 탄식홀 졔

〈10-앞〉

징계 임지 박첨지가 어디셔 망보다가
헌 퍼렁이 쉬거 쓰고 자룬막디 뒤의□□
허위허위 달여들러 정계를 쎄여 들고
히히낙낙 춤을 추며 조홀시고 조홀시고
천고의 무근 경계 노날사 지 폐구야
늬 지조 용ᄒ던가 네 신슈 불길턴가
산영이 지시흔가 죠상이 돌보신가
늬 지조 용ᄒ던가 물 먹즈고 나와던가
뒷동산 작작도화 곳 보자고 너 왓더냐
녹수쳥산 노난 널를 늬 솜씨로 자바고야

〈10-뒤〉

너의 구족 모다 잡계 산졔를 ᄒ랴 ᄒ고
쎙의 셔을 쎄여 니여 바회 틈의 곳저 너고
두손으로 마조 비러 쑤벅쑤벅 졋사오며
앗가 노혼 져 칙기의 갓토리졈 치여 쥬쏘
이미타불 관음보살 관음보살 이미타불
정계 임저 도라갈 졔 갓토리 뒤을 쫏라
바회 틈의 직든 셔를 간신니 쎄여 니여
풀입으로 소렴ᄒ야 딩담으로 결관하□
외송목 회초리의 명졍을 거러시되
살임쳐스 화충이□ 디셔륵 ᄒ엿더라

〈11-앞〉

초승은 쳑건이와 장亽를 어이 ᄒ리
신산을 졍초하이 풍슈한나 못만나□
션산부장 ᄒᄌᄒ이 지리 머러 어이 ᄒ리
긔골창 ᄎ자 들러 잔풍 항양 졔우 어더
불셰의 발인ᄒ야 당닐 니로 영장ᄒ니
산신졔 평토졔난 졔물도 좃흘ᄒ다
콩멱다가 죽거신이 곡긔야 잇슬손야
긔금인닷 상실인닷 줄줄리 늘러 녹코
친가유무 셩비ᄒ야 그리져리 차려더라
집사분졍 ᄒ올 젹긔 뉘긔뉘긔 뫼와던고

〈11-뒤〉

의관 됴흔 뒤견이나 헌관을 맛더 잇고
소리 조흔 짜옥이난 축관을 맛더 잇고
진설은 뉘가 할고 몸 가부야운 날졔비요
졔공사난 뉘 할고 말 잘ᄒ난 종질싀
짜옥이 쓸어 안자 축사를 이로시디
유세ᄎ 모월 모일의 고자 주리 등을
살임쳐亽 부군젼의 감소고우 한나이다
형귀둔셕 ᄒ여시이 신반실당 ᄒ옵소셔
신주미셩 ᄒ여시이 혼빅상지 아조봉안
쳥작셔슈 ᄒ여시이 졔반업시 모다 상향

〈12-앞〉

독츅을 다흔 후의 쳘상을 하라홀 졔
소록이 쩌오다가 쥬리등를 구벼보□
어니 놈이 못상자야 니 한놈 자바가자
죠흘죠흘 조흘시고 희희낙락 츔을 츄며
근자의 감긔로 식미가 하잔턴이
인간의 졔일미을 오날사 어더구야
염통 산젹 양복기는 경상가의 졔일미요
상초쌈 보리밥은 농부의 졔일미요
젼효 자반 송엽쥬는 슈자즁의 졔일미요
졀노 주근 긔야지와 졍이월 빙알리는

〈12-뒤〉

연장군의 졔일미요 굴그나 자나 즁의
쓍 흔나를 어더신이 니 복이다 먹어보자
너울너울 츔츄다가 앗자그랴 도라보이
소로기 흐리업셔 허위탄식 흐는 마리
예졔긔 형경이난 지분 진황 노와 잇고
한명장 관운장도 지분 조조 노와 잇고
악챡흔 연장군도 지분 쥬리을 노와시이
이겻 역시 젹선이라 지손음덕 되오리라
틱빅산 갈가믹기 팔공산 귀경흐고
죽노의 허긔만□ 요긔참의 조상흐고

〈13-앞〉

탁쥬 흔 잔 먹근 후의 디취ᄒ야 ᄒ난 마리
오날날 이 말삼이 빅흔 듯 ᄒ겨이와
계 오날 과부 되자 나 오날 환부 되자
이것 역시 연분이라 두리 사러 엇더ᄒ요
갓토리 이른 마리 그 말이 무신 말고
공부자의 예문이야 쥬부자의 예문이야
체면업신 마리로다 이럿트 시비할 졔
부형이 ᄶ러오다가 좌상의 넌짓 안자
디칙ᄒ야 이른 마리 어룬이 오략이면
긔겨도 아이 ᄒ고 언건이 안자다□

〈13-뒤〉

가마기 ᄒᄂ 마리 너의 무신 어룬인고
이니 몸이 겸다마는 우연관의 상셔년이
으락희지 셰연지라 이 몸이 거머시이
니 몬져 어룬이라 네 어이 어룬인고
꾀꼬리 ᄶ러오다가 좌상의 넌즛 안자
좌우를 도라보이고 디칙ᄒ야 이른 마리
너의 무슨 어룬이고 니 몬져 어룬이라
졔이름 졔이름이 고신씨의 즈손이요
황금을 호더ᄒ이 안평군의 자손이요
계류영의 진을 치□ 쥬아부의 자손이요

〈14-앞〉

셰덕을 싱각건딘 니 몬져 어룬이라
너의 무슨 어룬이라 공논이 분운할□
소상강 쩨기럭긔 옹옹셩 노리하며
운간의 쩌오다가 좌상의 넌즌 안자
좌우을 둘너보고 디칙ᄒ야 이른 마리
너의 마리 요난ᄒ다 이니 마를 드러보라
흔즁낭 소지경의 북희상 무인체의
흔소식 막켜쩌늘
일편셔를 가져다가 흔 쳔즈끠 듸러이다
셰덕을 논지켠딘 니 우의 뉘 잇스리

〈14-뒤〉

□□□ □□□□ 셰상수 가소로다
그령져령 다 바리고 썽즁걸려 노라보자
이쩌난 언느 쩌고 쩌마짐 삼츈이라
곳슨 피여 병실병실하고 나부는 곳슬 보고 조와
아조 덥벅 흔듯 물고 너울너울 츔을 츄며
오넌 츈광을 자랑ᄒ다 흔곳 넌즛 바리본이
만경디 구룸 속의 학션이 우러 잇고
칠보산 슈려봉은 허공의 소지 잇다
계산파 무운차기요 경수무풍 야자파라
산은 쳡쳡 쳔봉□□ 무른 츌넝 빅회로다

뒤적 축자 온시 살기를옷 해가시
사람나 제포젼혜엄다 풍지리교포규더니

시애되도가 잔말고 삼촌 펀젼눈롱은되
동일 간의 벗죠혼데 간죽콩 맷드러시

댱죻되단겸 저꼬 백망 사츄건 저꼭
묘록콩죠기 늘다라 쥬여 메들 콕친치며

갓토되 취잣 불잡싸 폭 위챵꺼 뒤벼
누비줄누 비들 삼쵼 의복 갓죠쌀고

염듀답 사홉셔드 삼밤 우꾀 세들
슈믈 하 나줄꿰 도틀 서쳐 가자

너눈 씨꼴 흙꼬 각 지게 쥬셔가시
나눈 쩍끔좁 꼬 부 심언지

겸 슭어두셔가내 난뒤 엽년 불콩하니
시재 허기 하 볼젹게 장꼐나 군

그무 셔들 산 먹으러

장씨젼

　〈장씨젼〉은 9장(18면)으로 이루어진 연대 미상의 필사본이다. 가사체 형식의 귀글로 이루어져 있으며 2구 3행의 형식으로 썼다. 2구씩 짝을 이루어 써 내려 가긴 하였으나 운율이 맞지 않는 곳이 많다. 첫 장은 훼손된 부분이 있어 내용을 알기 어렵고, 6, 7장도 부분적으로 보존상태가 좋지 않아 알아보기 어려운 부분이 있다. 이 이본의 경우 장끼의 죽음까지는 다른 이본과 대동소이한 내용으로 이루어져 있고, 이후 장끼의 장례와 소리개 등장, 가마귀의 까투리에 대한 힐난, 뭇새들의 어른 다툼, 오리의 장가길 화소가 이어진다. 오리는 상부한 까투리를 아내로 맞으려 신행길을 차려오지만, 오리의 수궁생애에 맞서 육지생애를 자랑하는 까투리의 말을 듣고 "오리란 놈 하일 업셔 그리나 일거 보자셔라"라며 딴전을 피우는 것으로 끝이 난다.

출처 : 『나손본 필사본고소설자료총서』 52, 보경문화사, 1993.

〈1-앞〉

건곤이 기벽초의
만물이 풍싱하이
영할손이 사람이요
용열할사 짐싱이라
유모충이 삼빅이요
유우충도 삼쳔이라
구티예 쎙어 몸이 싱겨시니
의관은 오싁이요
별호난 화츙이라
무정이 졔탕할싀
우룸으로 감동하고
월상시 쇼공할 졔
쎙어 상셔도 죠컨이와
셩닌을 차자간이
굿타어 살야ᄒ고
산금쟝슈 쳔셩으로
싱이을 마다ᄒ고
율임벽겨 신니간의
울울창숑 졍자삼아
츄풍 젼노 든난
구도토리 쥬어먹고
님지없시 사난 몸을
구티여 자바다가
삼틱육경 슈령방빅
실토록 쟝복ᄒ고
죠흔 쟝목 골너니여
샤명긔예 치러□□
화당의 쟝목 비여
□□□□□□□□
□□□□□□□□
평싱의 죠흔 풍치
공덕인들 즉을손야
슈풀밋테 슘어쎠가
□□□□□□□□
□□□□□□□□
□□□□□□□□
몸 가보운 보러미은
여셔덜렁덜렁□□□□
□□□□□□□□
□□□□□□□□
□□□□□□□□
□□□□□□□□

〈1-뒤〉

뒤적뒤적 츠자온이
살기를 츠자가이
총을 메고 우레켄이
이 어디로 가잔말고
상ᄒᆞ평젼 눈 록은디
어셔 먹어 가자셔라
단홍듸단 겹져고이
빅방사쥬 긴 져고니
열두장목 만신풍치
갓토리 치쟝 볼작시면
폭폭키 잘게 뉘벼
밉시인넌 ᄭᅳ은 머리
열두 ᄯᅡᆯ 아홉 아들
압셰우고 뒤셰우고
좌우평젼 너른 밧테
너는 이 골 줍고
각각시게 쥬이 가니
천셩만물 후록하이
시졍허기 차물젹게
졈졈 쥬어 두어가니
덩그럭케 노엿스이

사러날 게교 젼혜 업다
푸지기군 포슈더리
삼동셜한 치운 짐싱
동일간의 벳 죠흔데
간혹 콩낫 쓰러시이
셩기치려 볼작시면
쵸록궁쵸 기슬 다라
쥬먹베슬 옥관지며
디쟝부의 기상이요
잔누비 줄누비를
상ᄒᆞ의복 갓쵸입고
곱게 ᄲᅥ셔 단쟝ᄒᆞ고
슈물하나 줄게등을
어셔 가자 슈이 가자
쥴쥴리 들어셔셔
나는 져 골 줍고
부신인지 고약인지
일포식도 지슈로다
그 무어슬 안 먹으리
난듸업넌 불콩 하나
장기낭군 디혹하여

〈2-앞〉

니복인니 먹어보자

갓통이 낭자 이른마이

설상의 유인젹ㅎ이

다른 자쵸 별노 업고

입으로 홀홀 분 자취와

그 자취 살펴보이

장기 낭군 이은 마이

잇쩌는 어느 쩌요

첩첩이 사닌 눈의

천산의 죠비졀이요

사람의 자쵸가

간밤의 꿈을 쮜이

옥황게 무안ㅎ고

옥황이하 고ㅎ시되

만셕군의 콩 한낫치

오랄날 이 콩 ㅎ낫치

기자의 감식이요

ㅎ물며 굼던 차의

ㅎ랄이 쥬신 복을

가토이 낭자 이른 말이

무비룡몽 아□

어의 그 콩 소담하다

아쇼 그 콩 먹지 마오

그 자취 고희하다

다시곰 살펴 보이

비로 살살 쓴 자츄라

쉬상한 자츄로다

너의 말이 미옥하다

동지셧달 엄동니라

곳곳시 싸여스니

만경의 인젹멸이라

어히하여 잇슬쇼야

황학을 빗기타고

쳔쳔의 쇼사올너

살님쳐사 봉ㅎ시고

분분ㅇ니 티이시이

그 안이 반가온가

갈자의 음슈라

오랄도 식견이라

니어이 마다 ㅎ랴

그 꿈은 좃컨이와

이니 꿈 볼작시면

〈2-뒤〉

어졔밤 이경 쵸의
북산 놉푼 봉의
용천금 드민 칼노
텅경 비여 너리치니
졔발 그 콩 먹지 마오
그 꿈 믜우 죠헤
문무간의 참여ᄒ여
츈풍을 헌날이고
입신양명 할 꿈이니
갓톨리 낭자 이른 마리
쳔금드리 무쇠가미
만경한파 지품 물의
니 홈자 물가의 안자
자니 죽을 흉몽이니
장기람 놈 하는 마리
디명이 몰날 적의
이니 몸 션봉되여
압녹강 건내다라
승젼고을 놉히 올여
갓토리 낭자 이른 마이
어른이 당상ᄒ고

첫잠 들어 쑴을 쒸이
찬바람이 이러나며
빗죠혼 자니 머리
자니 죽을 흉몽이라
장기 낭군 이른 말리
츈당듸 알셩과거의
게화를 무릅시고
낙슈교 청운교의
과거나 힘셔보셰
삼경 쵸의 쑴을 쒸이
자니머리 덥페 보이
아죠 텀벙 빠자 뵈이거날
슬피 통곡 ᄒ여보이
졔발 그 콩 먹지 마쇼
어허 그 꿈 더옥 좃타
구원병을 쳥ᄒ거든
슌금투구 둘너시고
즁원을 평졍ᄒ고
슈의장군 되리로다
사경 말의 쑴을 쒸이
자숀이 잔차할 졔

〈3-앞〉

스물두폭 빅차일의
직근작 불어져셔
마죠 덥퍼 뵈오이
오경 초의 꿈을 쮜이
한고익셩별은
견우셩 즉여셩은
그중의 일졈셩은
자니 장셩 안일넌가
오장원의 운명홀 제
쌍기 낭군 이른 마리
차일 덥페 보온기는
화쵸병풍 둘러치고
등걸베기 놉히 베고
가랑이블 칙케 덥고
이리져이 할 꿈이라
현원씨 어만이도
졔를 나어 잇삽고
칠셩상봉할 꿈이라
아들 나을 길몽이라
그런 꿈만 벗셕여라
오경 말의 꿈을 쮜이

셔발 가옷 공김디가
자니 머리 니려지며
답답흔 일 볼 꿈이요
낙낙쇼셩 만쳔흔디
자미셩을 둘너잇고
은하은 둘너잇고
자니 압페 쩌러져 뵈이니
삼국시졀 졔갈양도
장셩이 쩌러졋다 하온이다
그 꿈 더욱 좃타
일모항산 오랄 밤의
장됴장판 만이 쌀고
춘닙 요을 도도 갈고
너와 나와 한몸 되어
별쩌러져 보이기는
북두츌셩 졍기타라
견우셩 즉여셩은
네 몸의 틔긔잇셔
아모러나마 그러나
갓토리 이른 마리
싀져구리 싀쵸미의

〈3-뒤〉

이몸니 단장ᄒ고	기리 청가 논니더이
난디엄난 청쌉사리	와락 튀여 달여드이
경황실식 간담업셔	삼밧트로 드러가니
입발리로 응그이고	발토부로 휘비치이
굴근 삼디 부러지며	잔 삼디 슬어지며
자른 쏘리 가는 몸의	휘휘층층 감게 보이니
이니 몸 나부되여	상복 입을 흉몽이라
졔발 그 콩 먹지 마오	부데 그 콩 먹지 마쇼
장기란노 디로ᄒ여	왼발톰으로 휘벼치며
이리 차며 져이 차며	방졍마진 기짐연이
평싱의 기동셔방 마다하고	사이낭군 질기더가
올비 줄비 쥬홍사로	동긔쳐 비그쳐
난졍마질 쑴이로다	그런 쑴말 니도 마쇼
압장강이 걱그리라	갓토이 무참하여
져근덧 물너나셔	다시곰 싱각ᄒ여
경계히여 이른 마리	봉비쳔여의 기불탁속과
홍명슈국의	비필함노는
디쟝부의 기십이요	긔십을 아려ᄒ면
염치도 볼거시라	안자의 도학 염치
단포을 낙을 삼고	빅이의 츙졀 염치
쥬속을 마다ᄒ고	장양의 지혀 염치

〈4-앞〉

사병벽곡 하여스이
군자 염치를 본바다
쌍기낭군 이른 마이
염치을 어이 알이
굴원의 오른 말노
진무관의 오리 갓쳐
고쇼의 모슬 막아
장강의 어인사는
자니 고집 어이ㅎ여
굿티여 이 콩 먹더가
나을낭 원망 마쇼
장기낭군 이른 마이
옛그를 볼작시면
귀이 되고 오리 사이
일만팔천 셰을 사라
티호복히씨는
한티죠와 당티죠과
풍진세계 춤여ㅎ여
두티 셔쇽 오곡 중의
천하티명츈도
시중천자 이티백도

자니 비록 미물이나
졔발 그 콩 먹지마쇼
여의도 모르거든
안자의 도학 염치
고집으로 안듯더가
가련평싱 홀노 되어
신사쥬육 하여스니
이복비 가련ㅎ다
이니 말을 안듯더가
망신이 될지라도
부듸부듸 원망 마쇼
너의 마이 무식ㅎ와
콩 티자 든 데 마당
티고 천황씨는
십오 셰을 견ㅎ여 잇고
풍셩으로 상승ㅎ며
숑티죠 명티죵은
티평건곤 되어잇고
콩박게 쏘 잇스며
콩 티자 졔일요
긔경상천 하여잇고

〈4-뒤〉

궁팔십 강태공도	달팔십을 살아잇고
별즁의 엇듬이요	북방의 티을셩도
나도 이 콩 달게 먹고	티공갓치 오리 사며
티빅갓치 샹쳔ᄒᆞ의	티을션관 되오리라
쌋튼이 ᄒᆞ일 업셔	져근쓴 물니셔이
장기란 놈 거동보쇼	콩먹으러 드리갈 졔
열두 장목 만신풍치	좌우로 페쳐들고
고박고박 고기 죠와	죠곰죠곰 나아 안자
민랄가튼 부리로셔	디립더 썩 직으이
두고픠 치난 거동	머리너 메치난 소리
방낭ㅅ즁 쇠방망치로	버금슈리 싸리난 듯
화직근 들적 ᄒᆞ읍더이	썩썩 푸두둑 변통업시 되어구나
갓튼 낭자 거동보쇼	뉘역머리 피팔ᄒᆞ고
샹ᄒᆞ편젼 밧가온더	동골동골 구을면셔
가슴치고 일어나셔	발노 동동 구눌면셔
잇고잇고 ᄒᆞ난 말이	꿈인가 싱신가
츙언은 이어힝이요	독약은 이어병이라
이니 말을 들어시면	져런 환이 잇슬숀가
장끼낭군 슉진 즁의	어이 이리 요란ᄒᆞ요
호환 곳 미리 알면	산의 갈 지 뉘 잇쓰랴

슈환 곳 미리 알면 물의갈 지 뉘 잇스더

션미련 후실기라

〈5-앞〉

죽난 놈이 탈 업스랴	죽고 살기 믹이나 잇다ᄒᆞ이
믹이나 집더보쇼	갓토리 낭자 짐믹하이
버흉믹이 기절ᄒᆞ고	풍믹이 소실ᄒᆞ고
신믹이 변ᄒᆞ고	목믹은 다ᄒᆞ고
턱쥼믹은 가더가고	명믹은 그쳐지니
장기낭군 이른 마이	이계난 속졀어시 죽자구나
믹이야 그리나마	눈이나 살펴보아
이편 눈 저편 눈의	동자부쳐 그져 잇나
갓토낭자 이른 말이	이편 눈동자 부쳐
첫사벽의 길 쩌나고	져편 눈동자 붓쳐
파랑보집의 싸고	이계야 쩌나라고
길목 집신 감발한다	이고이고 니 팔지야
쳐지낭군 어덧더가	험함도 험할시고
빅숑고리 치여가고	둘지늉군 어덧듸가
푸지깃군 덥펴가고	셋지낭군 어덧더가
망신살 마자던가	플입의 이실갓치
단부레 나부갓치	쌈작기도 죽어구나
슈졉업시 죽어구나	품의 푸은 맛달아기

자치기 일권

〈5-뒤〉

혼닌범졀 뉘가 ᄒ며
희산구완 뉘ᄀ 하리
천고연졀 되어고나
어데가 다시 보랴
어화탄식 이른 마이
당쵸외 장기들기
사자는 불가부생이요
다시 보기 어렵도다
니일 아침 죠식ᄒ고
츔쥬장의 만니거ᄂ
안동관전 영동의
병영도 슈령도의
그러치 아니하면
쥭난 님만 더옥 슬지
청상의 혼자인난
차아첨지 탁첨지는
헌 페랑이 슉여시고
휘위휘위 달여들어
히히낙낙 춤을 츄고
천연 묵은 머거리를
니 지죠 용하던가

비예 기진 유복아가
빅연동거 바리쩌니
져러하신 고은 풍치
쌍기눙군 반는 쓰고
상부 자진 네 가문의
니 시운이 불힝이로다
왕자는 불가부환이라
굿타여 보랴거든
창아첨지 짜라가면
예쥬장의 만니거ᄂ
관청고의 걸이거나
사쓰상의 오르거나
이니 얼골 엇지 보리
너머 셜어 마옵쇼셔
월궁항아 사라시랴
어디셔 망보더가
집팡막디 휘던지고
장기늘 쎄여들고
얼시구 죠홀시고
오날이야 자바쑤나
네 신슈 불길턴가

〈6-앞〉

암남산 벽겨슈의
뒷동산의 놉흔 봉의
녹슈쳥산 노던 거슬
너의 구족 마죠 자바
싹싹 빌며 셰을 쎄여
두 숀길 마죠 잡고
아가 노흔 져 차아의
관음보살 아미타불
창아첩지 도라가미
바우틈의 쏘진 혜을
취입으로 쇼염ᄒ고
아승목 회쵸리여
삼빅지 오은 장의
갈피을 쌔여니여
디셔특셔 ᄒ여스이
염즁을 어히 홀고
신산 스랴ᄒ이
션영샨의 스랴ᄒ니
개골창의 츠자들이
산역ᄒ기 쉬운 디로
당일 니로 염장ᄒ이

물 머그러 니려던가
쏫틀 보고 니려던가
니 숀의 자바구나
산신 겨우 ᄒ리로다
바우 틈의 쏘자놋코
구별졔슈 우며
갓토이 마자 걸이쇼셔
아미타불 관음보살
갓토리 과부 뒤밋 바다
간신이 쎄여니여
당딩이로 결관ᄒ고
명경을 거러시되
뒷똥나무 빅분으로
삼림쳐사 화츙지구라
쵸상은 칠어시나
이고답답 니 팔지야
골슈 하ᄂ 못만니고
길이 머러 못할이라
향비 업시 터을 자바
불슌일로 발인구나
산신졔 평토졔는

〈6-뒤〉

졔물이 쵸쵸ᄒᆞ이   콩 먹더가 쥭어스이
콩거난 못하리라   가랑입이 □□□□□
쓰리풍앙 빅셜기며   별기 먹은 굴밤다□
쓰나다나 실가 두낫   쩍 기고리 건어 반쪽
□□□□□□□   □□□□□□□
□가유무 형셰디로   □잉져턴 차렷쩌라
졔관 등물 볼작시면   누구 히엿던고
의관 죠흔 □□   헌관으□□겨잇고
□히 조흔 싸왁기은   츅관으로 박겨잇고
판셔셔은 뉘라던고   몸 가보은 날졔비요
져공사은 뉘던고   □관하난 노고지리
노리 죠흔 싸왁이는   쑬러 츅관 안자 고츅하되
우셰차 모연 모월 모일   고의자 쥴례등은 감소고우
현고산임쳐사부군   형지□□하여스이
신발실당 ᄒᆞᆸ쇼셔   신구미셩 ᄒᆞ여스이
혼빅상니이도봉닌   쳥상셔슈근근이나
듸곳□□□□□□   부봉□□□□□□
쳘상을 하랴더이   쇼르기 쩌오더가
쥬례을 구버보고   어느 노미 맛상지요
너란 놈을 쳐가자   □□□□□ 치여
공즁의 툭 차들고   층암졀벽 눕흔 고데

〈7-앞〉

너을덥셕 읍너 안즈
히히 낙낙 죠을시고
감기로 식음이 다 잔터니
오라리야 어덧고나
경상☐☐☐☐☐요
농의가 졔일미요
슈지즁의 졔일미요
상산사호 졔일이요
젼노 죽은 강아지은
크나자나 그 가온디
☐☐☐☐☐☐☐☐
너울너울 츔츄던가
바우 앞의 쩌리져셔
☐☐☐☐☐☐☐☐
☐장사 형경이도
자분 시황 노화잇고
화룡도☐☐☐☐
☐☐☐☐ 연장군도
이도 쏘한 젹션이니
☐☐☐☐☐☐☐☐
학의산 구경ᄒ고

이리 두젹 져리 두젹
이삼일을 굼던 츠의
인간의 졔일미을
문어 젼복 희삼짐은
복어☐☐☐☐☐☐
쳔쵸자반 송엽주는
쳔연일셜 디장도는
쏘마안년 비아디와
연장군의 졔일미라
쎙 한 마리 엇덧구나
☐☐☐☐☐☐☐☐
앗차하고 구버보이
자쵸 업시 슈머구나
☐☐☐☐☐☐☐☐
☐☐☐을 길게 쌔여
항즁 장관 운장도
☐☐☐☐☐☐☐☐
☐☐ 하나 노와스이
자숀은 잘되이라
☐☐☐☐☐☐☐☐
즁노의 허기 만니

〈7-뒤〉

요기초로 무안ᄒ고　　　　탁쥬삼비 먹은 후의
반춰하여 이른 말이　　　　그버지 우리 즁의
긔슈아던 으른이리　　　　풍신도 그만ᄒ고
심덕으로 볼지라도　　　　쟝슈할가 하엿더이
콩 한난을 믓어게셔　　　　남의 슈치 되엿스니
우리야 그런 음식　　　　꿀을 치들 먹을쇼야
케오 ᄂ자 과부 ᄂ자　　　　니 오랄 여게 오자
죽슈셩예 할지라도　　　　빅연언약 ᄒ구지구
가토리 과부 졍식하여　　　눈물노 이른 마리
아무리 미물이라도　　　　졸곡도 아이 지니고
긔가하여 가단 말이　　　　어이 션셩 예법인가
금싱예슈라 ᄒ이　　　　　물마당 금이 ᄂ며
옥츌곤강이라 하이　　　　산마당 옥이 나며
예필죵부 일너신들　　　　님마다 셤길손야
가마구 디쇼하고　　　　　너어 마리 고격ᄒ다
한관무 누어님도　　　　　병풍 뒤에 여어보고
쥬미신의 누어님도　　　　물동우을 놋코가니
하물며 너의더리　　　　　슈결이 당한말가
쏘 한말 드러보소　　　　　옥갓튼 왕쇼군도
호지의 진퇴ᄒ고　　　　　꼿갓튼 양구비도
마외역의 고혼되이　　　　젹막강산 그 풍골의

⟨8-앞⟩

가련쳥산 느이더리
쎡어지면 그 뿐이라
씨토리 죽은 고디
잇써 부형 영감의
가마귀을 조토 보고
부울이도 고이ᄒᆞ다
기좌도 안이ᄒᆞ고
가마귀 디쇼ᄒᆞ고
몸쭝이난 검다 마쇼
오랑히 지셰연지ᄒᆞ여
붕우도 웃지마쇼
니 입과 방불ᄒᆞ고
십연을 칼을 가라
힘디로 셤치ᄒᆞ고
옛일을 물은진디
너의 가풍 네 알손야
그젼난 못 두리라
디취회환 년후의
문박게나 닙시기이라
운가의 더오더가
긴목을 느릿치며

죽어시면 그 뿐이요
고금쳔지 잇슬이니
열여비 못볼너라
틱 나라안자 조상ᄒᆞ고
몸쭝이도 검도 검다
어른이 올작시면
언연이 안자난다
쑤지져 이른 말이
우연 비과산음셔쩌가
이니 몸 검어지고
월왕 귀쳔이도
삼시로 슬케로 먹고
붓차의 원슈을
호경의 도리 안자
피졔후 되엿스이
아미도 져런 노무
니일은 통문ᄒᆞ고
좌상의 병부치고
쳥쳔의 외길너기
셩벽 나라 안즈면셔
너어 무슨 어런인다

〈8-뒤〉

우리도 엿실더가
한츙신 쇼자경이
고국 쇼식 모로걸랄
한천자 안진 압피
어디셔 발건 시
가셰로 보지라도
피눈물노 죠상ᄒ고
나죠이 이른진더
강남의 의지하여
창오산 기인 달의
츈광을 지니더이
남양의 도라온지
으리 가셰 조혼 쥴은
가셰을 볼작시면
암연당의 오리난 놈
후쳬을 구할더이
쇼식을 잠짠 듯고
옹옹 명안 기러기는
관관져구 비둘기는
빕시도령 종이 셔고
길져비난 왜거리요

북희을 거니더가
무관의 오리 갓쳐
셔칙고을 너가 쩌가
니손으로 드려스이
호로록 나라드며
니 안이 어련인야
좌즁의 넌짓 안자
고국을 이별ᄒ고
쇼상강 깁풍 밤의
불여귀로 슬피 울고
천지가 죠관커든
천연이 되어스이
쵸동목슈 물을쇼야
이 즁의 어른이라
엇그적게 상쳬 되어
갓토이 과부되이
죠상츠로 가자셔라
혼셰 예장함을 지고
사모관더 관을 지고
황시영감 배향 셰고
구부지기 칼시노다

〈9-앞〉

갓토리 신부 게 닌나야　　　오리 셔방 드러간다
갓토과부 반만 웃고　　　　교이하여 이른 말이
아모리 미물인들　　　　　겹혼을 ᄒ야던가
궁합도 아이 보고　　　　　비우을 졍할쇼야
오리란 놈 이른 마이　　　　하물며 후실 실낭
남의 과부 더려 갈 졔　　　예의 보고 쳬면 보랴
신낭 신부 한듸 가며　　　궁합이야 졀노 맛치
날이나 집허 보자　　　　일싱싱기어즁쳔의
살히졀쳬사즁유□　　　　션쳔으로 집허 보자
션쳔으로 집허 보니　　　니일은 즁당이요
모릭는 히살이요　　　　오랄 바미 웃듬이라
잠말 마고 자자시라　　　갓톨과부 이른 마이
싱이난 엇더ᄒ고　　　　오리난 놈 이른 마이
자셔이 들어보쇼　　　　싱의난 묻지 마쇼
봉니 명쥬 바닷물의　　　모든 신션 비을 타고
오락가락 하는 양은　　　와연 구경하이
구경이 조혼이　　　　　여게사 ᄯᅩ 인던가
쇼상강 동졍호로　　　　사방으로 집을 삼아
오락가락　　　　　　　님으로 홀터던고
은인옥쳑 죠혼 싱션　　　실토록 장복ᄒ이
물싱의 ᄯᅩ 인던가　　　갓톨과부 이른 마이

⟨9-뒤⟩

물싱이도 죠컨이와
천봉만학 놉흔 봉의
사십팔방 구경ᄒ고
동원도리 만발ᄒ고
꾁고리로 노리ᄒ고
니런 경이 또 인던가
다 쥬어 노젹ᄒ고
뉘 아이 불워ᄒ여
그런 비□ 니도 마쇼
오리란 놈 하일 업셔

육지싱이 비할숀야
가험둠살 올너 안자
시졀도 사월이라
만쳡쳥산 풀 푸른디
공작으로 츔을 츄이
쳔봉만학 산실과로
슬토록 장복ᄒ니
이런 싱이 또 인넌가
오리 싱이 비할숀야
그리나 일거 보자셔라

●화셜 텬디기 벽이 후로 음양이 싱긴

후로오 힝니 심양 나만물리 풍셩 후여 산

여흐로ᄌ 람이 이요 어린거슨 슴 셩이라 모ᄎᆞᆯ

도 산 밥 이요 우츙 도 샹 빅이라 단 봉 비 취

고 다 평이 몸니 픽 슈의 과 오섯 이요 별로 ᄒᆞᆯ

화 츙여 긔 무 왕이 벼 르 츄 후의 우 름 소 릐 감 도 ᅌᅳᆯ

그 월 샹 시 즉 궁 글 지 동모 의 우 름 소 릐 감 도 ᅌᅳᆯ

즉 쉬 할 졔 황 졔 게 ㄹ 린 비 오 샤 꼬 리 죠 흔 숫

탁 기 ᄯᅢ 소 릐 죠흔 호 안 아 들 우 리 게 비 할 손 가

우 리 ᅌᅳᆯ ᄯᅡ ᅌᅳᆯ 손 가 산 금 의 현 졍 오 ᄂᆞᆫ 소 ㄹ ᅟᅵᆷᅟᅳᆯ

징긔젼

〈징긔젼〉은 줄글로 이루어진 15장본(29면)의 필사본이다. 가사 〈빅발가〉와 소설 〈징긔젼〉의 합철본으로 되어 있다. 표지에 "징긔젼 빅발가"라 나란히 쓰여 있고, 먼저 귀글의 가사 〈빅발가〉가 8장(16면) 분량으로 적혀 있다. 〈빅발가〉가 끝난 다음 장에 제목이 없이 〈징긔젼〉의 본문이 바로 시작하고 있다. 이 작품은 "화셜"로 시작하는 고소설 어투를 가지고 있는 것으로 보아 비교적 후대에 이루어진 것으로 보인다. 작품의 말미에 "뎡미 원월 이십일 미당 샹방 필셔"라 써 있어, 1907년에 필사된 것임을 알 수 있다. 작품의 내용은 비교적 대동소이하게 진행되고, 후반부에는 솔개와 맏상주 삽화 후 갈가마귀가 구혼하는 장면이 이어진다. 수절 논란이 이어진 후 긔불쳠지가 나타나 나이다툼을 벌이던 중 갑자기 장끼 한 마리가 나타난다. 장끼는 갈가마귀를 쫓아내고 까투리와 새끼들을 데리고 의기양양하게 녹수청산으로 간다는 내용으로 결말을 맺고 있어 특징적이다. 이 이본은 덕성여대 국문과 최진형 교수가 소장하고 있으며, 구활자본 이전의 소설본으로서 의의가 있다.

출처 : 최진형 교수 소장본

⟨1-앞⟩

화셜 천지기벽 이후로 음양니 싱긴 후로 오힝니 싱ᄒ니 만물리 풍셩ᄒ여
산영홀 ᄌ 스롭이요 어린거슨 즘싱이라 모층도 삼빅이요 우층도 삼빅이라
단봉비취 모다 ᄲᅵᆼ의 몸니 되스니 의관 오쇠이요 별호ᄂ 화층이라 무왕 이별
쥬 후의 우름소리 감동ᄒ고 월샹시 죠공홀 졔 동묘의 딜린 비요 쥬쳔ᄌ
즉위할 졔 황졔계 드린 비오 ᄭᅩ리 죠흔 슛탁기며 소리 조흔 호안인들 우리게
비할손가 우리을 ᄶᅡ을손가 산금의 쳔셩 오ᄂ 스롭을

⟨1-뒤⟩

멀리 보고 우리가 벽계샹의 울울챵송 졍ᄌ삼아 츈풍의 드린 샹실 임의로
주어먹고 임ᄌ업시 살러 날갓□ 지조 뉘 잇스리오 방빅슈령 슬더 업고 왕후
쟝샹니 가슈롭다 평싱의 비 실토록 죠흔 실과 쟝복ᄒ니 그 안니 죠홀소냐
죠흔 ᄭᅩ리 쟝목 사명긔의 치레ᄒ고 화방의 쟝목비와 졍방도리치 여긔져긔
둘너시니 공덕인덜 읍실손가 평셩의 조흔 풍치 슐풀 밋터 숨어다가 훤환셰
계 볼랴ᄒ고 빅운산쳔 만봉의 동셔남북으로 구경ᄒ고 허위허위 올라가셔
나음 조흔 보라

⟨2-앞⟩

믹가 풀곳터 쩡렁일 졔 소리 조흔 슈알치는 우여 소리로다 니 자맛ᄂ 사양긔
ᄂ 이리 져리 가며 속시 속의 쩍갈 밋희 뒤젹뒤젹 차자드니 스라날 길리
젼혀 업셔 슈풀을 계우 츠자 가만가만 ᄌ취 업시 죽은드시 숨어더니 푸지기
군 총민 포슈 울레갓치 츠ᄌ 연삼사일 쥬일 즘싱 이 어디로 가즌 말가 샹ᄒ
평 눈 녹은디 드른 쏭낫 먹ᄌᄒ니 긔엄긔엄 올나갈 졔 져 장긔 치레 보소
다홍디단 견믹이며 초록궁쵸 갓ᄒ고 빅방슈화쥬 고젹씨고 쥬먹 벼실 옥관

ᄌ의 열두장목 만신

〈2-뒤〉

풍치 니리 보고 져리 보고 디장군도 맛당ᄒ고 ᄭᆫ토리 치레 볼작시면 반금
비단 져구리며 문속 비단 침마 입고 밋시 조혼 머리고기 고히 비셔 단장ᄒ고
열두 쌀 아홉 아들 압셰우고 뒤셰우고 좌우 정젼 밧머리의 치례로 드러갈시
쥬셤셤 먹어가이 일포식도 지슈로다 연일 공복 치우야고 그 무어셜 가히리
요 졈졈 드러가노니 눈더읍던 부른 콩 한낫치 덩그억켜 노여거날 장기라
놈 어픗 보고 한ᄂᆫ 말이 니복이니 먹어보ᄌ 어화 그 콩 소담ᄒ다 희도 먹지
말소 ᄭᆫ토리 이른 말이 부디 그 콩

〈3-앞〉

먹지소 셜상의 유인젹ᄒ이 그 콩 안니 슈상한가 ᄯᅩ다시 살펴보이 다른 ᄌ
취 별노 읍고 입으로 불려스니 그 안이 슈상한가 졔발 그 콩 먹지 말소
장기 이른 말리 예라 니연 무식ᄒ다 잇ᄯᅥᆯ 살펴본이 동지셔달 엄동니라
쳡쳡니 막힌 눈의 곳곳지 덥펴스니 청산의 조비졀이요 만경의 인죵별이라
어니한 인젹이 셜상의 잇시리요 간밤의 ᄭᅮᆷ을 ᄭᅱ이 황학을 빗겨 타고 쳥쳔
의 소사 올나 옥황계 죠회ᄒ여 옥황이 ᄒ교ᄒᄉ 살임쳐ᄉ 봉ᄉ시고 만셕군
의 ᄭᅩᆼ ᄒ나을

〈3-뒤〉

니리신니 올날 이 ᄭᅩᆼ 보이 반갑도다 긔ᄌ도 감식이요 갈ᄌ도 니음이라 ᄒ물
며 ᄭᅮᆷ던 차의 오날이 식견이라 하나임니 쥬신 비라 너엇지 마다ᄒ리 갓토리
일은 말니 그 ᄭᅮᆷ 식아라 니 ᄭᅮᆷ을 볼작시면 무비 다 슝몽이라 니후의ᄂᆫ

과읍니ᄂ 심셔볼가 싼토리 이른 말니 삼경의 꿈을 꾸니 천근드리 무쇠가마 자니 머리 흠벅 씨워 만경청파 깁흔 소의 아죠 풍덩 쌔져 본니 나 혼ᄌ 그 물기로 슬피 통공ᄒ여 뵈니 ᄌ니 죽을 흉몽니라 제발 그 꿍 먹지 말소 장끼라 놈 니른 말니

〈4-앞〉

그 꿈은 더욱 조타 디명니 요란할 졔 구완병을 쳥ᄒ거던 니 몸니 장슈되여 투구을 놉피 쓰고 압녹강을 근너 가셔 즁원을 구졔ᄒ고 승젼고을 높피 울여 쥬위디장 되오리라 쌋토리 ᄒ는 말리 간밤의 꿈을 꿈니 어른 단장ᄒ고 ᄌ손은 잔치헐 졔 스물두폭 빅치일과 셔발 가옷 오죡더가 두 동강의 부러지며 ᄌ니 머리 너머리 한 칼노 션득 비여 뵈니 답답한 일 볼 꿈이로다 삼경 말의 꿈을 꿈니 낙낙장송 만첩한디 하교성과 삼티셩과 지미셩이 두류 안고 견우 증여셩 은하슈

〈4-뒤〉

을 둘너 잇고 그 중의 일졈셩니 ᄌ네 압회 쩌러지니 ᄌ니 장셩 안일넌가 삼국젹 졔갈양 츄야 달근 밤의 장셩이 쩌러지니 이 안이 불한가 각별 조심ᄒ소 장기라 놈이 이른 말이 그 꿈은 더욱 조타 장셩이 쩌러지니 일낙셔산 금야시의 화초병풍 자듸방의 취니불 돌벼기며 갈량입 니불 덥고 너와 날과 흔몸되여 오동츄야 긴긴밤의 질길 꿈니 아일넌가 부러져 보인 일은 헌원씨 어마님도 북두칠셩 졍긔 어더 귀ᄌ을 나흐시고 견우직여셩은 칠월칠셕 샹봉ᄒ

〈5-앞〉

야스니 네 몸의 터긔 잇슬 ᄭᅮᆷ이로다 다른 ᄭᅮᆷ ᄭᅮ지 말고 그런 ᄭᅮᆷ만 ᄆᆡ양 ᄭᅮ소 쌋토리 이른 말리 ᄉᆡ벽의 ᄭᅮᆷ을 ᄭᅮ니 ᄉᆡᆨ져구리 ᄉᆡᆨ치마의 이ᄂᆡ 몸의 단장ᄒᆞ고 져 근너 청산 속의 위연니 논니ᄂᆞᆫ듸 난듸업ᄂᆞᆫ 청삽사리 와셔 셕벽을 ᄎᆞ져드러러셔 ᄡᆞᆯ을 옹고리고 발톱으로 허위치니 경황실ᄉᆡᆨ 간듸업셔 삼밧흐로 드러가니 굴근 삼ᄃᆡ 부러지고 잔 삼ᄃᆡ난 슬허져셔 이ᄂᆡ 몸의 휘휘친친 감겨 뵈니 이ᄂᆡ 몸 상부ᄒᆞ여 삼옷 니불 흉몽이라 졔발 적션 그 콩 먹지마소

〈5-뒤〉

쟝씨 ᄃᆡ로ᄒᆞ여 이리져리 일은 말니 기동셔방 마다ᄒᆞ고 ᄉᆡ니낭군 길기다가 참바로 동여 ᄆᆡ고 북지어 동ᄂᆡ의 회시ᄒᆞ고 나죵의 쥬리 틀고 난쟝마질 ᄭᅮᆷ이로다 그런 ᄭᅮᆷ말 ᄂᆡ도 말소 압졍강이 부러지리 쌋토리 무참ᄒᆞ여 죽은다시 물러나며 묵묵히 잇다가 ᄯᅩ다시 나가셔 경계ᄒᆞ여 일으되 봉비쳔인의 긔불탁속은 ᄃᆡ장부의 염치오 홍명슈국의 비필ᄒᆞ노ᄂᆞᆫ ᄃᆡ장부의 근심이오 근심ᄒᆞ면 염치도 볼거시니 안ᄌᆞ의 도덕은 단취을 질겨ᄒᆞ고 ᄇᆡᆨ의

〈6-앞〉

츙졀 염치 주속을 불식ᄒᆞ고 쟝ᄌᆞ방의 지혜 염치도 벽곡ᄒᆞ여시니 ᄌᆞᄂᆡ 비록 미물인들 졔발 그 콩 먹지말소 쟝씨 이른 말리 예의을 모로거든 염치범졀 엇지 알리 그런 말 가슈롭다 안ᄌᆞ의 도덕 염치 삼십의 죠ᄉᆞᄒᆞ고 ᄇᆡᆨ니 슉졔 충졀 염치 셔산의 아샤ᄒᆞ고 사병벽곡 장양은 젹송ᄌᆞ을 못만나 셔움후로 죽어스니 염치도 부절업고 먹난거시 졔일이라 호타하ᄆᆡᆨ반은 문슉이 달게 먹어 필경 귀히 되어 광무 황졔 되여시며 회음셩 ᄒᆞᆫ모모 식은 한

〈6-뒤〉

이 달게 먹은 후 흔국디쟝이 되어스니 그 콩 먹고 크게 되올이다 쌋토리 흐난 말리 쏭 먹고 크게 되단 말가 그런 말 너도 말나 동방 급졔 오눌 흐고 잔디찰방 슈망으로 쳥산부사 이직흐고 평산부ㅅ 승젼흐며 죠발 현달흐리 그 콩 먹지 말소 도라다도 보지 말소 호셩오사흐는 마음 져마다 잇건마는 웃지 그디 승품으로 그디도록 고집흐는요 옛글을 볼죽시면 고집불통흐다가 망신흐온 일니 역역히 아즁스라 진시황의 어린 고집 부모의 말 아니 듯고

〈7-앞〉

인심 소동흐지 삼십 년의 이세 망국흐고 오즈셔의 고든 말을 오왕니 아니 듯고 동문의 걸인 눈니 월명셔로 보아시며 굴언의 고든 츙언을 초혜왕니 아니 듯고 명나슈의 가린 혼이 두견시 슬피 울고 즈니 고든 고집으로 너말을 우이 듯지 말라 굿흐여 그 동 먹고 망신흐고지 하의 후회막급이라 쏘 너몸을 원망말쇼 져 쟝끼 일은 말리 네 말리 무식흐다 옛글을 볼죽시면 콩 티자 든디 마다 오리 살고 귀히 되고 부즈도 멧멧치며 티고젹

〈7-뒤〉

턴황씨는 일만팔천 셰을 스라스며 티호 복희씨는 풍승이 쟝승되여 십오 셰을 계계승승흐여 뉵빅육년을 젼흐고 한티죠 고황졔와 당티죠 명티죠는 풍진세계 쳔살고 티평셰 되여슨이 여러 곡셕 즁의 콩 티즈 죠흘시고 궁괄십 강티공도 문왕의 디티쟝 되어 목안의 한을 일위 졔왕이 되어슨니 그 안이 희안흔가 니티빅도 그경상쳔 하여잇고 북방의 티을셩도 셩즁의 우씀이라 나도 니 콩 먹고 티공갓치 오리 살고 티빅갓치 긔경하여 티을과 되

〈8-앞〉

올나라 갓토리 이른 말니 인졔는 하리옵소 니 아모리나 헐 슈 읍소 장끼라 놈 그동보소 콩 먹그러 드러갈 졔 열두 장목 아홉 깃셜 드려고 구벅구벅 고기 슉겨 쥬금쥬금 나아가셔 남날갓튼 쇠부리 덥셕 집어 문니 두고기 치는 소리 졍신이 간던옵다 낭ᄾ중의 스십근 철토로 진시황의 뒤소리을 치는 소리로다 여름날 급한 비의 벽역치는 소리로다 가련ᄒ다 져 장끼 야삼훈칠 혼 나려는다 ᄶ앗토리 형상보소 딩골딩골 구류면셔 한슘 쉬고 이른

〈8-뒤〉

말니 인졔는 ᄒ일 읍니 니말을 드러더면 져 지경 되어슬가 져 쟝끼 그동보소 슘찬 중의 이른 말니 에라 니 년 요란ᄒ다 션미련 후실긔라 죽는 놈니 탓헌들 쓰디 인나 호환의 갈 쥴 알면 뉘가 손의 가며 슈화의 들 쥴 알면 비의 들 니 뉘 잇스리 니 신슈 불길ᄒ니 독의 들면 면할소야 사싱은 믹으 안다ᄒ니 믹니ᄂ 살펴보라 ᄶ앗토리 니른 말이 텨츙믹은 긔졀ᄒ고 중믹은 슬러지고 신믹은 비안ᄒ고 참믹은 니상ᄒ고 명믹

〈9-앞〉

은 긋쳐가네 장끼라 놈 다시 보고 하는 말리 인졔는 하일 읍다 믹은 그러ᄒ거니와 안쳥이나 살펴보소 갓토리 다시 보고 허희 탄식 이른 말니 외편짝 눈의 부쳐동ᄌ 쳣ᄉ벽의 ᄶ엇나가고 오른편짝 눈의 부쳐동ᄌ 이젹의 ᄶ어나야 고 ᄌ랑보의 보집싸고 쳣지낭군은 으더다가 박송고리 치여가고 둘지낭군은 더다가 푸지기 ᄶ어며가고 셋지낭군 어더다가 ᄉ랑도 못ᄒ고 져리 되여스니 조신ᄉ을 맛츳던가 풀긋터 이실인가 단불의 나뷘

〈9-뒤〉

런가 니쭘의 잇난 맛비아기 혼인둥졀 엇지ᄒ고 비의 잇난 유복아기 회산구
완 뉘가 할고 빅연동낙 ᄒᆞᄌ더니 천고영결 된난고나 져갓치 고흔 풍치 어디
가셔 다시 볼고 쟝끼란 놈 ᄒᆞ는 말리 반눈만 쓰고 허위 탄식 달은 말 다
버리고 상부ᄒᆞ는 가문의 쟝가 드러어던니 원간 니 신슈 그러나 사자는 불가
부싱이라 ᄒᆞ여스니 다시 볼 슈 읍다 굿ᄒᆞ여 볼야 ᄒᆞ거든 니일 아침 죠식ᄒᆞ고
챵아쳠지 뒤짜라셔 츙쥬쟝의 맛나거나 목쳔 아니쟝의 맛나거나

〈10-앞〉

관형고의 걸여거나 사도샹의 올나거나 어디 가면 다시 볼가 죽는 놈만 원통
ᄒᆞ지 사는 놈은 사노이라 너무 셔어 말나 쳔샹의 홀노 잇는 월궁향아 실어시
랴 이렁져렁 말할 젹의 챵아쳠지 그동 보소 슈풀 밋테 슘어다가 급히 쮜여
니다르며 혼파랑니 숙겨 스고 짐펑막디 것더 집고 허위허위 달여드러 쟝끼
을 쪠여 들고 희희낙락 질거웨라 춤을 츄며 일은 얼스졸스 죠흘시고 쳔년
묵은 쟝끼란 놈 네 신슈 불길흔가 니 죄쇼가 용ᄒᆞ던가 암니 벽계슈의

〈10-뒤〉

물 먹으랴 나려왓던냐 뒤동산 샹샹봉의 꼿철 보랴고 ᄂᆡ려왓던가 녹슈쳥산
노던 거시 니손의 즙피고나 너을 만니 줍아 산신게 졔스ᄒᆞ올이라 다시 빌며
혀을 쪠여 ᄇ위틈의 쓰즈노고 두 손을 마죠 줍어 구벅구벅 졋스오디 악가
치인 져 챵의 쌋토리 마자 줍고져 근너 잇는 쑹을 다 줍피게 ᄒᆞ옵소셔 아미
타불 관음보술 챵아쳠지 쩌나가니 까토리 즉시 돌틈의 혜을 보고 운일면셔
간신니 ᄉᆡ여 쥐입으로 소렴ᄒᆞ고 딩딩이로 결관ᄒᆞ여

〈11-앞〉

동목 휘츄리로 명졍을 그려스니 디쟝지원으로 갈리을 흠벅 풀러 살쳐스
황츙지구라 디셔ᄒ엿더라 초죵은 칠러건이와 쟝스을 어이ᄒ며 명산을 ᄎ
지랴니 풍유을 못만나고 고손의 안쟝ᄒ랴 ᄒ니 길니 머러 못가리라 명산디
쳔 갈의여셔 산역ᄒ기 죠흔 디로 상비을 시당흔 후 불쥬시 별인ᄒ고 당일노
영쟝ᄒ니 산신 평토졔는 졔물리 소소ᄒ고 콩먹다가 죽어스니 콩이나 노홀
소냐 가랑입 니슬 바다 말근 슐 흔 잔

〈11-뒤〉

ᄒ고 빅봉영 빅셜기며 씨나 다나 실과 두어ᄀ지 녹코 속시 씌로 터을 노와
급한 디로 졔물을 그렁져렁 ᄎ려더라 집사 분졍 볼죽시면 누고누고 모혓던
고 의관 죠흔 공죽이며 얼골 죠흔 학두루미 옷 잘입은 꾀고리이며 두루미ᄀ
헌관 차졍ᄒ고 소리 죠흔 ᄯ아옥이며 목쳥 죠흔 곤이씌로 츙관을 밋겨시며
졔집사 누구누구넌고 몸 날난 지비며 졔물집사 누굴넌고 말 잘ᄒ는 너굴이
며 잉모시와 ᄯ아옥니 굴러 안ᄌ 축

〈12-앞〉

을 외오난디 유셰차 모연 모월 모일의 고자 쥬픠등은 감쇼고우 현고살임초
사 부군 신지읍시 형지둔셕 션반실당 ᄒ옵쇼셔 귤신쥬의읍셔혼빅상의인보
야쳠작셔수 망구이통 상향 축사를 맛친 후 부복흥 지비ᄒ고 쳘상을 막ᄒ던
니 난디업난 솔긔가 ᄯ러드러 와 쥬픠등 구버 보고 어늬 놈이 맛상졔나 니
ᄒ나 꾀여 가자 얼픗 달여드러 공즁의 툭 차 들고 졀이 놉픠 안져 이리
뒤젹 져리 뒤젹 죠홀시고 이셔일 감긔 들어 구미 달지 안이 ᄒ든이 인간의
졔일미를 오날날니야

〈12-뒤〉

으더도다 문어 졈복 홍희삼은 경지상의 졔일미요 보리밥의 파김치는 날션
비 졔일미요 젼쵸스 송엽쥬는 죠좌즁의 졔일미요 쳔연일셩 희산도는 장스
놈의 졔일미요 가리 안의 병아리 연장군의 졔일미요 졀노 죽은 강아지는
오힝슈의 졔일라 그러나 져러느 꽁 한 마리 으더스니 질겁도다 희희낙락
어루다가 돌라리 쩌러져 가랑입 속의 자최 업시 숨어스니 할 일 읍셔 물너
안져 덕쓰구 이른 말이 영장샤 형샹이요 삼쳑금 집퍼다가 아방궁 살슈ᄒᆞ여
잡은 진시황도 노

〈13-앞〉

삼국젹 관운장도 화룡도 드러가셔 짓쳑 죠분 길의 잡은 죠조도 노코 야칙한
영장군 쥬픠 ᄒᆞ느 노와스니 그도 쏘한 젹션일다 즈손의계 음덕니 느리라
할 졔 느디없스 티힝산 갈가막귀 학가산 구경ᄒᆞ고 치려로 죠상ᄒᆞ고 탁쥬
삼비 먹근 후의 광광한 금옥으로 니른 말니 여러 븐님 즁의 풍신도 훌늉ᄒᆞ고
심덕도 갸록ᄒᆞ고 디장군도 맛당ᄒᆞ고 디부장의 풍치로 콩 한느을 탐여 황
쳔원혼 되어스니 인간의 후회되고 치구의 슈치되니 날러는 뒤덜미을 치먹

〈13-뒤〉

그리도 먹을손가 그러느 초종장 맛쳐 문장 느즈 명필 느스니 그디 맛참
과부되즈 느도 맛참 환부되여 오날 작슈셩예 ᄒᆞ여보셰 빅년히로 웃더ᄒᆞ오
샷토리 경식ᄒᆞ고 눈물노 이른 말니 아모리 미물인들 졸곡도 못지니고 긔가
ᄒᆞ여 가는 말이 어더 잇는 예문인고 금싱슈라 ᄒᆞ들 물마다 금니 느며 옥츌곤
강니라 ᄒᆞ들 뫼마다 옥니 느며 여필죵부라 ᄒᆞ들 임마다 좃칠소야 가마귀
디로ᄒᆞ여 네 말니 괴약ᄒᆞ다 쏘흔 무슈의 임도 병풍을 쌍 덥고

〈14-앞〉

쥬미신의 어마님도 물동이을 녹코 간이 흐물며 너갓튼 미물이 슈졀코즈
흐단말가 쏘 한 말 드러보소 옥갓튼 왕소군도 한국을 이별흐고 호지의 지토
되고 꼿갓흔 양귀비도 산의 고혼되니 졍막쳥산 깁흔 곳졔의 가런 쳥산 네
몸이니 죽어지면 그만니요 고금쳔지 살펴보니 슈졀한다 비 셰운 걸 못보와
다 헐 졔 긔불쳠지 느려와셔 조상흐고 안지면셔 가마귀럴 도라보고 몸쏭니
거문 즁의 데□ᄂ 쥬동니도 고약흐다 으른 보고 그거도 안

〈14-뒤〉

니흐고 어면연니 안져ᄂᆫ야 가마귀 디로흐여 노식으로 이른 말니 몸동이
거문거슨 운연비러산음이라 오락희지셰연지라 가오□지희지션녀라 쏙리
ᄂᆫ 웃지 말나 월왕 구쳔이도 니입과 방불흐니 십년을 싱취흐고 십년을 교훈
흐여 오왕의 원슈을 갑고 쏘 디로 셜치흐여 회계로 도라드러 펴졔후 되엿스
니 너의들리 모로거든 디례을 어니 알니 아마도 져런 말 듯고 그져 두지
못흐니라 니 일노 통문흐여 취흔 후 비를 쥬

〈15-앞〉

고져 갓치 투식흐니 힝셰치 못홀지라 이런 슈작홀 젹 쇼명 쟝끼 급급 나려와
셔 흐는 말리 나ᄂᆫ 쥬인이요 손들은 동종이라 예붓터 우리 가문의 이런
말은 듯지 흐여노라 가마귀을 즐칙흐고 두 발노 굴너 멱을 츠브리고 쌋토리
쥬픠등을 츠례로 압셰거니 뒤셰건니 의게양양흐여 녹슈쳥산으로 깁피 드
러 가드라

뎡미 원월 이십일 믜당 샹방 필셔

쟝치젼단이란

큰이죠판호을제만물이플싱ᄒᆞ니최령ᄒᆞᆫ

이ᄉᆞ람이요셔라칼사김싱이라유목츄도삼

빅이오유수츄도산박인라음양오힝졍긔오

졍싱의몸이되여시니십관은오셩이오별노문화

츙셔라무졍시졔탕찰졔우룸스로갑동ᄒᆞᄀᆞᆸ살ᄉᆞ쳔

바치도산셕을지쳐산사쳔자긔죠ᄭᅩᆼᄒᆞ니ᄭᅩᆼ젹식갈

쳔실효ᄂᆞ시셰ᄉᆞᆼ사람드라구뒤셔자보라고슬버ᄒᆞ게

시긔가이나ᄂᆞ갓용졈자살ᄯᅩ산지셥시사노믐슨긔

션코자바다가산뒤육졍ᄇᆞ버실호룩자복츄ᄭᅩᆼ

콩낫풋밧죠촌잠목츄ᄉᆞ스로셋바네서벽셩슈셩긔

셔치례효ᄭᅩ셜비몸헐비ᄆᆡ손ᄀᆞᄭᅩᆫᄂᆞ두로써ᄂᆞ이

장치젼단이란

　〈장치젼단이란〉은 9장(17면)으로 이루어진 필사본으로, 작자와 연대 미상의 작품이다. 낙장은 없으나 작품 내용이 장끼의 죽음과 유언으로 끝 맺고 있다. 장끼 유언 마지막 부분의 "어디 민나 볼가" 뒤에 '가'가 덧붙여져 있는 것으로 보아 필사가 중단된 것으로 판단된다. 작품 말미에 무가와 관련된 낙서가 씌어져 있으며, '인쳔항구', '남도북도 관찰부' 등 개항 이후 일제강점기의 어휘가 보인다. 글씨체가 조잡한 편이며 중간 부분의 글씨체 와 글자 크기가 앞부분과 다르다.

　이 이본은 장끼가 까투리에게 장터에서 자신을 찾으라고 당부하는 장면 에서 끝을 맺고 있는 만큼, 장끼의 제사와 소리개의 등장, 여러 새들의 나이 다툼과 청혼 등 장끼전의 일반적인 화소를 포함하고 있지 않다. 다른 이본과 달리 작품 중간 부분에 '韓信(한신)', '漢宗大將(한종대장)' 등의 한자가 그대로 적혀 있다. 또한 까투리가 장끼에게 콩을 먹지 말라고 만류 하며 "그 콩을 먹으오면 초입사 부직ᄒ고 잔디찰방 이직ᄒ야 황쳔부사 츄 고마자 도미젼형 ᄒ올지니 졔발 그 콩 먹지마쇼 부디 그 콩 먹지마오 쟝기 란 놈 노즁내여 아니 먹고 어이 살야 네나 먹지 말고 아사귀신 되여셔라"하 는 부분이 반복되고 있다.

출처 : 박순호, 『한글필사본고소설자료총서』 84권, 오성사, 1986.

〈1-앞〉

장치견단이란

건곤이 죠판홀 졔 만물이 품싱호니 최령할 시 스롬이요 어라할 사 김싱이라
유모층도 삼빅이요 유우층도 삼빅인라 음양오힝 졍긔오져 꿩의 몸이 되여
시니 위관은 오식이요 별호는 화층이라 무정이 지탕할 졔 우릅으로 감동호
고 월샹씨 헌박치도 삼역을 지쳑 삼아 쳔자긔 죠공호니 공덕인달 업실쇼냐
이 셰상 사람드라 구틔여 자부랴고 울님벽계 시니가 위 낙낙장숑 졍자삼고
임지 업시 사는 몸을 기연코 자바다가 삼틴육경 슈령방빅 실토록 장복호고
콩낫 풋낫 죠흔 쟝목 층층으로 쏘바니여 병영슈영긔쩍 치례 쵸당션비 몸철
비예 온가지로 두로 씨니 이

〈1-뒤〉

니 사력 젹울소냐 드로 고샹기 닌 후의 휜휜 셰계 보랴 흐고 빅운산 뉴릉북
울 허휘허휘 울나가니 건네 말울 김도숨며 너메 마울 박도숨며 히동창파
보리미며 미바든 슈월자며 모리군 산영긔가 예셔 덜넝 져셔 휘이 잔숑목덕
입을 쑤젹쑤젹 츠ᄌ오니 오쟝이라 녹을닷 어디로 가잔말가 심동셜한 즈린
구복 엇지흐야 연명흐리 동일가이 죠흔 볏티 상하평젼 눈 눅은 디 간혹
콩낫 들여시니 쥬으로 가자셔라 의복힝쟝 차일 젹의 쟝기 치려 볼작시면
화휘디도 옷고름의 쵸록

〈2-앞〉

궁쵸 깃슬다라 콩낫 풋낫 쩨친 쟝목 빅방사쥬 동졍 숫고 쥬먹 베살 옥관자는
쟝부 틴도 죠홀시고 갓토 단쟝할 졔 토식두신 져구리 북 져포 긱기 젹삼
남방 사쥬 홋단 치미 돗짓 치마의 누역 머리 곱계 빗고 열두 쌀 아홉 아달

시물한나 주려등을 압셰우고 뒷셰우고 어셔 가자 밧비 가자 흑평젼 밧마리
예 쥴쥴리 느러셔셔 날낭은 이 골 줏고 널낭은 져 골 줏자 고박고박 고기
쥬어 졈졈 쥬어 드러가니 미셜 한풍 향양흔디 난디업눈 불콩 한나 덩그러게
뇌여쑤나 장기란 놈 디혹흐야 어화 그 콩 싱싱흐고 어화 그 콩 쇼담흐다
쳔불싱무록이니 니복이니 먹어보자 갓토리 말이 셜상의 유젹흐고 금사옥
사 빗최오니 그 자

〈2-뒤〉

최 고이흐니 장기란 놈이 미련흐다 잇쩌을 싱각흐니 동지셧달 엄동이라
쳡쳡이 싸인 눈의 골골리 덥펴시니 쳔산의 죠비졀이요 만경의 인죵멸이라
금슈도 드물거든 사람 자최 잇실쇼냐 갓토리 이른 말이 어져 밤 이경흥이
한 품의 잠을 자고 도라 누어 쑴을 쑤니 북망산 샹샹봉이 찬 바람이 이러나
며 티아검 드눈 칼로 빗 죠흔 자니 목을 얼풋 션듕 벼혀뵈니 자니 죽을
흉몽이라 졔발 그 콩 먹지 마쇼 부디 그 콩 먹지 마쇼 쟝기란 놈 일은 말이
그 쑴 죠타 히몽흐자 ○ 춘당디 틱평과의 ○ 문무방의 쟝원흐야 ○ 이니
몸 쟝슈리이 ○ 투기을 무릅쓰고 ○ 압녹강을 건네 가셔 ○ 즁원을 당직흐고

〈3-앞〉

○ 고국으로 도라올 졔 ○ 황히슈 익병을 시쳐 ○ 승젼곡을 놉희 울여 ○
수륙지쟝 되오리라 ○ 갓토리 이른 말리 삼경이리 쑴을 쑤니 월졍명 삼오야
의 낙낙즁셩 만쳔흔디 겨우 셩지셩 은은흐고 슈마죠 닛고 삼틱셩 흐긔셩
노은 북두을 둘너난디 느디엄난 일졈셩니 공즁의 쑥 덧더져셔 자니 읍픠
뇌여뵈이니 자니 죽을 흉몽이라 삼국시졀 졔갈양도 오장원의 운명할 졔
장셩니 쩌러져셔 여합부졀 죽어시니 졔발 그 콩 먹지마오 부디 그 콩 먹지쇼

장기란 놈은 ᄆ리 그 ᄭᅮᆷ 죠타 히몽ᄒ자 옛글노 볼작시면 황졔

〈3-뒤〉

시어마님도 북두쥬셩 졍긔타셔 황씨을 나아잇고 견우셩 직여셩도 칠적상
봉 연분니라 네 몸의 틔긔인셔 ᄋ달 일몽이라 갓토리 니른 마리 좃코 죠흔
그런 ᄭᅮᆷ은 밤밤마다 ᄭᅱ여ᄃ고 갓토리 니른 말이 사경 아러 ᄭᅮᆷ을 ᄭᅱ니 어투리
가자 ᄒ야 좌상의 잔치할 졔 시물두폭 치이 일어 □셔발가욋 가로지러 질근
동 부러져셔 만당빈긔 훗터뵈니 치일 덥퍼 뵈기는 다 왕왕 아니로다 월창망
오경밤의 화됴병풍 진치장판 등□볘기 칙임요의

〈4-앞〉

□□□□□ 덥고 너와 나 흰 몸 되야 이리져리 할 ᄭᅮᆷ이라 갓토리 니른 말이
히조역의 ᄭᅮᆷ을 ᄭᅮ이 빈몰 식겨구리 식츠마의 머리구부 곱계 빗고 거리 잔
산단이마가 난대업논 더펄개계 막 죠기여 갈 듸 업셔 삼밧터로 드러가니
가닥이 ᄂ니 몸 오만신의 휘휘친친 감기여셔 사ᄃ삭신 뭇겨뵈니 이닉 몸 과부
되야 상복 이불 흉몽이라 졔발 그 콩 먹지 마오 부듸 그 콩 먹지 마오 장기란
놈 듸로ᄒ야 엽발노 횟두루쳐 이리 차며 져리 츠며 방졍마진 져연아 근분셔
방 마다ᄒ고 신인남진 질기다가 쳥사홍사 ᄃ홍사로 질근동 북겨믹여 북지
여 회시ᄒ야 난쟝마질 이 ᄭᅮᆷ이리

〈4-뒤〉

이 ᄭᅮᆷ 말 다시 말아나 압장강이 ᄶᅥᆨᄯᅳ이라 갓토리 무참ᄒ야 져근 다시 물너다
가 ᄯᅩ 다시 나와 드러 경겨ᄒ야 이로 말이 안츠의 도학 염치 누항의 슈잇고
이겨의 츙졀 염치 쥬속을 마다ᄒ고 쟝양의 지혜 염치 사병벽곡 ᄒ여시니

자네 비록 미물이나 군자 염치 본을 바다 제발 그 콩 먹지 마오 부디 그
콩 마오 장기란 놈 거동 보쇼 허허 디소 ᄒ난 말이 예의을 모로겨든 염치을
어이 아니 안자의 도학 염치 삼심의 오사ᄒ고 이졔 츙졀 염치 셔산의 아사ᄒ
고 쟝양의 지혜 염치 졔 죽을 줄 몰나시니 여치도 부셜 업고 먹난 겨시
웃듬이라 표모의 시근 밤도 韓信이 달계 먹고 道中小年 욕본 德의 사랑
비슈진을 쳐셔 적國을 衰멸ᄒ고 漢宗大將 되야잇고

〈5-앞〉

호타하 보리밥과 무루경두 죽도 文叔이 달게 막고 장사ᄶᅡ의 지병ᄒ야 왕낭
을 파군ᄒ고 져마을 사로잡아 적 복부을 안찰ᄒ야 사칠지졔 운슈타셔 육용
을 아자타고 셩인지졍 다시 어더 동한 광야 너룬 둘의 즁흥황졔 되야 잇고
걸식ᄒ던 명 천ᄌ도 남경탁을 닥가 이 여의 셩읍ᄒ고 삼 연의 셩도ᄒ야
예악 범도 슝상ᄒ고 의관 문물 찬비ᄒ야 홍무월연 죠혼 시졀 디명 티죠
되야 잇ᄃ 콩 막자 다 죽을야 콩 태 자 든 디 막닥 오래 살고 귀이 된다
태고라 천씨황은 목덕으로 즉위ᄒ야 한형 져연 두 사룸셔 긔셤졔 무위ᄒ야
만팔천 세 사라잇고 티호라 伏희씨ᄂᆞᆫ 십오 셔을 젼ᄒ야 잇고 은나라 티갑이
ᄂᆞᆫ 회과셩군 되야잇고 티임티사 문왕이ᄂᆞᆫ 쥬실을 죠ᄒ야

〈5-뒤〉

셩자자신숀 부졀ᄒ야 팔빅여연 견ᄒ여 잇고 궁팔십 강티공은 달팔십 살라
잇고 태공지사 유방이ᄂᆞᆫ 팔 연을 응견ᄒ야 낙양궁궐 놉픈 집이 대漢 太祖
되야잇고 唐나라 太宗皇帝 졔셰안민ᄒ야잇고 太史公 司馬天은 漢大文
章 되야잇고 詩中天子 李太白은 騎鯨上天 ᄒ여잇고 동방의 티빅셩은 별
즁의 웃금이요 북방의 티을셩은 월궁션관 되야이고 쳔하 티평춘도 콩 티

자 죠흘시고 나도 이 콩 달계 먹고 틱공갓치 오리 사라 틱빅갓치 샹쳔ㅎ야
틱을션관 되오리라 갓토리 어이업셔 져근 다시 둘너다가 쏘 나와 경계하되
그 콩을 먹으오면 초입사 부직ㅎ고 잔디찰방 이직ㅎ야 황쳔부사 츄고마자
도민젼형 ㅎ올

〈6-앞〉

지니 졔발 그 콩 먹지마쇼 부디 그 콩 먹지마오 쟝기란 놈 노증내여 아니
먹고 어이 살야 네나 먹지 말고 아사귀신 되여셔라 갓토리 어이엄셔 져근
다시 둘녀다가 쏘 나와 경계ㅎ되 ○ 그 콩을 먹으오면 ○ 쵸입사 부직ㅎ고
○ 잔디찰방 이직ㅎ야 ○ 황쳔부사 츄고다자 ○ 도민젼형 올지니 ○ 졔발
그 콩 먹 마쇼 ○ 부디 그 콩 막지마오 ○ 쟝기란 놈 노증내여 ○ 아니
먹고 어이살야 ○ 네나 먹지 말고 ○ 아사 귀신 되어셔라 ○ 갓토리 할
말 업셔 ○ 죽은 다시 물너다가 ○ 아모리 계짐 말이라도 ○ 짓셜 너머
듯지마쇼 ○ 장기란 놈 거동 보쇼 ○ 콩 아러어 드러갈 졔 ○ 열두장목
아춥기슬 ○ 팔싹이고 펄덕이며 ○ 이리 흔들 져리 흔들 ○ 거

〈6-뒤〉

들거리고 드러갓다 ○ 이리 짜웃 져리 짜웃 ○ 한업시 어르다가 ○ 듸립써
쎅 직으니 ○ 쥬루룩 팟삭ㅎ며 ○ 두구부 도라지며 ○ 휘싹딜걱ㅎ야 ○
방낭사즁 쇠방마치 버금슈리 맛치는닷 ○ 와질끈 쑥싹ㅎ며 ○ 변통 업시
치여쑤나 ○ 갓토리 거동 보쇼 ○ 누역머리 펄덜이고 ○ 샹하평젼 자갈밧티
○ 두 발을 동동 구루면셔 ○ 독약은 이병이요 ○ 츔언은 이힝이라 ○ 내
말 곳 드러더면 ○ 져럴 변이 잇실쇼냐 ○ 잉기잉기 이늬 팔즈 ○ 험함도
험할시고 ○ 첫 낭군 어더더니 ○ 피구가 쑤어가고 ○ 두챠 낭군 어더더니

○ 쇼리기예 차여가고 ○ 세치 낭군 어더더니 ○ 샤랑도 못쩌외셔 ○ 엄돗 갓튼 쇠착기예 ○ 딜걱치여 죽계되니 ○ 쳔붕사리 가려던가 ○ 셩

〈7-앞〉

붕사리 가려던가 ○ 공방시리 가려던가 ○ 과부사리 가려던가 ○ 고분사리 가러던가 ○ 망신사리 가러딘가 ○ 삼성가약 쵸혼 언안 ○ 빅연동 거낫비 거낫비 ○ 빅슈희로 바러더니 ○ 쳔고영결 되단말가 ○ 인거인거 엇지할고 이 일 일이이할 계 ○ 품외 잇눈 못빙아리 ○ 혼인범졀 거 뉘흐며 ○ 비예 잇눈 유복자눈 ○ 희산슈발 거 뉘할고 ○ 죽지못한 이닉 목심 ○ 엇지흐야 사라갈고 ○ 쟝기란 놈 거동 보쇼 ○ 가눈 슘이 발닥발닥 ○ 갓토리을 도라 보며 ○ 슘찬 중의 하눈 마릭 ○ 두 눈을 브릅 쓰고 ○ 두 발을 비비옴셔 ○ 션미련후실긔라 미련흔 계 김셩이라 ○ 호환을 미리 알면 ○ 산의 가 리 뉘 잇시며 ○ 슈환을 미리 알면 ○ 물의 가

〈7-뒤〉

리 뉘 잇시랴 ○ 요슈눈 져쳔흐니 ○ 시러한랄 무엇흐리 ○ 눈이나 보아다고 ○ 동ᄌ부쳐 앗눈냐 ○ 갓토리 두 눈 보고 ○ 한슘지여 이란 마라 ○ 져편 눈의 동자부쳐 쳣서벽의 쩌나가고 ○ 이편 눈의 동자부쳐 ○ 이졔야 쩌나랴 고 ○ 포랑보의 보짐씨고 ○ 질목집신 신발흐니 ○ 장기란 놈 이른 말이 ○ 눈이야 그러나마 ○ 삼빅육십 혈믹이라 ○ 믹이나 보아다고 갓토리 짐믹 흐고 한슘지여 흐눈 말릭 ○ 쇼상믹이 간딕업고 비오믹이 히미흐고 티츙믹 이 의지 엄고 중경믹이 미진흐고 간믹이 셔를흐고 딩믹이 쯘겨가뉘 디 뉘을 원망흐리 이닉 박복 타시로다 져러타시 고은 풍신 어디가다 볼가 쟝기란 놈 이른 말릭 □□

〈8-앞〉

놈이 나만 졈졈 셕어지리 이니 몸을 못 보다고 고겨호리 쳔샹의 월궁항아

엇지호야 혼자 살이 구태여 보랴거든 명일 아참 죠식호고 착기임자 짜라가

면 츙쥬쟝의 만나거나 황쥬장의 만나거나 경쥬장의 만나거나 □쥬장의 만

나거나 길쥬장의 만나거나 원쥬장의 만나거나 인쳔항구 만나거나 젼쥬장

의 만나거나 남원장의 만나거나 나쥬 갓탄 디모관의 관쳥고의 더걸이거나

남도북도 관찰부의 삿도상의 오르거나 이밧기 어디 가셔 다시 어디 민나

볼가 가

쟈차가

건곤이 지란 후에 명을 받아 사람되어 오

만물이 흥셩하나 버린 몸은 남은 죽을 것이라

옥오 흥도 삼빅 이오 의란물 용의인가 사

옥오 흥도 삼빅 이오 별호 화룡 이라

무졍이 지난 광음 월상씨 젹흥 졔

옥흘 같은 다동 인간 병인 지덕 요

뎡의 샹시 □□□

쟈치가 (국립중앙도서관본)

　　〈쟈치가〉는 연대 미상의 작품으로 20장(39면)의 필사본인데, 국립중앙도서관의 웹 원문으로 살필 수 있다. 이 이본은 장이 넘어가는 끝부분에 내용을 맞추어 놓은 것이 아니라서 한 장이 넘어가더라도 한 줄의 내용은 앞장과 연결해서 읽어야 한다. 중간 부분까지 이런 식으로 구성되다가 중간 이후부터 일반적인 가사체 읽기 형식에 맞춰지고 있다. 주요 내용은 다른 이본들과 유사하여 장끼의 죽음과 장례 후에 소리개 등장 화소, 구혼 화소, 뭇새들의 어른 다툼 화소, 오리의 장가길 화소가 이어진다. 결말에서는 오리의 물 생애에 대해 까토리의 육지생애 자랑이 이어진 후, "오리란 놈 홀 말 업셔이 물너나다 갓토리 이왕 스고 베더닉야 셩이 묘리 이상ᄒ니 ᄒ더ᄒ고 건넌 산 흔 숫막의 도라가 흔 실기천의 미물노 잇는 거위 그딕와 동년월일리 흔날이니 그리 구혼ᄒ라" 하는 것으로 끝맺는다.

출처 : 국립중앙도서관(청구기호 : 한古朝 48-27)

〈1-앞〉

쟈치가

건군이 조란홀 제 만물이 즁싱ㅎ니 영홀슨 스룸이오 어리울슨 즘싱이라 꿩의 몸이 숨긴 긔사 유모츙도 삼빅이오 유우츙도 삼빅이라 의관은 오식이오 별호는 화츙이라 무졍이 졔탕홀 제 우룸을 감동ㅎ고 월상씨도 궁홀 제 인간 셩인 츠져오니 꿩의 상시 조컨니와 부디 어이 살희ㅎ노 □□□□□ 을 스룸을 멀니ㅎ고

〈1-뒤〉

울님 벽계 시너가의 울울 쳥송 졍즈 삼아 츄풍의 졀노드른 구도토리 쥬어먹고 님즈 업시 스는 물을 굿테야 잡아다가 삼티뉵경 슈령방빅 슬토록 장복ㅎ고 긴 장복 골나너여 삼영긔 살찌치예초당의 문지비와 젼방의 도리치롤 여러길노 두고 쓰니 공덕인들 적을 손가 영싱의 첩이 만아 □□□□□□□ 헌화세계 보라□□ 비운산 상상봉의 □□□□□□□ 송죽은 쳐ᄋᄒ딕

〈2-앞〉

몸 가븨은 보라미는 예셔 쩔엉 졔셔 쩔엉 니 잘 맛는 산영긔는 이리 씃씃 져리 씃씃 시포기 쩍갈닙홀 뒤젹뒤젹 츠즈오니 살아날 길 젼여 업셔 스이 길노 가노라니 푸지니 군포슈들은 총을 메고 우러셧다 삼동셜한 쥬린 즘싱 그 어딕로 가쟌 말고 동일긔 조은 볏헤 상하령젼 눈 녹으니 간혹 콩낫 드어스니 주으라 가즈셰라 장끼 치장 볼작시면 다홍더단 견마기며 초록 궁초 깃슬다니 빅방슈화 독동졍□

〈2-뒤〉

쥬먹벼슬 옥관주며 열두장복 만신풍치 장부도 조을시고 갓투리 치장ㅎ되
견누비 쥬누비로 폭폭이 잘게 누벼 상하의복 갓츄오고 밉시조은 머리 그니
급게 비셔 난장ㅎ고 열두 쌀 아홉 아들 스물 흔아 줄에등을 압셰오고 뒤셰오
고 어셔 가즈 슈이 가즈 상하련전 밧머리의 □□□□□ 널낭은 져 골
줍고 날랑은 이 골 줍고 다 줍어 두자 ㅎ니

〈3-앞〉

□□ 만물 압우□□ 알□식도 지슈□라 시쟝요긔 치□ 어니 □□□□ 졈졈
쥬어 드러가니 난에 업는 불콩 흔낫 덩그러케 노야고나 장끼란 놈 디혹ㅎ야
다복이니 먹어보즈 어허 그 콩 소담ㅎ다 갓투리 일은 말이 이긔 그 콩 먹지
마소 셜상의 유인적ㅎ니 그 자최 고이ㅎ고 다시금 살러보니 □□짓혀 별□
□ 입□흔 분 자최요 비로 쌀 쓴 자최니

〈3-뒤〉

□□최 고이 ㅎ다 슈상흔 잣최로다 장끼란 놈 일은 말이 너 이 말이 무식ㅎ
다 이 쩌롤 일을진더 동지셔쌀 엄동이라 첩첩이 빳인 눈이 곳곳지 덥혀스니
천산의 조비졀이오 만셩의 인셩멸이라 스람의 잣최 어이ㅎ야 잇슐손가 어
졔 밤 꿈을 꾸니 황학을 빗기타고 쳥쳔의 굿 올나 옥황긔 문안ㅎ니 옥황이
ㅎ□ㅎᄉ 산님쳐ᄉ 봉ㅎ시고 만셕고 콩 흔 셤을 별급으로 나여시니

〈4-앞〉

오날 이 콩 흔갓치 그 아니 반가운가 긔즈는 이식이오 갈즈는 이음이라
허물며 굼든 츠의 오날도 식젼이라 ㅎ날이 쥬신 복을 너 어이 마다ㅎ리

갓토리 일은 말이 그 꿈은 조컨이와 니 꿈을 불작시면 무비 다 흉몽이라 어제 밤 삼경초에 쳐□□익 꿈을 쑤니 북망산 놉흔 봉의 찬 바롬이 일어나며 티아검 드는 칼노 빗 조은 즈□□을 딩겅버혀 나리치니 즈네 □을 흉몽이라

〈4-뒤〉

졔발 그 콩 먹지 마소 장끼란 놈 일은 말이 그 꿈은 미오 조타 츈당디 알셩과의 문무방에 참예호야 계화룰 마조 꼿고 춘풍의 홋날일 졔 청운교 낙슈교의 입신양명홀 꿈이라 과가 힘뼈 보리로다 갓투리 일은 말이 삼경 말에 꿈을 쑤니 쳔근 두리 무쇠가마 즈니 머리 험벅 밧고 만경창라 꿈을 쑤니 아조 덤벙 빠지거눌 니 혼즈 물가의셔 슬리 셜어 통곡호니

〈5-앞〉

즈네 죽을 흉몽이라 졔발 그 콩 먹지 마소 장끼란 놈 일은 말이 그 꿈은 더욱 조타 디병이 다시 일어 구완병쳥호거든 이 몸이 션봉되야 투구를 둇켜 쓰고 압녹강 건너다라 즁원을 탕쳑호고 승젼고룰 놉히 울여 슈륙디장 되오리라 갓토리 일은 말이 샤경초의 꿈을 쑤니 어룬이 당상호고 자손이 잔치홀 졔 스물두폭 빅츠일에 셔발 가옷 긴 그시디 죽근 둥 부러지며 즈네 머리 니 머리의

〈5-뒤〉

마고 덥혀 쎅여 뵈니 답답홀 일 볼 꿈일셰 ᄉ경말에 꿈을 쑤니 낫낫소셩 만현흔디 하리셩 삼티셩은 즈미셩을 둘너잇고 견우셩 직여셩은 은하슈의 버러느디 그 즁 일졍셩이 궁즁의 쑥 쩌러져 즈네 압헤 노혀 뵈니 즈네 장셩 아닌런가 삼국젹 졔갈양도 오장원 운명홀 졔 장셩이 쩌어져 뵈나 호여니라

장끼란 놈 일운 말니 그 꿈운 염여 말이 치일 덥혀 밤잇거는 일모청산 오날 밤에

⟨6-앞⟩

화로병풍 잔듸 장란 동굴벼기 취닙뇨의 가랍 이불 츄켜 덥고 너와 너와 흔 몸 되야 이리져리 홀 꿈이요 별 쩔어져 뵈이기는 헌원꾀 어마님도 북두츄셩 졍긔타나 예을 낫타 일너잇고 견우셩 젹여셩은 칠월 상봉 연분이라 네 몸의 티긔 잇셔 아둘 나을 길몽이라 글언 꿈만 벗젹 쑤어날 갓토리 일은 말이 실역셰 꿈을 쑤니 싴져고리 싴치마롤 이닉 몸에 단장ᄒ고 □러 청산노니다가 난듸업슨 청삽스리

⟨6-뒤⟩

왈칵 왈칵 달여드러 이 샌듸롤 웅스리고 발톱을 허븨치니 경황질식 갈 듸 업셔 삼밧흐로 드러가니 굴근 삼듸 꺽거지고 잔삼듸는 쓰러지며 가는 묵씬 쓰리의 휘휘 츤츤 감겨뵈니 이닉 몸 흉이 되야 상복입을 흉몽이라 졔발 그 콩 먹지 마소 부듸 부듸 먹지 마소 쟝씨란 놈 듸로ᄒ야 홧 두리쳐 발노츠며 이리 츠고 져리 츠니 져 갓토리 거동보소 기동셔방 마다ᄒ고 스이남 즐기다가

⟨7-앞⟩

조은 바쥬는 홍시로 둥그리쳐 미아달고 랄모장을 난졍치고 시상의 회시홀가 글언 꿈말 니지 말아 압졍강이 꺽거질나 갓토리 무참ᄒ야 져근덧 물넛다가 쏘다시 날아와셔 경계ᄒ야 일은 말이 룽비쳔인의 긔불탁쇽은 딕장부의 염치요 홍명슈국에 비일합노는 딕장부의 흣신이라 그 신을 ᄒ랴 ᄒ면 염치

도 불거시라 안즈의 도덕 염치 단쵸롤 낙을 삼고 이졔의 충절 염치 쥬속을 마다ᄒ고

〈7-뒤〉

장양의 지혜 염치 샤병벽국 ᄒ야스니 즈네 비록 미물이나 군즈 염치 본을 바다 졔발 그 콩 먹지 마쇼 장끼란 놈 일은 말이 너의 말이 무식ᄒ다 예의롤 므로거든 염치롤 어이 알니 안즈의 도학 염치 삼십의 조ᄉᄒ고 빅이의 충절 염치 셔산의 아ᄉᄒ고 샤병벽국 장양이도 적송즈 못 짜라셔 유후쥭다 특셔 ᄒ야 후셰의 견ᄒ야스니 염치 부졀 업고 먹는 거시 웃듬이라

〈8-앞〉

호하라 보리밥은 문슉씨 달게 먹고 즁황예 되야잇고 죠모의 식은 밥은 한신이 달게 먹고 흔즁 디장 되아스니 나도 이 콩 먹고 크게 아니 되올손가 갓토리 발구르며 콩 먹고 되단 말은 니 먼져 아라반네 동당급 업졔ᄒ고 싱원 지ᄉ 득ᄉᄒ고 잔디 찰방 슈망가셔 황쳔 부ᄉ 츄고마져 봉산 현감 문안으로 도마 졍형 홀지라도 부디 그 콩 먹으런가

〈8-뒤〉

□□□□ ᄉ람 마다 다 아ᄂ니 엇디ᄐ 즈네 셩품 그더지 고집ᄒ고 □□을 볼작시면 고집불통 과ᄒ다가 망신된니 몃몃친고 역녁히 혜아리라 진시황의 어린 고집 부소의 말 안 듯다가 인심 소동 ᄉ십 년의 이졔 망국ᄒ야 잇고 초폐왕의 몹슬 고집 범증의 말 안듯고 팔쳔즈졔 마고일어 무면강동 ᄒ야잇고 오즈셔의 올흔 말을 고집기로 안듯다가 그로더의 못슬 막아 미륵 니욱 ᄒ여 잇고

〈9-앞〉

굴삼여의 고든 말도 고집기로 안 듯다가 건무단에 구지갓쳐 가련쳥산 혼이
되니 동산우회 걸인군이 일련명모 덥힐손가 초강가의 우는 져 시 어복츙혼
가련ᄒ나 즈니 역시 고집기로 니 ᄒ 말 안 듯다가 굿틱야 그 콩 먹고 금일
망신 되시랴나 날낭은 원망마소 원망마소 원을 마소 장끼란 놈 이ᄅ기을
네 말이 무식ᄒ다 콩먹고 다 죽으며 옛 글을 볼지라도 콩 틱자 든디 마다
오릭 살고 귀이 되니

〈9-뒤〉

틱고라 쳔황쎠ᄂ 일만팔쳔 세롤 스라 잇고 틱ᄒ라 복희쎠ᄂ 중셩이 싱숑ᄒ
야 십 오 세 젼 쳔하 엇고 한틱죵 당틱죵과 숑틱죵 명틱죵은 풍젼셰계 창업ᄒ
야 틱령건군 되야스니 두틱셔 숙풍에 가장 콩 틱자 조을 시고 궁랄십 강틱공
도 단랄십 사라잇고 시즁쳔즈 이틱빅도 긔경상쳔 ᄒ여 잇고 북방의 틱을셩
도 별즁에 웃듬이오 나도 이 콩 먹고 틱공갓치 오릭 살고 틱빅 갓치 상쳔ᄒ
야 틱을션관 되오리라

〈10-앞〉

갓토리 말이 업셔 경황업시 물너 안져 장끼란 놈 거동보소 콩 어ᄅ며 드러갈
졔 열두장목 아싸리고 좌우 익려 쩌리고 고박고박 고니 조아 조금 조금
나아드러 먼날 갓흔 부우리로 드립쩌 콱 직으니 두고픠 퉁긔치며 머리 너머
치ᄂ 소리 방낭ᄉ즁 쇠방망치 버금슈례 싸리ᄂ 듯 외즉근 쑥짝 쩍쩍 푸드덕
변통 업시 씨여고나 누역머리 렬쩌리고 가슴틱 일어온져

〈10-뒤〉

덩굴덩굴 구으다가 발동동 구르다가 이고 답답 ᄒᄂᆞ 말이 충언은 이어힝이요 독약은 이어병이라 갓토리 일은 말이 져헌 환이 잇슐손가 니 혼 말 드러 어면 조치 장끼란 놈 숨촌 중에 에라 이 년 물너거라 션미련 후슐긔라 죽은 놈이 탈 업시랴 호환 굿 아라스면 산에 갈 이 뉘 잇스며 슈환 굿 아라스면 비에 들니 뉘 잇스리 니 신슈 불길ᄒᆞ면 독의 든들 면홀소냐 죽기 살기는 믹으로 간다니 믹이나 집허보아라

〈11-앞〉

갓토리 믹을 본즉 믹이 긔졀 ᄒᆞ야드라 풍믹이 소슬ᄒᆞ고 신믹이 벌난ᄒᆞ고 티충믹이 거더가고 명믹이 끚쳐가네 믹은 그만두고 눈이나 살펴보아라 동ᄌᆞ부쳐 잇는가 갓토리 일은 말이 인졔스 홀일 업니 져련 눈 부쳐는 첫시벽에 써나가고 원련눈 부쳐는 인졔야 써나라고 라랑보의 보쯤 뿌고 길목보션 감발ᄒᆞ니 이고 답답 셜은지고 험홈도 험헐시고 첫번 낭군 어더짜가

〈11-뒤〉

사랑도 못겨워셔 엄덕갓혼 큰 창의에 덜컥 치여 죽어구나 고진살을 마져든니 망신살 마져든가 풀입헤 이슬갓치 단불의 나븨갓치 덧업시 죽어고야 훈인등졀 뉘가 ᄒᆞ며 비이 끼친 유복아기 희산 구완 뉘홀는고 져어터시 혼풍치 어디셔 다시 볼고 장끼란 놈 반눈 쓰고 허희 탄식ᄒᆞ는 말이 상부 ᄌᆞᄉᆞ 너의 가문 당초의 장가들 졔 니 원시 실체로다 ᄉᆞᄌᆞ는 불가부싱이요 왕ᄌᆞ는 불가부환이라

〈12-앞〉

다시 볼 길 업건이와 굿테야 보랴ᄒ거든 니일 아춤 조삭ᄒ고 창의 넘ᄌ
싸라가면 층줘장의 걸여거나 젼줘장의 걸여거나 안동관의 결여거나 관청
고의 걸여거나 순영도 병영도 사도상의 올으거나 그나마 어니 굿디 니 얼굴
다시볼가 죽ᄂ 놈 나만 셜지 이 너무 쓰지 말아 천상의 혼ᄌ 잇ᄂ 월궁힝ᄋ
살아쓰랴 일언 씨 탕첨지가 어디셔 망보다가 현예랑이 슈기 쓰고 집링 막디
드러지고

〈12-뒤〉

허위허위 달여드러 장씨롤 쎄여쥐고 희희낙낙 춤을 츄고 됴홀시고 됴홀시
고 천년 묵은 거어리롤 오날이스 잡아고나 니 지조 용ᄒ던가 네 신슈 불길턴
가 압남산 벽계슈의 물먹으라 네 왓더냐 뒤동산 작작도화 곳츌 보고 네
왓던야 녹슈청산 노든 너롤 니 손으로 잡아구나 너의 구족도 잡아 산신게
졔ᄒ리라 빌며 혀롤 쎄여 바회틈에 쑥 씨오고 꼬박 꼬박 졋스오며 앗가
노은 져 창의예

〈13-앞〉

갓토리 겸 집이 쥬오 아미타불 관음보살 아미타불 관셰음님 탕첨지 도라가
니 갓토리 뒤밋 좃ᄎ 바회 틈에 씨은 혀롤 간신이 쎄여니여 축입흐로 소렴ᄒ
고 딩딩이로 결관ᄒ야 아등묵 휘츄리의 명졍을 걸어스니 상빅리 오운장의
쥐쏭나무 빅분으로 갈릴을 홈벅푸러 산님쳐스 화홍구 디셔 투셔 ᄒ야드라
초상은 쳣건이와 장ᄉ롤 어이홀고 명산어더 쓰즈ᄒ니 풍슈ᄒ나 못만나고

〈13-뒤〉

션영에 장홀아니 길이 멀어 못홀너라 긔굴 각기 차져드러 산역ㅎ기 조은 곳에 향비 업시 터롤 잡아 불구시의 발인ㅎ야 당일 니로 영장ㅎ니 산신졔 령토졔논 졔물도 초초ㅎ나 콩먹다가 죽어스니 국긔야 노을손가 가랑이술 감쥬며 싸리 풍양 빅셜긔 베레먹은 굴리다식 셔리마즌 취님과줄 뿐아가의 과실두낫 억기 구러 건어반찬 굴밤 낙지 시졉노코 숙시셔롤 어더쓰라

〈14-앞〉

차기 유무 형셰디로 그렁져렁 츠려더라 집스□□ 볼작시면 누고 누고 모혀 든고 의관 조은 두루미논 현관에 막혀잇고 술이 조은 싸욱이논 독촉의의 맛켜 잇고 진셜은 뉘ㅎ던고 몸 가뷔온 날졔비요 졔ㅎ스논 뉘 ㅎ런고 말 잘ㅎ논 노구시라 싸욱이 쑤러안져 축삿롤 일으오되 유셰츠 모년 월일의 그 인즈 죽□ 에등은 살님쳐스 부군젼에 비업시 감소후 형지둔격 ㅎ야스니 실반실당 ㅎ롭쇼셔

〈14-뒤〉

지슈미셩 항줄스치 혼빅상즈 인이봉안 청작셔슈ㅎ촬여 치긍업시 마고 샹 향 축스롤 읽은 후에 부북홍 지비ㅎ고 천상을 ㅎ여더니 슈죽이 쩌오다가 쥬레등을 구버보니 어늬 놈이 맛상졔니 니 흔 놈 다려가즈 얼푼덕 나라드러 공등의 툭츳들고 만장봉 졀벽우희 너울 덥셕 올나 안져 이리 뒤젹 져리 뒤젹 동그락 조을시고 둥덩실 조을시고 연삼일 감환으로 식미한감 ㅎ어니

〈15-앞〉

인간의 졔일미롤 오날이스 어더고나 문어 젼복 희삼 쩜은 경상가의 졔일미

요 보리밥에 라싱치는 날션비의 제일미요 전초좌반 송엽죽은 슈즈의 졔일
미요 십년일견 희상도는 셔왕모의 졔일미요 삼순구식 연상진은 상산소호
졔일미라 쯔리 아는 비약이와 졀노 죽은 강아지는 연장군의 제일미라 크나
즈그나 그 듕에 쎵 흔 마리 어더스니 그 아니 유복흐며 그 아니 풍셩된가

〈15-뒤〉

너울 너울 춤츄다가 앗차그려 도라보니 바회틈에 쑥 쩌러져 잣쳐 업시 슘어
스니 할 일 업시 물너 안져 탄식흐야 일은 말이 연장수 형경이도 삼척검
지음 물나 즈분 지황 노아잇고 한이장 관운장도 화룡도 조분 길에 즈분
조조 노아스니 악착홀스 연장군도 쥬레 흐나 노아스니 그도 쏘흔 적션이라
즈순음덕 입으리라 티빅산 갈가마귀 랄흐산 구경흐고

〈16-앞〉

듕노의 허긔만나 요긔츠의 문상흐고 탁쥬 삼비 먹은 후에 반취흐야 일은
말이 그 버지 우리 듕의 긔슈 아든 어룬이라 풍신도 거만흐고 심덕으로
볼지라도 항슈홀가 바라드니 콩 흔낫 못참아서 인간의 우셰되고 친구의
슈치라 우리 글언 조은 음식 불울치들 먹을 손가 장군 나미 용마나고 문장
나미 명릴나고 게오날 홀노 잇즈 나으날 여긔오즈 게형셰 나도 알고 니
형셰 게도 알고

〈16-뒤〉

쟉슈 셩예 홀지라도 빅년히로 엇더흐고 갓토리 정식흐고 눈물노 일은 말이
아모리 미물인들 줄국도 아니흐고 긔가 흐야 가란 말은 어늬 셔싱 예문인고
금셩여슈라흔들 물마다 금이 나며 육출군강이라흔들 뫼마다 옥이 나며 여

릴종부라혼들 님마다 짤을손가 가마귀 디소혼되 너의 말이 고집혼나 한랑
무 맛누의도 병풍 뒤히 츠즈보고 쥬민신 예난억도 물동의롤 노모가니

⟨17-앞⟩

십년을 칼을 가라 부차의 옛 원슈롤 쯧더로 쾌셜호고 회계산 도라안져 픠졔
후 되야스니 옛글을 모르거든 어룬을 어이 알이 아모리면 일언버룻 그겨는
못 두리라 니일노 통문호고 디취회 혼운 후의 지동별부치고 문안명호노라
쳥쳔의 외거럭이 운간의 씌오나가 격벽호니 나려안져 너의 무슨 어룬 인나
나도 일얼망졍 텬호원년 옛시졀의

⟨17-뒤⟩

북희롤 지나다가 한츙신 오즈경이 십구년 구지 갓쳐 고국소식 모르거든
일셔찰 가져다가 한텬쯔 안즈신더 내손으로 드려스니 옛일을 모르거든 어
룬을 어이 알니 일얼 쩌의 발간시 훌훌 나라드러 리눈물노 조상호고 좌동의
옥쑴 안져 나도 일얼 망졍 초국 짜 노신으로셔 고국을 니별호고 강남의
우긔호야 소상강 깁흔 밤의 창오산 지는 날에 불여귀로 슬리울어

⟨18-앞⟩

츈광을 보니더니 텬진군 조타거든 낙양의 드러온지 천년이 되야스니 우리
가셰 조은 줄을 소인이긱 뉘 모르니 가셰로 볼지라도 그 등의 어룬이야
나밧게 쏘 잇는야 너의 다 가소호다 압연강 오리란 놈 엇그졔 상쳐호고
후취롤 구호더니 갓토리 혼즈 잇난 긔별을 반겨듯고 장가 밧비 찰여셰라
응응 명안 기력이는 사모관더 란을 지고 관관져귀 중경이는 훈셔예장 흠을
지고

〈18-뒤〉

빕시 도령 증시셔고 황시 영감 비힝셔고 길즈비의 왜거리요 구부지기 검시
로다 갓치신부 게 잇느야 오리 셔방 드러간다 갓토리 반만 웃고 교틱ᄒᆞ야
일은 말이 아모리 미물인들 억혼으로 하랴는가 궁합도 아니보고 비릴을
졍홀손가 오리란 놈 일은 말이 아모리 면후디실낭 남의 스람 다려갈 제
염의 보고 졀체 보랴 신낭 신부 흔디 즈면 궁합이야 졀노 맛지 날이나 엇더
ᄒᆞ고 손금이나 집허 보즈

〈19-앞〉

일싱 싱긔 이즁천의 삼하졀톄 수둥유는 셔쳔슈로 집허보니 후쳔슈로 집허
보나 너일은 츄당잇고 모레는 회살잇고 오날밤이 웃쓸이라 잔말 말고 즈고
가즈 갓토리 일은 말이 날이사 조컨니와 싱이나 엇더ᄒᆞ고 즈셰이 드러보셰
오리란 놈 일은 말이 싱이는 뭇지마소 봉니영쥬 바다물에 모든 신션 비을
타고 완월취회 ᄒᆞᄂᆞᆫ 경을 역역히 구경ᄒᆞ고 동졍소상 어른기의 홍요빅빈
집을 삼아

〈19-뒤〉

오나락 느즌 벼룰 임의로 훌터 먹고 은인옥쳑 조은 싱션 물밧게 ᄯᅩ 잇는가
갓토리 일은 말이 물싱이도 좃컨마는 유지싱이 비홀손가 우리 싱이 드러보
소 쳔니만니 너른 들에 쳔장만장 놉혼 봉에 긔염둥실 올나가셔 스희랄방
구경ᄒᆞ고 시졀은 삼월인되 도원도리 만발ᄒᆞ고 위셩조우 푸른곳더 ᄭᅬ고리
로 노릭ᄒᆞ고 츈치스명 줄긴 소리 뉘 아니 부러홀가 글언 빈말 너지 마소
오리란 놈 홀 말 업셔

〈20-앞〉

이 물너나다 갓토리 이왕 스고 베더니야 싱이 묘리 이상ᄒ니 하덕ᄒ고 건넌 산 흔 슷막의 도라가 흔 실긔쳔의 미물노 잇ᄂ 거위 그디와 동년월일리 흔날이니 그리 구혼ᄒ라

쟈치가(김광순본)

〈쟈치가〉는 연대 미상의 작품으로 전체 5장(10면)이며, 글자는 이어쓰기[連書]와 세로쓰기[縱書]로 되어 있다. 이 이본의 경우 장끼의 죽음과 장례 이후의 내용은 다른 이본과 대동소이하나 소리개 등장 화소와 구혼화소 이후에 나타나는 뭇새들의 어른 다툼 화소가 없다. 그래서 가마귀의 구혼을 거절한 까토리를 가마귀가 힐난하는 내용 뒤에 바로 오리의 장가길 화소가 이어진다. 이 부분에서는 홀아비인 오리가 과부가 된 까토리를 찾아와 혼인을 강요하고 이를 거부하려는 까토리에게 '열녀야 많지만 까투리 사는 곳에 열녀비를 세운 곳은 못 보았다'라고 하며 조롱한다. 그러나 '물생애'를 자랑하는 오리에 대해 까투리는 '육지생애'를 자랑하며 혼인할 의사가 없음을 강하게 주장한다. 이에 할 말을 잃은 오리가 물러나면서 작품이 마무리되는데, '오리란 놈 할 말 없어 서중(書中)의 유녀안여옥(有女顏如玉)하니 돌아가 글이나 읽어보세'라며 끝맺는다.

출처 : 김광순, 『한국고소설전집』20, 경인문화사, 1993.

⟨1-앞⟩

쟈치가

건곤이 초반ᄒᆞ고 만물 풍셩이라 령활손 사람이오 어릴손 짐싱이라 유모츙도 삼빅이오 유우츙도 삼빅이라 그 중의 꿩의 몸이 삼겨스니 의관은 오식이오 별호는 화츙이라 무졍이 제탕할 제 우름으로 감동하고 월상씨 헌빅치도 셩인을 ᄎᆞᄌᆞ드러 쳔ᄎᆞ 긔조 공ᄒᆞ니 꿩의 샹셰 죠컨마는 구틔여 ᄌᆞ바다가 삼티뉵경 슈령 방빅 슬토록 장복ᄒᆞ고 조혼 깃 골나니야 사병긔 살터 치례 화당의 쟝목비와 훗두루 고로 쓰니 공덕인들 업슬소냐 운님벽슈 시니가의 울울협숑 졍ᄌᆞ 삼아 산금야슈 쳔셩으로 임지 업시 사난 놈을 구틔야 살희ᄒᆞ여 몸 긔가온 보리미는 예셔 덜렁 졔셔 위야 닙 잘 맛는 사냥개는 예셔 꿀꿀 졔셔 꿀꿀 사라눌 길 젼혀 업셔 사이길노 가노라니 푸지긔군 표슈들은 뒤젹뒤젹 ᄎᆞ자오니 쟝끼 치쟝 볼짝시면 쥬먹 벼슬 옥관ᄌᆞ의 열두 쟝목 만신 풍치 쟝부 풍모 조홀시고 까토리 치쟝 볼짝시면 졋누비 쥬누비를 쥬쥬리 곱게 누여 샹하 의복 가초오고 빗 고은 머리고기 고이 쎄셔 당쟝ᄒᆞ고 열두 달 아홉 아들 시믈흔ᄂᆞ 주려등을 압셔우며 뒤셔우고 어셔 가자 슈이 가자 좌우 평젼 밧머이예 쥬쥬리 늘어셔셔 너는 이 골 줍고 나는 져 골 줍자 긔긔습어 두틔ᄒᆞ니 블원인지 고량이라 쳔셩만믈 유녹ᄒᆞ니 일포식도 지쉬로다 시장 허긔 만너시니 그 므어슬 못 먹을고 졈졈 쥬어드러가니 난터업난 블콩 한 낫 평젼긔이 노혓시니 쟝끼란 놈 이른 마리 너 복이니 먹거보ᄌᆞ 어허 그 콩 소담하다 갓토리

⟨1-뒤⟩

이른 마리 이갸 그 콩 슈상ᄒᆞᄃ 제발 그 콩 먹지 마소 셜상의 유인젹ᄒᆞ니 그 ᄌᆞ최 슈샹함에 다른 ᄌᆞ최 멀노 업고 입으로 홀홀븐 ᄌᆞ최 비노 싹싹슨

주최 아미도 그 주최 슈상한 주최롤쇠 장끼란 놈 이른 마리 네 마리 미옥
하다 잇써를 이를진딘 동지셧쏠 엄동이라 첩첩이 싸인 눈이 곳곳지 덥퍼
이셔 천산의 조비졀이오 산경의 인종멸이어든 사람의 주최가 어이하여 이
슬손고 간밤의 꿈을 꾸니 황룡을 비기 타고 청천의 소사올나 옥황긔 은안
하니 옥황이 하교하ㅅ 산임쳐사 봉하시고 만석고 콩 한 셤을 별급으로 타
이시니 오날날 이 콩 한 낫 그 아니 반가온가 긔즈는 이위식이오 갈즈는
이위음이라 하믈며 굼든 츠의 오날로 식젼이라 하날이 쥬신 복을 니 어이
마다하랴 갓토리 이른 마리 그 꿈도 조커이와 니 꿈을 드러보소 어제밤
이경 초의 첫줌의 꿈을 꾸니 북망산 샹샹봉의 구든 비 흔쁜지며 청천의
쌍무지기 홀지예 칼이 도야 빗 고은 자니 목을 덩경 비여나려진니 주니
죽을 흉몽이라 제발 그 콩 먹지 마소 장끼란 놈 이른 마리 그 꿈은 더옥
조타 츈당 알셩 틱평과의 쟝원 방의 참녀하야 어스화 한 가지를 머리 우희
노피 쑵고 장안 화뉴간의 삼일 유과할 꿈이라 갓토리 이른 마리 삼경 아리
꿈을 꾸니 천근 드린 무쇠 가미 주니 머리 덥허 쓰고 만경창파 김푼 쏘의
아조 덤벙 쌘져거눌 니 혼주 그 물까의 슬피 안즈 통곡하니 주니 죽을 흉
몽이라 제발 그 콩 먹지 마소 장끼란 놈 이른 마리 그 꿈은 더옥 조타 티명
이 즁흥하야 구완병 쳥하거든 이 몸이 션봉되야 투고을 더퍼 쓰고 압녹강
건네 달나 즁원은

〈2-앞〉

힝젹하고 승젼곡 놉피 울여 슈륙디장 되오리라 갓토리 이른 마리 삼경 아리
꿈을 꾸니 얼언이 당상하고 주손이 쟌치할 제 스물두 폭 빅츠일의 셕 발
가옷 고지 쩌가 직근덕 불어지면 주니 머리 니 머리의 마고 더치 싸여 베니
답답한 이 꿈이야 오경 초의 꿈을 꾸니 낙낙쳥송만쳔흔디 하교셩 주미셩은

삼티셩을 둘너잇고 견우셩 직녜셩은 셩긔가 분명ᄒᆞᆫ디 그 가온디 일졈셩이
공즁의 ᄯᅥ러져셔 ᄌᆞ니 압히 노헛스니 ᄌᆞ니 장셩 아니런가 삼국젹 제갈량이
오장원의 운명할 제 즁셩이 ᄯᅥ러졋다 ᄒᆞ더이다 장끼란 놈 이른 마리 그
ᄭᅮᆷ은 염여 마라 ᄎᆞ일 덤혀보이기는 일모창산 오날밤의 화초 병풍 잔듸 장판
둥굴 벼기 췻닙요이 가랑이불 츄여덥고 너와 나와 한 몸 되야 이리져리
홀 ᄭᅮᆷ이요 별 ᄯᅥ러져 보이기는 헌원씨 어만님도 북두칠셩 졍긔 타셔 제을
낫타 닐너 잇고 견우셩 직녀셩은 칠셕상봉 연분이라 계 몸이 슈티ᄒᆞ면 아들
나홀 길몽이라 그러나마 니언 ᄭᅮᆷ만 벗젹 ᄭᅮ어다고 보ᄌᆞ 갓토리 이른 마리
ᄯᅩ 한 ᄭᅮᆷ 드러보 소식젹 우리 식치미예 이니 몸 당장하고 거니 청산 노니더
니 난디업ᄂᆞᆫ 청삽살리 와낙 곽곽 다려드러 송곳이을 승으이며 발톱으로
허붓치미 경황실식 갈 디 업셔 삼밧트로 드러가니 굴근 삼ᄯᅥ 블러지고 잔
삼ᄯᅥ 스러지며 잘은 머리 가는 목의 휘휘친친 감겨뵈니 이니 몸 과부되야
샹복 이불 흉몽이라 제발 그 콩 먹지 마소 장끼란 놈 디로하야 엄블노 횟두
루쳐 이리 치며 져리 치며 되알바슨 져 간아히

〈2-뒤〉

사인남인 즐기ᄃᆞ가 유리 당사 동고로쳐 ᄌᆞ부미야 이 거리 저 거리 동누
네 거리예 북을 지고 회시ᄒᆞ고 두리장 난장 마즐 ᄭᅮᆷ이라 그런 말 너도 마라
압장강이 썩그러라 갓토리 무료하야 져근닷 안ᄌᆞᆻ가 ᄯᅩᄃᆞ시 나아드러 경
계ᄒᆞ야 일은 마리 봉비쳔인의 긔블탁속은 장부의 염치오 홍명마리예 비필
함노는 장부의 근신이라 그신을 하려ᄒᆞ면 염치를 볼 거시라 안ᄌᆞ의 도덕
염치 단포을 낙을 삼고 빅이의 츙졍 염치 쥬속을 마다ᄒᆞ고 장양의 지혜
염치 ᄉᆞ병벽곡하야시니 ᄌᆞ니 비록 미믈이라 군ᄌᆞ 염치 쓴을 바다 제발 그
콩 먹지 마소 부디 그 콩 먹지 마소 장끼란 롬 이른 마리 네 마리 무식ᄒᆞ다

예의를 모로거든 염치를 어이 알냐 안즈의 도덕 염치 삼심의 조사ᄒ고 빅이의 충절 염치 셔산의 아사ᄒ고 슈병벽곡 장양이도 젹송ᄌ 못 드르고 유휘쥭다 특셔ᄒ야 후셰예 젼히시니 염치도 부질 업고 먹는 거시 읏듬이라 호타하 보리밥은 문슉이 달게 먹고 즁흥 황졔 도야잇고 표모의 씨근 밥은 한신이 달게 먹고 한즁디장 되얏시니 나도 이 콩 먹고 크게 될 쥴 뉘 알손고 갓토리 이른 마리 그 콩 먹고 어이되리 동당 급졔 업졔ᄒ고 셩균 진사 즉사ᄒ야 쟌뒤 찰방 슈망으로 황쳔 부스 이직ᄒ고 쳥산 현감 츄고마즈 도미 현령 홀지라도 그 콩 부디 먹으런가 호셩오아는 졔마다 다ᄒ나니 엇지ᄒ야 즈니 셩품 그더지 고집ᄒ고 옛글 볼쟉시면 고집 블통 쓸쎠업다 진시황 어린 고집 부소의 말 안 듯

⟨3-앞⟩

다가 인심소동 오십년의 이셰 망국 ᄒ야잇고 초픠왕의 못쓸 고집 범징의 말 안 듯다가 팔쳔 졔즈 이산ᄒ야 무면도강 ᄒ야잇고 오즈셰의 고든 말도 고집기로 안 듯다가 고소디 모시 되아 너류니류ᄒ야 잇고 굴삼녀의 올흔 말도 고집기로 안 듯다가 진무관의 구지 가쳐 가련 공산 혼조되니 동믄 우희 둘린 눈을 일여염모 덥풀숀가 상강가의 우는 져 시 어복츙혼 붓기 업다 즈니 역시 고집ᄒ야 니 한 말 안 듯다가 금일 망신 할지라도 날낭 원망하지 마소 장씨란 롬 디소하디 콩 먹 닷고 다 쥭의리 옛글노 볼쟉시면 콩 틱즈 든 디마다 오러 살고 귀히 되니 틱고 쳔황씨는 일만팔쳔 셰 사라잇고 틱호 복희씨는 풍셩 십오 셰 상승ᄒ고 은나라 틱갑 틱무 쥬나라 틱임 틱사 삼디예 셩군이오 한틱조 당틱조와 송틱조 명틱조는 풍진 셰계 창업ᄒ야 틱평건곤 되얏시니 두틱셔속 오곡 즁의 가장 콩 틱즈 조홀시고 궁팔십 강틱공도 달팔십 사라잇고 시즁쳔즈 이틱빅도 긔경상쳔 하야잇고 북방의

티을성도 별즁의 웃듬이라 느도 이 콩 먹고 틱공 갓치 오리 살고 틱빅 갓치
상쳔ㅎ야 티을션관 되오리라 갓토리 마리 업셔 경황업시 믈너셔니 장끼란
놈 거동보소 콩 먹으려 드러갈 졔 열두 장목 아홉 살깃 좌우로 퍽더리고
쏘박쏘박 고기 쏘아 죽금죽금 드러가니 빈날 갓한 부우리로 드립더 싱종하
니 두곱퍼 퉁기치면 며리 우희 지난 소리 박낭사즁 쇠방망치 벽금 수로
쓰리는 둧 외즉근 쑤닥

⟨3-뒤⟩

썰썰 푸둑 변통업시 되엿고나 갓토리 거동보소 누역 머리 퍽더리고 상하평
견 즈갈밧테 동골동골 구을며셔 한심 츠며 니려안즈 발을 쫑쫑 쑤르며
이고 답답 하는 마리 독약은 니어병이오 츙언은 니어힝이라 니 말 곳 드러시
면 니런 변이 이실손가 장끼란 놈 슘촌 즁의 에라 니연 솔난ㅎ드 젼미런
후실긔라 죽난 놈이 탈 업스랴 호환 곳 미리 알면 뫼헤 가리 뉘 이시며
슈환 곳 미리 알면 비예 드리 뉘 이시리 니 신수 블길ㅎ면 독의 든들 면홀손
가 죽고살기는 믹으로 안다 ㅎ니 믹이나 집퍼보소 갓토리 믹을 보니 비회
믹이 돈졀ㅎ고 풍믹이 소실ㅎ고 명믹이 긋쳐 가네 장끼란 놈 니른 마리
믹아 사그러나마 눈이나 살펴 보소 동즈 분쳬 잇난가 갓토리 한심 짐고
이제난 속졀 업네 져편 눈의 분쳐는 별셔야 쩌느가고 이편 눈의 분쳬는
이제야 쩌나가려고 파랑보의 짐을 싸고 길목보션 감발ㅎ네 이고이고 요니
팔지 험ㅎ고도 험홀시고 샹부도 즈즐시고 쳣지 낭군 어덧다가 빅송골니
더펴가고 둘지 낭군 어덧드가 표수드리 즈바가고 셋지 낭군 어덧드가 범덕
가흔 쇠착긔예 쩔쩍 치여 죽계 되니 고진살을 가젼던가 망신살을 가젓던가
나히 만희 죽단 말가 픈납헤 이슬 갓치 단불의 나위 갓치 덧업시 되야고나
속졀 업시 여히고야 픔의 픔은 맛비 아기 혼인 등졀 어이ㅎ고 빅년동거

바라더니 천고영결 ᄒᆞ엿고나 져러ᄒᆞ신 조흔 풍치 엇제나 다시 볼고 장끼란 놈 반 눈 쓰고 허위탄식 ᄒᆞ는 마리 ᄉᆞᄌᆞ는 블가부싱이오 왕ᄌᆞ는 블

〈4-앞〉

가부반이라 둘은 일 다 던지고 상부 ᄌᆞᄌᆞᆫ 너희 가믄 당초의 장기들 제 니 원시 실체로다 ᄃᆞ시 볼 길 업거이와 굿티여 보려거든 닉일 아침 조식 ᄒᆞ고 착기 님지 ᄯᅡ라가면 츙쥬장의 만나거나 젼쥬장의 맛ᄂᆡ거나 안동관 경쥬관 의 관청고의 걸엿거나 병영도 슈영도의 사쏘 상의 올나거나 그밧긔 어ᄂᆡ 고듸 니 열골 다시 보리 못 보닥고 어이 ᄒᆞ랴 이 너무 쓰지 마라 천상의 홀노 잇난 월궁 항이 사라던야 착기 임지 탁첨지 어디서 망보다가 헌펴낭이 슈기 쓰고 ᄌᆞᄅᆞᆫ 막디 드던지며 허위허위 달려드러 장끼를 ᄲᅬ여들고 희희낙 낙 츄을 츄며 얼수절슈 조흘시고 닉 지죄 용ᄒᆞ던가 네 죽을 날이넌가 산영이 졈하지가 조샹이 돌보신가 압남산 벽계수의 믈 먹으려 네 왓던가 뒤동산 작작도화 곳츨 보고 네 왓던야 녹수쳥산 노ᄂᆞᆫ 너를 닉 손으로 자바고나 너의 구족 다 모도 ᄌᆞ바 산신긔 제 ᄒᆞ리라 빗믄 헤 ᄲᅬ여닉야 바회틈의 ᄭᅵ워 노코 두손으로 마조 빌며 구벅구벅 젓사오디 앗가 노흔 이 착기예 갓토리 마조 잡계ᄒᆞ오 관음보살 관음보살 아미타불 아미타불 탁첨지 도라가미 갓 토리 뒤밋 바다 바회틈의 ᄭᅵᆫ은 헤를 간신이 ᄎᆞᄌᆞ너나 가락입희 소염ᄒᆞ고 팅당이로 결관ᄒᆞ야 쥐동나무 빅분으로 참슉경의 부즐 드러 산님쳐사 화츙 지귀라 근근셩ᄌᆞ 하엿더라 초상은 쳣거이와 장사를 어이 흐고 신산 어더 쓰ᄌᆞ ᄒᆞ니 풍슈 하나 못 맛니고 셩영 부장 하ᄌᆞ ᄒᆞ니 기리 머러 못 갈네라 긔골작 ᄎᆞᄌᆞ드러 득밧머리 산티 굿티 산덕ᄒᆞ기 조흔 디로 향비 업시 터을 쏙가 불구신발 은닌하며 당일 닉로 영장ᄒᆞ니 산신제 평토제ᄂᆞᆫ 제믈도

〈4-뒤〉

초초하다 가낙이슬 쳥감쥬의 쑬밤쑥지 시겹 노코 칭가유무 형세딕로 기리
져리 추려더라 집사분졍 볼작시면 뉘기뉘기 모혓던고 소리 조흔 쑨오기는
독축의 믹겨 잇고 의관 조흔 두룸이는 헌관의 믹겨 잇고 진셜은 뉘 하던고
몸 기가온 날졔비오 졔 공사는 뉘 하던고 말 잘하는 노고시라 쑨오기 쑬어
안쟈 축사를 일은 젹의 유셰츳 모년 모월 모일 고의쯧 쥬려등은 산님쳐사
부군젼의 비 업셔 감소고우 형귀둔셕 ㅎ야시니 신반실당 ㅎ압소셔 신쥬미
셩 충조소치 혼빅 상의 닌히 봉안 쳥작 셔수 걸게 추려 디공 업시 모도
상향 독축을 다 한 후의 부복 종사 지비하고 쳥상을 하둣 마둣 소로기 쩌오
다가 쥬려등을 구하려고 어니 손의 맛상지로 열는 둣 달여들어 공중의 툭
츳 들고 만장 층암 졀벽 우의 너풀너풀 올나안쟈 이리 뒤젹 져리 뒤젹 조홀
시고 조홀시고 연사나홀 감한으로 식미가 다 잔터니 인간의 졔일미를 인지
야 어더고나 문어 포육 희삼쩜은 경상가의 졔일미오 쳔츄자반 송엽쥬는
슈지 중의 졔일미오 보리밥의 팟셩치는 날 션비의 졔일미오 일년 삼슈상산
지는 상산사호 졔일미오 졀노 죽은 강이지와 쏘리나는 빙아리는 연장군의
졔일미라 안쟈 그려 도라보니 바회 아리 쑥 느리져 쥰최 업시 숨어고나
속졀업시 믈너 안쟈 허위탄식 일은 마리 연장사 형경이도 삼쳑금지음 몰니
붓든 진왕 노화 잇고 한장군 관운장도 화용도 조분 길이 자분 조조 노화거든
야축한 연장군도 쥬려 한나 노화시니 이게 쏘한 격션이라 쥰손 음덕 이부리
라 틱빅산 갈가마귀 팔공산 구경하고 중노의 허긔 만나 요긔 츳로 문상하고
탁쥬 삼비 먹은 후의 대취하야 이른 마리 그 버지

〈5-앞〉

우리 중의 긔슈하던 영웅이라 풍신도 그만하고 심덕으로 볼작시면 향슈할

가 그려더니 콩 한낫 못 츠마셔 비명으로 죽단 말가 가련코도 불상하다
우리야 그런 음식 볼을 치니 먹을손가 오날날 이 자리예 말삼이 박박ᄒᆞ디
장군 나자 룡마 나자 문장 나자 명필 나자 계 오날 과부되ᄌᆞ 너 오날 여긔
오ᄌᆞ 꼿 본 나위 어디 가며 물 본 고긔 어듸 가리 계 형세 나도 알고 너
형세 계도 아니 작슈 성녜 홀 지나도 빅연희노 ᄒᆞᄉᆞ이다 갓토리 경식ᄒᆞ고
눈물노 니른 마리 아물이 미믈인들 졸곡도 아니 맛고 긔가ᄒᆞ야 가단 마라
어듸 션싱 예른인고 금셩예슈라 흔들 물마다 금이 나며 옥츌곤강이라 흔들
뫼마다 옥이 나며 여필종부라 흔들 인마다 ᄯᆞ를손야 가마귀 디소ᄒᆞ디 네
마리 고이ᄒᆞ다 한광무의 맛누의도 병풍 뒤의 츠ᄌᆞ 잇고 쥬미신 옛 안희도
믈동의를 쏫고가니 하믈며 네희 가문 슈졀이 당한 말가 고금쳔지예 열녜야
만턴마는 갓토리 사는 고디 비 셔운 디 못 보왓너 압연당 오리란 놈 열두
변 상쳐하고 남녀간 ᄌᆞ식 업셔 후취을 구하더니 갓토리 과부 됫다 이 말삼
반겨 듯고 이계 ᄯᅩ한 연분이라 장긔 밧비 츠려스라 옹옹명안 그려기는 혼슈
함을 질머지고 관관져귀 증경이는 사모관디 관을 지고 빔시 도영 증시 셔고
황시 디감 비힝ᄒᆞ고 길잡비는 왜걸이오 구부직기 검시로다 오리 셔방 드러
오네 갓치 신부 게 인나냐 갓토리 반만 웟고 교탄ᄒᆞ면 이른 마리 아물이
미믈린들 겁혼하려는가 궁합도 아니 보고 비위를 할손가 오리란 놈 디소ᄒᆞ
디 아모려며 후실 신낭 남의 과부 드려올 제 예 보고 졀치 볼냐 신낭 신부
한데 ᄌᆞ면 궁합이야 졀노 맛졔 날

〈5-뒤〉

이나 엇더한고 손금이나 집허보시 일상성긔 이중쳔의 삼하졀쳬 ᄉᆞ중유혼
션쳔슈로 집허보나 후쳔슈로 집허보나 너일은 쥬당 잇고 모리는 회살이라
오날밤이 웃듬이라 잡말 말고 ᄌᆞ고 보ᄌᆞ 갓토리 이른 마리 ᄃᆞ른 일 다 던지

고 싱이나 엇더혼지 자셔히 드러보시 오리란 놈 니른 마리 싱이낭 문지 마소 봉니 영쥬 바다 우희 노던 신션 비를 타고 완월취소 하는 경을 녁녁히 구경ㅎ고 동졍 소상 너른 기예 홍뇨빅빈 집을 사마 오르나 느즌 피를 님으로 훌터 먹고 은린옥쳑 조흔 싱션 식량디로 장복하니 안간의 조흔 싱이 믈밧긔 쏘 잇난가 갓토리 이른 마리 믈싱애 조타 흔들 뉵지싱이 갓톨손가 우리 싱이 드러보소 쳐리만리 너은 들에 천산만산 놉픈 봉의 사히팔방 구경ㅎ고 도원도리 봄바롬과 위셩양뉴 아츰비예 꾀고리로 노리 승고봉졉으로 츔을 츄니 이게 쏘한 경이나 쳔봉만학 션실과를 쓰며 쥬어 노젹ㅎ고 산량즈디 즐긴 소리 뉘 아니 부러흐고 속졀업난 빈말 마소 우리 싱이 갓홀손가 오리란 놈 할 말 업셔 셔즁의 유녀안여옥하니 도라가 글이나 일너보셔

쟝셰젼

건곤(乾坤)이 조판(肇判)ᄒᆞᆯ제 만물(萬物)이 번셩(繁盛)ᄒᆞ여 귀(貴)ᄒᆞᆯ손 인(人)

싱(生)이요 쳔(賤)ᄒᆞᆯ손 김셩(禽牲)이라 유우츔(有羽虫)도 숨빅(三百)이요 의관(衣冠)

유모츔(有毛虫)도 삼빅(三百)이라 ᄉᆡᆼ의 화샹(畵像) 불ᄌᆞ시면 의관(衣冠)

온 오석(五色)이요 별호(別号)ᄂᆞᆫ 화츔(華虫)이라 산금야슈쳔셩(山禽野獸天性)으

로 ᄉᆞ롬을 멀니ᄒᆞ여 울님벽게상(鵲林碧溪上)의 낙낙장송(落落長松)

정ᄌᆞ(亭子)숨아 상하평젼(上下坪田) 펴진곡식(穀食) 딜가온티 쥬어먹

쟝끼젼

〈쟝끼젼〉은 1915년에 덕흥서림에서 발행된 이본으로, 27장(54면)으로 이루어져 있으며 표지에는 제목이 '고디소셜(古代小說) 쟝끼젼(雄雉傳)'이라고 쓰여있다. 덕흥서림 외에도 경성서적업조합(1925), 영화출판사(1951), 세창서관(1952), 대조사(1959)에서 〈장끼전〉을 활자본으로 간행하였으나 내용상 변개는 없고 표기 방식에 약간의 차이가 있을 뿐이다. 이 이본은 장끼가 덫에 걸려 죽은 후, 홀로 남게 된 까투리가 조문을 온 장끼와 재혼하여 아들, 딸을 모두 혼인시키고 명산대천을 구경하다가 큰물에 들어가 조개가 되는 것으로 끝을 맺는다. 또한 이 이본에는 소리개가 맏상제를 잡아가다가 놓치는 화소, 부엉이와 가마귀의 어른 다툼, 갈가마귀와 물오리의 청혼, 물오리의 수중 생애 자랑과 까투리의 육지 생애 자랑 등의 화소가 모두 포함되어 있다.

출처 : 덕흥서림(이주영, 아단문고기획실, 『장끼전』, 현실문화, 2007)

⟨1⟩

장끼젼

건곤(乾坤)이 조판(肇判)할 졔 만물(萬物)이 번셩(繁盛)ᄒ여 귀(貴)할 손
인싱(人生)이오 쳔(賤)홀 손 김싱(禽牲)이라 유우츙(有羽虫)도 숨빅(三
百)이요 유모츙(有毛虫)도 삼빅(三百)이라 꽁(雉)의 화상(畫像) 볼작시면
의관(衣冠)은 오식(五色)이요 별호(別號)는 화츙(華虫)이라 산금야수쳔
셩(山禽野獸天性)으로 스롬을 멀니ᄒ여 울님벽계상(鬱林碧溪上)의 낙낙
장송(落落長松) 졍ᄌ(亭子) 숨아 상하평젼(上下坪田) 덜 가온디 퍼진 곡
식(穀食) 쥬어 먹

⟨2⟩

고 임ᄌ 업시 싱긴 몸이 관포슈(官砲手)와 산양기(獵犬)게 걸핏ᄒ면 잡혀
가셔 숨ᄐᆡ뉵경(三台六卿) 수령(守令) 방빅(方伯) 다방골 졔갈동지 슬토록
장복(長服)ᄒ고 됴혼 깃 골나니여 스명긔(使命旗)에 슐더치레와 젼방(塵
房)의 먼지치며 온갓즈로 두로 쓰니 공덕(功德)인들 젹을소냐 평싱(平生)
슈문 즈최 조혼 경치 보랴 ᄒ고 빅운상상봉(白雲上上峯)의 허위허위 올나
가니 몸 가븨운 보라민는 예셔 쩔넝 졔셔 쩔넝

⟨3⟩

몽치 든 모리군은 예셔 위여 졔셔 위여 닙시 잘 만는 산양기(獵犬)는 이리
쏼쏼 져리 쏼쏼 옥시포기 쩍갈입홀 뒤젹뒤젹 츠져드니 스라날 길 바이 업니
스이길노 가즈 ᄒ니 부지긔여수(不知幾如數) 포슈(砲手)덜이 총을 메고
둘너섯네 엄동셜흔(嚴冬雪寒) 쥬린 몸이 어디로 가잔 말가 종일(終日) 쳥
산(靑山) 더운 볏테 상하평젼(上下坪田) 너른 들의 간혹(間或) 콩(太)낫

잇겟시니 쥬으러 가즈셰라

⟨4⟩

잇써 쟝끼(雄稚) 치쟝(侈裝) 볼작시면 당홍더단(唐紅大緞) 견마기에 초록
궁초(草綠宮綃) 깃슬 다러 빅능(白綾) 동졍 싯쳐 입고 쥬먹벼살 옥관즈(玉
冠子)의 열두쟝목 만신풍치(滿身風彩) 쟝부긔상(丈夫氣色) 조홀시고 까
투리(雌雉) 치쟝(侈粧) 볼작시면 잔누비 속져고리 폭폭(幅幅)이 잘게 누벼
상하의복(上下衣服) 갓초 입고 아홉 아달(九子) 열두 쏠(十二女)년 압셰
우고 뒤셰우고 어셔 가즈 밧비 가즈 평원광야(平原廣野) 너른 들의 줄줄이
펴져가며 널낭 져(這) 골(谷) 줏고

⟨5⟩

우릴낭 이(此) 골(谷) 줏즈 긔긔습유(個個拾遺) 두틔(豆太)호니 불원인지
공양(不願人之供養)이라 쳔싱만물민유록(天生萬物民有祿)호니 일포식
(一飽食)도 지슈(在數)라고 졈졈 쥬어 드러갈 졔 난디업는 불은 콩(太)
호낫 덩그러케 뇌엿거늘
쟝긔란 놈 호는 말이 어화 그 콩 소담하다 호날이 쥬신 복을 니 어이 마다하
리 니 복이니 먹어보즈 까토리 호는 말이 아쥬 그 콩 먹지마소 설상(雪上)의

⟨6⟩

유인적(有人迹)호니 슈상흔 즈최로다 다시금 살펴보니 입으로 홀홀 불고
비로 싹싹 쓴 즈최 심이 고이하미 졔발 덕분 그 콩 먹지마소
쟝긔란 놈 호는 말이 네 말이 미련하다 잇써를 의논컨디 동지셧달(冬至臘
月) 셜한(雪寒)이라 쳡쳡(疊疊)이 싸인 눈이 곳곳지 덥혀시니 쳔산(千山)

의 조비졀(鳥飛絶)ᄒ고 만경(萬逕)의 인종진(人蹤盡)이라 사람의 자쳐 잇슬소냐

〈7〉

ᄭᅡ토리 ᄒᄂᆫ 말이 사긔(事機)ᄂᆫ 그러헐 듯ᄒᄂᆫ 간밤에 꿈을 ᄭᅮ니 디불길(大不吉)ᄒ온지라 자량쳐ᄉ(自量處事)ᄒ시오

장끼(雄雉) 소왈 니 거야(去夜)의 일몽(一夢)을 어드니 황학(黃鶴)을 빗기 타고 하날의 올나가 옥황(玉皇)긔 문안(問安)ᄒ니 날을 산님쳐ᄉ(山林處士) 봉(封)ᄒ시고 만셕고(萬石庫)의 콩 ᄒᆫ 셤을 상급(償給)ᄒ셧시니 오날이 콩 ᄒ나 그 아니 반가올가 고셔(古書)의 일느기를 긔ᄌ감식(飢者甘食)이오 갈ᄌ이음(渴者易飮)이라 ᄒ엿시니

〈8〉

쥬린 양을 치여보자

ᄭᅡ토리 이른 말이 그디 꿈 그러ᄒ나 이니 꿈 희몽(解夢)ᄒ면 무비(無非)다 흉몽(凶夢)이라 어졔밤 이경초(二更初)의 첫잠 드러 꿈을 ᄭᅮ니 북망산(北邙山) 음지작의 구진비 홋부리며 쳥쳔(靑天)의 쌍무지기 홀지의 칼이 되여 ᄌ네 머리 뎅겅 버여 니리치니 ᄌ네 죽을 흉몽(凶夢)이라 졔발 그 콩 먹지 마소

〈9〉

쟝끼란 놈 ᄒᄂᆫ 말이 그 꿈 염녀마라 츈당디(春堂臺) 알셩과(謁聖科)의 문관장원(文官壯元) 참녜ᄒ여 어ᄉ화(御賜花) 두 가지를 머리 우의 슉여 곳고 장안디도상(長安大道上)의 왕니(往來)ᄒᆯ 꿈이로다 과거(科擧)나 심

써보세

까토리 쏘 흔 말이 슴경야(三更夜)의 꿈을 꾸니 쳔(千) 근(斤)드리 무쇠가
마 즈니 머리 흠벅 쓰고 만경창파(萬頃蒼波) 깁흔 물의 아조 풍덩 빠졋것놀
나 혼즈 그 물가의셔 디셩(大聲)

⟨10⟩

통곡(痛哭)ᄒ여뵈니 즈니 죽을 흉몽(凶夢)이라 부디 그 콩 먹지마라
쟝씨란 놈 이른 말이 그 꿈은 더욱 좃타 디명(大明)이 즁흥(中興)할 졔
구완병(救援兵) 쳥(請)ᄒ거든 이니 몸이 디쟝(大將)되여 머리 우의 투구
쓰고 압녹강(鴨綠江) 근너가셔 즁원(中原)을 평졍(平定)ᄒ고 승젼디쟝(勝
戰大將) 되올 꿈이로다 까토리 ᄒ는 말이 그는 그렷타 ᄒ려니와 ᄉ경(四更)
의 꿈을 꾸니 노인(老人) 당상(堂上)

⟨11⟩

하고 소년(少年)이 잔치홀 졔 스물두 폭 구름 츠일(遮日) 밧쳣든 셔발장디
우직끈 쑥싹 부러지며 우리 둘의 머리에 아조 흠벅 덥혀 뵈오니 답답흔
일 볼 꿈이요 오경초(五更初)의 꿈을 꾸니 낙낙쟝송(落落長松) 만졍(滿
庭)ᄒ디 삼티셩(三台星) 티을셩(太乙星)이 은하슈(銀河水)를 둘넛는디
그 즁(中)의 일졈셩(一點星)이 쑥 쩌러져 즈니 압헤 니려져 뵈니 즈네 쟝셩
(長星) 그리된 듯 삼국(三國)젹 졔갈무후(諸葛武侯) 오장원(五丈原)의 운
명(殞命)홀 졔 쟝(長)

⟨12⟩

셩(星)이 쩌러졋다 ᄒ더이다

장씨란 놈 ㅎㄴ 말이 그 꿈 염녀마라 치일(遮日) 덥허 보인 거슨 일모청산
(日暮靑山) 오날밤의 화초병풍(花草屛風) 잔듸장판의 등걸노 벼기삼고
측입흐로 요(褥)를 실고 갈입으로 이불 삼아 너와 나와 축켜 덥고 이리져리
궁글 꿈이요 별 써러져 보인 거슨 녯날 헌원씨(軒轅氏) 디부인(大夫人)이
북두칠셩(北斗七星) 졍긔(精氣) 타셔 졔일싱남(第一生男) ㅎ얏잇고

〈13〉

견우직녀셩(牽牛織女星)은 칠월칠셕(七月七夕) 상봉(相逢)이라 네 몸의
티긔(胎氣) 잇셔 귀ᄌ(貴子) ㄴ을 꿈이로다 그런 꿈만 만이 쑤어라 ㅎ니
까토리 ㅎ는 말이 계명시(鷄鳴時)의 꿈을 쑤니 싀져고리 싀치마를 이니
몸의 단장(端粧)ㅎ고 청산녹슈(靑山綠水) 노니다가 는듸업는 청삽ᄉ리 입
살을 앙물고 와락 쮜여 달여드러 발톱으로 허위치니 경황실식(驚惶失色)
갈 디

〈14〉

업셔 삼밧흐로 다라놀 졔 잔 삼디 쓰러지고 굴근 삼디 춤을 츄며 ᄌ른 허리
가는 몸의 휘휘친친 감겨뵈니 이니 몸 과부(寡婦) 되여 상복(喪服) 입을
꿈이오니 졔발 덕분(德分) 먹지마소 부디 그 콩 먹지마소
장씨란 놈 디로(大怒)ㅎ야 두 발노 이리 츠고 져리 츠며 ㅎ는 말이 화용월티
(花容月態) 져 간나위년 기둥셔방 마다ㅎ고 타인남ᄌ(他人男子) 질기다
가 춤바 울바 쥬황ᄉ로

〈15〉

뒤죽지 결박(結縛)ㅎ야 이 거리 져 거리 종노(鐘路) 네거리로 북치며 조리

돌이고 삼모장과 치도곤으로 난장(亂杖)마질 꿈이로다 그런 꿈말 다시 마라 압정깅이 썩거놀닉

까토리 ᄒᆞᄂᆞᆫ 말이 홍명슈국(鴻鳴水國)의 비필함노(飛必含蘆)ᄂᆞᆫ 장부지근신(丈夫之謹愼)이요 봉비천인(鳳飛千仞)의 긔불탁속(飢不啄粟)은 군ᄌᆞ지 염치(君子之廉恥)로다 ᄌᆞ닉 비록 미물(微物)이ᄂᆞ 군ᄌᆞ(君子)의 본(本)을 바다 염치(廉恥)

〈16〉

를 알거시요 닷소를 낙을 삼소 빅이슉제(伯夷叔齊) 츙열 염치(忠烈廉恥) 주속(周粟)을 아니 먹고 장ᄌᆞ방(張子房)의 지혜 염치(智慧廉恥) ᄉᆞ병벽곡(辭病辟穀) ᄒᆞ엿스니 ᄌᆞ닉도 이런 거슬 본(本)을 바다 근신(謹愼)을 ᄒᆞ랴ᄒᆞ면 부딕 그 콩 먹지마소

장끼란 놈 이른 말이 네 말이 무식(無識)ᄒᆞ다 예졀(禮節)을 모로거든 염치(廉恥)를 닉 알소냐 안ᄌᆞ(顔子)님 도학 염치(道學廉恥)로도 삼십(三十)밧게 더 못 살고 빅이슉제(伯夷叔齊)여 충졀 염치(忠節廉恥)로도

〈17〉

수양산(首陽山)의 굴머 죽어잇고 장양(張良)의 ᄉᆞ병벽곡(辭病辟穀)으로도 젹송ᄌᆞ(赤松子)를 짜라갓시니 염치(廉恥)도 부지럽고 먹는 거시 웃뜸이라 호타하(滹沱河) 보리밥을 문슉(文叔)이 달게 먹고 즁흥천ᄌᆞ(中興天子) 되여잇고 표모(漂母)의 식은 밥을 한신(韓信)이 달게 먹고 한국딕장(漢國大將) 되여시니 ᄂᆞ도 이 콩 먹고 크게 될 줄 뉘 알소냐

깟토리 ᄒᆞᄂᆞᆫ 말이 그 콩 먹고 잘 된단 말은 닉 먼져

〈18〉

말ᄒ오리다 산듸 찰방슈망(察訪首望)으로 황천부ᄉ(黃泉府使) 제슈(除
授)ᄒ야 쳥산(青山)을 영이별(永離別)ᄒ오리니 너 원망(怨望)은 부디 마
소 고셔(古書)를 보량이면 고집불통(固執不通) 과(過)ᄒ다가 피가망신(敗
家亡身) 몃몃 쳔고(千古) 진시황(秦始皇)에 몹실 고집(固執) 부소(扶蘇)
의 말 듯지 안코 민심소동(民心騷動) ᄉ십년(四十年)의 이셰(二世)예 씨
의 실국(失國)ᄒ고 초픽왕(楚覇王)의 어린 고집(固執) 범증(范增)의 말
듯지 안타 팔쳔졔ᄌ(八千弟子) 다 죽이고 무면도강동(無面渡江東)ᄒ야
ᄌ문이ᄉ(自刎而死) ᄒ야

〈19〉

잇고 굴삼녀(屈三閭)의 오른 말도 고집불통(固執不通)ᄒ다가 진문관의 구
지 갓쳐 가련공산(可憐空山) 삼혼(三魂)되여 강상(江上)의 우는 싀 어복충
혼(魚腹忠魂) 붓그럽다 ᄌ네 고집(固執) 과(過)ᄒ다가 오신명(誤身命)ᄒ
오리다
장씨란 놈 ᄒ는 말이 콩 먹고 다 죽을가 고셔(古書)를 볼작시면 콩 티 ᄶ
든 이마다 오릭 술고 귀이 되느니라 틱고(太古)적 쳔황씨(天皇氏)는 일만팔
쳔셰(一萬八千歲)를 사라 잇고

〈20〉

틱호복희씨(太昊伏羲氏)는 풍셩(風姓)이 샹승(相承)ᄒ야 십오디(十五
代)를 젼(傳)히 잇고 한틱조(漢太祖) 당틱종(唐太祖)은 풍진셰계(風塵世
界) 창업지쥬(創業之主) 되여시니 오곡빅곡(五穀百穀) 잡곡즁(雜穀中)
의 콩 티 ᄶ가 졔일(第一)이라 궁팔십(窮八十) 강틱공(姜太公)은 달팔십

(達八十) 스라잇고 시즁쳔즈(詩中天子) 리틱빅(李太白)은 긔경상쳔(騎鯨
上天) ᄒ야잇고 북방(北方)의 틱을셩(太乙星)은 별 즁의 읏듬이라 느도
이 콩 달게 먹고 틱공(太公)갓치 오리 살고 틱빅(太白)갓치 샹쳔(上天)ᄒ
야 틱을션관(太乙仙官) 되오리라

〈21〉

까토리 홀노 경황(驚惶)업시 물너셔니
쟝끼란 놈 거동(擧動)보소 콩 먹으러 드러갈 졔 열두쟝목 펼쳐들고 구벅구
벅 고기 조아 조츰조츰 드러가셔 반달 갓튼 셔부리로 드립더 쫙 찍으니
두고핀 둥그러지며 머리 우의 치는 소리 방낭ᄉ즁(博浪沙中)의 조격시황
(狙擊始皇)ᄒ다가 버금 슈레 맛치는 듯 와직끈 뚝짝 푸드득 푸드득 변통(變
通)업시 치여구느

〈22〉

쌋토리 ᄒ는 말이 겨런 관경(光景) 당홀 줄 몰느든가 남즈(男子)라고 녀
즈(女子)의 말 잘 드러도 픽가(敗家)ᄒ고 기집의 말 안 드러도 망신(亡
身)ᄒ니
쌋토리 거동(擧動) 볼작시면 상하평젼(上下坪田) 즈갈밧틔 즈락머리 푸러
노코 당글당글 궁글면셔 가슴치고 이러안져 잔듸풀을 쥐여쓰더 이통ᄒ며
두 발노 짱을 구르면셔 셩붕지통(城崩之痛) 극진(極盡)ᄒ니 아홉 아들 열

〈23〉

두 짤과 친구(親舊) 벗님니도 불상(不祥)타 의론(議論)ᄒ며 죠문익곡(弔
問哀哭)ᄒ니 가련공산(可憐空山) 낙목쳔(落木天)에 우름소리 쑨이로다

까토리 슬픈 즁의 ᄒᄂᆫ 말이 공산야월(空山夜月) 두견셩(杜鵑聲)은 슬픈
회포(懷抱) 더욱 슬다 통감(通鑑)의 이르기를 독약(毒藥)이 고구(苦口)나
이어병(利於病)이요 충언(忠言)이 역이(逆耳)ᄂᆫ 니어힝(利於行)이라 ᄒᆞ
여시니 ᄌᆞ니도 니 말 드러시면 겨련 변(變) 당(當)홀손가 답답(畓畓)ᄒᆞ고
불상(不祥)ᄒᆞ다 우리 양쥬 조흔 금슬(琴瑟) 눌더러

〈24〉

말홀소냐 슬피 셔셔 통곡(痛哭)ᄒᆞ니 눈물은 못(沼)시 되고 흔심은 풍우(風
雨)된다 가삼의 불이 붓니 이니 평싱(平生) 엇지ᄒᆞ고
장ᄶᅵ 거동(擧動) 볼작시면 츳위 밋티 업디여셔 예라 이 년 요란ᄒᆞ다 후환
(後患)을 미리 알면 산의 가 리 뉘 잇시리 션미련(先未鍊) 후실긔(後失期)
라 죽년 놈이 탈 업시 죽으랴 스람도 죽기 살기를 믹(脉)으로 안다 ᄒᆞ니
ᄂᆫ도

〈25〉

죽지 안켓ᄂᆫ 믹(脉)이ᄂᆫ 집퍼보소
까토리 디답(對答)ᄒᆞ고 이른 말이 비우믹(脾胃脉)이 거졀(去絶) 간믹(肝
脉)은 셔늘ᄒᆞ고 티츙믹(太冲脉)은 거더가고 명믹(命脉)은 ᄁᆞᆫ쳐가니 이고
이게 원일이요 원슈(怨讎)로다 원슈(怨讎)로다 고집불통(固執不通) 원슈
(怨讎)로다
쟝ᄶᅵ란 놈 ᄒᆞᄂᆫ 말이 믹은 그러ᄒᆞᄂᆫ 눈청을 살펴보소 동ᄌᆞ(瞳子) 부쳐 온젼
(穩全)ᄒᆞᆫ가

⟨26⟩

까토리 흔심(寒心) 쉬고 살펴보며 이른 말이 인졔는 속졀업니 져편(這便) 눈의 동즈(瞳子) 부쳐 쳣 식벽의 써나가고 이편 눈의 동즈 부쳐 지금(至今) 써느가려고 파랑보(靑褓)의 봇짐 싸고 곰방디 부쳐 물고 길목버션 감발ᄒ니 이고이고 이니 팔즈(八字) 이디지 긔박(崎薄)흔가 상부(喪夫)도 즈주ᄒ다 쳣지 낭군(郎君) 으덧다가 보라미게 치여가고 둘지 낭군(郎君) 으덧다가 산양긔게 물여가

⟨27⟩

고 셋지 낭군(郎君) 으덧다가 살님도 치 못 ᄒ고 포슈(砲手)의게 마져 죽고 이번 낭군(郎君) 으더셔는 금슬(琴瑟)도 조커니와 아홉아들(九子) 열두 쌀(十二女)을 ᄂᆞᆼ노코 남혼녀가(男婚女嫁) 치 못 하야 구복(口腹)이 원슈(怨讎)로 콩 ᄒᄂ 먹으려다 져 츠위의 덜컥 치여시니 속졀읍시 영이별(永離別) ᄒ겟고나 도화살(桃花殺)을 가졋는가 상부살(喪夫殺)을 가졋는가 이니 팔즈(八字) 흠악(險惡)ᄒ다 불상(不祥)토다 우리 낭군(郎君) ᄂ이마ᄂ 죽엇

⟨28⟩

ᄂ가 병(病)이 드러 죽엇ᄂ가 망신살(亡身殺)을 가졋든가 고집살(固執殺)을 가졋든가 웃지ᄒ면 살녀닐고 압뒤에 셧ᄂ 즈녀(子女) 뉘라셔 혼취(婚娶)ᄒ며 복즁(腹中)의 든 유복즈(遺腹子)ᄂ 히산구완(解産救援) 뉘라 홀가 운림초당(雲林草堂) 너른 쓸의 빅년초(百年草)를 심어두고 빅년히로(百年偕老) ᄒ쟈더니 단삼년(單三年)이 못 지나셔 영결종천(永訣終天) 이별초(離別草)가 되엿구나 져러트시 조흔 풍신(風身) 은졔 다시 만

나볼가 명(明)

⟨29⟩

스십리(沙十里) 히당화(海棠花)냐 쏫진다 한(恨)을 마라 너는 명년(明年)
봄(春)이 되면 쏘다시 픠려니와 우리 낭군(郎君) 이번 가면 다시 오기 어
려워라 미망(未亡)일세 미망(未亡)일세 이 몸이 미망일세 흔춤 통곡(痛
哭)호니

쟝끼란 놈 반눈 쓰고 자니 너무 스러마소 상부(喪夫) 주진 네 가문(家門)의
장가가기 니 실체라 이 말 져 말 잔말 마라 스주(死者)는 불가부싱(不可復
生)이라 다시 보기 어려오

⟨30⟩

리니 나를 구지 보랴거든 명일(明日) 조반(朝飯) 일직 먹고 츠위 임즈 싸
라가면 김젼장(金泉場)의 걸녓거나 젼쥬장(全州場)의 걸녓거느 쳥쥬장
(淸州場)의 걸녓거느 그러치 아니ᄒᆞ면 감영쏘(監令道)느 병영쏘(兵營道)
느 수령쏘(守令道)느 관쳥고(官廳庫)의 걸니던지 봉물(封物)짐의 언쳣던
지 스쏘(道) 밥상(飯床) 오르던지 그러치 아니ᄒᆞ면 혼인(婚姻)집 폐빅 건
치(乾雉) 되리로다 니 얼골 못 보아 슬워말고 주니 몸 슈졀(守節)ᄒᆞ야 졍
렬(貞烈)

⟨31⟩

부인(夫人) 되ᄋᆞ소셔 불상(不祥)ᄒᆞ다 불상(不祥)ᄒᆞ다 이니 신셰(身勢) 불
상(不祥)ᄒᆞ다 우지 마라 우지 마라 니 까토리 우지 마라 장부간장(丈夫肝
腸) 다 녹는다 네 아모리 슬워ᄒᆞ나 죽는 느만 불상(不祥)ᄒᆞ다

장끼란 놈 긔를 쓴다 아릭곱푀 벗듸듸고 위곱푀 당기면셔 버럭버럭 긔를
쓰니 살 길이 젼혀업고 털만 쏙쏙 다 싸지니 이쩍 츄위 임즈

〈32〉

탁쳠지(卓僉知)는 망보다가 만션드리 셔피(鼠皮) 휘황(揮項) 우구려 쓰고
지펑막듸 것더집고 허휘허휘 달녀드러 장끼를 쎄여들고 희희낙낙(喜喜樂
樂) 츔을 츄며 지아즈 조홀씨고 안남산(南山) 벽계슈(碧溪水)의 물 먹으려
네 왓더냐 밧남산(南山) 작작도화(灼灼桃花) 화류(花遊) 츠로 네 왓더냐
탐식몰신(貪食沒身) 모로고셔 식욕(食慾)이 과(過)ᄒᆞ기로 콩 ᄒᆞᄂᆞ 먹으려
다가 녹슈쳥산(綠水靑山) 놀던 너를 니 손으로 잡엇구ᄂᆞ 산신(山神)게

〈33〉

치셩(致誠)ᄒᆞ야 네 구족(九族)을 다 잡으리라
장끼에 빈 문 셔(舌)를 쎄여너여 바회 우에 언져노코 두 손으로 합장(合掌)
ᄒᆞ야 비는 말이 아짜 노은 져 츄위의 까토리마져 치옵소셔 나무아미타불
관셰음보살 쑤벅쑤벅 졀ᄒᆞ고 탁쳠지 니려간다
까토리 뒤밋쳐 발버가셔 바위의 언친 털을 울며불며 츠쳐다가 측입(葛葉)
으로 소렴ᄒᆞ고 딩딩(藤藤)이로

〈34〉

미장(埋葬)ᄒᆞ고 원츄리로 명졍 써셔 익숑목(見松木)의 거러노코 밧머리
스틱(沙汰) ᄂᆞ 듸 금졍(金井) 업시 산역(山役)ᄒᆞ야 ᄒᆞ관(下棺)ᄒᆞ고 산신제
(山神祭)와 불신제(佛神祭) 지니려고 졔물(祭物)을 츠릴 젹의 가랑입의
이슬 바다 계쥬(濟州)굴 밤짝지로 졉시 삼어 도토리 잔 숨어 담아노코 속식

디로 시져 삼어 친가유무(親家有無) 형세(形勢)디로 그렁져렁 츠려노코
호상소임(護喪所任)으로 집스(執事)를 분경(分定)호니 누구누구 드럿

〈35〉

던고 의관(衣冠) 조흔 두루미는 초헌관(初獻官)이 되어 잇고 몸 가뷔연
날닌 졔비는 졉빈긱(接賓客) 되어 잇고 말 잘호는 잉(鸚鵡)무시난 진셜(陳
設)을 맛탓구느 짜옥이 꿀어안져 축문(祝文)을 일그니 그 축문(祝文)의
호엿스되
유셰츠(維歲次) 모년(某年) 모월(某月) 모일(某日) 미망(未亡) 까토리 감
소고우(敢昭告于) 현벽(顯辟) 장끼 학싱부군(學生府君) 거현디둔셕(去玄
百宅罗) 신반실당(神反室堂) 신쥬긔셩(神主旣成) 복유존령(伏情尊靈)
스구종신(捨舊終新) 시빙시의(是憑是依)라 호얏더라

〈36〉

이쩌 쳘상(綴床)홀 듯 말 듯 쥬져(躊躇)홀 졔 소리기(鳶) 호느 쩌오다가
쥬린 즁의 구버보고
어늬 놈이 맛상졔(喪制)냐 니 흔 놈 디려가리라 호고 주루룩 달녀드러 두
발노 쎙의 식기 호느 툭 츠 가지고 공즁(空中)의 놉히 쩌셔 층암졀벽(層巖
絕壁) 상상봉(上上峰)의 너울 덤벅 올느 안즈 이리 뒤젹 져리 뒤젹 호는
말이
감긔(感氣)로 불평(不平)호야 연십일(連十日) 주리기로 귀미(口味)가 써

〈37〉

러졋더니 오늘이야 인간(人間) 졔일미(第一味)를 으덧구느 문어(文魚) 전

복(全鰒) 히삼(海蔘)쩜은 지상(宰相)의 제일미(第一味)요 젼초즛반 숑엽
쥬(松葉酒)는 슈지즁(手才中)의 제일미요 십년일경(十年一莖) 히궁도(海
宮桃)는 셔왕모(西王母)의 제일미(第一味)요 일년장츈(一年長春) 약산
쥬(藥山酒)는 상산슷호(商山四皓) 제일미(第一味)요 졀노 죽은 강아지와
꽁지 안는 병아리는 연장군(鳶將軍)의 제일미(第一味)라 굴그느 즈느 쩡
의 식기 흐느 싱겻스니 주린 즁의 먹어보즈 흐

〈38〉

며 너울너울 춤츄다가 아츳 흐고 도라보니 바위 아리 쩌러져셔 즈취 업시
숨엇구느 속졀업시 물너 안져 허희탄식(噓嘻嘆息) 흐는 말이 삼국명장(三
國名將) 관공님(關公任)도 화룡도(華容道) 조분 길의 즈분 조조(曹操) 노
으시니 이는 디의(大義)를 싱각(生覺)흐심이라
첨악(詔惡)흔 연장군(鳶將軍)도 쩡의 식기 노아시니 그도 쪼흔 션심(善心)
이라 즛손창셩(子孫昌盛) 흐리로다 틱빅산(太白山) 갈가마귀

〈39〉

북악(北嶽)을 구경(求景)흐고 노즁(路中)의 허긔(虛氣) 만느 요긔츳(療飢
次)로 까토리게 조상(弔喪)흐고 과실(果實) 논아 먹은 후(後)의 탄식(嘆
息)흐야 이른 말이
그 친구(親舊) 풍신(風身) 조코 심덕(心德) 조아 장슈(長壽)홀 줄 아라더니
불근 콩 흐느 못 춤어셔 비명횡스(非命橫死) 흐단 말가 가련(可憐)흐고
불상(不祥)흐다 우리야 그런 콩 보기로 먹을소냐 여보 까토리 마루라님
드러보소 오늘 이 말슴

〈40〉

이 쳬면(體面)은 틀이나 고담(古談)의 이르기를 장ᄉ(壯士) ᄂ면 용마(龍馬) ᄂ고 문장(文章) ᄂ면 명필(名筆) ᄂ다 ᄒ얏시니 그더 상부(喪夫)ᄒᄌ니 오늘 여긔 오ᄌ 슴물조합(三物組合) 마져시니 꼿 본 나뷔 불을 셰아리며 물 본 기럭기 어옹(魚翁)을 두려ᄒᆯ가 그 셩세(聲勢)와 가문(家門) ᄂᆡ 알고 ᄂᆡ 셩세(聲勢)와 가문 그더 알 터이니 우리 두리 ᄌ슈셩가(自手成家) ᄒᆞᆫ심 잡고 빅년동낙(百年同樂) 웃더ᄒᆞᆫ가 ᄒᆞ니

〈41〉

ᄭ토리 ᄒᆞᆫ심(寒心)지고 ᄒᄂ는 말이

아모리 미물(微物)인들 삼년상(三年喪)도 못 맛치고 ᄀᆡ가(改嫁)ᄒᆞ야 가ᄂ는 법(法)은 뉘 예문(禮文)의 보앗ᄂᄂ가 고담(古談)의 이른 말이 운종용(雲從龍)ᄒᆞ고 풍종호(風從虎)라 ᄒᆞ며 여필종부(女必從夫)라 ᄒᆞ엿스니 님ᄆᆞ다 ᄯ라갈가

가마귀 ᄃᆡ로(大怒)하여 왈(曰) 네 말이 가소(可笑)로다 시젼(詩傳) 긔풍쟝(凱風章)의 이르기를 유ᄌ칠인(有子七人)ᄒᆞ더 막위모심(莫違母心)이라 ᄒᆞ

〈42〉

엿스니 ᄉᆞ람도 일곱 아들 두고 ᄀᆡ가(改嫁)하야 갈 졔 탄식(嘆息)ᄒᆞᆫ 말이라 ᄒᆞ니 ᄒᆞ물며 너 갓튼 미물(微物)이 수졀(守節)이 당(當)ᄒᆞ고 ᄌ고(自古)로 ᄭ토리 열녀졍문(烈女旌門) 못 보앗네

잇ᄯ 부엉이 드러와 조문후(弔問後)의 가마귀를 도라보고 이른 말이 몸동이도 검거니와 부리도 고이ᄒᆞ다 으룬이 올작시면 긔거(起居)도 아니ᄒᆞ고

은연이 안즈느냐

〈43〉

가마귀 노왈(怒曰) 완만(頑慢)혼 부엉아 눈은 우묵하고 귀가 쏭곳ᄒ면 으론이냐 니 몸 검다 웃지 마라 거죽은 거무려니와 속조츠 검을가 우연비과산음(偶然飛過山陰)타가 이니 몸 거멋노라 니의 부리 웃지 마라 남월왕(南越王) 구쳔(句踐)이도 니 입과 방불(彷佛)ᄒᄂ 숨시(三時)로 장복(長服)ᄒ고 십년(十年)을 칼가라 부악을 도라드러 졔후왕(諸侯王) 되엿스니 녯글을 몰느스니 어룬을 엇지 홀

〈44〉

디ᄒᄂ냐 져 놈을 그져 못 두리라 명일(明日) 식후(食後)의 통문(通文) 노아 디동(大洞)의 벌붓치고 양안의 졔명(除名)ᄒ리로다 ᄒ며 혼참 이리닷툴 젹의 쳥텬(靑天)의 외기러기 운간(雲間)의 쩌올느가 우연(偶然)이 니려와셔 목을 길게 느리고셔 좌우(左右)를 디칙(大責)ᄒ여 왈(曰) 너의 무슴 으룬인요 한(漢)느라 소즈경(蘇子卿)이 북희상(北海上)의 십구년(十九年)을 갓쳐실 졔 고국(故國) 소식(消息) 모로기로 일쟝셔간(一張書簡) 맛터다가 한쳔즈(漢天子)

〈45〉

게 니 손으로 밧쳣시니 이런 일을 보량이면 너가 먼져 어룬이라 너의 무슴 어룬이냐

압연당(典蓮塘) 물오리란 놈 일곱 번 상쳐(喪妻)ᄒ고 남녀간(男女間) 헐육(血肉) 업셔 후쳐(後妻)를 구(求)ᄒ더니 까토리 상쳐(喪妻)혼 소식(消息)

을 알고 통혼(通婚)도 아니ᄒ고 혼인(婚姻) 길을 차릴 젹의 옹옹명안(雝雝
鳴鴈) 기럭이로 안부장이 숨어 두고 관관져구(關關睢鳩) 진경이로 함진아
비 삼어 두고 킈활 조혼 황시로

〈46〉

후ᄒᆡᆼ(後行)을 삼아 두고 소리 큰 왜가리로 길ᄌᆞ비로 숨어 두고 믭시 잇ᄂᆞᆫ
호반시로 젼갈하인(傳喝下人) 숨어구나 이날 호반시 드러와셔 이른 말이
ᄭᅡ토리 신부(新婦) 계신가 우리 신낭(新郎) 드러가네
ᄭᅡ토리 울다 ᄒᆞᄂᆞᆫ 말이 아모리 과부(寡婦)가 만만흔들 궁합(宮合)도 아니
보고 억혼인(臆婚姻) ᄒ랴 ᄒ오 오리 ᄒᆞᄂᆞᆫ 말이

〈47〉

과부(寡婦) 홀아비 만나ᄂᆞᆫ더 예졀(禮節)보고 ᄉᆔ(四柱)볼가 신부신낭(新
婦新郎) 두리 ᄌᆞ연궁합(自然宮合) 졀노 되ᄂᆞ니라 퇴일(擇日)이나 ᄒ여보
ᄌᆞ 일상싱긔(上生氣) 이즁쳔의(二中天宜) 삼하졀체(三下絶體) ᄉᆞ즁유혼
(四中遊魂) 오상화희(五上禍害) 육즁복덕일(六中福德日)이요 쳔덕일덕
(天德日德)이 합(合)ᄒ엿스니 오날밤이 웃뜸이라 이셩지합(二姓之合)은
빅복지원(百福之源)이니 잡말 말고 조곰 ᄌᆞ셰
ᄭᅡ토리 웃고 딕답(對答)ᄒ되 자네ᄂᆞᆫ 남ᄌᆞ(男子)라고 음침(陰沉)

〈48〉

흔 말 제법 ᄒ니
오리란 놈 ᄒᆞᄂᆞᆫ 말이 이니 호강(豪康) 드러보소 영쥬(瀛州) 봉니(蓬萊)
쳥강슈(淸江水)의 모든 신션(神仙) 비를 타고 완월장취(翫月長醉) ᄒᆞᄂᆞᆫ

낭을 역역히 구경ᄒ고 소상동경(瀟湘洞庭) 너른 물의 홍요빅빈(紅蓼白蘋)
집을 슴어 오락가락 논닐면셔 은인옥쳑(銀鱗玉尺) 조흔 셩션 식냥(食量)
더로 쟝복(長服)ᄒ니 쳔지간(天地間)의 조흔 싱이(生涯) 물밧게 ᄯᅩ 잇ᄂ가

〈49〉

ᄭᅡ토리 ᄒᄂᆫ 말이 물 싱이(生涯) 조타ᄒᆫ들 육지싱이(陸地生涯) 갓틀소냐
우리 싱이(生涯) 드러보소 평원광야(平原廣野) 너른 들의 오락가락 논일
다가 층암절벽(層巖絶壁) 놉흔 봉(峯)의 허위허위 올나가셔 ᄉᆍᄒᆡ팔방(四
海八方) 구경ᄒ고 츈삼월(春三月) 느진 봄 긱ᄉ쳥쳥(客舍青青) 유식신류
色新)홀 제 황금(黃金) 갓튼 괴ᄭᅬ리ᄂᆫ 량유간(楊柳間)에 왕ᄂᆡ(往來)ᄒ고
츈풍도리화기야(春風桃李花開夜)에 초혼죠(楚魂鳥) 슬피 울어 불여귀
(不如歸) 불여귀(不如歸) ᄒᄂᆫ 소릭 초목금(草木禽)

〈50〉

슈(獸)라도 심회(心懷) 살란(散亂)ᄒ니 그도 ᄯᅩ흔 경(景)이로다
츄팔월(秋八月) 황국시(黃菊時) 만산실과(萬山實果) 쥬어다가 압뒤로 노
젹(露積)ᄒ고 치쟝군(雉將軍)의 조흔 복식(服色) 츈치ᄌᆞ명(春雉自鳴) 우
ᄂᆫ 소릭 고금(古今)에 무쌍(無雙)이라 슈궁싱이(水宮生涯) 조타 흔들 륙지
싱이(陸地生涯) 당홀소냐 ᄒ니
오리 묵묵(默默)히 안졋스니 그 겻히 조상(弔喪) 왓든 쟝끼란 놈 썩 나셔셔
ᄒᄂᆫ 말이
이ᄂᆡ 몸 환거(鰥居)흔 지 삼(三)

〈51〉

년(年)이 되엿스되 맛당흔 혼쳐(婚處) 업더니 오늘 그디 과부(寡婦) 되즈나 죠상(弔喪) 오자 텬졍비필(天定配匹)을 텬위신죠(天爲神造) ᄒ엿스니 우리 둘이 짝을 지여 유즈싱녀(有子生女)ᄒ고 남혼녀가(男婚女嫁) 시기여 빅년히로(百年偕老) ᄒ리로다

ᄭᅡ토리 ᄒᄂ는 말이 죽은 낭군 싱각(生覺)ᄒ면 기가(改嫁)ᄒ기 절박(絶薄)ᄒᄂ니 나를 숩아보면 불노불소(不老不少) 즁(中)늘그니라 슈맛 알고 살림 홀 나이로다 오늘 그디 풍신(風身)

〈52〉

보니 슈절(守節) 마음 견혀 업고 음는지심(淫亂之心) 발동(發動)ᄒ니 허다(許多)흔 호라비가 예셔 계셔 통혼(通婚)ᄒᄂ 왕상만리 각실너니 녯말의 일으기를 뉴유상종(類類相從)이라 ᄒ엿스니 ᄭᅡ토리가 장ᄭᅵ 실랑(新郞) 짜라감이 의당당(宜當當)흔 상ᄉ로다 아모커ᄂ 살어보세

장ᄭᅵ란 놈 썩썩 푸두둑 ᄒ더니 발셔 이승지합(二姓之合)이 되엿스니 통혼(通婚)ᄒ든 가마귀 부엉이 물오리 무(無)

〈53〉

안(顔)에 취(醉)ᄒ여 훨훨 날아갈 제 각식 소임 다 날아간다 감장시 홀오록 호반시 줄우룩 방울시 쏠낭 잉무 공작 길어기 왜거리 황시 뱁시 다 도라가니 이쩌 ᄭᅡ토리 시 낭군(郞君) 압셰우고 아홉 아들 열두 쏠년 뒤셰우고 빅셜풍(白雪風) 무릅쓰고 운림벽계(雲林碧溪)로 도라가셔 명년(明年) 삼월(三月) 봄이 되민 남혼녀가(女嫁) 다 여위

〈54〉

고 자웅(雌雄)이 쌍(雙)을 지여 명산디텬(名山大川) 논닐다가 십월(十月)
이라 십오일(十五日)에 치입디슈(雉入大水) 위슌(爲蛤)이라 ᄒᆞ엿기로 양
쥬부텨(兩主夫妻) 닉외자웅(內外雌雄) 가시버시 큰물에 들어가 조기 되
엿스니 치위합(雉爲蛤)이라 세상 스람들이 이르ᄂᆞ니라

쟝씨젼 죵

사러산면초로을국진이지닌라흐더라니러무로오

형제라흥바급재호와디스전손흥변전지무구흥더라

희젼이럭졍이요

젼긔만싱긴후의스울기올사람이요미옥할사김

셩의략나난긩졍삼백이요의난김셰빅이라졍

이붐죵뛴픽뼉의과놀을오셔기이쇼뼐호난화흥이라

귕이판가조락미로무졍의즁흥하날로우라르집을지

금가치유젼하고산치조쇽지셩의로이거비러하난

김셩구르뼈뻐다가러왕러비수하긴쿠삼졍숭육판

치젼이라쎵이요

　　〈치젼이라쎵이요〉는 15장(29면)으로 된 필사본으로, 〈이츈미견단이라〉의 후미에 합본되어 있다. 작품의 말미에 '심미연'이라는 필사기가 남겨져 있어 1871년경 쓰여진 것임을 알 수 있다. '유소저'가 등사한 것으로 보아 여성들의 글쓰기 연습과 독서에 활용되었음도 알 수 있다. 다른 이본에 비해 한문 고사와 한시 구절이 많이 사용되고 있으며, 조사가 생략된 곳이 많다. 작품의 뒷부분에 '우리 우리 여러 양인히 차간 갈입 미오 셥셥 흐오이다 어언지 쏘 다 다시 한 좌석에 모여 서로 만만히 소로 짐이잇게 노라볼가 어머이 어머이 아바임도 어렵더 일런 안코 딩기게 어럽더 바은 아바님도 날 먹 흔 자라나 붓 흔 자리나 사쥬러 간듸 어머이가 사쥬어지 아바이은 붓 흔 자리 먹 흔 자리나 사'라는 말이 적혀 있다.

　　이 이본은 까투리의 이별가와 과부 신세 한탄 장면이 확대되어 있다. 과부의 신세를 한탄하는 장면에서 반첩여, 양귀비, 왕소군, 우미인 등 고사 속의 인물들과 그들의 설움이 나열되고 있으며, 작품은 까투리의 상부 내력과 누구와 함께 살아가야 할지 걱정하는 까투리의 혼잣말로 끝맺는다. 또한 이 이본에는 장끼와 까투리 부부의 애틋한 정이 잘 그려져 있는데, 까투리가 죽은 장끼를 살려달라고 하늘에 비는 화소와 장끼가 죽어가면서 까투리의 상부살을 책망하지 않고 남은 가족들을 염려한다. 또한 이 이본에는 장끼를 친 덫의 주인이 초동목수로 제시되며, 장에서 자신을 찾으라고 당부하는 화소 뒤에 저승으로 가서 만나게 되는 왕과 지나게 되는 궁에 대한 까투리와 장끼의 문답 화소가 첨가되어 있다.

출처 : 박순호, 『한글필사본고소설자료총서』82권, 오성사, 1986.

〈1-앞〉

치젼이라쎙이요

천지간 싱긴 후의 슬거올 사람이요 미옥할사 짐싱이라 나난 짐싱 삼빅이요
긔난 짐셍 빅이라 쎙이 봄 줌쮠 되여 의관을 오싁이요 별호난 화츙이라
쎙이 팔자 조타씨로 무정의 즁흥함도 우리도 집을 지금가치 유젼ᄒ고 산치
즈옥 짐싱의로 이거비리 하난 짐싱 구트여 머다가 디왕디비 수하 진주 삼정
숭 육판

〈1-뒤〉

서 팔도 감사 통계사며 북병ᄉ 동지ᄉ며 영경ᄉ 산근종사며 디국ᄉ신 동지
사며 안악ᄉ 순안사며 원앙ᄉ장 이스며 암힝어사 병사 수사며 목사 무사
졀도ᄉ며 방어사 안반사 순안사며 조혼 지슬 골나 니여 ᄉ몡깃더를 난바어
바람계리 풍겨 놋코 각영분 오싁기에 디디칭 단쳥ᄒ쳥 누의고 혼제집 분벽
ᄉ창 장복비벼 여긔저긔 박어시이 공명인들 업다할가 이니 몸 싱각ᄒ이
짐싱 중 일니라 산중 풍셜 잘운 들에 먹을 거시 젼혜 업다 빅운

〈2-앞〉

봉 상상 꼿히 올나가자 이노ᄒ이 거름 조혼 청춘소열 이 봉 저 봉 비리보이
잔진미 수진미 해동창 보리미 어허 등실 놉피 떳다 산중으로 가자 하이
청삽사리 황삽사리 이리 쒸적 저리 쒸적 너을 맛타 팔적 쒸여 좃차온다
깁푼 골노 가자 한이 나무 이난 초동 목수 여기저긔 소리ᄒ고 좌우로 좃차온
다 놉푼 골노 가자 하이 지조 조은 관초수기 바룬 총 들고 일편 정신 풀
명덕을 숙여 씨고 두 손에 심을 골나 쥐고 하문의 부을 들고 목목키 직켜시
이 어디로 가잔 말

〈2-뒤〉

고 저 근니 묵젼밧틔 들은 콩이나 주시리라 장기 칠 볼쥭시면 주먹비실 옥관자의 황선더 웃거리의 초록궁초 짓다리예 빅방사주 지설 다라 도홍더 난 누비토시 연달수주 뉘비바지 연지삼녹 골나니여 이 짓 져 짓 단장하고 주홍당사 자지당사 안팔싯고 옵치리하고 중둥치리 볼작시면 상상단벌 미맘의 아홉 살 열두 장목 좌우로 펼처 들고 밧머리에 들어가이 니리저리 기여 단여 복착부슈 싹이되 시화연풍 조혼 쎅의 나난 이 골 줏고 너난 져 골 줏서 벽지강상 갈

〈3-앞〉

머갓치 양유게볏 빅노갓치 양젼마당 시암탁갓치 양예갓치 말이창천 그러긔갓치 일자일힉 짝을 지여 씰눅씰눅 주어 가이 쳔지만물 거록ㅎ여 거오어슬 못 먹그리 지미잇게 주어가이 난디업난 청티 한나 이웃 업시 뇌여거날 장기놈 거동보소 허허 얼시구나 질겁쏘다 제석으서 싱겨난가 궁중의서 쩌러진가 한날의서 쩌러진가 쌍의서 소사난가 구름 속의서 씨여온가 바람결의 풍겨온가 시장한이 먹어주자 비곱푸이 먹어주자 기자의 감식이요 갈자의 음식이라 가토리 거동보소

〈3-뒤〉

두 날기로 압풀 막으여 보소 주라 아바임 먹지 말고 닉말 듯소 아미 그 콩 수상한니 나간 자최 드론 자최 입으로 훨훨 분 자최 화비로 쓸쓸 신 자최 아미 그 콩 모로건니 이고 제발 먹지마소 옛글의 일너시되 위방불입이요 난방불거라 시고로 시경자난 부립어암 장지하라 시고로 먹의면 죽을 거시이 직발 덕분 먹지 마오 지자쳔여에 혹유잇실이요 우자쳔에 혹유일등

이라 호사다마 일너시이 지귀쳘의 간한 말을 지 안이 들엇다가 연후의게
속여 죽고 엉결 지주 당 명황도 양구비의게 디혹다라 알

〈4-앞〉

녹잔의 난을 보고 천하 일식 왕소군도 다쳥인을 안본다가 되짜의 쳥초되고
집도 너머 마오 그 콩 먹고 장셩할지 한퇴조 고황지도 안초기 용하기 통일쳔
ᄒ 여시며 와용선싱 지갈양도 지략이 졈지키로 일등 공신 되여시이 후휘망
급 셜워 말고 그 콩 부디 먹지 마소 장기놈 일온 말이 어지 져역 그저 잇고
오날 앗침 식젼이라 긔한의 골물한이 불고 염치 먹으리라 아무리 하여도
그러코 먹으리라 가토리 다시 이론 말이 옛말인들 싱각ᄒ소 탐화봉졉 미친
마암 져 주그이 망신이라 약비아지

〈4-뒤〉

박등이요 ᄉ적자징입졍이라 삼쳔갑자 동방삭도 죽을 써난 셜위ᄒ고 쳐ᄒ
명인 소강졀도 죽을 써난 낙누ᄒ고 만고 영웅 진씨왕도 죽어지이 허사되고
천하 문장 이퇴빅도 죽어지이 허스로다 동명무유구후예 죽어지이 니로 되
고 쬐 만한 조승상도 죽어진이 고혼이라 영웅군 셩현호걸 바람 압혜 촉부리
라 장기놈 이론 말이 닐포식도 지수로다 지수 잇서 싱긴 음식 안니 먹고
못ᄒ리라 앙커나 먹으리라 니 솜씨로 먹으리라 니 입으로 먹으리라 예라
이연 잔말 말고

〈5-앞〉

져만치 물거라 오 리만치 물거라 심 이만치 물거라 불고 염치 먹으리라
비부리게 먹으리라 갓토리 일온 말니 답답고 셜운지고 졍 먹그려 ᄒ거든

니 꿈 마리나 들어보소 삼각산 상상봉의 풀적 나라 올나간이 찬 바람니
이러나며 살기 충천 흐난 칼노 자니 목을 베여 보이 꿈이 수상흐이 제발
덕분 먹지 마소 즁긔놈 니론 말이 올타 그 꿈 잘 쑤엇다 용젼금 드난 칼노
니 니 목을 베여 보이문 무방의 제수흐고 즁원급지 할 꿈이라 몸으난 쳥삼이
요 허리난 옥퓌로다 단긔화 가지을 이니

〈5-뒤〉

몸의 숙여 씨고 북궐 쳥운 한거우 입신양명 홀 꿈이라 올타 그 꿈 잘 쑤엇다
니 숨씨로 먹으리라 가토리 압플 막어 자 야반의 꿈 쑤연니 엇지도 쒸난가
천금 즁 무쇠투긔 즈니 머리 흡복 씨고 쉬인질 쳥강수의 아조 풍덩 싸저
보야 어복즁의 호이 되야 디히 즁의 우러보이 그 꿈이 아미도 죽을 꿈인니
지발 덕분 먹지 마오 장긔놈 닐온 마리 올타 그 꿈 더옥 좃타 쳔 즁 무쇠
투긔 이니 머리예 씨여 보긔난 요호 디장 제수흐야 순금 투긔 숙여 씨고
디장단의 놉피 올나 명법 조흔 손빈

〈6-앞〉

오긔 좌우 익잠 감아 두고 쳔흐 병마 혼령흐야 남만북적 사로잡아 일등
공명 될 꿈이요 어복즁의 혼이 되야 디히 즁의 우러보거난 만고 충신 굴위도
초강의 고혼되야 추졀을 유젼흐고 오즈셔의 만고 졍졀 촉누검혼 슬피되야
유흔 쳔추 닐긔졀언 무덤 압폐 숨엇다가 동문의 눈얼 달고 월궁의 옥긔스홀
염염키 바리런이 창호의 몸니 잠겨 강산의 데저 잇고 서산의 혼이 되야
도도한 졍졀이 여제마당 닛살손야 니가 츈신될 약이면 숙열부인이 네가
되고 니

〈6-뒤〉

가 명장될 약이면 정열부인 네가 되고 니가 벌언 탈 약이면 너난 쌍교 탈 꿈인니 더옥 잘 꾸엿다 니 솜씨로 먹글히라 이고이고 답답 설운지고 꿈쏘 뀌연니 들어 보소 어 그 연 요망하다 어 그 연 잡연이다 잠니랑은 안이 자고 꿈맛 치쒸연난야 오동춘양 진진 밤의 꿈만 치쑤연난야 엇지나 꾸연난고 가토리 일온 말이 시벽 달으 꿈얼 꾸 짐서바니 기계 쪽기예 삼밧틔 드러 간이 잔 삼쩌 쓸어지고 굴근 솜써니 니 몸을 아조 동겨 벳놈의 닷줄 감듯 각딕홀임 연실 감

〈7-앞〉

듯 휘휘 총총 가머 미고 머리 풀고 우러 보이 정연코 죽굴니다 지발 덕분 먹지 마소 중기놈 닐오 말이 그 꿈이 네난 불길하고 너기난 관기차타 니 날 보리시이며 방하다가 너게 자피여 굴근 춤비 가는 춤비 층층 가머 비고 큰 북 지여 조리 돌서 동춘 북춘 호시하야 난 정절 줄주리 지여 코비 꿈이로 다 예라 이연 네 꿈 못시것다 가소롭고 요망하다 이니 신수 거록하다 먹을 콩이 싱겨시이 콩 틱 자 운을 달거시이 잔말 말고 드러보라 틱고라 천항쩨난 만팔 시라 닛고 틱호라

〈7-뒤〉

복희씨난 조절우 저 성군되고 만고 영웅 당틱종은 통일천하 하야 잇고 흐리 조 고황제난 더국서 오고 되야 잇고 위수번 강틱고은 닐비육십 사라 닛고 금능 틱수 손빈이난 구연치수 하야시며 틱수도라 산츨천은 흔포려복 정약 가요 감남째 이틱빅은 기경장원 하야 잇고 집이라 틱양각은 문장지사 미와 잇고 미이라도 틱항산천 만고의 유전하고 별리라도 틱을 말이 창천 발가

잇고 벼사리라도 도럭학스난 옥당의 지일리요 나도 이 콩 먹은 후의 티빅

〈8-앞〉

갓치 상천ᄒᆞ야 티일 성군 되리라 장기놈 거동 보소 짐이 맛치 물거라 오리만치 물너거라 빅옥 갓탄 쇠쑤리로 한 번을 컥 찍으이 고동복이 니러선다 ᄯᅩ 한 번 컥 찍으이 양곰회 지난 소리 여름날 급한 비예 벽역 친 소리라 와닥 찍으이 쑥닥 친이 갓토리 거동 보소 뉘예 머리 **활활** 풀고 두 바을 동동 구르면서 이고 답답 설운지고 지짐 말도 진셜 너머 드르면 저련 졍식 보와실가 답답고 설운지고 열 번 죽으도 네 감수요 빅 번 죽어도 네 감수요 천 번 죽어도 네 감수요 만 번 죽어도 니 감

〈8-뒤〉

수수요 일얼 엇지 하잔 말가 불승기흔 탄식이로다 영별이 되야시이 공산 남목 정막흔듸 슬푼 소리 진 한숨니 천추만시 너 머시라 이별이야 이별이야 이별 잇 즈 니단 사람 날과 빅연 원수로다 호지의 단신 이별 남북으 부모 이별 경뇌의 형지 이별 운수의 부모 이별 이별 마닥 넙건만난 임의 이별 가틀손야 낭군 신시 싱각ᄒᆞ이 가련코 칙양 업시 흔심ᄒᆞ기 기지업다 순천자난 존ᄒᆞ고 역천자난 망ᄒᆞ난이

〈9-앞〉

라 ᄒᆞ연 ᄒᆞ월 상ᄒᆞ며 ᄒᆞ닐 ᄒᆞ시 상봉할가 금강산 상상봉의 평지 되건든 올야난가 한강수 밧속 몰나 보 갈겨든 올야난가 삼연 무근 긔쎡싸구 지살 나든 오랴난가 긔집의 일천간장 구부구부 다 석난다 눈물리 피가 되이 ᄋᆞ믜도 못살건니 우난 눈물 바러 나여 비을 타고 가련마난 지쳑이 철이 되야

보릭보니 철닉로다 풍실풍실 염낙염낙 ㅎ이 바람 소릭 비창ㅎ고 우소소 운침운침ㅎ니 비소릭 흐숨이라 익고 답답 설운지고 장기 이로

〈9-뒤〉

론 말이 자닉 너머 설워워 마소 이리 될 줄 아라시면 천말 연 살지라도 닉들 그 콩 먹으실기 니러 ㅎ야도 닉 감수요 저러 하야도 닉 감수요 딕장부 일천간장 구부부 ㄷ 석난다 가토리 우난 마리 병ㅎ이 닉 몸의 어딕가 기탁ㅎ 며 어딕가 사라날고 초라리 홈긔 죽어 낭군 뒤을 쏫치리라 부으부강은 삼강 의 웃듬이요 부부유별 오룬치 제닐니라 부창부고 규상ᄉ온니 이 아니 성올 소야 글ㅎ의 어린 ᄌ식 아비 착고 우난 소릭 참

〈10-앞〉

아 설워 어이홀고 독숙공방 츤ᄌ리 눌과 함기 ᄌ간말가 삼경으 경 집고 밤의 다못 흐숨 닉 버시라 시벽돌 찬바람의 울고가넌 져 기력이 창방흔 구름 소의 비소릭 더옥 섭다 공산의 우난 자규 슬푼 소릭 듯기 실코 춘풍 도리곳 홀 적의 희난 어의 더듸가며 추우오동엽낙시예 밤은 어의 져리 진고 봉내 방장 집푼 골의 초동 소틱 듯 실고 상ㅎ평젼 져문 말의 농부 소릭 더옥 실타 욕망이 난망이요 불중자사라 수족을 쯔는 이쳑부인의 셜움이요 눈물 홀여 반죽되이 아황

〈10-뒤〉

여영의 설움이요 곡조부전 절낭자난 설낭ᄌ의 설이요 장신궁의 닉처시이 반쳡여의 설움이요 막고역의 고혼되이 양구비의 설움이요 ㅎ지의 청초되 이 왕소군의 설움이요 옥장의 검혼되이 우미인의 설이요 어복중의 장사ㅎ

니 초 굴원의 설움이요 우산의 지난 히난 새경공의 눈물이요 분수의 나난
구름 혼 무서의 눈물이요 금일 낭군 니별 후의 이니 상사 셜이다 화란춘성
경소혼디 눌과 홈기 질거흐며 쳔봉만학 집

〈11-앞〉

을 삼 산과몹실 양십 삼아 비거비리 쏙이 되야 놈 업시 당니더이 조물이
시기흐야 귀신이 짜암 붙여 일조의 낭군을 영별흐야 호사다마 되얏군아
옥창 잉도화난 질낭자의 셜움이요 거시동저미인난 정부여의 셜이움요 공
눈관산철이외난 오희월 설움이요 고왕 금새 이별은 망부셩이 되단 말가
엇던 사람 홈기 죽어 열여되여 정문진고 엇덧 사람 홈기 죽어 상사되여
통곡흐고 엇덧 사람 홈기 죽어 고금의 유젼흐고 통칙혼 니의 팔자 비

〈11-뒤〉

난이다 비난이다 흐날임기 비난이다 천도로 고로 잘여 철흐니 쓴 비러 불망
혼 니 낭군 착기예 버셔나서 이지 살여주옵소서 장기놈 이른 말이 자니
너머 설워마소 니리 될 줄 아라시면 그 콩 엇지 머거실가 북당의 빅발 부모
실하의 어린 자식 지셩으로 구한흐소 불숭한 니니 부모 불상 이니 자식
부디 부디 살여주소 휘철말고 잘 지니소 후세의 다시 보와 지보의 다시
보시 이승의 못산 연분 후세의 닷시 스시 요요 조흔 정

〈12-앞〉

을 긔럼진진 희흐시 보고 십퍼 엇지 할고 정 급피 보랴거든 전주판관으로
츠즈오소 가토리 우난 말이 니지난 흐일업서 가난 왕이나 닐너주소 왕은
무슴 왕닌가 제일 진광디왕 제이의 초광디왕 지숨의 소지디왕 지스의 오관

디왕 제오의 염뉴디왕 지육의 번셩디왕 지칠의 티스디왕 지팔의 평능디왕 지구의 도시디왕 직집의 저윤디왕 어너 디왕으로 가랴난가 가난 왕이나 일너주소 장기놈

〈12-뒤〉

이른 마리 그런 왕은 여스로다 축기 닙지 구왕으로 고왕으로 가리로다 가토리 이른 마리 니얼 어이 흐즌 말고 가난 중이나 일너 주소 궁온 무슴 궁인가 명덕궁으로 가랴난가 지석궁으로 가랴난가 연덕궁으로 가랴난가 아방궁으로 가랴난가 복덕궁으로 가랴난가 흐연궁으로 가랴난가 황아궁으로 가랴난가 천도궁으로 가랴난가 천상궁으로 가랴난가 월궁으로 가랴난가 시흐외 니려 수궁으로

〈13-앞〉

가랴난가 도희 침왕 광희궁으로 가랴난가 남희 침왕 광니궁으로 가랴난가 서희 침왕 광연궁으로 가랴난가 북희 침왕 틱궁으로 가랴난가 가넌 궁이나 일너 주소 어디 궁으로 가랴난가 중기놈 이른 마리 그런 궁은 여사로다 축기 닙지 목궁기로 쏭궁기로 갈박기 그 궁니 망이라 니 눈의 붓치 역역키 보와 주소 헌 편의 붓치난 싱황 바다시 머그려 나간 지 슴일요 쏘 흔 편의 붓치난 봇짐 쓰 드리미고 흔 손의 지

〈13-뒤〉

평니 들고 쏘 흔 손의 가슬 들고 나가랴고 신발흐니 이고 답답 설운지고 열결종천 이별하이 후싱으로 닷시 보시 가토리 니론 마리 도라가소 도라가소 멀고 먼 황천질의 부디 평안이 도라가소 지옥으로 가지 말고 염왕으로

도라가 황쳔으로 도라가소 말니서쳔 도라가소 여러타시 니별홀 제 나무비
난 초동목수가 탕나무님도 쑥쑥 쩌쩌여 쓸쓸 모라 쵝급불며 지기목발 두달
이면서 이 골 저 골 나려온다 얼시구나

〈14-앞〉

질겁쏘다 두겁쇠 착기예 씽 치연니 졉놈의 거동보소 후리미얼 들미고 넙쏘
다 넙은 질노 좁도다 좁은 질노 썽충썽충 거러온다 휴리미얼 들어미고 흔
변을 쑥 치이 가토리 거동보소 연비연쳔 놉피 쩌서 통곡ㅎ고 도라가이 장기
임지 거동보소 장기 서을 쎅여 산신기 지저 지니고 축수ㅎ야 비난 마리
종서방니 자기입오 축키ㅎ오소서 빌기을 다흔 후의 장기을 걸머지고 지
집으로 도라가니 가토리 거동 보소

〈14-뒤〉

주린 즈식 압시우고 통곡ㅎ야 운난 말니 머시라 ㅎ난고니 할양서방 조타기
로 할양서방 ㅎ엿다가 집서방니 기기 죽고 양반서방 조타기로 양반서방
ㅎ여더이 박서방니 보리미예 죽고 글 잘 ㅎ고 활 잘 소난 양반서방은 손서방
니 손에 죽고 흔 시 서방 어더더이 한 번 보고 박쳐ㅎ고 절오서방 어더더이
쳥쳔 툭시리흔틔 죽고 인물 조은 중기서방 어더더이 두겁쇠 축기예 죽고
말학쳔봉상의 눌과 함

〈15-앞〉

괴 ᄉ잔말가

심미연 이월 유소겨 칙을 다 등ㅎ더라

화츙가

건곤이 기타흐고 뤼흐는거슨사람이오 산계는 닉몸이오

만물이풍셩흐니 천흐는거슨즘셩이라 별호는화츙의라

나는상숑경조산고 추풍낙엽도틱를 임자업시사는몸을

산야로집을삼아 셕양틱로쥬어먹고 구틱즈바다가

각도각읍방빅슈령 조혼깃글나뉘여 소방에상북비는

슐고푹장복흐고 사병거장북치고 사변팔쌍거러셔구나

…에 모려흐는 허위허위올나가니 여개별넝케셔별넝

뺑운산셩ᄋᆞ봉에 수진믹보라믹는 모리문산양익는

…봄폭떡갈임흐 사라낙원혀엇다 푹져지찰포슈돌을

…흐를츙져슐ᄒᆡ 지령길고됴방흐니 벼늬에밥보는데

화충가

　　〈화충가〉는 『諺文古詩(언문고시)』에 수록되어 있는 작품으로, 총 11장 (21면)으로 이루어져 있다. 두 줄씩 세 단의 구성을 취하여 정갈한 글씨로 쓰인 가사체 형식의 이본이다. 이 이본에서 까투리는 여러 새들의 청혼을 거절하며, 작품의 말미에서는 오리의 청혼과 육지 생애 자랑에도 불구하고 "이물통간 어이 헐고 츠마 좃지 못ᄒ노라"라며 수절을 고수한다.

　　이 이본에는 콩을 먹은 장끼의 죽음과 홀로 남은 까투리가 제사를 지내는 화소, 소리개가 새끼 꿩을 잡았다가 놓치는 화소와 가마귀와 부엉이, 기러기의 나이 다툼 화소 등 장끼전의 주요 화소가 포함되어 있다. 특히 제사를 지내는 화소에서는 "쌀이 풍양 빅셜긔며 갈닙이슬 청감주며 썩갈고기 산젹ᄒ고 썰네열미 과실ᄒ고 굴밤싹지 시졉노코 쎄양디로 졀을 걸고"라고 하여 제물이 구체적으로 나열되고 있으며, 어른 다툼 화소 속에는 부엉이, 가마귀, 외기러기, 두견새와 관련된 고사가 삽입되어 있다.

출처 : 서울대학교 규장각(청구기호 : 가람古 811.061-Eo57)

〈1-앞〉

화츙가

건곤이 기탁ᄒ고	만물이 풍싱ᄒ니
귀ᄒᆫ 거슨 사람이요	쳔ᄒᆫ 거슨 즘싱이라
산계는 니몸이요	별호는 화츙이라
낙낙장송 경ᄌᆞ삼고	산야로 집을 삼아
츄풍낙엽 도토리을	식양디로 쥬어먹고
임자 업시 사는 몸을	구틔여 ᄌᆞ바다가
각도각음 방빅슈령	슬토록 장복ᄒ고
조흔 깃 골나니여	사명긔장 북치고
초당에 장복비는	사면 팔방 거러ᄭᅮ나
망□셰계 보려ᄒ고	빅운산 상상봉에
허위 허위 올나가니	수진미 보라미는
예셔 쩔넝 졔셔 쩔넝	모리ᄭᅮᆫ 산양미는
물감폭 쩍갈입홀	뒤쳑뒤쳑 ᄎᆞ져올 졔
사라날 길 젼혀 업다	지렁길노 도망ᄒ니
푸지기ᄭᅮᆫ 포수들은	쳐쳐에 망보는데

〈1-뒤〉

삼동셜ᄒᆫ 쥬린 몸이	어디로 가잔말고
수풀로코 험헌 길노	겨우구러 도망ᄒ니
광풍에 눈 쑬릴 졔	긔ᄒᆫ좃차 자심ᄒ다
상하평젼 곡식밧테	혹간 콩낫 드러쓸가
쥬어먹어 가자ᄒ고	장끼 치장 볼작시면

다홍딘단 겻민기며
빅방사쥬 동졍싯고
열두장목 만신풍치
짜토리 치장 볼작시면
아로롱 긴초마에
고기단장 졀묘ㅎ다
압세우고 뒤세우고
상하평젼 밧머리로
날낭은 이 골 줍고
이 골 져 골 쥬어가니
천징만물 기유록ㅎ니
쥬련일낭 압골 줍고
쥬엄쥬엄 쥬어가니

초록궁초 기슬다르
쥬먹갓튼 옥관즈며
딕장부의 호풍이요
아로롱 젹오리며
아로롱 머리고기
아홉 아들 열두 쌀을
어서 가자 밧비 가자
쥬쥬리 날너가니
널낭은 져 골 줍고
불원인지 고량미라
일포식도 지수로다
쥴놈일낭 뒷골 줍고
난딕업는 콩 흔 알이

〈2-앞〉

덩그러케 노여시니
썽쳥 쒸여 드러가며
니 복이니 먹으리라
영감 그 콩 먹지 마오
그 자최 고이ㅎ다
입으로 훌훌 분 자최
그 콩 아니 수상흔가
징씨란 놈 이른 말이
이쩌를 이를찐딕

장씨란 놈 거동보소
허허 그 콩 소담ㅎ다
짜토리 비는 말이
셜상인젹 완연ㅎ니
그 자최 고사ㅎ고
비로 썩썩 쓴 자최니
졔발 덕분 먹지 마오
네 말이 미욱ㅎ다
동지섯달 엄동이라

첩첩이 싸인 눈이   골골이 덥허씨니
천산이는 조비절이요   만경이는 인적멸이로다
어이흔 사람 자최   이써에 잇스리요
아마도 의심 업시   나 먹을 거시로다
긔자의 감식이요   갈자의 수음이라
나도 쏘흔 식젼이니   이 콩 아니 먹을쏘냐
갓토리 비는 말이   영감 그 콩 먹지 마오
낭군과 동침 후의   도라 누어 꿈을 꾸니
북망산 상상봉에   찬바람이 이러나며

〈2-뒤〉

티아검 드는 칼노   빗 조흔 영감목을
아조 덤썩 버혀뵈니   영감 죽을 흉몽이라
졔발 덕분 먹지마오   징끼란 놈 이른 말이
허허 그 꿈 길몽이라   흉몽이나 허여보자
춘당디 알셩과에   장원급졔 흐온 후에
어사화을 숙이 쓰고   낙수교 쳥운교에
삼일유과흐니   발신헐 꿈이로다
문무간에 공부흐여   과자나 힘써 보셰
갓토리 이른 말이   그는 그러흐다 흐고
삼경에 꿈을 꾸니   쳔근드리 무쇠가슐
영감머리 흠썩 쓰고   만경쳥파 깁흔 물에
풍덩 싸져 죽어 뵈니   그 꿈 아니 흉몽인가
부디 그 콩 먹지 마오   징끼란 놈 이른 말이

어허 그 꿈 더욱 조타
구완병을 청허거든
투구를 눌너 쓰고
강적을 소멸ᄒ고
황하수에 군사 쉬고

디병이 다시 일어
이닉 몸이 션봉되여
압녹강 건너가셔
본국으로 돌아올 졔
승젼고를 놉히 울녀

〈3-앞〉

수죽디장 위엄으로
갓토리 이른 말이
사졍 말에 꿈을 꾸니
자손이 잔체홀 졔
셔발디ㄱ 고쥬디가
풍신 조혼 영감 목을
답답헌 닐 볼 거시니
견우셩 즉녀셩은
삼티셩 두우셩은
그 가온데 일장셩이
영감 압히 니려지니
삼국적 졔갈냥이
장셩이 써러져셔
불구의 득병ᄒ여
부디 그 콩 먹지마오
어허 그 꿈 더욱 죳타
차일 덥허 뵈는 거슨

호강헐 꿈이로다
그는 그러ᄒ거니와
영감이 당상ᄒ고
스물네 폭 차일 친데
아쥬 직근 부러져셔
아조 덤셕 눌너 뵈니
낙낙소졍 만쳔흔데
은하수 가로 잇고
북두칠셩 둘넛는데
공즁에 써러져셔
그디 쥬셩 아니런가
오장원에 유병헐 졔
요지 낙강터니
병졸군즁ᄒ여시니
징씨란 놈 이른 말이
히몽이나 ᄒ여보셰
일낙쳥산 오늘 밤에

화초병풍 언덕 방에   잔디장판 등걸벼기

〈3-뒤〉

갈닙이불 취입뇨에   너와 나와 흔 몸 되어
월명셩일 깁흔 밤에   동침헐 쑴이로다
별 쩌러져 뵈는 거슨   옛 글의 일넛스되
헌원씨 어머님도   북두취셩 일졍기로
황졔을 나아씨니   자네도 그 쑴 꾸고
미구의 터긔 잇셔   귀즈을 나을 쑴이로다
그리흐나 져리흐나   그런 쑴만 꾸어셰라
갓토리 이른 말이   시벽녁히 쑴을 꾸니
싁져고리 싁치마의   니 몸 단장 고이흐고
거리 쳥산 노닐 젹의   난더업슨 삽살기는
뒤을 짜라 좃탸오니   갈 곳이 젼혀 업셔
삼밧트로 드러가니   굴근 삼더 부러지고
잔 삼더 쓰러지며   이니 머리 푸러져셔
휘휘츤츤 감쳐보니   이니 몸 과부되여
상복 닙을 흉몽이니   졔발 덕분 먹지 마오
징끼란 놈 디로흐여   이리져리 감쳐잠고
고셩디질 흐는 말이   요란흔 이 계집아
기동셔방 낫부다고   시이셔방 질기다고

〈4-앞〉

사격이 탈노흐며   홍사로 목을 미여

두 귀의 살을 겻고
이 거리 져 거리로
그 꿈 말낭 다시 말아
쌋토리 무식ㅎ여
옛날 노인 연ㅎ여
홍명수국비필함노는
봉비쳔인긔불탁속은
안자의 도학 염치
장냥의 지혜 염치
빅이에 츙졀 넘치
슈양산에 주려시니
군자 염치 본바다셔
징씨란 놈 이른 말이
염치를 어이 알니
누항의 주려시며
수양산에 아사ㅎ고
기산에 죽어씨니

얼골에 회칠ㅎ고
동니 결당 홀 꿈이로다
압졍깅이 부러질나
젹은 목을 가다드며
경계ㅎ여 이른 말이
장부의 근심이요
군자의 염치로다
누항의 주려잇고
사병벽곡 ㅎ여잇고
쥬속을 마다ㅎ고
그더 비록 미물인들
그 콩 부듸 먹지마오
예의을 모로거든
안자의 도학 염치
빅이의 충녈 넘치
장냥의 지혜 염치
염치도 부질업다

⟨4-뒤⟩

무루졍두 둑□□
광무황제 달게 먹고
표모의 시근 밥은
한국디장 되어씨니
크게 될 줄 어이알니

호타하에 믹반은
중흥쳔자 되야씨니
한신이도 달게 먹고
나도 이 콩 달게 먹고
짜토리 이른 말이

이 콩을 먹은 후에
버들기 쳠사로셰
잔디찰방 이직ᄒ고
도마현영 헐거시니
장끼란 놈 이른 말이
콩 티즈 든 데마다
티고젹 쳔황씨는
티공지자 유방이는
흔 티조 되여 잇고
문왕의 스승되고
노리마다 티평조요
긔경상쳔 ᄒ여잇고
별즁의 웃듬이요

초입사에 복직ᄒ고
느듸기 만호ᄒ고
황쳔부사 추고마져
졔발 덕분 먹지 마오
콩 먹다고 다 죽으며
오리 살고 귀이 된다
만팔쳔 셰 견ᄒ시고
표의로 쳔자되며
궁달이팔 강티공은
무궁쳔지 티평춘은
시즁쳔자 이티빅은
북방의 티을셩은
늬도 이 콩 달게 먹고

〈5-앞〉

티공갓치 오리 살고
티을셩 되오리라
경황업시 도라셔니
그 콩 얼너 드러갈 졔
좌우로 펼쳐들고
조꼼조꼼 드러가셔
드립쩌 컥 쩍으니
박낭사즁 장낭퇴로
사십근 쥬희퇴로

티빅갓치 상쳔ᄒ여
까토리 마리 믹혀
장끼란 놈 거동 보소
열두 장목 만신풍치
꾜박꾜박 고기 조아
비늘 것튼 쇠부리로
창이곱퍼 치는 소리
진시황을 짜리는듯
진비를 짜리는 듯

우악흔 놈 장작퓌듯
조분 골에 별악치듯
둘쎠놈의 찰쩍치듯
썩썩 푸드덕 업드리며
변통업시 죽깃고나
뉘역머리 풀쓰리고
조작조작 니려가셔
박첨지 논틀노셔
이리져리 단니면셔

미련흔 놈 계집치듯
두메놈에 조쩍치듯
와직근 쑥짝치니
두 날기을 펼드리니
갓토리 거동보소
상하평전 밧머리로
뒤굴뒤굴 궁굴면□
송첨지 밧머리로
마음 하나 지향 업네

〈5-뒤〉

머리를 썩썩 굴□셔
이고 답답 셜운지고
인간 천지 셜운 중에
이니 말삼 드러면
츙언에는 이어힝이요
그디 너무 욱이다가
수원수구 니물니라
징쎄란 놈 숨찬 중에
션미련 후슬긔라
호한을 볼 쥴 알(아)면
수한을 볼 쥴 알면
니 신수 불길ᄒ면
죽기살기 아는 법과

가삼을 쌍쌍 두드리며
이를 어이 허잔말고
이별 밧게 쏘 잇는가
져런 닐이 이술손가
독약에는 이어병이라
져 지경이 되여시니
이런 이리 쏘 잇는가
에라 이년 물너쎠라
이러흴 쥴 어이알니
산이 가 리 뉘 잇스리(면)
물에 가 리 뉘 잇스리
독에 든들 면흘소냐
명지장단 보는 거시

믹슬 보아 안다 ᄒ니
믹이나 집허보소
ᄶᅡ토리 집믹ᄒ니
베호믹이 ᄯᅳᆫ쳐지고
풍믹이 쇠진ᄒ고
간믹이 션을ᄒ고
디총믹이 가더지고
명믹이 ᄯᅳᆫ쳐졋네
믹도 이러ᄒ거니와
숨결은 웨 이런ᄒ고

〈6-앞〉

장씨란 놈 이른 말이
니눈에 동자부쳬
완연히 잇셔뵈며
안치나 엇더ᄒ고
쌋토리 눈물 지고
낙누ᄒ여 이른 말이
이졔는 속졀업네
어이 헐고 헐 일 업네
이편작 동자부쳬
첫 시벽에 길 ᄯᅥ나고
져편작에 동자부쳬
이졔야 ᄯᅥ나려고
파랑보에 힝장싸고
헌 버션목 감발ᄒ고
이졔는 길 ᄯᅥ나네
이고이고 이니 팔쟈
험험도 험헐씨고
첫지 난편 어더더니
포수놈(이) 잡아가고
둘지 난편 어더더니
빅송고리 가져가고
셋지 난편 어더더니
신졍이 미입ᄒ여
씀베나무 창익고푀
덩쎡 치여 죽게 되니
망신쌀이 빗쳣는가
상부쌀이 드럿는ᄀ
이고이고 이니 팔ᄌ
상부도 자질헐사
품에 잇는 주련등은
혼비범졀 누고 알며
빈에 든 유복ᄌ는
희산구완 누가 헐고
빅년희로 바랏더니

일조의 이별이로다

<6-뒤>

어듸 가셔 다시 볼고
허허 탄식 허는 말이
원쥬장에 맛나거나
츈천관 낭천관에
네 팔ㄷ 오직 ㅎ면
상부 자즌 네 가문에
사자는 불가부싱이라
명일 아참 조식 후의
그러치 아니 ㅎ면
팔만 장안 억만가의
아무리 보랴 흔들
죽는 나만 불상ㅎ다
천상에 혼자 사는
인간에 청춘과부
죽는 나를 위ㅎ여셔
두 날기을 툭툭 치며
긴 흐숨 흔 마듸의
창이 임ᄌ 툭첨지는

져러트시 조혼 풍신

징끼란 놈 반눈 듯고
상부란 말 더 분ㅎ다
홍천장에 맛나거나
관청우에 걸녀거나
니 신셰가 이러ㅎ랴
장가든 놈 너가 글다
다시 볼 수 업나니라
창이 임자 쪄여가며
셔울노 치달아셔
뉘집 압희 결녀씰고
어느 쩌에 다시 볼고
ㄴ 죽은들 네 못살냐
월궁항아 사라시며
수절ㅎ여 사라시랴
수절이나 ㅎ여주소
두 발을 펼들이며
황천으로 가는고나
이더셔 망보다가

<7-앞>

헌삭갓 숙이쓰고

잘은 막디 허쩌 집고

허위허위 달녀드러
이리져리 노닐면서
십년 무근 구장찌을
이리 뒤척 져리 뒤척
오식비단 고은 몸이
어계 오늘 죽은 너를
너 지조가 용ᄒᆞ던ᄀ
산신님이 졈지ᄒᆞᆫ가
압남산 빅계수에
만첩쳥산 노던 너을
네 구족을 모도 잡게
꿩에 혀를 ᄢᅦ여니녀
고박고박 졋소오며
지경으로 비는 말이
이산 져산 팔도강산
다몰숙 모라다가
젹가무지 여산ᄒᆞ고

아쥬 덤석 ᄢᅦ혀들고
조홀조홀 조홀씨고
오늘이야 잡앗쪼나
이리져리 뒤쳐보며
화츙일시 올커니와
싱치란 말 더욱 조타
네 신수 불길튼가
조상님 도으심인가
물 먹으려 날녀온다
니 손으로 잡앗고나
산신님게 비오리라
나무 ᄯᅮᆺ티 ᄢᅦ여달고
두 손으로 싹싹 빌어
산신님 흠향ᄒᆞ오
암꿩 수꿩 쥬려등을
이 창이에 너허쥬오
금시에 발복ᄒᆞ게

〈7-뒤〉

덕분에 졈지ᄒᆞ오
꿩을 메고 니려오며
아미타불 관시암보살
가토리 숨어셔셔
ᄂᆞ무 ᄯᅮᆺ히 ᄢᅦ인 혀을

빌기를 다ᄒᆞᆫ 후에
쳔수산쳔 지장보살
염불ᄒᆞ며 날여오니
갸옷갸옷 망보다가
겨우 굴어 ᄢᅦ혀 니녀

측닙호로 염습호고   측썹질노 결관호여

초종을 치러시니   장사를 어이 헐고

명산디지 구호랴고   명풍도 못 맛나고

션산에 가려호니   길이 머러 못 가깃네

산곡으로 차져드러   잔풍호고 향양지지

지셩으로 게오 어더   장일노 안장헐 졔

산신졔며 제쥬졔에   졔물치례 볼작시면

콩 먹다 죽어시니   곡식을 어이쓰리

쌀이풍양 빅셜긔며   갈닙이슬 쳥감주며

썩갈고기 산적호고   썰네열미 과실호고

굴밤싹지 시졉노코   쎄양디로 졀을 걸고

츙가유무 형셰더로   그렁져렁 버렷더라

집사범졀 볼작시면   누구누구 모엿던고

〈8-앞〉

의관 조흔 두루미는   헌관으로 나라들고

소리 조흔 싸와이는   독츅에 마타잇고나

졀 잘호는 싸마귀며   말 잘호는 노고줄이

슬피 우는 두견이며   ᄌᄌ 우는 싸치등물

다 쥬어 모엿더라   싸옥이 거동 보소

츅판을 츅켜 들고   츅셔를 알윌 젹의

유셰차 모년 모월 모일 고즈 쥬려   등은 감소고우 살님쳐사 부군

형귀둔셕 호여스니   신반실당 호옵소셔

신쥬긔셩 호여쓰니   ᄉ구종신 호옵소셔

시빙시의 흐읍소셔
디공 업시 모도 상향
쳘상을 흐랴 흐니
두죽거를 엽히 끼고
충쳔흐여 덩그럭케
조상흐고 믓는 말이
싱이 범졀 난쳐흐고
어느 놈이 둘지 상지냐
염치 업시 달녀드러

쳥작셔숙 만흔 엄식
독축을 다 왼 후에
난데업는 솔감이는
감보라케 동고락케
써들와 나려 안져
너희 동싱 수다흐니
어느 놈이 맛상지며
불상흔 쳬 얼우다가
두발노 툭 츠들고

〈8-뒤〉

만장층암 졀벽상에
조흘씨고 조흘씨고
쥬류쳔하 단니다가
쳔하의 졔일미를
민어 젼복 희삼 쌈은
젼초 후초 송엽쥬는
오륙월 보리밥에
농부의 졔일미요
졍이월 병아리는
상즁 일미 씽 흔 말이
이 아니 유복흐며
이리 뒤쳑 져리 뒤쳑
이러트시 즐기면셔

홀젹 나라 올나 안져
비호비호 조흘씨고
누일물식 쥬린 씃히
오날이야 어더구나
경지상에 졔일미요
수즈 즁에 졔일미요
아옥 싱취 부루밥은
졀누 죽은 강아지와
연장군에 졔일미라
모칙으로 어더씨니
이 아니 장흘손가
이리져리 뒤쳐보며
넙푼넙푼 노닐다가

이차 굴려 도라보니
ᄌ쳐 업시 숨엇쏘나
한탄ᄒ고 이른 말이
쳥용도로 잡은 조조
칠종칠검 제갈냥도

바위 아리 쩌러져셔
속졀업시 도라안져
한명장 관운장도
도로혀 노아씻니
밍학이를 노왓거든

〈9-앞〉

후덕군ᄌ 연장군이
이도 ᄯ또흔 젹션이요
흔탄ᄒ여 무엇ᄒ랴
티빅산 갈가마귀
즁노에 허긔져셔
탁쥬 삼 비 먹은 후의
상사 나신 화츙씨가
풍신도 그만 ᄒ고
장수홀가 바랏더니
ᄯ뜻밧게 상사나셔
우리야 쌤을 친덜
오날 이날 이젹 박다ᄒ나
우리 둘이 비필되여
가토리 졍식ᄒ고
아모리 미물인들
오날 긔가 참아 ᄒ며
열녀는 불경이뷔라

주려 ᄒ나 노왓씨니
ᄌ손의게 옴더니라
무류이 나라갈 졔
팔공산 구경ᄒ고
요긔ᄎ로 초상ᄒ고
화츙의 이른 말이
긔수도 잇거니와
심덕으로 볼지라도
콩 흔 알을 못 이긔여
쳔하 우음 되단말가
그런 콩을 먹을손가
이도 ᄯ또흔 연분이라
빅년히로 엇쩌ᄒ뇨
눈물지여 이른 말이
졸곡도 못지니여
엇그젹게 상부 몸이
늬 더러이 모를손가

잇쩌에 부억영감   달려드러 조상ㅎ고

〈9-뒤〉

가마귀을 도라보아   디칙ㅎ여 이른 말이
네 몸아 져리 검고   부리도 고이ㅎ다
어른이 올작시면   긔거도 아니ㅎ고
언연이 안졋느냐   가마귀 디로ㅎ여
쑤지져 이른 말이   우악흔 져 부엉아
쑹당이 뭉둥ㅎ고   두 눈이 우묵ㅎ계
그게 다 어른이랴   이니 몸 검다 말나
것춘 비록 검거니와   속좃차 검을소냐
미년 칠월 칠셕일에   오작교의 다리노코
견우 즉녀 상봉ㅎ니   이 공덕이 엇더ㅎ고
으뭉흔 져 부엉아   네 무삼 어른이랴
쳥쳔에 외기럭이   홀젹 공즁 나려안져
긴 목을 늘희여셔   조상ㅎ고 이른 말이
너의 무삼 어른이랴   이니 말삼 드러보소
흔무졔 쳔즈시에   북희를 건널 젹의
흔충신 소자경이   십구년 구지 갓쳐
보국소식 모를 젹의   상봉셔찰 가져다가
흔무졔긔 드럿시니   연셰로 홀지라도

〈10-앞〉

너가 아니 어른이랴   이러트시 수작할 졔

젼산에 슬픠 우는 두견이가
피눈물 조상ᄒ고
가련헌 최회왕이
원혼이 니 몸되여
불여디로 슬픠우러
상춘을 보닐 젹의
두견화가 되어시니
쳔년이 나맛시니
소년금수 어이 알니
만경창파 오리란 놈
지취를 구ᄒ더니
날여 안져 이른 말이
이 즁의 이 말삼이
이게 쏘흔 연분이라
관관져귀 징경이는
빕식도령 우비셔고
가마귀는 시비셔고

공즁 훌젹 나려안져
좌졍 후에 이른 말이
고국을 못 이져셔
공산낙월 깁흔 밤에
이니 눈물 피가 되여
ᄉ면의 뿌린 눈물
역디을 계수ᄒ면
니 사젹이 이러흔 줄
이러트시 닷톨 젹의
억그젹게 상쳐ᄒ고
이 소식 반기듯고
갓톨각씨 드러보소
졀박다 ᄒ려니와
혼힝으로 차려올가
후히으로 나려오고
두름영감 안부로다
꾀쏘리는 흔임셔고

〈10-뒤〉

갓톨각씨 거긔잇나
가톨각시 미소ᄒ고
아무리 미물인들
억혼도 지닐손가
가유ᄒ여 이른 말이

오리신낭 드러가네
드러셔며 ᄒ는 말이
궁합도 아니 보고
오리실낭 홈소ᄒ고
아무려면 후실실낭이

예문 보고 날 가릴ㄹ   궁합이나 가려보소
일상싱긔 이중천의   삼하절체 사중유혼
오샹화히 육중복덕   칠하절명 팔중귀혼
션쳔살 가려볼가   후쳔살 가려볼가
너일은 쥬당가고   모례는 희살가네
오날이 계일이니   잡말 말고 흡궁ᄒᆞ셰
갓토리 졍싀ᄒᆞ고   흔수 지고 이른 말이
아모리 그러ᄒᆞᆫ들   금셕갓치 구든 졀기
일조 곳칠손가   오리란 놈 홈소ᄒᆞ고
만단기유 ᄒᆞᄂᆞᆫ 말이   산중싱이 조타ᄒᆞᆫ들
수중미와 갓틀손가   만경창파 너른 물에
이리 둥실 져리 둥실   둥실둥실 쩌가면서
은인옥쳑 포식ᄒᆞ고   육지싱이 가소롭다

〈11-앞〉

가련ᄒᆞ다 너의 젼부   콩 흔 알에 죽단말가
가토리 웃는 말이   아모리 그러ᄒᆞ나
이물통간 어이 ᄒᆡᆯ고   ᄎᆞ마 좃지 못ᄒᆞ노라

화츙션싱젼

〈화츙션싱젼〉은 권지일 32장(63면), 권지이 32장(64면) 총 64장으로 이루어진 작품으로, 작품 표지 뒷면에 꽃 사이로 나부끼는 나비 삽화와 함께 '花香蝶自舞(화향접자무) 草深雉亦闖(초심치역규) 華蟲傳(화츙전)' 이라고 씌어져 있다. 이 이본은 장끼전의 일반적인 서사 가운데 장끼가 서대쥐에게 양식을 빌리는 화소와 장끼가 죽은 후에 까투리가 화려하게 재혼 잔치를 하는 화소, 절름발이 장끼와 언청이 장끼 등이 등장하여 까투리와 시조로 화답하는 화소 등이 더해져 서사가 풍부하게 구성되어 있다. 특히 재혼 잔치를 하는 장면에서는 풍류패들과 기생들의 공연이 나타나며, 탁첨지가 등장하는 부분에서는 '엉덩춤', '취바리춤', '노장춤' 등의 춤사위 가 제시되고 있어 당시에 향유되었던 공연 문화의 양상을 살펴볼 수 있다.

이 이본은 세책가에서 유통되었던 작품으로 권말에 '壬辰年閏六月(임 진년윤유월)'이라는 필사기가 있어 1892(고종 29)년에 필사되었음을 확인 할 수 있으며, 권지이의 뒷 표지에 '雉曰諺傳文(치왈언전문) 歲終方得勢 (세종방득세)'라고 씌어져 있다. 작품의 곳곳에 독자들의 낙서나 그림이 남겨져 있어, 이 작품을 통해 세책본 고소설에 대한 향유층들의 인식을 파악해 볼 수 있다.

(一) 앞

화츙션싱젼 권지일

천지지간 만물지중의 오직 귀할ᄉ 사람이요 미물일ᄉ 즘싱이라 길즘싱 날
즘싱 중의 헌항할ᄉ 장ᄭᅵ로다 우름으로 제 일홈을 ᄌᆞ랑하며 일홈으로 춘식
을 ᄌᆞ랑하니 희동창 보라미는 빗츨 시와 ᄎᆞ고ᄌᆞ하며 그 장목이 더욱 귀홀ᄉ
남복병ᄉ 사명긔의도 요긴ᄒᆞ고 육군 군디장긔의도 격이로다 사월 팔일 관
등긔의도 더욱 죳타 쳥빅

(一) 뒤

흔 마음으로 츄구월을 당ᄒᆞ니 광풍이 소술하더라 잇쩌 장ᄭᅵ 일홈을 화츙션
싱이라 층ᄒᆞ고 츄슈을 칠십 셕을 거두어 노젹ᄒᆞ여더니 두 아들 아홉 ᄯᅡᆯ이
슘시로 먹어살지라 ᄒᆞ니 엇지 홀고 젹셜이 지룰 연ᄒᆞ엿고 만방초묵 등걸이
되고 금츙이 습습ᄒᆞ여 슈풀이 시룹도다. 일조의 일긔 콩알 업고 쥬린 쳐자룰
엇지 홀고 아무커나 월용협촌의 ᄉᆞ는 셔디쥐이 젹뉴룰 부동ᄒᆞ여 아릭 낭쳥
윗 낭쳥으로 도젹ᄒᆞ여 요부ᄒᆞ다 ᄒᆞ

(二) 앞

니 ᄎᆞ져가 취ᄒᆞ여 보리라 ᄒᆞ고 협ᄉᆞ촌으로 ᄎᆞ져 간다 허위허위 이산 져산
어졍어졍 거러 가며 싱각ᄒᆞ되 이놈이 본디 큰쥐로 도젹질 ᄒᆞᄂᆞᆫ 놈을 무어시
라 부를 말을 홀고 쥐라 ᄒᆞ고 ᄎᆞ져도 조와 아니 홀겨시오 셔디쥐라 ᄒᆞ여도
조와ᄒᆞ지 아니 홀 거시니 이놈 찻기 어렵도다 아무커나 디졉ᄒᆞ미 웃듬이라
길을 지축ᄒᆞ여 협ᄉᆞ촌을 ᄎᆞ져 흔 켠을 바라보니 흔 구멍 압회 현판을 다랏시
니 셔영각이라 썻더라 젹년 셔디쥐 집인줄 알고 장ᄭᅵ

(二) 뒤

놈 큰 기츔 두 번ᄒ고 셔동지 계시오 ᄒ고 츠즈니 이윽고 시비 나왓거날
장ᄶ 문왈 이덕이 아리 낭쳥 윗 낭쳥으로 단이며 간역질 ᄒ시ᄂ 셔동지덕이
냐 무로니 쥐 답왈 엇지ᄒ여 츠즈시오 장ᄶ 굴오디 잠간 뵈오리라 쥐 드러갈
시 이ᄶ 셔디쥐 즈녀로 즈미 보고 둘지 낭쳡으로 다리롤 치이고 잇더니
시비 쥐 고왈 문젼의 엇던 ᄒ 긱이 왓사오디 위풍이 현앙ᄒ고 빗갓 쓰고
옥관자 붓치고 여ᄎᆞ여ᄎᆞ 츠즈며 동지님을 뵈으라 왓다 ᄒ나니

(三) 앞

다 고ᄒ니 셔디쥐 동지 말을 듯더니 디희ᄒ여 외헌으로 긱을 쳥ᄒ고 뎡쥬탕
건 모루 쓰고 평복으로 나아가더니 장ᄶ을 마져 녜ᄒ고 좌롤 졍ᄒ니 장ᄶ
ᄒᄂ 말이 덕이 셔동지라 ᄒ시오 나ᄂ 양지촌 ᄉᄂ 화츙이라도 ᄒ고 셰상이
부로기룰 장ᄶ라도 ᄒ고 혹 쒱이라도 ᄒ더니 귀덕을 츠져 금일상봉 하오니
구면갓치 반갑도다 ᄒ 번도 뵈온 젹 업시 평안ᄒ시오 셔디쥐 밍낭ᄒ다 탕건
을 어로만지며 답왈 촌긱의 셩식은 놉히 드러

(三) 뒤

습더니 날을 몬져 츠져 누지의 왕임ᄒ시니 황긍감ᄉ하외다 장ᄶ 답왈 셔로
찻기야 션후가 잇슬 것 아니여이와 아무커ᄂ 반갑다 못ᄒ여 진져리 나노라
ᄒ거날 셔디쥐 웃고 쳔일쥬 쳥강쥬 밤 디쵸 안쥬ᄒ여 쥬긱이 젼젼ᄒ여 먹고
슐이 만취ᄒ엿더라 이ᄶ 셔디쥐 고금ᄉ롤 문답ᄒ며 취즁의 장ᄶ을 조롱ᄒ
며 벗ᄒ더니 장ᄶ 고ᄒ로 디답ᄒ며 왈 셔동지게 쳥홀 말이 잇노라 니가
본시 넉넉지 못ᄒ여 금년 가을

(四) 앞

의 츄슈 칠십 셕을 ᄒ엿더니 일삭을 겨유 먹고 곤곤ᄒ여 금일 불식ᄒ니 싱각다 못ᄒ여 처음 쳥ᄒ니 앙미 니쳔 셕만 취ᄒ여 쥬시면 명년 가을의 갑기롤 두 말 아니 ᄒ리니 동지님 쳐분의 엇더ᄒ시오 셔디쥐 답ᄒ여 웃스며 ᄒᄂ 말이 속담의 상말노 우마도 초분식ᄒ고 산졔도 갈분식이라 ᄒ엿거든 우리 터의 무어시 어려우리잇가 ᄒ고 일언의 니쳔 셕을 취ᄒ여 쥬니 장끼 디희ᄒ여 스례왈

(四) 뒤

일 셕이라도 어렵거든 니쳔 셕을 취급ᄒ시니 감츅ᄒ거이와 다시 ᄯ 쳥홀 말이 잇ᄂ니다 나는 하인이 업셔 임기롤 슈운치 못 ᄒ올 터이오니 입을 여러 영감게 여러 말 ᄒ기 붓그러우ᄂ 쳐분을 바라나니다 셔디쥐 답왈 니가 용널ᄒ여 진시 말삼을 못ᄒ엿사오니 두 말 마르시고 환퇴ᄒ옵소셔 장끼답 왈 감스ᄒ온 말슴을 놉희 듯고 도라가우니 ᄎ

(五) 앞

후 다시 만나기롤 사례ᄒ노라 ᄒ며 ᄌ리을 이러 ᄒ 거름을 힝ᄒ거날 셔디쥐 좌의 이러셔며 웃고 왈 금일 미진ᄒ 졍회롤 다시 긔약ᄒ거이와 셥셥ᄒ 마음을 다시금 스례ᄒ노라 장끼 감스ᄒᄆ 문이 칭스ᄒ고 비별ᄒ고 양지촌으로 도라가나라 이쎠 셔디쥐 노비 쥐랄 명ᄒ여 그 마창 사창을 열고 니쳔 셕 콩을 슈운ᄒ여 양지촌으로 보ᄂ니라 장끼놈이 니쳔 셕

(五) 뒤

콩을 츄심ᄒ여 동셔로 봉ᄒ고 열두 아들과 쌀 아홉이며 ᄭᅡᆺ토리와 여러 ᄌ녀

을 다리고 동지설한의 오시을 잘 먹고 지니니 산중의 한가흔 즈미롤 날노 더흐더라 각셜 이씨 동지촌 스는 싹부리란 시가 잇시되 쥬먹볏회 흑공단 두루막이 홍공단 깃동이며 쥬동이는 두즈니 흐고 위풍이 현앙흔 즘싱이라 셜한의 단

(六) 앞

이다가 친구롤 츠지려 흐고 양지촌 장씨롤 츠져가셔 오리 못 본 인스흐고 흐는 말이 장씨 즈네는 엇지흐여 양미가 져리 풍비흐여 노젹을 흐엿는가 장씨 답왈 협스촌 셔디쥐롤 츠져가셔 양미 취흔 스연을 낫낫치 말흐니 싹부리놈이 고기롤 쓰덕거리며 흐는 말이 즈네 마음이 녹녹지 아니 흐거날 미천흔 도젹놈을 무어시라 츠

(六) 뒤

젓는가 장씨놈 답왈 나도 싱각이 잇셔스나 녯글의 흐엿시되 교만흔 즈는 집을 망흔다 일넛기로 남을 디졉흐면 니가 디졉을 밧는다 흐엿고 또한 니 구츠하여 취흐라 갓기로 져롤 디졉흐여 셔동지라 초층흐엿더니 디희흐여 후디흐고 종일 문답흐다가 여츠여츠 하엿노라 흐거날 싹부리 흐는 말이 즈네 일졍 간사흐도라 만

(七) 앞

일 닙신양명 흐드면 튱신을 헌단흐여 원찬흐고 조졍을 농권흐며 님군을 어둡게 홀 번 하엿도다 나는 그놈을 츠져가셔 셔디쥐라 츳고 도젹질흔 말을 흔 번 하면 그놈이 겁니여 만 셕이라도 취심흐리라 장씨 답왈 즈네 지조롤 몰낫더니 금일 알니로다 싹부리 디답흐여 웃고 협스촌을 츠져가니 과연

한 편의 현

(七) 뒤

판의 ᄒ여시되 셔영각이라 다랏거날 구멍 압히 나아가셔 싱각은 만흐ᄂ 이룰 갈고 셔디쥐 셔디쥐 츠즈니 이윽ᄒ여 시비 쥐 나오며 ᄒᄂ 말이 뉘집을 츠져 오신이잇가 짝부리 ᄒᄂ 말이 네 명식이 무어시뇨 이 집이 아려 낭쳥 윗 낭쳥으로 단이며 도젹질ᄒᄂ 셔디쥐 집이냐 나는 동촌 스는 짝쟝군이 와계시다 일너라 하거날 쥐란 놈이 골을 너여 답ᄒ고 드러

(八) 앞

가셔 고ᄒᄂ 말이 문젼의 엇던 긱이 와셔 여츠여츠 쥬원부원 도젹질 혼다 ᄒ고 찻ᄂ이다 셔디쥐 크게 디로ᄒ여 분부ᄒᄂ 말이 엇더혼 놈이든지 잡어 드리라 ᄒ니 슈십 명 범 갓튼 쥐들이 쳥녕ᄒ고 나아가더니 웨워쓰고 짝부리 롤 결박ᄒ고 이 쌤 치고 져 쌤 치며 모라 드러가니 짝부리 익걸ᄒ여 비는 말이 너가 무어슬 잘못ᄒ엿다고 이리 ᄒᄂ잇가 너가 손즈 노룻술

(八) 뒤

헐거시니 노와 쥬고 다라낫다고 엿쥬와 쥬소셔 혼디 듯지 아니ᄒ고 잡어드려 셔디쥐 안젼의 꿀니고 셔디쥐 호령 ᄒᄂ 말이 이놈 듯거라 너는 어인 놈이기로 무론 엇던 쥬인을 츠던지 근본을 희젹ᄒ여 츠지니 그 중의 너 갓튼 놈을 만단의 너리라 ᄒ며 미우 치라ᄒ니 그 중의 상별감 쥐 달녀드러 형쟝을 놉히 드러 하ᄂ 둘을 눌너 치니 짝부리

(九) 앞

머리롤 조화 이걸ㅎ여 비는 말이 살거지라 비지 못흔 힝실을 금일이나 씨닷
라시니 잔명을 비러 살거지라 용열흔 명이 금일 셔장군 젼의 달엿시니 졔발
덕분의 살거지라 형상이 불상ㅎ다 셔디쮜왈 네 말을 듯거라 소당엄치 감슈
졍비할 거시로되 십분 용셔 ㅎ는 거시니 츠후 일언 더 잇시면 죽고 남지
못ㅎ리라 ㅎ고 방송

(九) 뒤

하더라 싹부리놈이 형장 십여 장을 맛고 등 미러 니치니 상덕을 스례ㅎ며
도쥬ㅎ여 이후로는 쥐가 두려워 나무가지로 단이며 ㅎ는 말이 장씨 말을
드럿드면 이런 망신을 아니 볼거술 남을 업슈히 넉이다가 이러ㅎ도라 하며
일홈을 싸져고리라 ㅎ더라 각셜 이쩌 장씨놈이 엇지 먹엇던지 둘지 아들은
광난의 죽고 일곱지 딸은 창

(十) 앞

증으로 죽고 양식은 다 먹고 오난 져녁을 엇지 ㅎ잔 말고 급히 먹고 후회막
급이라 취흔 것 갑지 못ㅎ고 다른 곳의 변통 업고 어이 ㅎ잔말고 안산으로
ᄀᄌ하니 히동창 보라미놈 져 나무 긋흐로 가며 썰벙이 나무 긋흐로 오며
썰넝니 잘 맛는 산양긔는 놉고 깁흔 고봉의 올나 이 덤불노 뒤젹뒤젹 져
덤불노 뒤젹뒤젹 이리져리 쏠쏠 맛는 긔은 살갓고 송ㅎ의 닙은 산양 포슈은
져 총디을 두러 메고 이리져리

(十) 뒤

기웃기웃 ㅎ다가 방아쇠 걸고 길을 막고 어이ㅎ잔 말고 아무커ᄂ 남ᄌᄂ

동물이라 ᄒ니 동ᄒ여 보리라 동편슈곡의 무인젹 ᄒ니 콩낫치 잇셔도 쥬어
가리라 ᄒ고 나가는 거동보소 지홍지단 쳘닉이며 초록궁초 깃술 달고 빅방
슈화쥬 동져고리 긔발 갓튼 쥬홍 볏술 찰난ᄒ다 옥관ᄌ 두럿ᄒ다 ᄯᅩ흔 열두
장목 현양ᄒ니 즘셩 중 군ᄌ로다 ᄭᅡᆺ토리 거동 보소 폭폭니 잔줄

(十一) 앞

누비 아금ᄌ금 슌식으로 단장ᄒ고 알농달농 고슈머리 반월ᄌ로 곱게 빗고
조기살젹 반문ᄲᅥ를 다스려 아미를 그렷시며 즘셩 중 일식이라 남녀ᄌ식둘
각각 별너 가고 장ᄭᅵ ᄭᅡᆺ토리 한물노 고랑고랑 쥬어가니 쳡쳡고봉의 층암졀
벽 긔험ᄒᆫ디 옥장을 드리웟고 낙낙장송 느러진 가지는 빅셜노 미화장을
드리웟고 긔이ᄒ고 소슬ᄒ다 옥장 미화 어

(十一) 뒤

이ᄒ여 이곳의 잇술손가 아마도 젹셜이 만장ᄒ리라 이리로 갸웃 져리로 갸웃
갸웃 주어 가면 일편을 살펴보니 눈이 조곰 녹아거날 반갑기도 기지업다
보고지고 하더니 한낫 콩이 두려시 노혓구나 이거시 어이 ᄒ여 하날노셔
나려온가 ᄯᅡ으로 솟ᄉ신가 ᄌ네 먹소 우리 둘이 먹스이다 갸웃갸웃 하거날
ᄭᅡᆺ토리 ᄒᄂᆫ 말이 그 콩 먹지 말쇼 아

(十二) 앞

무리 시장ᄒᆫ들 슈상ᄒᆫ 콩을 먹을손가 장ᄭᅵ 답왈 의혹을 두지 말소 결단셩이
업도다 니말을 드러 보소 간밤의 꿈을 ᄭ우니 은하슈 옥장을 발바 보니 젼셩
공덕으로 이 콩을 바닷시니 아니 먹고 무엇ᄒ리 일포식도 지수로다 ᄭᅡᆺ토리
ᄒᄂᆫ 말이 고집말고 이니 말 드러보소 장산심국의 젹셜 무인젹ᄒᆫ디 농젼업

고 다만 콩만 잇울 뿐이오 인

(十二) 뒤

젹이 드러온 즈리가 희미ㅎ니 반드시 불콩이라 먹지 말소 장쒸 ㅎ는 말이
네 말이 미욱ㅎ다 ᄉ면 젹셜이 깁헛시니 목동들이 시발 등걸 구ㅎ려고 양지
를 츠겨 이곳으로 지닌 자취 업섯실가 그도 그러ㅎ거이와 간밤의 꿈을 쑤니
이몸이 황학을 타고 쳥텬의 올나 보니 옥황상졔하고 츠사 산님쳐사 죽쳡을
봉ㅎ

(十三) 앞

시며 콩 한 셤을 별급ㅎ시더니 오날날 이 콩이 가장 아름다오니 으이 먹고
무엇ㅎ리 쥬린김의 오날도 식젼이라 하늘이 쥬신 콩을 엇지 마다ㅎ리 먹ᄌ
먹ᄌ 금일 이 콩을 달게 먹으리라 쌋토리 두 발을 동동 구르며 ㅎ는 말이
졔발 덕분의 그 콩 먹지 말소 간 밤의 이니 꿈 고히ㅎ데 북망산 상상봉의
구진 비 쑤리며 졍젼동방

(十三) 뒤

의 무지기 남방으로 마쥬 빗치더니 변하여 일쳑 장검이 되여 빗 고흔 즈네
머리로 조츳 나려치니 즈네 죽을 흉몽이라 그 콩 먹지 말소 장쒸놈 ㅎ난
말이 즈네 꿈이 더옥 조타 그 꿈을 히몽 홀거시니 드러보소 명츈의 태평과
도면 이니 몸이 츈당딕의 올나 태평과롤 보고 장원급졔하여 한님학ᄉ 규
장각

(十四) 앞

의 어스화 쌍으로 쏫고 장안디로상으로 금의화동 쌍쌍이 셰우고 삼일유과
흐면 니 집 영화되고 만인이 우러러 칭찬 밧을 꿈이로다 쌋토리 디답왈
그 꿈은 그러흐거니와 간밤 쵸경의 쏘 한 꿈을 어드니 쳔근두리 무쇠가마를
자네 머리의 쓰고 창파 깁흔 물의 아죠 풍덩 샌지거날 니가 홀노 물가의
안즈 일장으로 통곡하여 뵈니

(十四) 뒤

자네 죽을 흉몽이라 졔발 덕분 그 콩 먹지 말소 니 말을 고지듯소 장끼
하는 말이 그 꿈도 더욱 됴타 힝몽흐는 말을 드러보소 한국병장님셔 구완병
쳥흐거든 이 몸이 션봉디장 되여 쌍봉투구 쓰고 쌍용갑을 운장이 닙고 젹토
마 빗기 타고 팔십군 용천검을 눈 우회 번듯 들고 압녹강 얼른 건너 즁원을
평정흐

(十五) 앞

고 승젼고을 울니고 도라 오면 양국 명장되여 인슈디장 될 꿈이로다 이
콩을 달게 먹으리라 하니 쌋토리 쏘 두 발을 동동 굴너 두 손을 작작 치며
졔발 그 콩 먹지 말소 쏘 꿈 드러보소 간밤 쵸경의 쏘 한 꿈 고히하데 자네
관상을 보니 당션흐고 비반잔치홀 시 두 발 츠일디가 우직근 부러지더니
빅포치일이 자네

(十五) 뒤

머리를 덥허 뵈엿시니 자네 죽을 흉몽일시 분명하네 장끼 답왈 그 꿈이
더욱 죠타 일쳔 힝몽 드러보소 명츈의 잔디잔듸 속님 나고 녹음방초 승화시

의 두견병풍 철쥭병풍 송쥭병풍 셕벽을 의지하여 등걸벼기 격이로다 썩갈 닙으로 우리 두리 아조 덥고 두 몸이 한 몸이 되어 원앙이 녹수를 만나 싱슝싱

(十六) 앞

슝 진져리 칠 꿈이로다 하거날 쌋토리 어이 업셔 딕답ᄒ되 그 꿈은 그러ᄒ거 니와 간밤 이경의 쏘 한 꿈이 고히하데 쳥텬 야숨경의 원산 쳡쳡 바라보니 견우셩 즉여셩이 은하슈의 마조 닛고 숭티셩 하티셩은 ᄌ미셩를 둘너잇는 가온디 초일졈의 공즁의 쩌러지더니 ᄌ네 압히셔 쩌러져 뵈니 ᄌ네 죽을 흉몽이라 녯글의 하

(十六) 뒤

엿시되 숨국적 졔갈양도 군즁의 명를홀 ᄣ 장셩이 쩌러졋단 말이 후셰의 일너오더니 ᄌ네 죽을 흉몽이니 졔발 그 콩 먹지 말소 장ᄭ 답왈 ᄌ네 몽상 더욱 죠타 희몽을 ᄒ리로다 일졈셩 쩌러진 거시 닉칙셩 아니라 옛글의 하엿 시되 황졔 헌온씨도 북두칠셩 졍긔를 타 낫기로 텬츄의 일어오고 견우셩 즉여셩은 쳥셕

(十七) 앞

교의 상봉ᄒ여 연분 믹져 칠월칠셕 오작교의 만나 보져 하엿시니 너도 날과 연분ᄒ여 싱남홀 꿈이로다 쌋토리 어이업셔 기가 막혀 말 한 목음 아니 나와 앙텬 딕소ᄒ며 두 발을 동동 굴너 ᄒ는 말이 그 꿈은 그러하거니와 숨경 말의 쏘 흔 꿈을 쑤니 고희하데 이닉 몸이 싀 져고리 싀 치마 입고 족도리 쓰고 셔산의 올낫더니

(十七) 뒤

청슙스리 달녀드러 물여죽기로 갈 곳 업셔 슘밧드로 드러가니 굴근 슘디 부러지고 잔 슘디 쓰러지며 이니 허리 가는 몸의 휘휘 츤츤 감겨 뵈엿시니 반다시 과부 될 증죄요 상부홀 꿈이로다 계발 덕분의 그 콩 먹지 말소 장끼 디로ᄒᆞ여 발톱으로 이리 츠면 져리 츠 ᄒᆞ는 말이 그 꿈은 네가 짠 마음을 먹는 꿈이로다 간부질

(十八) 앞

ᄒᆞ다가 니게 들키여 슘디 갓흔 머리 맛고 고슈머리 축축 푸러 졋쳐 미고 북을 지여 이 거리 져 거리 죵노 네거리를 회시ᄒᆞ면 망신홀 꿈이로라 쌋토리 어이 업셔 눈물지어 ᄒᆞ는 말이 니가 망신홀 지라도 ᄌᆞ네 그 콩 먹지 말소 고어의 하엿시되 붕비쳔인의 긔불탁속은 장부의 염치요 홍명슈국의 비필

(十八) 뒤

함누는 디장부의 근심이라 근심을 ᄒᆞᄌ ᄒᆞ면 염치를 둘 거시니 안ᄌ 갓흔 도학으로도 염치를 모로고 욕으로 낙을 슴으려 ᄒᆞ여시며 옛젹의 스롬 스롬이 츙졀 염치룰 아랏시며 장ᄌ방의 지혜로도 스병벽곡 ᄒᆞ엿시니 ᄌᆞ네도 비록 미물이나 군ᄌ의 염치룰 본을 바다 계발 덕분 그 콩 먹지 말소 장끼 ᄒᆞ

(十九) 앞

ᄂᆞᆫ 말이 이년아 말 듯거라 네 말이 무식ᄒᆞ다 녯글의 일을 모로거든 염치룰 엇지 알니요 안자 갓흔 도학으로도 슴십의 조스ᄒᆞ고 빅이슉졔 갓흔 튱졀노도 슈양산의 쥬려 죽고 사병벽곡 장ᄌ방도 젹송ᄌ룰 춫지 못ᄒᆞ여 여후의셔

죽다 ᄒ고 후세의 유젼ᄒ니 염치도 볼 것 업고 먹는 거시 졔일이라

(十九) 뒤

문슉이도 호타강의셔 보리밥을 달게 먹고 광주 황졔 되엿고 한신 갓혼 스름 도 포모의게 긔식ᄒ고 한즁의 원융디장 되엿시니 나도 이 콩 달게 먹고 크게 될 줄 뉘 알소냐 쌋토리 디답ᄒ는 말이 ᄌ네 그 콩 먹지 말고 동방 급졔ᄒ고 잔디찰방 슈망으로 황쳔부ᄉ 이직ᄒ고 청산현령 츄고ᄒ고 도마

(二十) 앞

현령 홀 거시니 그 콩 먹고 엇지 헐가 후싱으로 잘 살다가 그릇 죽는 쎠는 져마다 잇ᄂᆞ니마는 ᄌ네 엇지 ᄒ여 그다지 고집ᄒ는가 녯글을 볼작시면 고집불통 쓸디업다 진시황은 맛아들 부소의 말을 아니 듯다가 인심이 소동 ᄒ여 니셰이 망ᄒ엿고 초픽왕은 몹쓸 고집으로 범증의 말을 아니듯다가 팔쳔 졔

(二十) 뒤

ᄌ 니살ᄒ여 무면도강 ᄒ엿고 오ᄌ셔의 곳은 말도 고집으로 말을 아니 듯다 가 고조의 픠ᄒ엿고 굴삼녀는 올흔 말도 고집으로 말을 아니 듯다가 진무관 의 굿게 듯치엿다가 가련이 풀여 쏘지 못ᄒ여 면나슈 쎠져 숨강가의 슬피 우는 져 시야 츙심 붓그럽다 일넛시니 ᄌ네 역시 고집ᄒ여 늬 말 아니 듯다 가 금일 망

(二十一) 앞

신홀 지라도 나를 원망ᄒ지 말소 장씨 답ᄒ여 ᄒ는 말이 ᄌ네 말 드로니

그도 그러홀 듯ᄒ나 디장뷔 세상의 나셔 이니 그 콩을 먹으려 ᄒ다가 안녀즈 말을 듯고 먹지 못ᄒ고 도로 가즈고 먹지를 못ᄒ랴 ᄒ고 또흔 니 말을 드러 보소 녯글의 ᄒ여시되 콩티 쓰 든 스롬은 오리 살고 귀히 되여시니 즈셔히 드러보소 티후 복희씨는 니십의

(二十一) 뒤

상님ᄒ고 티고 텬황씨는 일만팔쳔 셰를 스랏시며 은나라 티갑 티무 쥬나라 티님 티조 명티조도 평지 셰계 도읍ᄒ여 티평건곤 ᄒ엿시니 오곡빅곡 중의 콩 티쓰가 더욱 좃타 강티공도 션팔십 궁곤ᄒ다가 후 팔십 셰의 쥬나라 티공이 도엿고 시중 텬즈 니티빅도 구십승텬 ᄒ엿고 티을셩도 별 중의 웃듬 이라 나

(二十二) 앞

도 이 콩을 달게 먹고 티공ᄀ치 오리 살고지고 티빅ᄀ치 상텬ᄒ여 티를셩균 ᄀ치 션관되리로다 이 콩을 먹고 또 먹으리라 아니 먹고 무엇ᄒ리 말을 말고 물넛 잇거라 쌋토리 어이업고 긔가 막혀 물너셔며 ᄒᄂ 말이 즈네 일졍 그리 홀진디 나도 모를셰라 녯 말의 일너시되 님군이 몰으게 하면 신하 간ᄒ

(二十二) 뒤

고 아비가 잘못ᄒ면 즈식이 간ᄒᄂ 거시오 형이 몹슬지술 ᄒ면 아우가 형을 올흔 말노 간ᄒ고 또 부부유별이라 ᄒ니 계집이 잘못ᄒ면 가도 그릇되ᄂ 일이요 가부가 도량을 잘못 쥬션ᄒ면 가중과 쳐즈가 쥬려 긔스ᄒᄂ 일인디 콩을 보고 그리 조아ᄒ여 죽을 줄을 모로고 먹지 못ᄒ여 그리 ᄒ니 엇지

익달지 아

(二十三) 앞

이후리요 남의 말을 아니듯고 져리 고집후여 죽을 곳의 드러가려 후니 엇지 가련치 아니 후리요 가엽고 불상토다 고집으로 죽는고나 후되 장쎄 그 말을 듯지 아니 후고 졈졈 드러갈 졔 장쎄놈 거동 보소 쥬홍 ズ혼 쥬먹 볏술 츄켜 들고 조금 조금 됴아 드러 가며 고기를 한번 드러 요리 기웃 져리 기웃 기웃기웃 엇지 훌고 쎡을가 말가 가웃

(二十三) 뒤

가웃 아무커ㄴ 훈 번 죽지 두 번 죽으랴 후며 달인 그 콩을 덤벅 쎡으니 반달ズ혼 곱픠등이 번쩍후며 우직근 싹쑥 치는 소리 방낭ㅅ즁 쇠몽치로 진시황의 버금슈리 치는 듯 억슈장마 흑운 즁의 뇌졍벽녁 나림ズ치 젹벽으 병 슈젼 싸홈의 조리관을 버셔 바리고 화룡도로 가다가 응포일셩의 봉투 고져셔 쓰고 은신갑옷세

(二十四) 앞

의단봉안 왜ᄌ미 거스리고 쳔 니 젹토마 빗겨 타고 판십 근 쳥용 은얼도를 비겨 들고 한슈졍후 마낫듯 한 승상 졔갈무후 밍학이 잡듯 졍신이 살란후다 텬하가 분분후니 한 종실 뉴현덕의 우름소리로 쎡쎡 푸드덕 변통 업시 치엿고ㄴ 싸토리 거동 보소 두 손벽을 착착 치며 이런 변이 쏘 잇슬가 너 말을 드럿드면 져런 변이

(二十四) 뒤

잇슬손가 녯부터 고집불통 망신이라 이로드니 금일 즈네게 당홀 줄 엇지 아랏슬가 숨하평전의 디굴디굴 동굴동굴 구을면셔 한숨 지며 일장 통곡 긔졀흐며 졍신 츠려 흐는 말이 계하 죄인 스약인들 이의셔 더흘손가 불튱 불효 단약인들 이에셔 더흘손가 이리져리 굴으며 잇고 답답 셜우미나 식조흔 위풍이며

(二十五) 앞

빗 고흔 허울이며 아름다운 우리 낭군 무슴 죄로 금일 와셔 이러트시 오스흐노 국곡투식 흐엿든가 역젹요회 흐엿든가 남의 직물 탐심흐여 안인 밤의 너장도립흐여 도젹질 흐엿든가 불상흐고 가련흐다 병이 드러 죽엇시면 무슴 한이 잇슬손가 잇고 답답 셔름이야 슬픠 통곡흐고 가련흐다 흐고 졍신츠려 보니 장쎄놈 두 발을 발작발작

(二十五) 뒤

흐며 흐는 말이 예라 이년 물넛셔거라 계집년이 져리 슈다흐기로 이런 변이 낫느니라 죽고스는 거시 믹으로 안다 흐니 믹이느 집허 보소 쌋토리 눈물 씨고 홀젹 홀젹 흐며 잇고 참혹흐고 불상흐다 어듸 부러져소 흐고 어듸붓터 만져 볼가 믹이나 집허 보세 아쌀스 결단낫나 보다 빅호믹이 영졀흐고 쳥용믹이 쓴허

(二十六) 앞

지고 풍믹이 살난흐여 명믹이 발닥발닥 흐니 살 길이 젼혀 업늬 두 눈의 붓쳐나아 보아쥬소 쌋토리 디답흐고 두 눈을 번젹 들고 보더니 좌편 눈동즈

는 어졔 발셔 도망ᄒ고 우편의 눈동ᄌ는 이졔 곳 써나려고 봇짐 싸고 짊어지고 감발ᄒ니 ᄌ네 죽기는 위불 업시 염녀 업네 엇지 ᄒ면 ᄉ잔 말고 속

(二十六) 뒤

졀 업시 니별이 도것구ᄂ ᄌ네는 죽든지 마든지 날을 위ᄒ여 쥭지 말소 ᄒ고 거졀ᄒ니 일직ᄉᄌ 월즉ᄉᄌ 감사녹ᄉ 쥬부ᄉᄌ 판관녹ᄉ 우두낫찰 마두나를 우리 낭군 살녀 쥬소 이너 팔ᄌ 엇지 홀가 장ᄶᅵ놈 ᄒᄂ 말이 소란ᄒ다 션미련후실기라 죽ᄂ 놈이 탈 업시 죽을 손가 범 물일 줄 알양이면 산의 가

(二十七) 앞

리 뉘 잇스며 파션홀 줄 알면 견셰디동 뉘가 실으며 물의 ᄲᅡ질 줄 알 양이면 월쳔ᄒ 리 뉘잇스면 나무의 써러질 쥴 알 양이면 남게 올을 ᄉ롬 뉘잇스며 남을 원망ᄒ며 무엇ᄒ리 너 신슈 불길헌 타시오 ᄶᅩ혼 불가디명은 독 속의 드러도 면치 못ᄒ노니라 한심ᄒ고 가련ᄒ다 ᄌ네 말을 드러든들 이 지경을 당치 아니 ᄒ고 살 거술 인졔는

(二十七) 뒤

후의막급이라 일정 너를 두고 쥭으니 졀통ᄒ고 한심ᄒ다 눈물을 흘니고 ᄒᄂ 말이 후부ᄒ여 가셔 날을 이줄 싱각ᄒ니 혼빅이 비월ᄒ고 눈울 감지 못ᄒ리로다 ᄶᅡᆺ토리 어이업셔 ᄒᄂ 말이 져러케 못 이줄 양이면 너 말을 드럿스면 져런 죽엄 잇슬손가 이고 답답 셔름이야 이너 팔ᄌ 망측ᄒ고

(二十八) 앞

고히ᄒ다 과부도 즈즐시고 신세도 가련ᄒ고 헐홀시고 팔즈도 긔박ᄒ다 쳣
지 낭군 어덧더니 희동창 보라미 아조 덜녕 츠셔가고 둘지 낭군 어덧더니
오동츄야월의 슈리미 홀치 츠가고 셋지 낭군 어덧더니 일즈산힝 포슈
총의 마져 죽고 넷지 낭군 어덧더니 셔산 환양 편젼의 마져 죽고 다섯지
낭군 어덧더니 남상 목동 공상의 마

(二十八) 뒤

져 죽고 일곱지 낭군 어덧더니 금일 곱픠등의 그릇 죽을 줄 뉘 알아스리오
이고 답답 셔름이야 병이 드러 죽엇셔도 졀통타 ᄒ려든 일곱 번 과부 이니
팔즈 망측ᄒ고 가련ᄒ다 이고 답답 셔름이야 져런 풍치를 엇지 다시 어더볼
가 힝년 삼십의 이니 과부 속졀업시 슈졀ᄒ여 늘그리라 과부 셔름이 남도
이러ᄒ가 장끼

(二十九) 앞

놈 발닥발닥 눈을 츠셔 ᄒᄂᆫ 중의 ᄒᄂᆫ 말이 간스하고 요스ᄒ다 슈졀인지
긔졀인지 박졀인지 이졀 져졀 츈하츄동 스시졀인지 하위지곡졀 나도 모르
것다 이졔 네 말을 드르니 남진 일곱을 잡아 먹엇시니 방졍 맛기는 유복ᄒᄃ
과부 즈즌 네게 장가들기가 실슈로다 방졍마즌 네 신슈로 이니 죽엄 되엿고
나 이말 져말 쓸디

(二十九) 뒤

업스니 이니 빅골이나 츠쳐다가 무더쥬소 유언이 무궁ᄒ나 졍신이 오락가
락 산란ᄒ니 헐 말을 다 못ᄒ노라 이리 ᄌᆞᆺ가이 낭죠 목이나 먼져 보세 쌤이

나 디여 보셰 머리이ᄂ 집어 보아 쥬소 ᄌ네를 엇지 ᄒ고 죽잔말고 눈물지며
말을 못ᄒ고 모진 목슘이 쌀닥쌀닥 ᄒ더니 그만 죽는고나 쌋토리 긔졀ᄒ며
ᄒᄂ 말

(三十) 앞

이 속졀업시 영결종쳔 가련ᄒ다 고은 졍도 치 못 쎄여셔 앗갑고 앗갑다
불상ᄒ고 가련홀ᄉ 너 낭군이야 빗고혼 우리 낭군 어듸 가 만나 보나 ᄒ고
고슈머리 발상ᄒ고 당기 쓸너 송지의 걸고 노랑머리 바드락 바드락 쓰드며
두 다리를 작근작근ᄒ며 불상ᄒ고 춤혹ᄒ다 엇지 ᄒ면 다시 만나볼가 움이
나며 싹시 나며 져 싱의셔 **염나왕**이 통촉ᄒ사 살녀 보

(三十) 뒤

너실가 최판관이 지식 잇셔 문셔칙을 상고홀 졔 우리 낭군 일홈을낭 업시ᄒ
여 쥬시면 쥬야로 축슈ᄒ리로다 이닉 이걸흔들 죽을 명을 살니로다 속졀업
시 죽엇고나 눈의 암암 귀의 징징 엇지 사잔 말가 눈물 겨워 피가 된다
이닉 신셰 엇지 허잔 말나냐 누으니 잠이 오며 안졋시니 님이 오며 쥬린
창ᄌ 이닉 밥이 갈가 우리 낭군 니별ᄒ고

(三十一) 앞

엇지 살가 인싱 한번 도라가면 다시 오기 어려오나 명ᄉ십니 희당화ᄂ 꼿
진다고 슐어마라 너는 명년 츈삼월이 되면 다시 퓌면이와 나는 우리 낭군
니별ᄒ고 엇지 홀노 사잔말이냐 이고 답답 이닉 셔름 엇지 ᄒ잔 말고 이리
디골 져리 디골 일장통곡 슐피 울며 만단ᄉ셜 슐피 울쎠 쳥풍 말근 바람
소리 ᄉ룸의 ᄎ쳐 소리 둘니거날 고이ᄒ고 슈상ᄒ다 우름

(三十一) 뒤

을 씃치고 ᄌ셔히 드로니 일인이 올ᄂ 오며 중얼중얼 ᄒᄂ 말이 올타 장찌 쌋토리 ᄌ웅의 ᄌ쵀 잇고나 요놈이 치여 죽엇ᄂ가 어셔 밧비 가ᄌ셰라 ᄒ고 곰방디 불피여 물고 쥬먹을 불근 쥐고 허위허위 올나 오거날 쌋토리 겁ᄒ여 몸을 날녀 월쳔슈풀의 슘어 망을 보니 졈졈 오는 형상 슈상ᄒ다 덧님ᄌ 탁쳠지 흉측ᄒ다

(三十二) 앞

옛 폐랑이 졋게 쓰고 동ᄯᄅ 막더를 걸써 집고 조광망티 짊어지고 드러오더 니 반달 갓흔 곱뛰등의 장찌를 보고 희희낙락 츔을 츄며 장찌를 쎄혀 둘고 엉덩츔을 장단 업시 잘도 츈다 닙타령을 ᄒ여 보리라 ᄒ고 홍을 거워 츔을 츄는고나 장단업시 잘도 츄고 산듸도감의 취바리츔이며 노장츔이랑

(三十二) 뒤

네를 보고 이리져리 가면 오면 홍을 겨워 츄는 형상 갓고 혼ᄌ 보기 앗갑 외라
ᄎ쳥하히ᄒ라

셰지 임진뉸뉴월일 한동 필셔
셰지 임진뉸뉴월일 약현 필셔
셰지 임진뉸뉴월일 한동 필셔
셰지 임
말이 비록 허무밍낭ᄒ나 ᄯᅩ흔 장난군이 보시긔 안 우슨 말이 만쁘오니 착실

리 보시고 부디 낙장은 마옵숫셔

(三十三) 앞

右書 桃洞 尹生員宅手筆
雉傳之言許荒 何人以錢貰見
自古今以後 初聞之說 雉妓何以多
也雉俠之責言亦多笑矣

(一) 앞

화츙션싱젼 권지이종

만쳡 쳥산이 늘근 범이 살진 암키 무러드 놋코 니는 빠져 먹지는 못ᄒ고 침만 바르고 어루는 형상갓고 홍문년 잔치의 픠공의 디장 번쾌 항우롤 보고 뮈워ᄒ는 듯 이리로 넛풀 져리로 츔믈 츈니 근들 아니 경일소냐 풍뉴 업시 닙타령도 잘도 ᄒ고 이리져리 흔창 논일고 ᄒ는 말이 네가 짐싱즁 영물이라 허울 조흔 위풍이라

(一) 뒤

너롤 잡지 못헐가 ᄒ엿더니 니 덧 고픠등의 치엿고ᄂ 엇지ᄒ여 이곳의 왓더냐 화작작ᄒ니 꼿 보려고 이이 왓나 안남산 벽계슈롤 조츠 예 왓드냐 그 소리 산월 단단ᄒ니 월식을 조츠 예 왓드냐 소상풍경 구경ᄒ고 츈흥을 못 이긔여 조츠 예 왓드냐 두골물 합슈ᄒ여 셕상의 옥슈롤 조츠 탁족ᄒ려 예 왓드냐 국틴민

(二) 앞

안ᄒ고 시화세풍ᄒ니 인심을 조ᄎ 예 왓드냐 셜상의 긔한을 참지 못ᄒ여 일기 콩을 조ᄎ 예 왓더냐 닌 덧 고픠등의 치여 죽엇고ᄂ 가련ᄒ고 불상ᄒ다 금일 절명을 만낫고나 너롤 잡으려고 ᄉ십일을 조ᄎ덧니 금일 너롤 잡어고나 너롤 잡으니 닌 지슈 더욱 좃타 네 신슈롤 보니 불길ᄒ다 즙혓ᄂ가 우리 조상의 도우신가 아모도 산신계

(二) 뒤

셔 도우시미라 잡은 너롤 산신계 밧치고 고ᄉ롤 지니리라 셕상의 도루 놋코 두손 곳쳐 비ᄂ 말이 유셰차 모년 모월 모일 궁촌 ᄉ옵ᄂ 아모ᄂ 금일 장씨로 고ᄉᄒ오니 귀히 구버 감ᄒ옵소셔 신신 토신 후토신 평졔위 션셩은 강님ᄒ옵소셔 궁촌 거ᄒ옵ᄂ 건명 님슐싱 탁가의 일홈은 밀년이 옵고 곤명은 젼똥이온디 양쥬

(三) 앞

붓쳐 뉵십 년을 동거ᄒ여 ᄌ식 업고 토담집 거젹문 달고 칠 푼ᄌ리 탕관ᄒᄂ 걸고 헌 고장이 베젹솜의 ᄌ지베셔 업시 짝짝이 나막신 감발ᄒ고 ᄒ로 일종 피쥭으로 연명ᄒ오니 형셰 업셔 졔주 머리 시루면과 슘식 실과 ᄉ츌디탁 업ᄉ우나 소소ᄒ 졍셩을 틱산ᄀᆾ치 바드시고 장씨 ᄌ웅 짯토리마져 잡게 졈지 ᄒ옵소셔 그

(三) 뒤

박박 빌기롤 맛치고 고픠등을 다시 벗히여 일기 콩을 달어 놋코 장씨 혀롤 쎄여 바위 틈의 노흐며 막디롤 걸덧 집고 잡쎠롤 우슈의 들고 논틀 밧틀

고랑고랑 빗탈길노 나려가며 즁얼즁얼 ᄒᄂᆞᆫ 말이 디구장을 ᄀᆞᆺ시면 닷 돈은 밧을 거시요 츙쥬장롤 갓시면 일곱 돈은 밧을 거시오 안동장을 ᄀᆞᆺ시면 아홉 돈은 밧을 거시요

(四) 앞

공쥬장롤 ᄀᆞᆺ시면 한 양은 밧을 거시오 셔울노 올나 갓시면 열 두 다방골 계갈동지딕의 팔앗시면 냥도 돈 칠 푼 오 되는 밧을 거시오 니 모양롤 보면 불상ᄒᆞ다 ᄒᆞ고 밥한 상의 슐 한 잔은 ᄯᆽᄯᆽ시 쥴거시니 이런 지 ᄯᅩ 어듸 잇시리 빗 고은 네 일신을 상별감 털롤 ᄯᆽ고 디갈이은 잘나니여 아회둘 치이고 오장은 ᄶᆞᆨ 발여 도마의 올녀노코 작근작근 짓다드며

(四) 뒤

파 마늘 후초 싱강 ᄶᅵ소금 기름장의 쥬물너 안셩맛침 디양푼의 지여 노코 청동화로 빅탄 푸녀 셕쇠롤 도두 걸고 분길 갓흔 셤셤옥슈로 짓쳐 굽고 업허 구어 앗츰 장지상의 노인은 등살 골나니여 아회들 먹고 다리ᄲᅧᄂᆞ 쳥습 ᄉᆞ리 물고 나가 닷토와 먹으니 그 맛시 조홀 ᄯᆽᄒᆞ고 훗고의 입은 이니 지슈 더욱 좃타 양 두 돈 칠

(五) 앞

푼 무엇 ᄒᆞ리 우리 마노라 김 장ᄌᆞ집 갓다 오면 노리기롤 부러ᄒᆞ니 평싱 소원 노리기나 ᄉᆞ다 쥴가 팔문 장안올 역역키 구경ᄒᆞ고 노리기 일홈 무어신 고 은초로롱 금초로롱 삼호가지 밀화불슈 청강셕 옥피 말피 동구례 지방젼 밀화장도 겻갈며 삼쳔 바독리 은나뷔 금나뷔 진쥬로 장식ᄒᆞ며 ᄌᆞ금으로 눈을 박어 쥬쥴이 연지분가지 삭삭이 ᄉᆞ다

(五) 뒤

줄자구나 주면 우리 마누라가 황금 갓흔 잇속을 드러니며 홋고장이 발을
벗고 안반 갓흔 궁둥이롤 뒤흔들며 줄겨 흐리라 이니 지슈 줄기도다 어셔
어셔 가리로다 흐며 홋적수 닙은 팔장을 이갑을 흐고 홋고의 베잠방이 밧쳐
입은 다리 빗술빗술 셜샹으로 셩큼셩큼 나려가는 형상 우습고 망측흐다
각셜 이쩌 쌋토리 탁쳠지 거동보고 빅골이나

(六) 앞

츠져다가 무더줄가 흐고 봉봉이 뒤롤 조추 망보다가 어히 업셔 흐는 말이
그놈 말이 밍낭흐니 헐 일 업다 고수 지니든 혀나 츠져셔 안장흐리라 흐고
혀롤 츠져다가 양지촌의 빙소흐고 초혼흐여 맛아들 빙션이 발상흐고 각쳐
로 통부흐니 친쳑 권당이 모히여 초중을 의논흔다 셜변초초로 렴흐고 빅즈
렴으로 입관흐여 스일 셩복의 명졍이 업술

(六) 뒤

손가 홍단초의 갈와스디 현고 가션디부 겸 동지 즁츄부스 화츙션싱지구라
흐고 칠일장 츌구흐니 상여롤 볼작시면 치쏭나무 장강틀의 징징이 겹줄미
고 단풍입으로 화단북식 나리가셔 둘죽날죽 만장을 놉히 치고 양경초풀
초동흐고 스밥초동 용두머리 다랏시며 슈억이 쌍욱이 콩시 팥시 진경이
슉갈치 올밤이 피죽시

(七) 앞

쇠고리 쳥죠시 잉무 비치 솟젹 다슈국시 소로긔 부엉이 벅국시 두견시 졔
비 춤시들이 모히여 압구졔비 뒤구령이 갈나셔며 연츄디롤 골나베고 발맛

쳐 목소리 븬틈 업시 일시의 염불ㅎ되 양지촌을 하직ㅎ고 가련이 도라간
다 슈오리 황시 흑시 두루미 황시은 후상 조츠 쯘라가며 쌋토리 업더지며
곱더지

(七) 뒤

며 조츠가는 형상 가련ㅎ고 불상ㅎ다 올나갈 졔 평구영 너머 갈쳐 **화단복식**
놉흔 마쳘녕 고기 연젼습젼 빗쳣고나 힝즈 곳비 우름소리 눈물 겨워 **흐슴ㅎ**
고 쳐량ㅎ다 노즈업는 길롤 어듸로 잘도 간다 마로 너머 지 너머 황도산의
올나 갑경방의 졍숙 쳥ㅎ고 지관은 죵달이 공즁의 ㅎ나 향비롤 두루 살펴

(八) 앞

관망ㅎ더니 죄롤 노코 신산을 잡엇고느 티빅산 나린 용졀이 어져어졍 나린
믹 황도산이 도엿고나 간좌곤향의 우빅호는 션도ㅎ여 웅졀랄 위로ㅎ고 좌
쳥용을 쥬리롤 거두어 듀봉ㅎ고 안산은 문필이봉이 안더 ㅎ고 듀산은 장군
몽이 희롱ㅎ고 외산은 긔치봉이 둘너잇고 힉즈는 용마봉이 안입ㅎ고 촌수
파수 군봉이 장님ㅎ

(八) 뒤

고 인슈봉은 희슈ㅎ여 닙슈ㅎ고 슌쳔은 아장봉이 비졉ㅎ여 공슌ㅎ고 혈심
은 오 쳑이요 오시하관의 스시 발복히지로다 슴 년후의 훈련디장 나리로다
듯타마는 빅즈쳔손은ㅎ나 과부되면 후부가 더욱 조고나 분묘쓰고 좌우로
망두셕의 상셕 놋코 비문의 갈왓시되 유병 됴션국 가션디부 졀도스 겸

(九) 앞

동지 화츙션싱 산림쳐스 장씨지묘라 삭여 닙셕ᄒ엿더라 산시 축지어 몃독이로 졔관 막끼고 평토졔물은 머루 다리 두 졉시 포각포 흔 졉시 쳥강쥬 한 잔을 ᄒ고 잔디 비셕 안동ᄒ고 헌관은 둘지 스위 강신ᄒ며 집스는 슈우리 오락가락 이 졉시 져리 츠고 져 졉시 이리 놋고 스탕우탕은 안쥴노 노와라 분별이

(九) 뒤

분쥬ᄒ고 슈갈치는 츅관으로 쑤러안져 독츅혼다 유셰츳 모년 모월 외즈 빙션은 산님쳐스 화츙션싱 부궁젼의 감소고우 현지 둔셕ᄒ엿시니 신반실당 글옷소셔 신쥬긔셩 봉안쳥작 이말 져말 다버리고 각단이 스향이라 낡기롤 맛치니 샹졔는 이고 복인은 어이ᄒ며 헌관집스 건셩으로 침을 썩어 눈의

(十) 앞

바르고 빙글빙글 웃스며 어이어이 ᄒ며 져거슨 즈네 먹고 이거슨 니 먹으리라 쌋토리는 실셩으로 통곡혼다 이고 답답 셔름이야 우리 낭군 날 다려가소 빅년긔약 ᄒ고 이져라 못 이져라 ᄒ는 졍도 다 허시로다 헌아즁신을 어듸가고 다만 혀만 무덧시니 불상ᄒ고 가련ᄒ다 어듸가셔 다시 볼가 이 몸이 죽어 지하의 다시 만나 이싱년

(十) 뒤

분 미져볼가 오날 죽즈ᄒ니 아기 쌀을 엇지 ᄒ고 죽즌 말가 아무리 원통혼들 그릇 죽은 즈네만 불상ᄒ고 춤혹ᄒ다 이고 이롤 엇지 ᄒ잔 말가 여러 시들이 쌋토리롤 위로ᄒ여 반우롤 쩌나 양지촌으로 도라가니라 셕벽의 신위롤 비

셜ᄒ고 조셕으로 통곡이 슬푸더라 이ᄯᅦ 싹부리 와셔 조문ᄒ고 졔문을 닑으
되 유

(十一) 앞

셰차 모년 모월 모일이 동츈거ᄒᄂᆞᆫ 아무는 화츙선싱젼의 감소고우 형지둔
셕 혀엿시나 우리 유락혀여든 일도 엇그졔오 츈삼월 화락화락ᄒ되 글짓든
일도 시로난다 자네 말 아니 듯다가 셔디쥐놈의게 망신ᄒ고 도라가셔 분ᄒ
기 층냥업셔 자네보고 셰셰히 말ᄒᅐᆞ 하엿더니 ᄌᆞ네 몬져 황쳔긱이 되엿시
니 가련ᄒ고

(十一) 뒤

셥셥ᄒ다 유명이 잇거든 이니 말을 살피소셔 자네 아무날 니 집의 가셔
쌋토리 과부되거든 다려다 살나 ᄒ더니 자네 집의 이루고 죽엇는가 ᄒ거날
여러 상졔 달여드러 이리 치며 져리 치며 ᄒᄂᆞᆫ 말이 우리 션친의 붕우로
아랏더니 곳 몹쓸 놈이로다 싹부리놈 음심ᄒᆫ 마음을 먹다가 어이업셔 ᄉᆞᆺ잇
길노 줄힝낭ᄒᄂᆞ니라 이

(十二) 앞

ᄯᅢ 짜옥이 오더니 ᄒᄂᆞᆫ 말이 쌋토리 날과 살앗시면 일싱을 편이 살거시니
엇더ᄒ뇨 쌋토리답왈 그 고약ᄒ고 망측ᄒ다 이니 문호의 열여문 셰려ᄒ네
ᄲᅡᆯ니 도라가라 짜옥이 어이업셔 도쥬ᄒᄂᆞ니라 이ᄯᅢ 홍노변의셔 굽이러 먹는
빅노가 오더니 쌋토리 여보소 날과 살어시면 귀히 되리니 엇더ᄒ뇨 쌋토리
답왈 밋

(十二) 뒤

쳣는가 실셩을 ᄒ엿는가 망녕된 말을 다시 말고 도라가라 빅뇌 일언을 답지 못ᄒ고 무류ᄒ여 도라가더라 이ᄶᅢ 종달이 오더니 ᄭᅡ토리 더러 ᄒ는 말이 고성말고 날과 살고 지고 ᄭᅡ토리 답왈 그거시 무삼말가 뺨을 치고 시부되 그더 손을 바덧기로 십분 안셔ᄒ는 거시니 목슘을 앗기거든 쌜리 도라

(十三) 앞

가라 ᄒ니 어이 업셔 도라 가니라 이ᄶᅢ 황시란 놈이 오더니 ᄭᅡ토리 불너 ᄒ는 말이 너 둘지 쳡이 도엿시면 엇더ᄒ뇨 ᄭᅡ토리 듯고 노ᄒ여 ᄒ는 말이 고약ᄒ고 망측ᄒ다 말을 말고 열두 아들 셩관ᄒ고 맛아들이 니십 먹고 너 나히 삼십일셰 우리 낭군 업다ᄒ들 이러케도 만만ᄒ가 능지쳐참 ᄒ올 거시니 그러케

(十三) 뒤

말롤 말고 어셔 밧비 가라 황시놈이 어히 업셔 도라가니라 이ᄶᅢ ᄭᅡ토리 무슈ᄒ 욕을 다 지니고 독슈공방 덧업시 츈슘월 과부 셔름 더욱 셜다 슬피우 는 져 두견아 공산이 어듸 업셔 우리 낭군 노시든 곳의 홀노 안져 슬피 우러 이니 심장 다 ᄭᅳᆽᄂ냐 이 몸이 임ᄌ 업시 더욱 셜다 너도 님ᄌ 업셔 날과 벗ᄒ여 두 눈물이 합

(十四) 앞

슈ᄒ여 무한강 되거든 슈회로 비롤 모화 타고 님 계신 곳의 가ᄌᄒ나 잇고 답답 셔름이야 장장 츈일 긴긴 날의 젹셜이 다 진토록 님의 소식 젼혀 업니 오시다가 병이 드러 누엇는가 가든 길을 이젓는가 분명이 그러ᄒ면 이니

몸이 여동빈의 낙을 비러 은하슈로 다리 노하 마조 가리로다 두어라

(十四) 뒤

님 계신 곳 몰나 그롤 슬허ᄒ노라 무한년 졍비라도 풀일 날이 잇건마는 우리 님은 어이ᄒ여 도라올 줄 모르시나 쳥죠 우거진 곳의 ᄌ는가 누엇는가 홍안은 어듸가고 혀만 무덧시니 잔 잡고 권홀 쎄 업셔 이니 셔름 어이 ᄒ쟌 말가 츈삼월 호시졀의 니화 도화 힝화 방쵸들

(十五) 앞

아 일년 츈식 한을 마라 너는 녀텬지 무궁이라 우리 님은 가시더니 소식이 돈졀ᄒ다 너는 아느냐 알거들낭 일 쟝 편지 젼ᄒ여 주려무나 이고 답답 셔름이냐 과부 마련 뉘라셔 ᄒ엿는고 날과 원슈로다 니별커든 그립지나 말지 그립거든 죽지나 말지 싱각ᄒ면 상서로다 살길이 젼혀 업

(十五) 뒤

니 쥬야 장탄식ᄒ고 셔름롤 노러 숨아 보니리라 각셜 이쩌 젼나도 지리산 봉니촌의 ᄉ는 장씨 츄칠월의 상쳐ᄒ고 취쳐치 못ᄒ여더니 이 말 듯고 올나온다 이산 져산 고봉쥴녕 허위허위 너머 고기 고기 양지촌 살펴보니 현판의 운향각이라 ᄒ고 박공의 달앗고나 쌋토리 츳져 조문ᄒ

(十六) 앞

고 머물더니 일낙셔산 ᄒ고 월츌동명 초경이라 쌋토리 부인을 쳥ᄒ여 갈오 ᄃᆡ 나는 젼나도 지리산 살더니 우연이 상쳐ᄒ고 입ᄃᆡ가지 구혼치 못ᄒ엿더니 그ᄃᆡ 말을 듯고 ᄒᆞᆫ 번 보고져 싱각 간졀ᄒ엿기로 초츈 망일의 힝장을

추려 써나더니 길도 험하고 산도 놉하 골도 깁고 날도 추고 그 중의 히동창
보라

(十六) 뒤

민 셜넝하면 셜셜 기여 암간의 은신하엿다 쏘 오면 산양기 쓸쓸 하면 공중의
오르고 춘지에 숨고 군포슈 펏셕하면 회양방 빗도리 길노 도라가고 활양들
이 군호하면 운□의 놉히 써셔 살을 피하여 갈 지 즈로 불원쳔이하고 여러
날만의 여긔 와셔 부인을 상봉하니 과연 듯든 말과 굿트니

(十七) 앞

아름답기 충냥 업다 니 몸으로 즁미하고 금일 상봉으로 뉵녜하여 그디 일싱
을 한 가지로 니가 의지하기롤 평싱 소원이더니 쏘한 즈니의게 부탁하미
엇더하뇨 쌋토리 웃고 하는 말이 그 손님이냐 풍신이 헌미하니 녀포의 초션
갓고 말슴이 소진 장의 갓흐니 구술을 구하려고 놉흔 고봉 츌녕이며 깁고
깁흔 슈

(十七) 뒤

곡이며 험하고 굽은 길의 보라미 군포슈롤 피하여 단이다가 녕니 관즈의
일셰가 져무러 니집을 추쳐 일시 하롯밤 쉬여 가고져 하다가 이니 과부
슈심 중의 얼골의 진의가 지고 오날 앗츰의 머리 빗치 못하여 귀밋흐로
흐르 머리털과 이니 살젹을 가린 형상 보고 못싱겨 망측하고 고이하다 비양
하나 십분

(十八) 앞

시럽시 지근지근 조롱말고 약쥬나 자시고 평안이 쉬라 ᄒ여 잉슌을 가리우고 눈우슘으로 도라 안거날 지리산 장씨놈 거동 보소 날기로 싸토리롤 잇그러 바로 안즈라 ᄒ니 샸토리 ᄒᄂᆫ 말이 이거시 무삼 일이잇가 창밧긔셔 즈식들 엿듯소 부러그려시ᄒ며 핀도롤 부리거늘 장씨놈 눈치 치고 가는 소리로 ᄒᄂᆫ

(十八) 뒤

말이 너모 핀도롤 부리지 마소 ᄒ며 가는 목 친친 언고 다거 안즈라 ᄒ더니 싸토리 견눈으로 보니 장씨 십분의 일을 너게 잇고 구분는 젼혀 모로것다 ᄒ고 ᄒᄂᆫ 말이 낭군이 이니 나롤 업슈히 넉여 일어ᄒ니 엇지 과부 슈졀은 그디로 ᄒ여금 쓸디업도다 ᄒ거날 장씨놈 ᄒᄂᆫ 말이 인싱이 얼마스라 ᄒ고 이러케 미물츳뇨

(十九) 앞

ᄒ며 양손으로 등을 어로만즈며 손을 잇그러 침실의 드러가 운우지낙을 이루니 샸토리 ᄒᄂᆫ 말이 니거시 어인 일고 졍신이 아득ᄒ고 스지가 느러지네 우리 두리 셰 살 젹의 못 만나고 이계야 만낫시니 살날이 몃칠 될가 어듸로셔 이졔 왓노 쳘셕 갓흔 이니 마음 변홀 줄 뉘 알앗쓸가 종달이 지관 말이 산소터난 조타마는 과부

(十九) 뒤

되면 슈졀ᄒ기 어렵다 ᄒ더니 지관 말이 허시 아니로다 ᄒ며 즈식들 불너 ᄒᄂᆫ 말이 너희들 살이려고 이니 팔즈 곳쳣시니 날 짜라 가즈ᄒ니 즈식들

울며 ᄒᆞᄂᆞᆫ 말이 츈일 녹음을 실음 업시 바라보며 날마다 ᄒᆡ 종일 셔셔 눈물 지며 한슘지며 허동허동 ᄒᆞ기로 고히이 알앗더니 견듸다 못ᄒᆞ여 곳친 팔ᄌᆞ 헐말 업시닛

(二十) 앞

가 우리롤 위ᄒᆞ여 곳쳣다고 ᄯᅡ라가ᄌᆞ ᄒᆞ네 우리는 눈골 틀여 그런 쓸 아니 보니 혼ᄌᆞ 가셔 잘살ᄂᆞ ᄒᆞ니 밍낭ᄒᆞ다 ᄭᅡ토리 말이 헐 일 업다 아기 ᄯᅡᆯ은 졋물녀 가로 안고 ᄌᆞ란 ᄌᆞ식들은 다 바리고 님을 ᄯᅡ라가리로다 뉘라셔 날다려 과부라 ᄒᆞ든가 과부도 이러헌가 님 보면 반갑고 잔 잡으면 우슘난다 ᄌᆞ식들을 니 알손가 장ᄭᅵ

(二十) 뒤

놈 ᄭᅡ토리롤 압셰우고 고봉줄녕 고기고기 하로 이틀 열두 날 만의 봉니촌 드러가니 산슈도 긔이ᄒᆞ고 층암은 굉장ᄒᆞ며 슈목도 쳐량ᄒᆞ고 경기도 졀 승ᄒᆞ다 혼인잔치 우습도다 잔디잔듸 화문셕의 청쳔빅일 구름치일 놉히 치고 두견 쳘쥭 영모병은 셕상의 의지ᄒᆞ고 일월촛듸 더욱 죳타 가진 실과 고비ᄒᆞ고

(二十一) 앞

청황쥬롤 병병이 몸상 격상 밧놋코 가진 츙뉴 볼작시면 ᄒᆡ금 져 피리 장구 북 거문고 양금 쥭장구 긔약고 싱황 단소 열좌ᄒᆞ고 기싱을 쳥ᄒᆞ리라 셩쳔기 싱의 거문고 잘 타는 홍션이요 약방기싱의 약 잘ᄒᆞᄂᆞᆫ 옥션이며 평양기싱의 노리 잘ᄒᆞᄂᆞᆫ 월션이요 ᄒᆡ쥬기싱의 츔 잘 츄는 미션이요 함흥기싱의 시죠 잘ᄒᆞ는 봉션이요

(二十一) 뒤

원쥬기싱의 젼쥬가 잘ᄒᆞᄂᆞᆫ 학션이요 공쥬기싱의 거문고 잘 타ᄂᆞᆫ 치션이요 젼쥬기싱의 가약고 잘 타ᄂᆞᆫ 화션이요 ᄃᆡ구기싱의 양금 잘 치ᄂᆞᆫ 취션이요 기중의 명식 업시 단소 잘 부ᄂᆞᆫ 힝션이요 그 중 풍뉴치며 닙타령 잘ᄒᆞᄂᆞᆫ 기싱들을 열좌로 마죠 안고 팔도 장ᄶᅵ들을 쳥ᄒᆞ니 오ᄂᆞᆫ 장ᄶᅵ 거동 볼작시면 함경도

(二十二) 앞

빅토산 힝슈 장ᄶᅵ 동문 일장의 지리산 장ᄶᅵ 혼인 장녀ᄒᆞ다 놀니롤 ᄒᆞ여 모월 모일의 슙각산으로 긔회를 ᄒᆞᄌᆞ ᄒᆞ고 들니더라 평양으로 목양산 장ᄶᅵ 오빅 명 황ᄒᆡ도 구월산 장ᄶᅵ 오빅 명 츙쳥도 계룡산 장ᄶᅵ ᄉᆞ빅 명 경상도 틱빅산 장ᄶᅵ 오빅 명 강원도 금강산 장ᄶᅵ 칠빅 명 삼각산으로 긔회ᄒᆞ니 팔도 장ᄶᅵ 통문보고 일

(二十二) 뒤

시의 합ᄒᆞ여 지리산 원문의 드러가니 본부 장ᄶᅵ ᄉᆞ빅 명이 풍뉴 ᄒᆞᆫ 퓌 솔악ᄒᆞ고 마죠 나오더니 수쳔 명 긱을 영졉ᄒᆞ여 좌셕의 드러가니 여러 기싱 긔거ᄒᆞ여 한 팔 집고 인ᄉᆞᄒᆞ니 좌긱이 좌우롤 살피며 도거리로 팔도 기싱 무스흔가 ᄒᆞ며 파탈ᄒᆞᆫ 좌셕 허물 업시니 기싱들 ᄌᆞ네 편이 안소 ᄒᆞ거날 쥬인 장ᄶᅵ 나 안즈며

(二十三) 앞

ᄒᆞᄂᆞᆫ 말이 여러분이 왕님ᄒᆞ시니 쥬인 마음의 황공 불안ᄒᆞ여이다 원노의 노독 업시 편안이 와 계시오 ᄒᆞ니 좌긱이 답왈 우리ᄂᆞᆫ 무스히 왓사오니

슉녀롤 지취ㅎ엿다 ㅎ니 깃분 ㅈ미 엇더ㅎ뇨 아무커나 금일 잔치 찰난ㅎ도
다 ㅎ며 경ㅅ쥬롤 일비일비 부일비ㅎ니 졀ㅎ여 먹고 풍악을 즐기니 기즁의

(二十三) 뒤

흔 눈 멀고 입이 쎗드러진 장씨 ㅎ는 말이 좌즁의 통헐 말 잇소 처음 보은
기싱 말 뭇소 져 기싱 시골이 어디며 일홈과 별호은 무어시며 나히 몃치며
기싱 노릇 헌지 몃 달이며 어듸 시스허나 아모리 비지 못ㅎ엿스나 여러
셔방님게 소피 통치 아니 ㅎ고 속것 쎄고 요강 지어다가 타고 안져 육칠월
살비암 지나가듯 쇨쇨 억

(二十四) 앞

슈 장마 폭포슈 나리치듯 요강이 쑈러지듯 누는 물쏭의 면흔지 몃칠이며
머리의 쏘아리 그져 잇구나 이 년 오닙헌지 몃칠이며 그런 버릇 뉘가 가르치
든뇨 너 나히 슴십의 오십 년 오닙으로 기싱 셜혼식 다리고 산다마는 너
갓튼 기싱은 쳐음 본다 이 년 네 셔방이 어듸 시스ㅎ는지 모르거이와 오날
셔방 데는 거시니 그리 알고 이 년

(二十四) 뒤

발바셔라 기싱 미션이 헐 일 업셔 좌셕의 나 안져 눈물 지고 고흔 얼골의
줄줄이 홀너 반분씨 도화분 지는 형상 앗쳐럽고 불상ㅎ다 가는 허리 셰류의
나뷔씨는 듯 셤셤옥슈 좃트하나 상을 거듬거듬 거더 안고 이미롤 슉이고
모란화반 반피듯고 흡닙을 여러 ㅎ는 말이 오닙이 고로ㅎ기로 비우지

(二十五) 앞

못헌 말슴 엿즈오니 쳐분을 바라옵니다 이쩌 좌긱왈 친구게 쳥헐 말 잇소 그 기싱이 우리 보게도 과이 잘못ᄒ엿스나 친구 쳥 드리미 엇더 ᄒ시오 이놈 션션허다 그리 ᄒ오 친구 쳥듯기롤 이르기소 친구 쳥 안니 들를 그런 망난이 잇기소 쳥 드르이다 여러분 쳥 듯습는다 이 기싱 말 듯소 그여이다 님

(二十五) 뒤

네 쳥ᄒ시기로 친구 쳥 안니 드롤 길 업셔 여러분 쳥으로 셔방 **환슈**ᄒᄂ 거시니 그리 말고 그런 버릇 다시 말고 만일 즈네 셔방님 버렷단 말 드르면 니게 칙망 드롤 거시니 아모죠록 오리 모시고 잘 살소 얼골은 쪽쪽ᄒ구면 그다지 미혹ᄒ단 말고 그거시 무슨 말고 즈네 모양 무어시며 니 모양 즈네 보기 무류ᄒ지 아

(二十六) 앞

니홀가 짝흔 스람도 잇네 그 기싱 ᄒᄂ 말이 천만의 말슴이오 이놈 답왈 업다 말ᄂ 좃타마ᄂ 그런 이면은 나도 잇단다 아무커나 외닙장이라 ᄒᄂ 거시 이런 외닙판의셔 만이 닥겨냐 ᄒᄂ니 아무커나 어셔 즈리의 드러오소 미션이 좌셕의 드러와 인스ᄒ고 안거날 이놈 ᄒᄂ 말이 여러분게 통홀 말 잇소 이 기싱 담베 한 디 붓쳐

(二十六) 뒤

쥬기소 좌긱이 답왈 조흔 말슴이요 만이 젼ᄒ시오 이놈이 동너 부순 축을 툭툭 쩌러 다시 니볼더니 셔초 한 디 너홀담베로셔 부허 담고 조히깃 ᄒ

방 쪄여 불 붓쳐 사부랑이 박어 세 번 빨다가 쥬며 담비 흔 디 피소 미션이
두 손으로 바다 들고 좌긱을 둘너 보고 쥬신 담비 먹습너다 좌긱이 답왈
만이 먹소 좌중이

(二十七) 앞

밍낭들흐다 츠례로 말 못고 돌녀가 노러 하낫식 흐고 거문고 맛쳐 시죠
흐나식 흐며 디무춤 두 츠례식 싱황 단소 양금 셰필이 불고 차담상의 거상흐
고 그 중의 져류 가흐여 한 바탕 치고 쏘 권쥬가 쌍쌍이 쌍셩 일편흐고
그 중의 한 다리 졀고 등 씬부라진 장씨놈이 웻둑빗둑 나안즈며 흐는 말이
디무흐는 기싱 이리 오소

(二十七) 뒤

말 못고 쌍무흐는 거동 불만흐다 산파량 닙타량 자리춤 엉덩춤 분쥬흐다
그 중의 쌍언쳥이 장씨 나 안즈며 흐는 말이 좌중의 통홀 말이 잇스니 듯소
우리가 남의 잔치롤 그져 먹고 가미 무미흐니 쥬인긔 쳥흐여 짜토리 부인도
쳥흐여 선이나 보고 가리라 흐고 쥬인 보고 쳥흐엿더니 짜

(二十八) 앞

토리 나와 안거날 이놈 흐는 말 얼골이 무던흐오마는 구츠흔 살님을 잘
살가 취쳐나 볼가 니 비록 쌍언쳥이나 시됴흐나 홀홀 거시니 디흐나 흐올손
가 흐더니 목 다드무며 흐는 시죠 이상흐다 빅초는 다 심여도 디난 안니
심으리라 살디는 가고 졋디는 울고 그리나니 붓디로다 굿타며 울고 가고
그리는

(二十八) 뒤

디를 심어 무삼ᄒ리 ᄶ토리 이윽이 듯다가 우스며 목 다드머 ᄒᄂ 시조 이상ᄒ다 빅초ᄂ 다 아니 심어도 디와 소난 심으리라 쳥송은 군ᄌ졀이요 녹쥭은 녈녀졀이나 밍ᄒ다 좌즁이 디소ᄒ고 ᄒ난 말이 디와 솔을 두고 말ᄒ니 쥴힝낭은 아니 ᄒ깃소 쥬인이 취쳐난 잘 ᄒ엿소 잇ᄶ ᄒ 눈 업

(二十九) 앞

고 ᄒ 다리 졀고 한 날기 업고 낙치ᄒ 장ᄶ놈 비슬비슬 나와 안즈며 ᄒᄂ 말이 ᄶ토리 부인 후분의 밥이나 안니 굴물가 관상이나 ᄒ리라 ᄒ고 ᄶ토리 와 마조 안져 얼굴롤 이리져리 살피며 ᄒᄂ 말 조타 조타 미우 조타 두 볼이 우츙통 부러 노흔 것 ᄀᆺᄒ니 미련은 ᄒ나 문혈슈가 빗쳐시니 시부모롤 공경

(二十九) 뒤

홀 거시오 미간이 침침ᄒ니 욕심이 잇실 듯ᄒ나 미슈가 쳥쳥ᄒ니 공헌 거술 바라지 아니 홀 거시오 쳔쳥이 슉엇시니 미혹홀 듯ᄒ나 관골이 널직ᄒ니 공명이 잇술 것이오 눈우슴 우스니 간ᄉ홀 듯ᄒ나 비용이 고르니 쾌쾌홀 거시오 비문이 쎈쎈ᄒ니 박복홀 듯ᄒ나 건슌이 들니지 아니ᄒ엿

(三十) 앞

시니 식근이 잇실거시오 귀쌀이 쌧앗시니 요망홀 듯ᄒ나 귀문이 두둑ᄒ니 후분의 하로 일죵은 홀 거시오 양안이 고픠눈이라 ᄉ나울 듯ᄒ나 코가 즈라 코니 남을 두려홀 거시오 손부리ᄂ 누에머리니 침겨ᄂ 잇슬거시오 목쏘리 ᄂ ᄌ웅셩이니 돈을 모화 부명은 홀거시오 턱이 밧쳐시니 남편

(三十) 뒤

복이 잇슬 듯호니 안슈의 진진살이 밧쳣시니 상부호여 일곱 번 과부는 헐
거시니 그 한 가지가 불길호도다 까토리 호는 말이 당신 말숨이 신통이도
맛소 과연 이니 팔즈 일곱 번 과부되고 여덜 번지 곳쳐 왓시니 니번이나
길호여 공방이나 아니들가 즈셔히 보와 쥬옵소셔 이놈 답

(三十一) 앞

왈 일곱 번 과부가 되엿다 호니 유복호다 이런 말 쳐음 듯노라 아무커나
이번은 길홀 거시오 즈녀은 십팔이오 향슈는 구십이라 넘녀말고 년년 츈츄
로 칠셩 긔도 도축호면 만시 더길 호리라 좌즁이 앙쳔 디소 호고 슐부어
츠례로 잡고 진진이 먹으며 파셕호니 져 긔셩 파년곡이나 호소 긔셩 월션이
무럿던 담베

(三十一) 뒤

낙슉호고 파연곡 호스이다 북두칠셩이 잉도라졋니 잡을 님 잡으시고 보닐
님 보니소셔 동즈야 신돌녀 노아라 갈길 밧바 호노라 여러 기셩 쌍셩으로
잘들혼다 우리 잘 노랏시니 각귀 기가 호스이다 쥬인 장씨 솔악호고 원문
밧긔 나와 각각 니별호고 드러오니라 사십 칠년 동거

(三十二) 앞

호여 십팔 남미 근검호다 십이녀롤 스회를 보고 십삼즈의 며나리 보고 틱평
건곤 일이 업다 잇찌 틱빅신령이 둘지 아들 장가드릴 찌의 봉니촌 장씨
유복호다 호고 쳥호여 함지아비로 호엿더니 별단으로 젹도스 교지가 나리
왓시니 당셩호고 별호롤 당슈션싱이라 호고 너외 동갑의 구십칠 셰롤 살다

(三十二) 뒤

가 갑즈 츄칠월 칠셕날의 은흐슈 무지기 나리더니 쟝씨 까토리 쌍무지게
타고 운무츙의 올나 오운을 옹위ᄒ여 숭텬ᄒ니 인홀불견ᄒ니라

册主人 每父 二升

화충전

　　〈화충전〉은 가사체 형식의 줄글로 쓰여 있으며 전체 16장(32면)으로
된 필사본이다. 앞부분에서는 가사체처럼 구를 나누려는 흔적이 있으나
뒤로 가면서 그 형식이 무너지며 줄글과 귀글의 혼용 형태를 보이는 것이
특징이다. 또 초중반 부분에 유실된 글자가 많은 편이다. 이 이본에는 장끼
가 죽고 난 이후의 주요 화소들로 소리개 등장 화소, 구혼 화소, 어른 다툼
화소가 포함되어 있다. 이 이본의 특징으로는 가마귀의 구혼 과정에서 가
마귀가 까투리를 소실로 들이려 한다는 점을 들 수 있으며, 가마귀는 까투
리가 자신의 구혼을 거절하자 까투리의 수절 의지를 크게 비웃는다. 그리
고 다른 이본의 나이 다툼 화소가 두세 마리 새들의 언쟁으로 이루어진
반면에 이 이본에서는 가마귀, 부엉이, 기러기 외에 두견을 등장시키고
있다는 점도 특징이다. 이 이본은 까투리가 오리의 청혼을 물리치고 육지
의 삶을 자랑하며 삼년상을 마치고 수절하는 것으로 끝맺고 있다.

출처 : 임기중, 『역대가사문학전집』20, 여강출판사, 1988.

〈1-앞〉

화츙젼 二十八

건곤이 초판할 제 만물이 험성이라 영헐손 사람이요 어질손 즘성이라 유츙
도 숨빅이요 무츙도 숨빅이라 꼉이 몸 삼겨날시 의관이 영농ㅎ다 별호난
화츙이라 우름으로 감동허고 번국이 조공할 쩌 헌빅치 하엿느니 꼉이 샹셔
긔이ㅎ다 굿티여 셜희헐가 샨금야슈 쳔셩으로 스람을 멀이 ㅎ고 울임벽기
시니가이 울울쳥송 졍ㅈ 숨아 츙풍이 졀노 지는구나 도토리 쥬어 먹고 임ㅈ
업시 사난 놈을 굿티여 줍어닥아 숨티육경 슈령방빅 실토록 즁복ㅎ고

〈1-뒤〉

긴즁목 골나 너여 사명긔이 살더치장 초당이 동과비와 여러 길노 두루 쓰니
공덕인들 젹을손가 평생이 겁이 만아 슈플 밋티 슘엇다가 텬화세개 보랴ㅎ
고 빅운산 샹샹봉이 허위허위 올나갓니 난디업난 보라민난 예셔덜넝 졔셔
덜넝 다름 잘ㅎ난 슈달피난 싸리폭이 썩걸입홀 뒤적뒤적 츠ㅈ오니 사라날
길 젼혀 업다 니음 잘 맛난 사양기는 일이곳곳 져리곳곳 산의 길노 가야
ㅎ니 풀지기꾼과 초뉴목등들은 죄우이 둘너셔니 슘동셜한 쥴인 즘성 어디
로 가잔 말가 동일간 조혼볏희

〈2-앞〉

상하편젼 눈녹인 디 가을 콩낫홀 넌즈시 쥬어 먹으려 가자셔라 장기치장
볼작시면 초록공단 깃홀 다라 빅방뉴화쥬 동졍 싯쳐 쥬먹 벼슬 옥관자며
열두 즁목 만신풍치 변화케도 조홀시고 디장부 모양일시 까토리치장 볼작
시면 잔누비 쥴누비 폭폭이 잘기 누벼 상하의복 갓초 입고 밉시 조혼 머리
곱개곱개 비셔 단장하고 열두 쌀 아홉 아달 스물하ㄴ 쥬리등을 압셰우고

뒤셔워셔 밧비 가자 상흥평젼 밧머리로 줄줄이 느러 셔셔 너의들은 겨 골
줍고 우리들은 이 골 줍자 불원인지고양이요

〈2-뒤〉

천싱만물 유족ᄒᆞ니 일토식도 유슈로다 시장허긔 치우려나 그 무어슬 못
먹으리 겸겸 쥬어 들어가니 난디업는 블콩 하나 덩그러캐 노여거날 장끠란
놈 디희ᄒᆞ여 허허ᄒᆞ며 한난 말리 니 복일시 니 복일시 먹어보시 먹어보시
쌋토리 이른 말이 □□□ 그 콩 먹지 말개 셜승에 유인족ᄒᆞ니 그 ᄌᆞ취 고이
허오 다시금 살펴보아도 다른 ᄌᆞ취 별노 업고 입을 홀 분 자취와 비로 살살
쓴 자취라 그 자취 심히 고이로다 쌍끠란 놈 ᄒᆞ는 말이네 말이 무식ᄒᆞ다
잇써가 엄 씬고 동지셧달 엄동셜흔이라

〈3-앞〉

□□히 싸인 눈이 곳곳지 덥혓스니 쳔산에 조비졀이요 만경이인종멸이라
엇지ᄒᆞ여 이결흔풍이 사람 ᄌᆞ취 잇스리요
지나간 꿈을 ᄭᅮ어 황학을 빗겨 타고 쳥쳔의 소스 올나 옥황졔 문안ᄒᆞ니
옥황이 ᄒᆞ교ᄒᆞ사 산림쳐쳐 봉ᄒᆞ시고만 뜨니고이 콩 한 셤을 별급으로 은사ᄒᆞ
시니 오날날 이 콩 ᄒᆞ나 그안이 반가운가 긔ᄌᆞ의 이위식이요 갈ᄌᆞ의 이위음
이라 허멀며 굼든 차이 하날의 쥬신 복을 니 엇지 마다ᄒᆞ리 쌋토리 이르느
말이 그 꿈이 조타하나 니 꿈을 불작시면

〈3-뒤〉

□비긔 흉몽이라 어졔밤 야경 초이 □품이 좀을 ᄌᆞ고 도라 누어 꿈을 ᄭᅮ니
북만상 놉흔 봉의 찬바람 어러나니 티아금 드는 칼노 빗고은 ᄌᆞ니 목을

딩겅벼혀 나려치니 즈니 죽을 흉몽일시 장끼 이른 말이 그 꿈 좃타 히몽ㅎ여 보즈 춘당디 알셔과 빅일 쩌이 문무방이 참내ㅎ여 계화을 무릅쓰고 춘풍이 말을 달여 낙슈교 청운교의 입신양밍 ㅎ리로다 샷토리 이른 말이 히몽이야 조커니와 졔발 적션 먹지 마오 쏘 슘겨야이 꿈을 꾸니 쳔근드리 무쇠 가마 네 머리 눌러쎄이고 만경충파 깁흔 물□ □□□□ 뵈니

〈4-앞〉

답답흔 일 볼 꿈이라 쌍끼란 놈 이른 말이 그 꿈 좃타 히몽ㅎ시 디명이□ 다시 이러 구완병을 쳥ㅎ거든 이니 몸 션봉되여 투고을 눌너 쓰고 압록강을 건너가셔 즁원을 탕쳑ㅎ고 고국으로 도라올졔 승젼고을 크개 울여 슈육디 쟝 되오리라 까토리 이른 말이 히몽이야 홀 타시라 졔발 덕분 먹지 마오 삼경야이 꿈을 꾸니 어른이 당상ㅎ고 즈손이 진치할 쎄 스물 두 폭 빅차일이 셔발 가옷 빈 즁디가 직끈 쑥덕 부러져셔 즈니머리 너머리 엎딥퍼 쓰며 오경이야 꿈을 꾸니

〈4-뒤〉

하괴셩 슘타셩을 즈미셩이 눌너 잇고 견우셩 직녀셩은 은하슈이 버려 잇고 그 즁이 일졈셩이 공즁이 쑥 쩌러져셔 즈니 압희 노여 뵈니 즈니 즁셩 그 안인가 삼국 쩌이 제갈공명 오장원이 운명할 제 장셩이 쩌러졋다 ㅎ엿더라 쟝끼란 놈 ㅎ난 말이 그 꿈이 더욱 좃타 초일을 덥허 보니 길일모쳥손 오날 밤이 화초병풍 잔디장판 등걸 벼기 취입요이 가락입 이불 펼쳐 덥고 너고나고 한몸 되여 그리져리 홀 꿈이요 별 쩌러져 보이기는 헌원씨 어머니도 북두칠셩 졍긔타셔

〈5-앞〉

헌원씨을 나으시니 견우셩 직녀셩은 칠셕 야이 연분이라 네 몸이 티기 잇셔
아들 나홀 길몽이라 그런 꿈만 번번이 쑤어다고 까토리 이른 말이 휘몽이야
억지로셔 시벽□□ 꿈을 쑤니 싁겨구리 싁치마이 이니 몸 □□ㅎ고 거리쳥
손 논일 젹이 난듸업는 쳥삽스리 아가리를 웅크리며 발목□ 허워면셔 왈칵
왈칵 달여드니 □황실□ 갈 듸 업셔 숩바트로 달여드니 굴근 숩듸 썩거지고
잔 숩듸 씨러지고 □□목 □□□리 휘휘친친 감겨 뵈니 이니 몸 □□ 되여
상복 이불 흉몽이니

〈5-뒤〉

졔발 덕□ 그 콩 먹지 마소 쟝씨란 놈 듸로ㅎ여 왼발노 이□ 츠고 져리
츠며 쑤지져 왈 되어질 년 기둥셔방 □□ㅎ고 싀이남인 질기다가 □바츰바
□근 줄노 동그랏캐 빗거려 처미여 북질□□고 동동희시ㅎ고 두리탈 무장
으로 난장마질 □이로다 그른 꿈 다시 쑤면 □쥬리 □□리라 까토리 무참ㅎ
여 □□듯 □□셧닥아 다시 느와 경긔ㅎ여 하난 말이 □비쳘인이 긔불탁속
이요 홍명슈□이 비필함노는 듸장부의 긔삼이라 □□을 □□□려 함은 염
치를 볼거시라 안즈의 도덕 염치 단포을 낙을 숨아스며

〈6-앞〉

비이의 □□의 염치 쥬슉을 마다ㅎ고 쟝양□ □혜 염치 스병벽곡 ㅎ엿스니
즈니 비□ 미물이나 군즈 염치 쏜을 바다 졔발 덕□ 먹지 마소 쟝씨란 놈
이른 말이 네 마리 □□ㅎ다 예의를 모라거든 염□□ □을소냐 안즈이 도학
염치 □□□□□ㅎ시고 빅의의 츙졀 넘치 □□□□□□□ 사병벽곡 자양의
지혜 염치 □□□□□□□□ 유후죽다 특셔ㅎ여 후계의 □ ㅎ엿스니 넘치

도 부지럽고 □는□□ □□이라 호타흔 보리밥도 □문□□□ □게 먹고 즁흥 □졔 되엿스며 □□□□□□ 한신의 달개 먹고

〈6-뒤〉

□□□□□ 되엿스니 나도 이 콩 달게 먹고 크개 □□ 알을소냐 까토리 디답ᄒᆞ되 그 콩 □□ 되단 말을 니 먼져 알게엿다 동당□졔 임사ᄒᆞ고 싱원 진ᄉᆞ 독사ᄒᆞ고 누르□□이 만호ᄒᆞ고 버들기 쳠사로셔 도마□□ 흘리라 제 발 덕분 먹지 마소 호싱□□는 겨마다 다 잇스니 엇지 □□ ᄌᆞ네 셩품 그다지 고집ᄒᆞ고 옛일□ 볼지라도 고집불통 과하닥아 망신□□ 몃몃친고 역역히 이를이라 진시황 □□ 고집 부소의 말 아니 듯닥아 인심□□ 사십연의 이졔의 망국ᄒᆞ고

〈7-앞〉

초픠왕 □쓸 고집 범증의 말 아니 듯다가 팔쳔졔□을 살ᄒᆞ고 무면도강 ᄒᆞ엿 스니 조회□□ 고집기로 굴원 말 아이 듯고 진무관 □□□치 가련쳥산 홍이 되니 상강□□□ 졔시 튱혼이 가련ᄒᆞ다 자니 역□ □집키로 니 흔 말 아니 듯고 금일 망신 ᄒᆞ리로다 나을낭 □□망말노 쟝끼 분연 왈 네 말이 무식ᄒᆞ다 옛글□ □ 틱 자 든대마다 오리 살고 귀히 되엿스니 틱고 쳔□□는 일만팔쳔 셰 사라스며 틱호 □□씨는 풍셩이 상젼ᄒᆞ여 십오셰를 젼ᄒᆞ시고 한틱조 □□□ 송틱조 명틱조는 풍진셰게 창업ᄒᆞ여 틱평건□ □너 잇고 궁팔십 강틱공은 달팔□ □여 잇고 시즁쳔ᄌᆞ 이틱빅은

〈7-뒤〉

유방빅□ ᄒᆞ여 잇고 두틱 셔속 오곡 즁이 콩 틱자□ □듬이라 쳔하틱평

츈ᄒ니 사방잇□□스라 콩 티자 든 ᄃᆡ마다

그 아이 □□□□ □□□□□□□□ 티공갓□ □□□고 티□갓치 □□ 되여

티을셩 □□리라 ᄭᅡ토리 다시 이를 말이 업셔 경황업시 믈너셔니 쟝ᄭᅵ란

놈 거동보소 콩먹으로 들어갈 졔 열두 쟝목 아홉 살을 좌우로 펼쳐 들고

ᄯᅥᆨ벅ᄯᅥᆨ벅 고기 조아 죠곰죠곰 나아드러 베알갓흔 부리로 드입더 싹 찍으니

두고퓌 퉁게지며 머리 넘어지는 소리 방낭사쥬 쇠방망치 버금슈□ 찍리난

듯 조분 골이 벼락치듯

〈8-앞〉

쩍쩍득□득 변통업시 되엿고나 ᄭᅡ토리 거동보소 뉴역머리 펼쳐 들고 상ᄒ

편젼 밧가운ᄃᆡ 디굴디굴 □굴다가 이통ᄒ여 ᄒ는 말이 츙언은 □어힝이요

독약은 이어병이라 ᄂᆡ ᄒ말 □엇스면 이런 변 잇슬손가 쟝ᄭᅵ란 놈 □황

즁이 에라 이년 요란ᄒ다 션미련 □□그라 ᄒ니 죽난 몸이 탈 업스랴 호환

곳 □□ 알면 산이 가 리 뉘 잇스며 슈환 곳 □리알면 물이 들 이 뉘 잇스리

니 신슈 □길ᄒ여 이 지경 되엿스니 회지무급이요 언지하억가 죽을 슈 다다

르면 독이 든들 면할소냐 죽고살기는 믹으로 간다 ᄒ니

〈8-뒤〉

믹이나 집허보소 ᄭᅡ토리 한슘 짓고 이른 말이 믹이사 □□마는 인졔는 할

일 업ᄂᆡ 비호믹이 거졀ᄒ고 풍믹이 소슬ᄒ고 티츙믹이 간ᄃᆡ업고 명믹이

□□가ᄂᆡ 쟝ᄭᅵ론 놈 하는 말이 믹이 그러ᄒ 지라도 눈이□ 살펴보아라 동ᄌ

□쳐 그져 잇는가 ᄭᅡ토리 □□ᄒ디 져편 눈동자 부쳐 첫시벽□□ 나가고

이편 눈동ᄌ 부쳐 이지야 □□랴고 푸을보이 짐을 싸고 길목□□ 집신 간발

ᄒ노라고 버젹버젹ᄒ네 □□□□ ᄂᆡ □자 험ᄒ고 쏘 험ᄒ다 쳐음 낭군 어덧

짜가 빅송골□□ 툭 츠가고 둣지 낭군 어덧더니 푸지지군 □□□□ □지
낭군 만□셔는 빅년동낙ᄒ여 갓치 슬자 ᄒ엿드니 스랑도 못다 펴셔

〈9-앞〉

천근갓흔 츠위이 치여 죽게 되니 고챵살 마잣든가 망신살 마젓는가 풀입히
이슬 갓고 단불이 나위로다 이져는 □통업시 되엿구나 익고익고 내 팔즈야
품이 품은 맛비 아기 혼인분별 누가 ᄒ며 비의□□ 깃친 유복 아기 히산구안
뉘가 ᄒ며 빅세향뉴 바라드니 천고영결 되단말가 져러타시 고운 풍신 어디
가셔 다시 볼고 쟝끼란 놈 반눈 쓰고 히히 탄식 하난 말이 샹부 잘ᄒ는
네 가문이 쟝가들기 내 본디 실체로다 왕스는 불가부언이요 스즈는 불가부
싱이라 다시 볼 길 업거니와 구지 보랴거든 니일 아침 조식ᄒ고

〈9-뒤〉

츙쥬장의 노여거ᄂ 견쥬중의 걸엿거나 안동관□청고나 슈령 사쏘 숭이 오
르기 쉬울 거시니 정셩□로 츳즈오면 가문 눈을 크개 써셔 네 얼굴 다시
보자 너는 사라 잇셔 즈녀를 거나리고 즈미보고 사려니와 이몸 한□ 죽어가
면 바람 압헤 먼지갓치 죽는 나만 불숭ᄒ니 너는 잘 잇거라 년분이 지즁ᄒ면
혹 후천지 부부듸여 금일 한을 푸오리라 언미필에 기셔ᄒ니 까토리 거동
보소 쟝끼이 목을 안고 이연히 슬피 울며 만단으로 익를 쓸 졔 츠위 임즈
탁쳠지 멀이셔 망경타가 헌피리 □여 쓰고 지개평 막디 두던지며

〈10-앞〉

허위허위 □라 와셔 쟝끼를 쎄여 들고 희희낙락 츔을 츄며 얼스덜스 조흘
시고 다□□□ 화츙이를 □□□□ 줍엇고나 너 제□□ 조홧든가 □신□□

□□튼가 산신□□ □우신가 압남산 벽계슈이 물 먹으려 네 왓던가 노리
차로 네 왓는가 네 구족 모두 즙게 산신 젼이 지 ᄒ리라 아가리를 버리더
니 혜를 ᄳ여 바히 틈에 ᄭᅩ즈 놋코 ᄲᅮ벅ᄲᅮ벅 졀ᄒ면셔 두손으로 말 빌며
츅슈ᄒ여 ᄒ는 말이 다시 놋는 이 차위이 ᄭᅡ토리 마즈 줍피여 죽개 하옵소
셔 탁첨지 도라간 후 ᄭᅡ토리 바위 틈이 ᄭᅩ진 혜를 간신이 ᄎᄌ 너여 칙입
ᄒ로 소렴ᄒ고

⟨10-뒤⟩

텅덩이□ 결관하여 이용목 휘츄리예 명졍□ □□스되 쥐쏭나무 빅분으로
갈필□□ 흠씬 푸러 산림쳐스 화츙지구라
□겨□□ 하엿더라 초상이스 쳣거니와 장사을 어이 할고 명슌을 어더 쓰자
ᄒ니 풍슈 ᄒ나 못맛ᄂ고 션영ᄒ이 게장을 쓰자 ᄒ니 길이 멀□ 못가갯다
긔골작 ᄎᄌ가셔 쟝풍향□ 계우 어더 산역ᄒ기 쉬운 곳이 향비업□ 터을
닥아 불구일시 발인ᄒ여 당일 니로 □사ᄒ니 산신 졔물 초초ᄒ다 콩 먹닥□
죽엇스니 콩이야 노을소냐 가락입□ 이슬 바다 쳥쥬로 헌죽ᄒ고 싸리츄나
빅셜기며 벌긔 먹은 굴피 다식

⟨11-앞⟩

셔리 마즌 □입과상 썩긔구리 건포로다 쑬밤 ᄶᅡ지 시졉이 숙싀더궁 겨을
노아 챵가긔 유구라 졍셰더로 그럭져력 츠려더라 집ᄉ분졍 볼작시면 누구
누구 모엿든고 의관 조흔 두루미난 헌관으로 미여 잇고 소리 조흔 ᄶᅡ옥이
는 독츅과이 미여 잇고 말 잘ᄒ는 앵무시는 졔집ᄉ로 미여 잇고 진셜은
뉘 □든고 □□□□ □□□□ ᄶᅡ옥이 ᄭᅮ러 안즈 츅ᄉ를 일글 젹이 유시ᄎ
갑□십일 무진슉 초칠일 경신 고즈 쥬리등은 감소고운 현부군 형지둔셕

ㅎ오니 □반실당 ㅎ옵소셔 신쥬 미경 창졸소치로 □빅 숭ᄌ 봉안ㅎ고 근
이쳥각셔유

〈11-뒤〉

□□히 추린 제찬 딕공업시 모죠리 상향부복 □지이니 합문ㅎ고 잇슬 서의
난딕업든 솔긔미 공즁의 써오다가 쥬리등 구버 보고 어늬 놈이 맛슝졔냐
한놈 다려 가리라 ㅎ고 번긔갓치 나리다가 반공 즁이 □추가겨 층암졀벽
장송상의 올나 안져 □리뒤젹□ 저리뒤젹 슈슘일 감한으로 □음이 □혀
업든 추이 셩찬의 졔일미을 □히 어더□나 보리밥이 상취쑴은 션비이 졔일
미요 □년일□ 회상도는 셔왕모의 졔일미요 □초자□ 송엽쥬는 쳐ᄉ가의
졔일미요 □어 졈복 희슘 등은 경상가이 졔일미요 □년 슌슈 여싱지는 상상
옥옥 졔일미요 □난□ 병아리와 졀노 죽은 강아지는

〈12-앞〉

□장군의 졔일미요 굴그나 ᄌ나 쒱 흔 마리 □□겻느니 그 안이 그 아니
유복흔가 □□낙낙 놀이다아 아ᄎ하고 도라보니 바휘 아리 □□져셔 ᄌ취
업시 슘엇고나 솔긔란 놈 거동보소 허허 ㅎ고 물너 안자 탄식ㅎ여 ㅎ난
말이 옛날이 연장사 형경이도 삼쳑검 비기를 가지고도 ᄌ분 시황 노쳣스
니 한명장 관운장도 화용도 좁분 길에 ᄌ분 조조 노아 잇고 착ㅎ다 금일
연장군이 죽긔 ㅎ나 노앗스니 이도 쏘한 딕덕이라 ᄌ손의 음덕되여 창셩
영화 밧긷도다 팃빅손 갈가마귀 팔왕산 구경ㅎ고 즁노이 허긔 만나 요기
ᄎ로 문상ㅎ고

〈12-뒤〉

ᄒᆞ는 말이 □□가 본디 우리 벗 중의그 슈하난 □□이라 풍신도 거록ᄒᆞ고 □□□□ □□□□ □□□□ □□□□□ □□□□□ᄒᆞ여 □□을 빌엿스니 친구이도 슈치로다 우리 갓ᄒᆞ면 그른 것이야 불니 취하지 아니ᄒᆞ리라 쥬리 모친게 할 말슴이 잇스니 괄시 마오 이 말슴은 다름이 안이라 너가 비록 티□하나 디장부가 엇지 일쳐만 두리요 불가불 소실을 둘 터인디 눈이 드는 젹구지병이 업셔 방금 구ᄒᆞ든 ᄎᆞ이 자니가 과부되엿슨즉 차그위 양졍화미라 사양치 말고 쾌히 허락ᄒᆞ여 원앙갓치 녹슈이 쌱이 되여 ᄇᆡᆨ년을 동낙ᄒᆞ면 그 안이 조흘손가 니 외양은 비록 검으나

〈13-앞〉

속은 힛덥고 활달ᄒᆞᆫ디 쟝부야 ᄯᅩ다시 골눌나야 다시 업슬 것이니 깁히 싱각 ᄒᆞ여 후회말지어다 ᄭᅡ토리 이말 듯고 졍식ᄒᆞ고 유치 왈 팔자가 기박ᄒᆞ여 과부가 되엿스나 시가 문벌도 혁혁ᄒᆞ고 족쳑 현달ᄒᆞᆫ즉 녯법을 어길 슈 업고 졸곡도 안 지닌 과부딕다려 혼인ᄒᆞᄌᆞ 갓치 살자 쳬면 업시 횡셜슈셜ᄒᆞ니 그런 인사 불셩이 어디 잇스리요 당장이 망신을 쥴 거시로디 십분 ᄎᆞᆷ아 용셔ᄒᆞ는 것이니 밧비 가고 그른 낭셜 다시 니지 말기 갈가마귀 디구ᄒᆞ고 이른 말이 그디 말이 고집되니 한 광무제 뉴의도 병풍 뒤의셔 닷퇴스며

〈13-뒤〉

쥬미신 안히도 물동의을 쏫고 갓스니 자니 고집 가소롭다 ᄯᅩ 한 말 들어보소 꼿갓흔 양귀비도 마위역의 진토되고 옥갓흔 왕소군도 호지의 틔끌되고 만 고일식도 죽어지면 헌일리라 네 모야 네 □지에 슈졀이란 것이 가소롭다 젹막공산 깁흔 곳에 가젼쳥ᄉᆞᆫ 니 몸 ᄒᆞ나 죽어지면 샹괴할게 □□□□ 고금

천지 열녀사젹 만컷□□ 짜토리 죽은 골의 비 셔운 것 못보앗다 흔창 힐□
흐는 츳의 부헝이 문상차로 들어와 좌상이 능큼 안즈 가마귀를 도라보고
넝소흐여 이른 말이 먹다가와 쌔젓든가 몸동이가 검고 검다 부리는 고이흐
긔 싱겨먹엇다

〈14-앞〉

어런이 오시는더 긔좌도 아니 흐니 후례자식이로고 가마귀 디로흐여 쑤지
져 왈 무식한 져 부엉아 네 모양은 엇더흐며 네 힝식 네 모르느냐 꽁당이는
어이 뭉툭흐며 두 눈은 어이 우멍흐야 네 몸은 지간의 쌔져든가 네 모양이
니 모양 웃는다만 니 말을 들어 보아라 니 몸 검긔는 산음현을 지너닥아
모락 회긔 세연이은 부리기멀 웃지마라 월왕 구쳔이는 쟝경오회라 십연을
상당흐여 부형 원수 갑흔 후이 픠졔후 되엿스니 나도 이 부리로 동졍서벌흐
여 픠졔후 될지 무식한 놈이 어이 아리요 어런을 모르고 괄시흐난 놈 법을
알여야 하깃는즉 각쳐이 통문 노아 디회 즁이 긔동의 벌부치고

〈14-뒤〉

문아이 삭명흐오리라 쳥쳐의 외기러기 운간이 써나오닥아 좌즁을 굽어보
고 섭박 나려안즈 긴 목을 느러 쎄고 어이어이 조상흐고 좌즁이 인사할시
부헝이와 짜마귀 거동보고 디로 왈 어러 오시는더 너의들이 이다지 무리흐
냐 요한연 옛시졀이 북희를 지너닥아 한 츙신 소자경이 십구연 구지 갓쳐
고국 소식 통치 못흐여 흐든 것을 그 셔찰 가져다가 쳔즈 압히 니손으로
젼흐엿스니 이런 일노 볼작시면 이즁 어런이리 소년이 방자한 것을 보니
괘씸흐다 이갓치 시비를 할 젹이 난더업는 불근시 훌작 나라들어와셔 눈물
훌여 조상흐고 하는 말이 나는 초나라 망졔□□ 쵹을 이별흐고

〈15-앞〉

강남을 후긔ᄒ여 슬푼 마음 절노 난다 락양셩중 왕니할 졔 쳔연이 되엿스니
우□□□ 조흔 쥴은 뉘라셔 모를 손냐 긔려기 이말 들으미 어룬인 체 못ᄒ고
안졋더라 남년당 오리난 놈 상쳐를 ᄒ고 지쵀를 구ᄒ다가 ᄭ토리 과부되는
말 듯고 통혼여부 업시 혼구를 차려 차져갈 졔 홍명안긔ᄒ는 긔려기는 혼구
예장함을 지이고 관관져구 징경이는 사모관ᄃᆡ 판을 지이고 빕시로 등농
들이고 황ᄉᆡᄃ감 비힝 셔셔 길잡이는 외긔리요 구부긔 긔검시로다 능언ᄒ
는 엥무시는 홀기차로 다려간다 ᄭ토리 바다보니 혼힝긔구 찰난한지라 심
즁이 다힝ᄒ여 반겨 웃고 하는 말이

〈15-뒤〉

아무리 작슈셩졔하기로 궁합도 안니 보고 겹칙이 무산일고 후실 신랑이
나무 과부 다려갈 졔 례의 보며 졀ᄎ 보랴 신랑신부 함께 스면 궁합 졀노
맛지 날이나 엇더한가 싱긔복덕 가려보시 일상 경긔 즁쳔의 삼ᄒ졀치 사즁
유흥오상 화희칠ᄒ 졀명팔즁 지혼이라 션쳔슈도 맛쳐 보고 후쳔슈도 맛쳐
보니 너일은 과살이요 모리는 틔살이라 오늘 비록 화살 들엇스나 복덕일에
쳔의셩의 비치이니 오날이 웃듬이라 잣말 말고 힝졔ᄒ시 ᄭ토리 ᄒ는 말이
날은 ᄒ여 쳔지셩겨나 둘러보시 오리 ᄃᆡ답ᄒᄃᆡ 나의 싱겨는 뭇도 말소 봉내
영류 바다물이

〈16-앞〉

신션 션녀 비를 타고 완월츄경 노름 놀시 우리도 그 겻히 둥졀둥실 창파즁
츌물ᄒ여 그 구경 슬토록 ᄒ고 회즉 강션은 식지무궁이요 용지불갈이니
슈즁의 호강이야 우리 밧긔 누 잇스리 ᄭ토리 넝소ᄒ여 ᄒ는 말이 물셩이가

아모리 조타한들 늑지싱이 갓흘손야 우리 싱에 들어보소 쳔리말리 너른
들과 □□□□□에 긔암둥실 올나가셔 사히팔방 구경ᄒ니 시졀은 삼츈이라
동원 도리 만발ᄒ고 운경조슈 풀은 곳에 꾀꼬리 노리ᄒ고 호졉은 쌍쌍이
츔을 츄고 두견은 골골리 노리를 할시 쳐쳐의 봄빗치니 이도 또한 경이로다
쳔슈만지 산실과를

⟨16-뒤⟩

두틔 셔속 겻드려셔 쳐쳐에 노젹ᄒ니 함포고복 번화시개 틱평신시 우리로
다 망영되다 자니 말이 여슈류이 노슈ᄒ여 싱에도 다 다르고 족쳑도 다
다르니 그런 말은 니도 말소 오리란 놈 할 말 업셔 묵묵히 앗잣다가 뒤통슈
치고 무류히 도라가더라 그 후이 까토리 삼연상 곡진히 밧드러 슈졀ᄒ니
비록 짐싱이나 졀기가 아름답긔에 기록ᄒ여 젼ᄒ노라

저자 소개

이유경

현 숙명여대, 경희대, 목원대 강사
숙명여자대학교 국어국문학과 및 동대학원 졸업. 문학박사
논저 : 『고전문학 속의 여성영웅 형상 연구』, 보고사, 2012
　　　「〈숙향전〉의 여성성장담적 성격과 그 과정에서 나타나는 환상의 기능과 의미」, 2011
　　　외 다수

서유석

현 한라대학교 교양교직과정부 조교수
경희대학교 국어국문학과 및 동대학원 졸업. 문학박사
논저 : 『일상속의 몸』, 쿠북, 2009
　　　「실전 판소리의 그로테스크Grotesque적 성향과 그 미학」, 2011 외 다수

김선현

숙명여자대학교 대학원 국어국문학과 박사과정 수료
논저 : 「〈숙영낭자전〉에 나타난 여성 해방 공간, 옥연동」, 2011
　　　「〈광한루기〉 번역의 문제와 전고의 확인 : 본문을 중심으로」, 2010 외 다수

최혜진

현 목원대학교 교양교육원 조교수
숙명여자대학교 국어국문학과 및 동대학원 졸업. 문학박사
논저 : 『판소리 유파의 전승 연구』, 민속원, 2012
　　　『고전서사문학의 문화론적 인식』, 박이정, 2009 외 다수

이문성

현 고려대학교 인문대학 교양교직 초빙교수
고려대학교 국어국문학과 및 동대학원 졸업. 문학박사
논저 : 『조선후기 막장 드라마 강릉매화타령』, 지성인, 2012
　　　「판소리계 소설의 해외 영문번역 현황과 전망」, 2011 외 다수

장끼전의 작품세계

2013년 6월 10일 초판 1쇄 펴냄

엮은이 이유경·서유석·김선현·최혜진·이문성
펴낸이 김흥국
펴낸곳 도서출판 보고사

책임편집 이유나
표지디자인 오동준

등록 1990년 12월 13일 제6-0429호
주소 서울특별시 성북구 보문동7가 11번지 2층
전화 922-5120~1(편집), 922-2246(영업)
팩스 922-6990
메일 kanapub3@naver.com
http://www.bogosabooks.co.kr

ISBN 979-11-5516-018-3 93810

ⓒ 이유경 외, 2013

정가 26,000원
이 도서의 국립중앙도서관 출판시도서목록(CIP)은 서지정보유통지원시스템 홈페이지
(http://seoji.nl.go.kr)와 국가자료공동목록시스템(http://www.nl.go.kr/kolisnet)에서
이용하실 수 있습니다. (CIP제어번호 : CIP2013007855)